www.bbulmedia.com

www.bbulmedia.com

내일, 너에게 ─ 사랑을 속삭인다

내일, 너에게 사랑을 속삭인다

― 도家 첫째 ―

윤해조 장편 소설

DAHYANG ROMANCE STORY

contents

프롤로그

　하늘에 구멍이 뚫린 것처럼 비가 쏟아지고 있었다. 기분도 우울한데, 딱 알맞게 비가 내린다. 비를 멍하니 바라보다 픽 웃던 재준은 그 빗속을 우산도 없이 걷고 또 걸었다. 그런 그가 딱해 보였는지, 지나가던 사람들이 우산을 내밀었지만 그는 받지 않았다.

　작게 쿠르릉거리던 하늘이 어느새 큰 소리로 가득 찼다. 번개가 번쩍이고 와르르 천둥이 치고 나자, 갑자기 비가 거세게 쏟아졌다. 그 억수같이 내리는 비에도 불구하고 재준은 비를 피할 생각도 없이 걷고 또 걸었다.

　누구에게나 모든 것을 놓고 싶은 날이 있을 것이다. 간절히 모든 것을 놔 버리고 싶은 날. 재준은 그것이 바로 오늘이라는 걸 느꼈다.

　힘들었다. 모든 기대를 받으며 태어나 그 기대에 부합하려 노력하는 것도 지겨웠다. 구역질이 날 정도로, 살아 있는 것이 지겨울 정도로 힘겨웠다.

　그때였다. 저와 같이 비를 맞고 있는 작은 생명체가 눈에 들어왔다. 몸집이 작아서 당장에라도 비에 쓸려 내려갈 것 같은, 그 작은 생명체와 눈이 마주쳤다. 어떻게 해야 할까. 망설이던 그는 강아지 앞에 다가갔다.

"……너도 참 불쌍해 보이는구나."

재준은 입고 있던 겉옷을 벗어서 강아지 위를 막아 주었다. 낑낑거리던 강아지의 소리가 조금은 잠잠해졌다. 멍하니, 그 강아지를 바라보았다.

재준은 저도 모르게 천천히 손을 뻗었다. 한 손으로는 강아지가 비를 맞지 않게, 위에 씌워 준 겉옷을 들고, 다른 손으로는 다 젖은 강아지를 어루만졌다. 강아지는 거부하지 않고 가만히 있었다. 덜덜 떠는 것이 보이자 재준은 하던 행동을 멈췄다.

"……춥구나."

중얼거리던 재준은 어떻게 하면 좋을지 몰라, 그저 강아지만 바라보았다. 그때 누군가가 제 위에 우산을 씌워 주었다.

"우산 가지러 간 사이에 오빠가 왔네요?"

맑고 밝은 목소리에 천천히 고개를 들었다. 교복을 입은 한 여학생이 빙긋 미소를 짓고 있었다. 재준은 저도 모르게 멍하니 그 여학생을 바라보았다.

"오빠. 고마워요."

"……네 강아지니?"

"아뇨."

"그럼?"

"그냥…… 강아지를 좋아하거든요. 근데 이 애가 갑자기 쏟아진 폭우를 그대로 맞고 있어서……. 저, 집이 이 근처거든요. 그래서 우산 가져왔어요."

여학생의 손에는 우산 하나가 들려 있었다. 재준은 가만히 그 우산을 바라보았다. 그 여학생은 재준의 겉옷을 걷어 내고서 강아지를 품에 안았다.

"오빠도 다 젖었네. 우리, 저기 가서 잠깐 쉴래요?"

여학생은 공원 안에 있는, 문 닫은 매점을 가리켰다. 위에 꽤 넓은 천막이 쳐져 있어서 그 아래에서 쉴 수 있을 것 같았다. 재준은 저도 모르게 고개를 끄덕였다. 그 여학생은 자신이 든 우산을 재준에게 건네주고서 함께 가자는 듯 그에게 손을 내밀었다.

재준은 난생처음 이름도 모르고 나이도 모르고, 그 어느 것도 모르는 여학생의 손을 잡았다. 재준은 일어나서 여학생과 함께 문 닫은 매점으로 향했다. 후두둑 비가 내리는 가운데, 그 아이는 플라스틱 탁자 위에 강아지를 내려놓은 뒤, 옆구리에 끼고 있던 수건을 꺼냈다. 재준은 그 광경을 가만히 바라보았다.

여학생이 자연스럽게 강아지를 만지는 것을 보니 신기했다. 그것을 보니 저도 한번 만져 보고 싶었다. 그러나 덜덜 떠는 강아지를 보니, 제가 손을 대서는 안 될 것 같았다. 처음으로 강아지를 보고서 만져 보고 싶다는 마음이 생긴 것인데도.

"오빠."

언제 봤다고 오빠일까. 그러나 그 호칭이 딱히 싫은 건 아니다.

"만져 볼래요?"

"……응?"

"만져 보고 싶어 하는 것 같아서요."

그 학생이 해맑게 웃었다.

"아. 전 박아름이라고 해요."

여학생은 대뜸 이름부터 밝혔다. 그러곤 재준의 손목을 가져가서 강아지 위에 살며시 내려놓았다. 물에 젖은 털이 느껴졌다. 강아지가 천천히 고개를 드는 것이 보였다. 그 작은 생명에 재준은 감동을 받은 것처럼 한참 그러고 있었다.

"오빠는요?"

"……도재준."

"그렇구나."

강아지가 춥지 않게 품에 안은 아름은 빙긋 미소를 지었다. 그 얼굴을 한참 바라보던 재준은 헛기침을 하며 고개를 돌렸다. 박아름과 그 품에 안긴 강아지가 똑같이 생겼다는 생각이 든 것이다.

"도재준 오빠. 더 만져 볼래요?"

"……그래."

"근데 오빠는 안 추워요? 비 엄청 맞은 것 같은데."

"너야말로."

"저, 되게 건강 체질이거든요."

아름의 밝은 목소리에 재준은 눈을 깜빡였다. 무슨 애가 저렇게 맑고 밝을까. 마치 힘든 제 앞에 나타난 따스한 햇빛 같았다. 폭우가 쏟아지는 이 마당에 햇빛이라니 말도 안 되었지만, 재준은 그렇게 생각했다.

마음에 들어온 한 줄기 빛 같았다.

이상한 일이었다. 처음 만난 여학생이 무슨 의미를 가졌다고 이러는지 모르겠다.

"……고등학생?"

재준이 물었다. 그러자 강아지의 체온을 올리기 위해 애를 쓰던 아름이 고개를 들었다. 눈이 마주치자마자 또 씩 웃던 아름이 대답을 했다.

"네. 열아홉요! 오빠는요?"

"……스물다섯."

"에. 그렇게 안 보이는데! 스물인 줄 알았어요!"

"농담도."

그제야 재준은 피식 웃었다. 힘든 와중에 웃음이 나왔다. 아니, 이제는 별로 힘들지 않을 것 같았다. 주변에서 주는 압박감도, 그들이 거는 기대도, 무사히 이겨 낼 수 있을 것 같았다. 모르는 사람과 잠깐 대화를 한 것뿐인데……. 정말 이상한 일이었다.

"비, 맞지 마세요."

"……응?"

"아무리 힘든 일이 있어도, 비는 맞지 말아요. 그러다가 심한 감기 걸리거든요."

조금은 우울하게 들리는 여학생의 목소리에, 재준은 마치 마음을 읽힌 것만 같았다. 멍하니 고개를 들어 여학생을 바라보았다. 그 여학생은 자신의 시선을 느꼈을 텐데도 불구하고 앞을 바라보고 있었다. 여학생의 품에 안긴 강아지는 잠이 든 것 같았다.

"기운 나게 해 드릴까요?"

여학생이 눈을 반짝이며 물어 왔다. 여학생다운 특유의 발랄함이 있었다. 재준은 저도 모르게 피식 웃으며 고개를 끄덕였다.

어디 해 봐. 우울해서 당장에라도 죽어 버리고 싶던 이 마음을 사라지게 해 봐.

여학생을 향해 고개를 들었다. 그러자 그 여학생, 박아름은 자신의 품에 잠이 든 강아지를 조심스럽게 안겼다. 눈을 깜빡이던 재준의 눈동자가 순식간에 커졌다. 제 손보다 훨씬 작은 손이 자신의 젖은 머리카락 위에서 움직이고 있었다.

"사라져라, 사라져라."

손바닥에서 온기가 느껴지는 것 같았다. 재준은 놀란 것도 잠시, 천천히 눈을 감았다가 떴다. 여학생이 빙긋, 따듯하게 미소를 짓고 있었다. 그 미소에 차갑게 얼었던 마음이 순식간에 녹아 버렸다.

"오빠한테 있었던 나쁜 일들, 모두 사라져라!"

그리고 그 순간이었다. 폭우 속에서 그대로 사라지고 싶었던 마음이 거짓말처럼 싹 사라졌다. 무거웠던 마음이 가벼워진 것만 같았다.

강아지. 그리고 박아름.

"어."

아름이 하늘을 보며 외쳤다. 재준도 그에 따라 시선을 돌렸다.

"비가 그쳐 가요!"

"……그렇군."

"오빠 집은 여기서 멀어요?"

"좀."

"그럼 우산 가져요. 집에 남는 게 우산이라……. 아하하. 가다가 또 쏟아질지 모르니까요!"

이만 가야 하는지 아름이 자리에서 일어났다. 아쉬웠다. 조금 더 이야기를 나누고 싶었다. 조금 더 강아지를 아니, 조금 더 아름과 함께하고 싶었다.

그러나 말을 꺼내려던 재준은 입을 다물었다. 마음으로만 아름을 붙잡았다.

"오빠. 저, 시간 되면 여기서 얘랑 산책할 건데, 오빠도 시간 되면 얘 보러 와요!"

그래. 재준은 그렇게 대답을 하며 저에게 손을 휙휙 흔드는 아름을 향해 마주 손을 흔들어 주었다. 점점 멀어지는 아름을 보며 재준은 한참 동안 그 자리에 앉아 있었다.

강아지, 그리고 박아름.

재준은 아직도 그 아이가 있는 것처럼 한참 동안 그곳에 앉아 아름이 사라진 곳을 멍하니 바라보았다. 비가 그치고, 해가 뜰 때까지 한참 동안 그곳에 있었다.

아름이 쓰다듬었던 머리는, 아직까지도 따듯함을 간직하고 있는 것 같았다.

1화

대한민국을 주름잡는 대기업 중에서도 손가락 안에 든다는 성심그룹 도 회장에게는 세 아들이 있었다. 그 삼 형제 중 장남인 첫째 도재준은 아버지 도 회장부터 시작해, 도씨 일가 모두가 기대를 걸고 있는 장남이다. 그는 도 회장의 뒤를 이을 사내였다. 둘째는 너무 물렁해서 안 되고, 셋째는 너무 어린 데다 제멋대로 사는 망나니여서, 믿을 건 재준뿐이었다.

태어났을 때부터 모든 기대를 한 몸에 받고 태어난 재준은 금수저를 물고 태어났어도 그 금수저를 마음껏 써 보지도 못했다. 매일같이 그 기대에 걸맞은 노력을 해야 했기 때문이다. 도재준은 오로지 성심그룹을 위해서 태어난 존재나 다름이 없었다.

재준은 그걸 당연하게 받아들였다. 태어났을 때부터 그렇게 배워 왔기에 그것이 당연한 줄 알았다. 몇 년 뒤 동생이 태어나고, 그리고 가장 어린, 저와는 11살 차이가 나는 막내 동생이 태어나고 나서야 제 의무가 당연하지 않다는 것을 알게 됐다.

하지만 깨달았을 때는 이미 늦었다. 오로지 집안을 위해 살아온 재준은 평범하게 자라지 못했기에 감정이 메말랐고, 일만 하는 일벌레가 되었다.

"그래서."

"……그……."

"지금 이게 회의 준비를 한 것이 맞습니까."

각 이사진들은 말없이 서로 눈빛을 교환했다. 성심그룹의 차기 회장인 도재준이 오늘도 화가 났다. 심장은 강철로 만들어진 것이 아니냐 하여 강철 인간으로 불릴 정도로 자비도 없었고, 언제나 냉철했다.

과거 한때는 외모로 명성을 날렸던 도 회장의 피를 이어받아서 도씨 집안 삼 형제의 외모는 끝내주었다. 그러나 안타깝게도 도 회장의 피를 가장 짙게 이어받은 장남 재준은 제 잘난 외모를 살리지 못했다. 둘째 도서원과 셋째 도다온은 각자 알아서 그 외모를 고맙게 잘 쓰지만, 재준은 전혀 그러지를 못했던 것이다.

걸어 다니는 조각 같은 남자라 하여 여사원들 사이에서는 '걸조남'이라 불리지만, 성격은 전혀 아니었다. 언제나, 1년 365일 냉철하고 오로지 일에만 관심이 있어서 남자의 취향이 의심될 정도였다.

"이틀 드리죠."

무섭도록 고요한 표정으로 회의를 지켜보던 재준은 이사진들이 준비해 온 회의를 단 10분 만에 끝냈다.

"이틀 뒤에도 오늘같이 엉망이면……."

"……."

"사직서 준비하셔야 할 겁니다."

서른셋에 전무 자리를 얻었으나 그만큼 노력을 해서 얻은 자리였다. 그래서 나이가 어리다고 그를 깎아내리는 사람도 없었다. 그의 일처리 능력이나 빠른 판단력 등, 성심그룹을 위한 그의 능력은 정말 뛰어났다. 그동안 쌓아 온 뛰어난 업무 능력과 통찰력으로 매사 냉철하게 모든 일을 판단하니 그럴 수밖에 없었다. 그러니 그 누구도 그의 의견에 이의를 제기할 수가 없었다.

이사진들은 회의실을 나오며 다 같이 한숨을 쉬었다. 이틀 뒤라니. 철야는 안 봐도 뻔했다.

△　▼　△

전무실로 돌아오며 재준은 답답한지 넥타이를 아예 풀었다. 그의 직속 비서인 김 비서는 상사의 기분을 파악하여 그저 고개만 숙여 인사를 했다. 문을 쾅 닫고 들어온 재준은 넥타이를 책상 위로 던져 버리고 단추를 두 개 정도 풀었다. 그럼에도 답답했다.

요즘 들어 그랬다. 잘 참고 있다고 생각했는데, 어느 날은 폭발하기 일보 직전의 상태가 되어 버린다.

동생들은 잘만 살고 있는데, 자신은 왜 이러는지 모르겠다.

이것이 맞게 살고 있는 것인가. 때늦은 자아성찰로 인해 재준은 괴로웠다. 누구나 걷는 사춘기의 길도 걷지 않고 잘 지내 왔었다. 어쩌다 간혹 이렇게 한 번씩 마주치는 현실이 무서워서 다 던져 버리고 싶을 때가 있었다.

"……후."

재준은 두 손으로 책상을 짚었다. 눈을 감았다가 떴다. 섹시한 눈매가 잠시 깊어졌다.

"답답하군."

이럴 때마다 떠오르는 한 존재가 있었다.

지금으로부터 8년 전.

비 오는 날에 보았던 빛 한 줄기가 그리워, 며칠 뒤에 공원으로 가 보았다. 그러나 집이 그 근처라던 박아름은 보이지 않았다. 비서에게 시켜서 찾아보게 하였지만 박아름이란 이름은 흔해도 너무 흔했다.

재준은 전무실 밖으로 나왔다. 비서가 행방을 물었지만 한 시간 안에 들어온다 하고 그대로 회사를 박차고 나왔다. 그러나 갈 곳이 없던 그의 걸음은 곧 우뚝 멈추고야 말았다. 마치 길을 잃은 어린아이가 되어 버린 기분이다.

미간을 찌푸리던 재준은 흘러내리는 앞머리를 쓸어 올렸다. 그 섹시한 행동에 지나가던 여자들이 시선을 보냈지만 재준은 아무것도 보이지 않는 것처럼 행동했다. 그러다 문득 멀리서 들려오는 목소리에 천천히 고개를 들었다.

"애견 카페 개업했습니다! 혹시 귀여운 강아지를 좋아하는데 키우지 못하시는 분들! 강아지 좋아하시는 분들!"

처음 재준이 반응을 한 것은 강아지란 단어였다.

8년 전, 빗속에서 웅크리고 있던 그 작은 존재를 접한 뒤로는 어째서인지 작은 동물, 특히나 강아지에게 시선이 갔다. 그리고 그는 그 이후로 답답할 때마다 강아지를 찾게 되었다. 혹은, 이렇게 밖으로 나와서 동물병원 근처를 서성이곤 했었다.

"애견 카페……?"

재준은 홀린 것처럼 그쪽으로 걸음을 옮겼다. 확성기로 애견 카페를 홍보하는 여자가 보였다. 자그마한 체구에 어깨까지 오는 머리칼을 포니테일로 묶은, 옅은 화장에 밝은 웃음을 지은 한 여자가 순식간에 눈에 들어왔다.

"강아지 좋아하시는 분들! 한번 놀러오세요. 귀여운 아이들이 많습니다!"

천천히, 아주 천천히 발을 움직였다.

그녀다.

그토록 찾던, 흔하디흔한 이름을 가진…… 특별한 박아름이다.

재준은 곧 애견 카페를 홍보하는 여자의 앞에 우뚝 섰다. 갑자기 그늘이 지자 여자가 고개를 들었다.

"어…… 안녕하세요?"

여자가 빙긋 웃으며 인사를 하였다. 이내 재준의 손에 전단지 한 장을 쥐여 주었다.

"여기, 새로 애견 카페 개업했습니다!"

"애견 카페……?"

아, 애견 카페를 모르시구나! 여자가 빙긋 웃었다. 그 웃음을 홀린 것처럼 바라보던 재준은 전단지로 고개를 숙였다.

〈애견 카페 아르몽〉

전단지를 가만히 보고 있는 사이, 여자가 입을 열었다.

"애견 카페는, 카페지만 강아지들이 있는 곳이에요. 강아지 키우시면 데리고 오셔도 되고요! 강아지 키우세요?"

"그건 아니지만……."

"그럼 좋아하세요?"

"보는 건……."

언제나 냉철했던 도재준이 무너지는 순간이다. 8년 만에 그 작은 소녀를 다시 만나게 되자, 재준의 냉철함은 눈 녹듯이 전부 사라졌다.

오직 첫사랑을 만나 버벅거리는 10대 소년의 모습만이 남았다.

"가게 영업은 내일부터 하거든요. 저희는 점심시간이 따로 없고요. 언제든지 오고 싶으실 때 오시면 돼요."

"그⋯⋯."

"참. 이건 내일부터 7일간 아무 때나 오시면 음료 한 잔 무료로 드리는 쿠폰이에요."

재준의 손 위에 여자가 쿠폰 하나를 올려 주었다. 잠시 손과 손이 닿았다. 그 따듯함에 재준은 틀림없이 이 여자가 8년 전의 박아름이라고 확신했다. 그래서 머뭇거리던 재준이 입을 다시 열었다.

"혹시, 이름이⋯⋯."

이름을 왜 묻는 건지는 모르겠지만 딱히 알려 줘도 상관은 없었기에 방긋 미소를 지었다.

"박아름이라고 해요!"

재준은 아름을 바라보았다. 천천히, 재준의 입꼬리가 둥글게 올라갔다.

내내 기다렸던 한 사람이 있었다.

내내 찾아다녔던 한 사람이 있었다.

너는 아마 모르겠지. 모든 것을 포기하고 전부 놔 버리고 싶었을 때, 갑자기 내 앞에 나타난 네가 내 어둠 속에서 한 줄기 빛이 되었다는 것을, 너는 아마 모르겠지.

"내일 오실 거죠?"

⋯⋯아마도 너는 모르겠지.

"⋯⋯보기만 해도 되나."

잘생기기는 정말 잘생긴 남자가 의외로 강아지를 좋아하나 보다, 생각하며 아름은 빙긋 미소를 짓고는 고개를 끄덕였다.

어둠을 밝혀 주는 밝은 미소는 그대로였다. 그런 너를, 드디어 찾았다.

"……찾았다, 박아름."

재준이 중얼거리자 아름이 고개를 들었다. 혹시 저를 아는 사람인가 싶어서 슈트를 입은, 섹시하고도 잘생긴 그 남자를 바라보았다. 저렇게 잘생겼으면 뇌 속에 저장이 되었을 텐데, 아무리 뇌 안을 뒤져도 저 남자에 대한 정보는 없었다.

아름은 고개를 갸웃거리다 물었다.

"저를…… 아세요?"

재준은 고개를 가로저었다. 일단, 모르는 척하자.

네가 나를 기억하지 못해도 좋아. 내가 너를 기억하니까.

"내일 찾아가지."

"……? 아, 네! 꼭 와 주세요!"

'좀 이상한 남자 같았지만 잘생겼으니 봐준다!'

아름이 씩 웃으며, 전단지를 받아 가는 재준에게 손을 획획 흔들었다. 재준은 아쉽다는 듯이 쉽게 그 자리를 뜨지 못했고, 아름은 그런 재준이 여전히 저를 바라보고 있는지 모른 채 애견 카페 홍보에 열을 올리기 시작했다.

△　▼　△

전단지를 다 돌리고 난 뒤, 내일부터 영업 시작인 '애견 카페 아르몽'으로 들어왔다. 아름은 들어오자마자 에어컨의 시원함에 두 팔을 쫙 벌렸다.

"잘 했니?"

"응. 언니."

같이 가게 문을 열게 된, 바리스타 희선이 아름을 반겼다. 아름은 희선이 건넨, 얼음 동동 띄운 레몬에이드를 꿀꺽 마셨다. 그때 아름을 반기듯 강아지 두 마리가 뛰어왔다. 가장 좋아하는 웰시코기인 순이와 말티즈인 말랑이가 뛰어왔다. 바닥에 철퍽 앉아서 순이, 말랑이를 품에 안고 놀아 주던 아름은 두 강아지를 내려놓으며 다시 일어났다. 놀아 달라는 듯이 두 강아지가 아름의 다리를 붙잡고 늘어졌지만 아름은 머리를 살살 쓰다듬어 주곤, 희선에게로 다가갔다.

"참, 이상한 남자 봤어."

"이상한 남자?"

희선은 혹시나 나쁜 사람인가 싶어서 미간을 찌푸렸다. 그러나 아름은 아까 전, 검은 슈트를 입고 섹시한 분위기를 풍기던, 조각처럼 잘생긴 남자를 떠올렸다.

"음…… 왠지 나를 아는 것 같았는데."

"너…… 넘어갔니?"

"아, 아냐. 그런 게 아니라……. 근데 언니, 진짜 잘생겼어. 와…… 살면서 그렇게 잘생기고 섹시한 남자는 처음이라니까! 왜 다들 남자는 슈트빨! 외치는지 알 것 같았어."

"근데 그 남자가 왜?"

"생긴 건 진짜 상남자인데…… 강아지를 되게 좋아하나 봐. 내일 꼭 오겠다고 했어."

아르몽의 1호 손님이 생긴 것 같았다. 빙긋 웃던 아름은 바닥에 엎드려 있다가 일어나서 터벅터벅 다가오는 황구를 사랑스럽다는 눈으로 바라보았다.

황구는 비 오는 날, 바들바들 떨고 있는 아이였다. 차마 그냥 갈 수가 없어서 집으로 가서 우산을 가져왔었다. 집에서 키울 수는 없으니 우산이라도 씌워 주려고 했던 것이다. 그때 만난 오빠가 떠오르자 아름은 턱을 괸 채 회상을 잠깐 멈췄다.

"그나저나…… 그 오빠는 잘 지내려나……."

세상 무너질 것처럼 우울한 표정을 짓고 있었는데. 사실 얼굴은 기억나지 않았다. 그저 강아지에게 정말 친절했다는 것만 기억이 났다. 우산을 가지러 간 사이, 자신이 입고 있던 옷을 강아지에게 덮어 주고, 그 오빠는 비를 쫄딱 맞고 있었다.

"그 오빠?"

"내가 말했던, 비 오던 날의 그 오빠 있잖아."

"아. 황구 구해 줬던 그 남자?"

"응."

그 이후, 타이밍이 맞지 않았는지 볼 수 없었던, 아련한 추억의 한 남자.

"좋아했었어?"

히죽거리며 묻는 희선에게 아름은 혓바닥을 날름 내밀었다.

"그날 잠깐 본 거 가지고 좋아할 리가."

"에. 애 좀 봐라. 아직 사랑이라곤 하나도 모르는 이 꼬맹이 좀 보게. 아름아, 얼마나 봤는지는 중요하지 않아. 첫눈에 반한다는 것도 있고."

"그래. 연애 참 많이 해 봐서 좋겠수."

아름이 깔깔 웃으며 희선의 팔을 탁 쳤다. 헥헥거리며 황구가 아름에게 다가오자 아름은 고개를 숙여 황구를 꽉 안아 주었다.

"아무튼…… 아까 본 그 남자, 날 아는 것 같았는데."

아닌가. 모르겠다. 아름이 고개를 갸웃거리자 희선은 턱을 괸 채 아름을 바라보다 다시 히죽 웃어 보였다.

"청춘이구나. 아니, 아니지. 지금 박아름 나이가 몇인데."

올해 나이 스물일곱인 아름은 본래 나이 같지 않고 대학생처럼 보였다. 작은 체구에 어깨까지 오는 갈색 머리카락, 진하지 않은 화장, 그 모든 것이 아름을 어려 보이게 했다.

"아름아. 그래도 연애는 해 봐야지."

"음. 아직 필요성을 못 느껴서."

아름이 배시시 웃었다. 그래서 희선은 더 이상 말을 할 수가 없었다. 이제 어린애도 아니고 다 큰 아름에게 더 이상 잔소리를 했다간, 며칠간 삐쳐서 저를 쳐다보지도 않을 것이다. 은근히 뒤끝이 있는 아름에게 미움을 받고 싶지 않았다.

어릴 적, 옆집에 살던 희선은 항상 아름이 안타까웠다. 구김살 없이 웃어도 그 속에는 얼마나 많은 걸 담고 있는지…….

"그 섹시한 남자 얘기나 해 봐."

"그냥 전단지 받아갔을 뿐이야."

"그 남자, 진짜 왔으면 좋겠네."

응, 그러게. 나도.

무심코 그렇게 대답을 하려던 아름은 정신을 차리고 입을 다물었다. 자신이 뭐하러 그 남자가 진짜 왔으면 좋겠다고 생각하겠는가. 아름은 그저 그가 저를 정말 아는 것인지 물어보고는 싶었을 뿐이기에 방금 한 생각은 머릿속에서 지워 버렸다.

△　▼　△

애견 카페 아르몽.

개업날인 4월 20일이 되었다. 아름은 몰려드는 손님을 안내했다.

첫날이니 직접 강아지들에 대해서 설명도 해 주고, 겁이 많은 아이들에게는 직접 다가가서 친구가 될 수 있도록 도와주었다. 강아지도 귀엽고, 아름과 새로 구한 아르바이트생인 은정이 친절해서 그런지 아줌마들도 좋아했다.

진상 손님이 있을까 걱정했지만 첫날이어서 그런지 다행히도 그런 손님은 없었다. 아름은 속으로 안도의 한숨을 쉬었다.

한숨 돌리던 아름은 문득, 그 남자가 아직 오지 않았다는 걸 깨달았다.

'뭐야. 온다면서. 예의상 한 말인 거였나?'

어쩐지 아쉬운 마음이 들었다. 그러나 그런 마음을 깨달을 새도 없이, 빈자리가 나기 무섭게 새로운 손님이 왔다. 한 커플이 들어왔다. 안내를 해 준 뒤, 강아지 네 마리의 이름을 알려 주었다. 아름은 은정에게 뒤를 부탁하고, 방금 또 들어온 손님에게 대기해 달라는 말을 하려고 했다.

"어서 오세……."

"……."

"……요."

몸에 딱 맞는 검은 슈트를 쫙 빼입은 사람이 들어왔다. 순식간에 분위기를 압도하는, 냉철한 표정의 조각 같은 남자가 들어서자, 순식간에 카페 안 모두의 시선이 그쪽으로 돌아갔다. 카페 안의 시선을 온몸에 받게 되었음에도 남자는 눈 하나 깜빡이지 않았다.

재준은 마침 저와 막 눈이 마주친 아름을 향해 걸었다. 시간이 나는 건 점심때뿐이라 재준은 간단한 점심도 못 먹고 곧바로 카페로 왔다. 얼마나 들어오기를 망설였는지 모른다. 하나는 박아름이 있다는 거였고, 다른 하나는 강아지가 있다는 이유 때문이었다.

결국 문을 열고 들어왔고, 저를 바라보는 아름의 시선과 마주쳤다.

"어…… 안 오시나 했잖아요."

재준은 밝게 웃으며 제 앞으로 다가온 아름을 가만히 바라보았다. 재준은 어떻게 대답을 해야 하는지 몰라서 머뭇거리다 입을 열었다.

"시간이 지금 나서……."

"보니까 회사원이신 것 같은데……. 아, 손님을 오래 세워 뒀네요. 이쪽으로 오세요. 마침 한 자리가 비었거든요!"

빙긋 미소를 지으며 아름이 먼저 뒤를 돌아 안내를 했다. 재준은 아름을 물끄러미 바라보다 그 뒤를 따랐다. 막 자리가 난 곳에 재준을 앉혔다. 딱 좋은 창가 자리였다. 재준이 앉자 아름은 물었다.

"점심은 드셨어요?"

아직 먹지 않았지만 고개를 끄덕였다. 왠지 그러고 싶었다. 그러자 이번에는 다른 질문을 해 왔다.

"음료 한 잔만 시키시면 입장료 같은 건 필요 없고요. 아, 오늘은 개업날이니까, 잘 부탁드린다는 의미로 한 사람당 한 잔씩 무료예요. 뭐 마시겠어요?"

"……커피. 아메리카노로."

"따뜻한 거, 아니면 차가운 거요?"

"따뜻한 거."

말이 좀 짧았지만 어쩐지 그에게는 그게 어울리는 것 같았다. 주문을 받은 아름은 빙긋 웃으며 잠시만요, 하고서 음료를 주문하러 갔다. 곧바로 희선이 얼굴을 바짝 당기며 물었다.

"저 남자니?"

"응."

아름이 고개를 크게 끄덕이자 희선이 감탄사를 내뱉으며 창가에 앉은 재준을 보았다. 너무 노골적으로 보는 것 같아 아름은 희선의 팔을 툭툭 쳤다. 희선의 시선이 돌아오자, 아름이 방긋 웃으며 아메리카노 따뜻한 거, 대답을 하고서 몸을 틀었다. 그러자 강아지를 물끄러미 바라보기만 하는 남자가 보였다.

딱 봐도 첫인상은 무뚝뚝함과 날카로움을 가지고 있었다. 쉽게 접근을 할 수 없는 분위기였다. 그런데도 자꾸만 시선이 간다.

"얘, 아름아. 침 닦으렴."

"내, 내가 언제 침을 흘렸다고……."

그렇게 중얼거리면서 아름은 괜히 입 주변을 슥 닦았다.

커피가 나오는 동안 잠시 카운터에 기대어서 남자를 살폈다. 남자는 그저 강아지를 바라보고 있었다. 냉철함을 유지하던 그 눈동자에서는 강아지를 향한 어떤 애정이 느껴졌다. 가만히 그걸 바라보고 있던 아름은 어라, 하는 생각이 들었다.

"얘."

분명 강아지를 좋아하는 것 같은데…….

"아름아."

그런데 만지려고 하지 않네, 왜지?

"얘. 아름아! 박아름!"

"아, 아! 넵!"

"뭘 그렇게 딴생각에 잠겨 있니? 커피 식기 전에 가져다 드려. 아무리 손님이 섹시해도 그렇지……."

"그, 그런 거 아니거든?

아름은 팩 고개를 돌리려다가 커피를 쟁반 위에 조심스럽게 올려놓았다. 커피가 쏟아지지 않게 조심하면서 재준에게로 다가갔다.

이름도 모르는 손님인데, 왠지 모르게 시선이 갔다. 그가 섹시하고 잘생겨서가 아니었다. 그냥, 뭔가 다른 이유로 인해서였다.

"손님. 주문하신 음료 나왔습니다."

아름은 재준의 앞에 조심스럽게 잔을 내려놓았다. 그러자 재준은 무엇이 마음에 들지 않는지 눈썹을 꿈틀거렸다. 그걸 본 아름은 자신이 무언가 잘못했나 싶었다. 그러나 곧 그의 눈썹이 제자리로 돌아온 것을 보고서 잘못 봤나 하곤 생각을 지웠다.

"강아지 좋아하시는 거 맞죠?"

그러자 남자가 고개를 끄덕였다. 아름은 왠지 그가 강아지를 좋아하는데 어떻게 할 줄을 몰라서 가만히 있는 것 같았다. 아름은 금방 눈치를 채고서 씩 웃었다. 마침 남자와 눈이 마주쳤다.

"잠시만요."

빙긋 웃던 아름은 가장 한가한 웰시 코기 순이를 데리고 왔다.

"종류는 웰시 코기고, 이름은 순이라 해요. 순해서 순이라 했어요. 저쪽 바리스타 언니한테서는 센스 없이 지었다고 구박받았지만요."

아름은 순이를 안고서 재준의 건너편에 앉았다. 그러자 재준의 시선이 품에 안긴 순이에게로만 향했다. 아하. 그렇구나. 깨달은 아름은 피식 웃었다. 그러니까 눈앞의 남자는 정말 강아지를 좋아하는데 어쩔 줄 몰라서 가만히 있는 거구나 싶었다.

아, 도와주어야지, 그렇게 생각을 하게 되었다.

"만져 보세요."

"……괜찮을지……."

머뭇거리는 모습을 보며 저절로 웃음이 나왔다. 덩치는 순이보다 몇 배는 크면서 작은 순이를 무서워하는 모습에 아름은 웃음이 났다. 아름은 일어나서 아예 재준의 옆자리에 앉았다. 그러자 재준이 움찔 몸을 떨었다. 그러나 그걸 눈치채지 못한 아름이 피식 웃으며 순이의 양쪽 앞발을 잡았다.

"손 내밀어 보세요."

재준은 아름의 요구에 말없이 손을 내밀었다. 아름은 의외로 자신의 말에 잘 따르는 재준의 반응에 놀라서 고개를 들었다. 역시, 사람은 생긴 걸로 판단하면 안 돼! 아름은 곧 순이의 왼쪽 앞발을 재준의 손바닥에 내밀었다. 그러자 재준이 움찔거리면서 놀라는 것이 느껴졌다.

"괜찮아요. 그리고 이것도!"

다른 한쪽 발도 툭 내밀었다. 그때 순이가 바둥거리더니 재준의 허벅지에 앉았다. 편안한 자세로 앉더니 고개를 들어 헥헥거렸다. 쓰다듬어 주세요. 아름이 다정하게 말을 건네자 재준은 잠시 머뭇거리다 천천히 손을 뻗었다.

"아, 그러고 보니 정장인데…… 털이 묻으면 곤란하겠어요."

"……."

"이미 묻었지만요. 가기 전에 털 떼어 드릴게요. 원래 출입구에 놔둔 먼지 제거기로 각자 하시는 건데 첫날이고 하니 서비스로 도와 드릴게요."

재준은 고맙다는 뜻으로 고개를 까닥였다. 제대로 말을 하고 싶었지만 어쩐지 말이 잘 나오지 않았다. 조금은 건방져 보였을까. 그러나 아름은 전혀 신경을 쓰지 않는 모양이다. 웰시 코기 순이의 머리를 쓰다듬으며 말을 걸고 있었다.

"순이야. 우리, 오빠한테서 내려오자. 순이 털이 잘생긴 오빠한테다 묻어요."

암컷 아니랄까 봐 잘생긴 사람을 알아보는지, 찰싹 붙어서 떨어지지 않으려고 하고 있었다. 아름을 가만히 바라보던 재준은 순간 갈증이 나서 식어 가는 커피를 마셨다.

"참."

아름이 고개를 들었다. 순간 잔을 내려놓으려던 재준이 멈췄다. 코가 닿을 정도의 거리가 되었다. 재준은 그 가까운 거리 덕분에 아름을 좀 더 자세히 볼 수 있었다.

손에 쏙 들어올 것 같은 작은 얼굴, 그리고 품에 안으면 폭 들어올 것 같은 체구. 어깨까지 닿는 갈색 머리카락, 흩어진 앞머리 사이에 보이는 머리카락과 같은 색의 눈썹, 쌍꺼풀이 없는 외까풀 눈, 조금 오똑한 코, 그리고 붉은 앵두 같은 입술.

그녀는 그 거리에 당황했는지 눈동자가 흔들리고 있었다. 그 모습이 귀여워서, 재준은 저도 모르게 빙긋 미소를 지었다. 그 순간, 아름이 딸꾹질을 했다.

"잠깐, 기다려."

재준이 물을 받아 오려 일어나려다가 무릎 위에 앉은 순이를 보았다. 망설이던 재준은 조심스럽게, 갓난아이를 드는 것처럼 순이를 들어서 자신이 앉았던 의자에 내려놓았다. 이내 물컵에 가득 물을 따라서 아름의 앞에 내밀었다.

"고, 고마워요……."

딸꾹. 곧 아름이 물컵을 들고서 단숨에 마셨다. 재준은 미간을 찌푸리며 아름을 바라보았다. 걱정스러운 표정이었지만 남들이 보기에는 딸꾹질 소리가 시끄러워서 인상을 쓰는 것처럼 보였다. 그걸 느낀 재준은 미간을 펴려다가 아름과 눈이 마주쳤다. 순식간에 재준의 표정이 쫙 펴졌다.

"제가 당황하면 딸꾹질을 하거든요. 아하하!"

"……."

"어휴. 저 순이, 남자 밝히는 것 좀 봐. 언니한테 좀 그래 줄래?"

순이는 재준이 돌아오자, 다시 재준의 허벅지 위가 자신의 자리인 것처럼 드러누워 있었다. 그게 귀여워서 멍하니 바라보다가 조심스럽게 손을 들어 순이의 등을 슥슥 쓰다듬었다. 이내 머리도 쓰다듬자 순이가 고개를 들었다. 재준은 순이의 귀여운 모습에 움찔거리며 손을 떼어 내었다.

"아무튼 오늘 와 줘서 너무 고마워요."

"……온다고 했으니까."

"그럼 앞으로도 자주 와 주실 거죠?"

고개만 끄덕인 재준의 대답에도 아름은 좋다는 듯이 방긋 웃었다. 어쩐지, 강아지가 아닌 아름의 머리를 쓰다듬고 싶을 정도로 귀여워 보였다.

재준은 시간을 확인했다. 점심시간이 끝나 가고 있었다. 아쉽지만, 일어나야 할 것 같았다. 재준이 일어나자 아름이 순이를 안은 채 가만히 바라보았다. 재준은 곧바로 입을 열었다.

"점심시간이 끝나서 가 봐야겠군."

아. 이 사람, 회사원이었지.

무슨 일을 하는지는 이미 그가 입고 있는 슈트를 보면 딱 알 수 있었다. 물론 정장을 입고 다른 일을 하는 사람들도 있겠지만, 왠지 이렇게 곧고 냉철한 사람은 회사원일 것 같은 느낌이 있었다. 아름은 순이를 바닥에 내려놓으며 일명 찍찍이를 들고, 가려는 재준을 붙잡았다. 그의 슈트에 묻은 개털을 털어 줄 차례였다.

"잠시만요!"

"……?"

"개털, 떼어 줄게요. 잠시만요."

아름은 그의 슈트에 붙은 개털을 꼼꼼하게 떼기 시작했다. 물론 쉽게 떼어지지 않는 것도 있었지만, 최대한 그의 슈트가 멀쩡해 보이도록 꼼꼼히 떼어 냈다. 강아지가 좋아서 점심시간에 잠깐 시간을 내어서 온 사람인데, 폐가 가게 할 수는 없었다. 그리고 어쩌면 앞으로 자주 올 단골손님일지도 모르니까, 미리 관리를 하는 차원이기도 했다.

어느 정도 떼어 내자 아름은 슈트의 구겨진 부분을 손으로 탈탈 털었다. 재준이 굳어 있다는 것을 알아차린 아름은 미안하다는 듯이 웃었다.

"제가 너무 버릇없이 만졌죠?"

"……아니."

그렇지 않아.

재준은 그렇게 말을 하려다가 또 삼켰다. 쓸데없는 말은 잘 하지 않게 되었다. 그렇게 배워 온 지 서른세 해, 그래서 아름에게도 제대로 된 대답을 할 수 없었다.

"그럼 다행이네요."

그럼에도, 그녀는 기분이 나쁘지 않다는 듯이 활짝 웃었다. 저 미소에 가슴이 쿵, 쿵, 뛰는 것만 같았다.

"저기 손님, 근데 하나만 물어도 되나요?"

저기, 손님. 저를 칭하는 호칭들이 거슬렸다. 재준은 무심코 그렇게 생각을 하다가 아름이 자신의 이름을 모른다는 것을 깨달았다.

"뭐지?"

아마도, 그는 분명 반말을 쓰는 것이 익숙한 사람이라고 생각을 한다. 아니면 저를 정말로 알고 있어서, 그래서 그런가?

그럼에도, 이상하게 기분은 나쁘지 않았다. 그가 반말을 쓰는 게 어울려서 그럴지도 모르겠다.

"혹시 저를 아세요?"

"왜 그렇게 생각하지?"

"아니, 엊그제 분명……."

"글쎄."

그는 분명하지 못한 대답을 하였다. 아름은 속이 답답했다. 저 태도로 보아하니 분명 저를 알고 있는 게 틀림없다! 그런데 아무리 기억 속을 뒤져 봐도 제 기억에 저 남자는 없었다. 저렇게 섹시하고 잘생긴 조각을 봤으면 분명 기억을 해 두었을 것이다.

아니, 기억을 할 수밖에 없는 남자인데?

"박아름."

어라. 이제는 제 이름을 막 부른다.

"잘 기억해 내 봐."

곧 재준이 입꼬리를 살짝 말아 웃었다. 그 미소에 순간 가슴이 두근거렸다. 저건 사람을 유혹하는 미소가 틀림없어! 아름은 한 발짝 뒤로 물러났다. 본능적으로 저 미소가 위험한 미소임을 감지한 것이다.

"그, 그러니까 손님은 저를 안다는……."

"그거 말이야."

그가 숙였던 상체를 다시 일으켰다. 덕분에 아름은 안도의 한숨을 쉬었다. 잠시 멈칫하던 재준이 고개를 다시 돌려서 아름을 내려다보았다. 키가 큰 그를 올려다보려니까 고개가 좀 아팠지만, 아름은 지지 않으려는 듯이 고개를 빳빳이 세우고 키도 좀 더 커 보이기 위해 살며시 까치발을 들었다.

'아, 귀여워.'

순간 재준은 참을 수 없는 기분이 들어서 하마터면 아름을 꽉 안아 버릴 뻔했다.

"도재준."

"도……재준……?"

"이런."

'시간이 벌써 이렇게 되었군.'

손목시계를 확인한 재준은 그 이상 말하지 않고 아름에게 손을 흔들어 주었다. 순식간에 눈앞에서 재준이 사라져 버리자 아름은 홀린 것처럼 정신을 차리지 못하고 눈을 깜빡였다.

겨우 정신을 차린 것은 바빠 죽겠는데 왜 안 오냐는 희선의 투덜거림으로 인해서였다. 아름은 재빨리 안으로 들어가서 강아지들을 돌보며 손님과 친해지게 하였다. 은정은 아름이 돌아오자 살았다는 듯이 조금 여유를 부렸다.

도재준이란 세 글자의 이름이 아름의 머릿속에서 맴돌았다. 일을 하는 내내 그 생각으로 인해 멍 때리다가 희선에게 구박을 받고, 심지어 은정에게서는 '언니, 이상해요'라는 말까지 들었다.

"근데 말이야."

카페 문은 9시에 닫는다. 저녁 8시 30분이 되어 문을 닫을 준비를 하던 희선이 입을 열었다. 아직까지도 멍 때리는 아름이 마음에 안 들었는지 아름을 픽 밀었다. 휘청거리던 아름은 정신을 차리고 빽 소리를 질렀다.

"왜 가만히 있는 사람을 밀어!"

"어쭈. 오늘 내내 정신 팔려 있던 주제에 큰소리다?"

"내가 언제?"

"에이, 언니. 그랬잖아요. 그 손님 오고 나서부터."

은정까지 그렇게 말을 하자 아름은 입을 다물었다. 맞는 말이어서 도저히 부정을 할 수가 없었다. 입을 꾹 다문 아름은 걸레질을 박박 하기 시작했다. 냄새가 심하게 하지 않으려고 환기도 잘 시키고, 마지막으로 페브리즈도 뿌린 뒤, 강아지들에게 인사를 했다.

"됐지? 어?"

혼자서 청소를 다 끝낸 아름이 옷을 갈아입으러 탈의실로 향했다. 그런 아름을 바라보던 두 사람은 피식 웃었을 뿐이다. 사랑에 빠졌구나? 두 사람은 아름이 오기 전까지 계속 놀려 댔다.

2화

아름은 일어나자마자 황구의 밥부터 챙겼다. 세 마리 강아지는 카페 아르몽에서 키우지만, 황구만큼은 집에서 키우고 있었다. 가장 노견이기도 했고, 어쩐지 황구는 꼭 데리고 있어야 할 것 같았다.

다른 세 마리는 새끼 때부터 입양을 해서 희선과 잘 기르고 있었지만 황구는 아니었다. 가장 힘든 시기인 고등학교 3학년 때였다. 비오는 날 길가에 버려진 것을 보고 어쩐지 저와 같은 처지 같아서, 쉽게 외면할 수 없어서 결국 데리고 오게 되었다.

아름은 가만히 황구를 바라보며 빙긋 웃다가 일어나서 씻을 준비를 하였다. 화장실로 들어가서 칫솔에 치약을 짰을 때, 문득 한 남자가 떠올랐다.

"도재준. 칫. 그게 이름인지 뭔지 내가 어떻게 알아!"

딱 봐도 이름을 말한 것 같긴 한데.

"그나저나……"

잠시 거울 속에 비친 제 모습을 빤히 바라보던 아름은 이를 닦기 시작했다. 씻는 내내 생각을 해 봤다. 그러나 아무리 생각을 해도 그 얼굴은 기억이 나지 않았다.

"도재준. 도재준이라……."

에잇! 모르겠다.

머리까지 감고 나온 아름은 아침잠이 많은 희선을 깨우러 향했다. 황구가 아름을 바라보다 그 뒤를 따랐다. 머리를 슥슥 쓰다듬어 준 아름은 곧 희선이 자고 있는 방으로 들어갔다. 생긴 건 섹시 미녀인데, 소녀풍 취향을 좋아하는 희선의 방은 핑크빛으로 가득 차 있었다. 이제야 좀 익숙해졌지, 몇 년 전, 희선과 같이 살기 시작했을 때만 해도 희선의 방으로 들어가는 것이 부담스러웠다.

"언니."

"……."

"희선 언니."

"으응……."

"언니!"

희선을 향해 소리를 지르자 움찔거리던 희선이 벌떡 일어났다. 눈도 제대로 못 뜨던 희선이 주변을 두리번거리다 아름을 보고 낮게 한숨을 쉬었다.

"아르몽. 벌써 일어나야 해……?"

사실 카페의 이름인 아르몽은 아름의 별명이다. 정말 자신의 별명으로 가게 이름을 지어도 되느냐고 물었지만 희선은 흔쾌히 대답을 했었다. 어감도 예쁘고 귀엽잖아! 마치 디저트 카페 이름 같았지만 아름은 그저 얼떨떨한 표정으로 고개를 끄덕였다.

아르바이트생인 은정도 처음 면접 보러 왔을 때 가게 이름을 보고 디저트 카페인 줄 알았다고 했다. 애견 카페인데 괜찮겠느냐고 물었더니, 고양이를 키우고 있지만 강아지도 좋아하니까 괜찮다는 대답이 마음에 들어서 바로 채용을 하였다.

"응. 7시야."

"……좀만 더 잘래……. 우리 가게, 오픈 9시잖아……."

"언니. 가서 애들 밥 주고 산책도 시켜야 해."

"그건 은정이 시켜어……."

"아, 얼른 일어나!"

올빼미형인 희선은 아침형 인간인 아름으로 인해 늘 괴로웠다. 그래도 아름이 아니면 잘 일어나지 못하니, 곁에 있어서 다행이라는 생각이 들었다.

희선은 결국 벌떡 일어나서 씻을 준비를 하였다. 아름은 황구와 아침 산책을 갔다 온다고 하고서 집을 나섰다. 아침 산책에 희선이 참여를 한 적은 거의 없었다. 몇 번 있었지만, 그것도 아름이 가자고 해서 억지로 간 거였다.

아름은 상쾌한 아침 공기를 마시며 황구에게 웃어 주었다.

"황구야. 오늘 아침도 파이팅!"

황구는 아름의 말을 알아들었는지 왈왈 짖으며 대답을 해 주었다.

△ ▼ △

삐비빅.

아주 단조로운 알람이 울렸다. 재준은 2초밖에 안 되는 그 사이에 알람을 듣고 일어났다. 그는 이불을 걷고 우아한 표범처럼 일어났다. 잘 때 상체에는 아무것도 입지 않았다. 탄탄한 데다가 근육도 잡혀 있는 몸이 꿈틀거리며 기지개를 켜다 샤워실로 들어갔다.

제대를 한 후부터 독립을 해서 혼자 살기 시작했다. 그가 사는 오피스텔은 혼자 살기에는 너무 넓었다. 그러나 그는 그걸 느끼지 못하고 아무렇지도 않게 잘만 지내 왔다. 어차피, 빈 방은 가끔 오는……

띵동.

생각하기가 무섭게 밖에서 벨 소리가 들렸다. 마침 씻고 나왔던 찰나여서 인터폰을 바라보았다. 이렇게 이른 시간에 자신의 집에 찾아올 사람은 오로지 한 사람이었다.

"……"

그리고 역시나, 제 예상대로의 인물이 인터폰에 보였다. 재준은 머리카락에 묻은 물기를 털던 수건을 목에 걸쳤다. 나직이 한숨을 쉬며 문을 열었다. 그러자 곧바로 문을 열고 익숙한 사람이 모습을 드러낸다.

"형님!"

아직 앳된 티를 벗어나지 못한, 저와는 11살 차이가 나는 막내 동생이다.

도다온.

새벽까지 클럽에서 놀다가 막 들어온, 재벌 티를 내는 철없는 제 동생이다.

"일어나셨수? 그럴 줄 알았어."

"연락 정도는 하고 와."

"딱딱하기는! 이건 오늘 숙박비."

다온이 씩 웃으며 무언가를 내밀었다. 따듯한 아메리카노와 막 나온 샌드위치로 보였다. 지금 시간에 문을 연 베이커리는 없을 테니 아마도 클럽 주방에 부탁을 했을 것이다. 이미 여러 번 먹어 봤지만 꽤나 실력이 좋아서 믿을 만했다. 다온을 가만히 노려보듯이 바라보던 재준은 그것을 받아 들었다.

"아, 나도 따로 살면 좋은데. 큰형이랑 작은형처럼."

둘째인 서원은 가로수길에서 사업을 하고 있었다. 재벌의 아들이면서 아직 철이 덜 든 다온과 달리, 서원은 자신이 하고 싶은 일을 착실히 하고 있었다. 서원은 둘째답게 눈치도 잘 보는 데다가 서글서글하니 인상도 좋아서 사람과 어울리는 것을 좋아했다. 그래서 가로수길에서 사람들과 많이 만나고 있었다.

다온과 다르게 서원과는 세 살 차이여서 그런지 통하는 것도 어느 정도 있었다.

"큰형은 내가 찾아와야지 얼굴 보여 줄 거야?"

"그럼?"

"작은형은 나한테 전화도 자주 하고 문자도 하고 그러는데."

내가 그럴 타입으로 보이냐는 뜻으로 다온을 지긋이 바라보았다. 그 날카로운 시선에 어깨를 으쓱이던 다온은 샌드위치 하나를 집었다. 어차피 자신의 몫까지 많이 챙겨 왔으므로, 하나 정도는 먹어도 될 것이었다. 샌드위치를 입에 문 다온은 방금 내린 커피 한 잔을 손에 들고 소파에 앉았다.

"왜 그렇게 봐?"

여전히 저를 바라보는 재준의 시선에 다온이 물었다. 재준은 물끄러미 다온을 바라보다 픽 웃었다.

"철이 덜 들었군."

"나한테 그런 소리를 하는 건 큰형뿐이야. 알아?"

"서원이 녀석은 네게 그런 소리를 하지 못할 만큼 마음이 여리니까."

"……오……."

"왜 그러지?"

재준의 물음에 다온이 박수를 쳤다.

"큰형이 그렇게 길게 말하는 건 처음 봐서."

재준은 잠시 싸늘하게 다온을 바라보다 휙 몸을 틀었다. 더 이상 상대해 줄 가치가 없다.

어릴 적부터 성심의 미래는 너다, 하는 식으로 저를 키웠던 아버지는 늘 저에게 엄격했다. 그러나 자신이 태어나고 3년 뒤에 서원이 태어나고 나자, 조금씩 아버지의 표정이 풀어지기 시작했다. 서원이 자신이 하고 싶은 일을 찾자 그렇게 하라고 곧바로 수긍을 해 주었다.

그로부터 8년 뒤에는 막내, 도다온이 태어났다. 늦둥이인 다온이 태어나자 너무 오냐오냐하며 키웠다. 물론 엄격할 때는 또 엄격했지만, 저와는 다른 취급을 받는 다온을 보고 결국 터졌었다. 왜 나만 이 모든 것을 감당해야 하는지 알 수 없었다. 너무 힘들었다.

그게 바로 지금으로부터 8년 전, 재준이 스물다섯일 때였다.

"형, 형."

현실로 돌아온 재준이 밖에서 들려오는 소리에 고개를 틀었다. 다온이 문을 살며시 열고 들어왔다. 개인 공간인 자신의 집에 가족을 들이는 것은 별로 좋아하지 않지만, 미워해도 결국 막내 동생인지라, 가끔 잠을 자러 올 때 이렇게 받아 주는 것이 벌써 몇 년이던가.

그런 다온이 자신의 침실로 들어왔다. 자신의 공간을 누군가가 침범하는 것을 좋아하지 않는 재준의 미간이 금방 일그러졌다. 그걸 본 다온이 들어오려던 발을 후다닥 뺐다. 유난히 까칠하고 냉철한 형님에게 미움을 받고 싶지 않았다.

"엄마가 큰형 잘 지내냐고 물었었어. 전화 한 통 해 드려."

다온의 나이 때, 저는 어머니라 했었다. 잠시 생각에 잠긴 재준이 고개를 끄덕였다. 그럼, 나 잘게. 다온의 말에 대답을 해 주지 않았다. 그럴 줄 알았다는 듯이 피식 웃던 다온은 어느새 자신의 방이 되어 버린 손님방으로 들어갔다. 탁. 손님방의 문이 닫히는 소리가 들리자 재준은 낮게 한숨을 쉬었다.

그러다 어제 입었던 슈트 재킷을 보았다. 회사에 갔을 때 슈트에 미세하게 남은 개털을 본 김 비서는, 평소 깔끔한 성격의 재준을 알기에, 다급한 손길로 재빨리 개털을 털어 주었다. 됐다고 거절을 하고서 집으로 왔을 때, 이 재킷을 보고 만감이 교차했다.

"드디어……."

……너를 만났다.

그런데 왜 너는 나를 기억하지 못하는 걸까.

재준은 잠시 거울을 바라보았다. 못 알아볼 정도로 변한 건가. 평소 외모 같은 덴 관심도 없었기에 잘 모르겠다.

옷을 갈아입은 뒤, 재준은 집을 나서기 전에 잠시 다온이 있는 방을 바라보았다. 이내 마음을 먹었는지 다온의 방 앞에 서서 노크를 했다.

"왜에?"

가끔 저렇게 애교를 부려서 결국 져 준 적이 몇 번 있었다. 저도 모르게 짧게 웃었다가 금방 표정을 거둔 재준은 문을 열고 들어갔다.

"왜? 뭐 할 말 있어?"

"8년 전보다……."

"어?"

"내가 많이 달라졌나?"

그 말에 눈을 꿈뻑이던 다온이 씩 웃었다.

"엉. 그럼!"

그, 렇다고? 재준은 당황해서 몸이 굳어 버렸다. 그러나 표정은 늘 짓던 냉철한 표정이어서 다온은 알아차리지 못했다.

"형, 진짜 잘생겼지. 근데 지금은 뭐랄까…… 색기?"

"……."

"아앗! 나, 형 욕한 거 아니다? 그러니까 그런 게 뭐랄까, 섹시해 졌어! 지나가던 여자뿐만 아니라 남자도 돌아볼 법한, 그런 거? 그러면서 카리스마 넘치고……. 응, 그렇지. 형 참 많이 변했지. 그때는 아직 형이 풋풋했는데."

8년 전이면 저놈 나이 14살이다. 그런데 날 놈은 난다고, 저 나이에 클럽을 가지고 놀고 있는 걸 보면 8년 전인 14살 때 본 눈도 정확할 것이다. 철은 없어도 사람 보는 눈은 예리한 다온의 말이기에, 재준은 더 이상 말을 하지 않고 문을 닫고 나왔다. 안에서 '그건 왜 묻는데!' 하는 소리가 들렸지만 무시한 채 밖으로 나왔다.

한마디로 분위기가 변했다는 것이다. 그리고 무엇보다도 그날, 힘들었던 날 박아름이 준 따뜻한 손길이 금방 마음을 녹여 버렸기에 그녀를 눈에, 그리고 마음에 아주 똑똑히 새겼던 것이다. 그러나 그녀에게는 제가 그렇게 인상적이지 못했는지, 혹은 그날에 비해 분위기도 그렇고 많이 달라졌기 때문인지 알아보지 못했다.

"분명, 이름도 알려 줬는데."

「아, 전 박아름이라고 해요. 오빠는요?」

"먼저 그렇게 물어 놓고서."

아쉽고 섭섭한 감정이 있지만 재준은 그런 것 따위 됐다고 생각했다. 아름이 자신을 기억 못 한다고 해도 좋다. 제 마음에 이렇게 깊이 담아 두었으니까.

첫눈에 반한다는 말, 재준은 믿고 있었다. 제가 그랬으니까. 그런 감정 따위 못 느끼는 줄 알았지만, 아름을 보고 알았다. 그것이 연애 감정인지는 몰랐지만, 차차 알아 갔다. 처음 본 날은 그저 강아지를 좋아하는 오빠로 본 아름이 고마웠다. 성심그룹의 차기 회장으로 키워지는 저 자신을 그저 '도재준'으로 봐 주기를 원했으니까.

그러나 차차 느껴지는 감정은 그게 아니었다. 더 이야기를 해 보고 싶고, 박아름을 더 알고 싶었고, 또 보고 싶었다. 그게 무엇이겠는가.

"전무님. 안녕하세요."

"안녕하세요."

저에게 인사를 해 오는 직원들의 인사를 받으며 안으로 들어섰다.

그러니까, 그 박아름을 다시 만났으니 못 해 본 것들을 이제 해 볼 생각이다.

"김 비서. 점심 스케줄은?"

"열두 시에 진산물산 박 사장님과 식사가 있습니다."

"거절해. 별로 필요 없으니까."

"알겠습니다."

"그다음은?"

한 시간이라는 시간은 부족했지만, 그렇다고 또 두세 시간씩 있는 것은 별로 좋지 않게 생각할 것 같았다.

"없습니다. 나머지는 세 시 이후에 있습니다."

재준은 전무실 안으로 들어갔다. 재킷을 벗어서 옷걸이에 걸어 놓은 뒤, 먼저 창문을 열었다. 잠시 서서 하늘을 바라보던 재준은 보이는 건물 하나를 바라보았다.

이렇게나 가까운 거리에 있구나.

눈에 보일 정도의 거리에 있는 건물에는 막 오픈을 한 '애견 카페 아르몽'이 있었다. 재준의 입가가 살며시 올라갔다. 어쩌다 이렇게 큰 회사 근처에 애견 카페를 차리게 되었는지는 모르겠지만 재준으로서는 이득이다. 가까운 거리에 있어 자주 보러 갈 수 있으니, 얼마나 좋은가.

걸어서 15분 거리지만 높은 건물에서 내려다보면 작게나마 보였다. 그래도 가까운 편이다. 그래서 재준은 오늘도 그곳에 갈 생각이었다.

"전무님. 오전 브리핑 시간입니다."

밖에서 들려오는 목소리에 재준은 전무실을 나섰다. 그의 표정은 언제 아름을 생각하며 따듯하게 미소를 지었냐는 듯이 평소의 냉철한 표정으로 돌아와 있었다.

△　▼　△

"애견 카페 아르몽입니다!"

당분간은 홍보를 철저히 할 생각이다. 오늘도 나와서 전단지를 돌리며 카페 홍보를 하고 있었다. 아름은 핸드폰으로 시간을 확인했다. 열두 시 반이었다. 한 시까지 카페 홍보를 하고 점심을 먹은 뒤 들어간다고 했으니, 30분 정도 남은 거였다. 점심이야 편의점에서 라면과 삼각김밥을 먹어도 될 터였다. 슬슬 먹고 들어가 볼까? 그렇게 생각을 하고서 전단지를 정리했다. 막 카페에서 나온 손님들에게도 인사를 한 뒤 편의점에 가려고 할 때, 낯익은 사람이 막 카페로 오고 있는 것이 보였다.

"어라."

도재준. 그렇게 이름만 딱 밝히고 난 뒤, 가 버렸던 남자였다.

오늘도 슈트 차림이다. 저렇게까지 슈트가 잘 어울리는 남자가 있을까 싶었다. 가만히 바라보던 아름은 곧 남자가 저에게 다가오고 있는 것을 알아챘다.

"안녕하세요?"

활짝 웃으며 인사를 해 주었다. 저를 아는 사람인 게 확실했지만 기억이 나지 않는 남자. 도재준이라는 이름이 기억이 날 듯 말 듯 하지만 기억이 나지 않았기에 더 이상 생각하지 않고 직접 물어보기로 한 것이다.

"오늘도 오셨네요."

"어디 가는 길인가."

"아, 점심 좀 먹으려고 합니다. 참, 손님은……."

그때, 재준은 아름이 하는 말이 마음에 들지 않는지 눈썹을 살짝 찌푸리며 입을 열었다.

"어제."

"네?"

"알려 줬을 텐데."

무엇을? 그렇게 묻기도 전에 재준이 먼저 입을 열었다.

"도재준."

"아."

"잊어버렸나."

"그건 아닌데요. 뭐…… 그래요, 도재준 씨! 점심 드셨나요?"

이름을 불러 달라는 것 같으니 그래야겠다. 그러고 보니 내 이름을 알았던 것도 같은데. 아름은 고개를 갸웃거리다 재준의 대답을 기다렸다.

　재준은 망설였다. 지금 밥을 먹으러 간다는 아름의 뒤를 따라가고 싶었다. 마침 점심도 안 먹었으니 잘 된 게 아닐까 싶었다. 재준이 고개를 가로젓자 아름은 잘 되었다는 듯이 씩 웃었다.

　"그럼 같이 가요."

　"……."

　"마침 점심 먹으려는데 혼자라 쓸쓸했거든요. 도재준 씨도 잘 되었죠?"

　재준은 또 고개를 끄덕였다. 충분히 그의 말을 알아들은 아름은 무엇을 먹어야 할까 고민했다. 혼자서는 편의점에 가도 되지만 둘이서는 상황이 달랐다. 아름은 재준과 함께 걸어가다가 돈가스 전문점을 발견했다.

　"저기, 도재준 씨. 돈가스는 어때요?"

　"상관없어."

　"그럼 같이 가요. 참, 강아지들 보러 온 거죠? 얼른 먹고 들어가요."

　"천천히 먹어도 괜찮아."

　재준을 향해 빙긋 웃던 아름이 하나뿐인 런치 메뉴를 2인분 주문했다.

　"친절하시네요."

　재준은 대답을 하려고 입을 열었다. 그러나 아름이 방긋 웃는 모습을 보니, 그저 가만히 지켜보게 되었다. 친절하다는 그 말에 아니라 해야 하는데, 그녀에게 칭찬을 듣는 것이 좋아서 부정을 하기 싫었다.

　"근데, 도재준 씨는 저를 어떻게 알고 있는 거예요?"

막 돈가스가 나왔을 때였다. 아름의 질문에, 재준은 나이프를 들었다가 고개도 같이 들었다. 잔뜩 궁금하다는 표정이 귀여웠다. 하마터면 알려 줄 뻔했지만 아직은 알려 주고 싶지 않았다. 혼자서 끙끙 앓으며 고민을 하는 모습을 보고 싶었다.

'······변태인가.'

그 생각에 재준은 저도 모르게 피식 웃어 버렸다. 곧 아름의 시선을 의식해서 금방 그 표정은 거두었다.

"네에?"

다시 물었지만 재준은 말없이 돈가스를 자른 뒤, 손도 안 댄 아름의 그릇과 바꿨다. 그에 시선을 내린 아름은 잠시 멈칫했다. 돈가스는 아름이 한입씩 먹기에 딱 좋게 잘라져 있었다. 재준을 가만히 바라보았지만 그는 식사를 하기 시작했다. 아름은 가슴 한쪽이 두근거리는 것만 같았다.

"고마워요. 잘 먹을게요."

재준이 고개를 끄덕였다. 입으로 대답을 하지 않아도 충분한 대답이다. 아마 저 남자는 대답을 하는 게 귀찮다기보다는, 이미 습관이 되어서 필요 이상의 말은 하지 않는 것 같았다. 묻는 말에 대한 대답은 하는 걸 보니, 말을 하는 걸 귀찮게 여기는 건 아닌가 보다.

"근데, 도재준 씨. 왜 제 질문에 대답 안 해 주세요?"

"무엇을?"

"저를 어떻게 아냐는 거요."

그러자 먹던 걸 멈춘 재준이 잠깐 입가를 휴지로 닦아 냈다. 피식 웃었다.

"기억해 내 봐."

"에······."

"부디 기억해 주기를 바랄게."

그렇게 말한 재준은 더 이상 입을 열지 않았다. 다시 먹기 시작한 재준을 보니 정말 대답을 안 해 줄 것 같아, 아름은 망설이다 돈가스를 먹었다.

아무리 생각을 해도 기억나지가 않는 걸.

"어어."

아름이 돈가스를 해치우며 잠시 생각에 잠긴 사이, 계산서를 들고 일어난 재준이 계산을 했다. 그제야 정신이 돌아온 아름이 뒤따라 일어났지만 이미 재준의 카드로 계산이 끝난 상태였다. 아름은 가게를 나오자마자 재준에게 곧바로 말을 걸었다.

"제가 사려고 했는데……."

"됐어."

"으음."

"그럼."

재준이 잠깐 말을 멈췄다. 곧, 아름을 향해 조용히 미소를 지어 보였다.

"다른 날 점심은 네가 사는 걸로."

문득 그의 반말이 참 자연스럽다 싶었다. 저보다 나이가 많아 보이는데, 사람은 겉보기로 판단을 해서는 안 되었다. 아름은 궁금한 건 참지 못하고 묻는 성격이었기에, 바로 물었다.

"도재준 씨. 나이가 어떻게 되세요?"

"그건 왜."

"그냥, 반말이 너무 자연스러워서요."

"싫어?"

"아니, 그건 아닌데요. 일단, 저보다는 많으신 것 같아서……."

아름의 솔직함은 여전한 것 같았다. 자신이 기억하는 그 모습 그대로인 것이 반가워서 재준은 저도 모르게 부드럽게 미소를 지었다. 한순간이지만, 그 찰나의 순간 그가 부드럽게 짓는 미소에 아름은 넋이 나갈 것만 같았다.

잘생긴 사람이 저렇게 부드럽게 미소를 지으면 아주 사람의 혼을 빼놓는구나.

그렇게 생각을 할 무렵, 재준이 빤히 바라보는 시선에 정신을 차린 아름은 재준에게 다시 한 번 질문을 했다.

"대답해 주세요. 궁금해서요."

다온의 말대로, 8년 전과 제가 조금 달라져서, 그래서 그녀가 저를 알아보지 못한다는 걸 알면서도 서운했다. 그녀에게 있어서 저는, 그저 불쌍한 강아지를 구해 준 친절한 오빠일 뿐으로 그냥 기억 속에서 지워 버린 모양이다.

"서른셋."

"아, 저는……."

"알아. 스물일곱."

"어……."

"오늘은 30분 정도 더 시간이 있으니, 카페 가도 되나?"

재준의 물음에 아름은 멍하니 고개를 끄덕였다.

그는 정확히 나를 알고 있다!

"저기, 도재준 씨. 정말 궁금한데, 알려 주시면 안 돼요?"

"응."

"왜요? 저 진짜 궁금한데. 어제 내내 생각해 봤는데 생각이 안 나요. 내 이름도 알고 있고 내 나이도 알고 있는 거 보니 정말 나를 아는 것 같은데……. 정말 기억이 안 나요."

눈을 마주했다. 재준은 알려 줄까, 말까 망설이고 있었다. 아름의 눈이 초롱초롱 빛나는 것도 같았다. 저 눈동자에 자꾸만 넘어가려고 했지만, 재준은 아직 애를 더 태우고 싶었다. 스스로 알아내 봐, 아름아. 속으로 그렇게 말을 했지만 겉으로는 말을 하지 않았다. 그저 빙긋 웃으며 고개를 가로저었을 뿐이다.

왠지 약 올랐지만, 자신이 고민을 하면 할수록 재준은 어쩐지 그걸 즐기는 것만 같았다. 이래서는 안 돼! 아름은 더 이상 궁금해하지 않기로 하였다. 자연스럽게 잊고 지내다 보면 어느새 기억이 날 거라고 생각한다.

"도재준 씨는 점심시간마다 오는 것 같은데⋯⋯. 직장이 이 근처세요?"

고개를 끄덕였다. 그러자 아름은 곧바로 주변을 휙휙 둘러보았다. 사실 이 근방의 건물들은 잘 모르기에, 그의 직업을 짐작할 수가 없었다. 주변을 두리번거리는 아름이 귀여워서 재준은 저도 모르게 소리를 내서 웃었다. 아름이 다시 재준을 돌아보았지만, 어느새 그는 마이페이스를 되찾고 언제 웃었느냐는 듯이 본래의 냉철한 표정으로 돌아가 있었다.

이상하게 아름의 앞에서는 전부 다 내려놓고 본래의 도재준의 모습을 고스란히 보여 주고 있었다. 날것 그대로의 도재준을 보여 주는 건 오로지 박아름에게만 한정되어 있었다.

아름의 앞에서는 모든 것이 무장해제가 된다. 아름이 제게 무슨 짓을 했는지, 그러지 않으려고 해도 금방 모든 것을 그대로 보여 주게 된다.

"어라. 황구야!"

카페 안으로 들어가자 황구가 헥헥거리며 달려왔다. 아름이 황구를 향해 두 팔을 쫙 벌리자 덩치가 어느 정도 커진 황구가 달려들었다. 신발장 앞에 주저앉은 아름이 황구의 목을 껴안았다. 아, 예쁜 것. 그러다 황구가 아름의 뒤에 선 재준을 바라보았다. 재준과 시선이 마주치자마자 황구는 그대로 달려가서 재준의 주위를 빙글빙글 돌았다.

"와…… 황구가 도재준 씨를 좋아하네요."

"황구?"

"네. 얘 이름이에요. 아, 황구는 도재준 씨에게 소개해 준 적이 없네요."

빈자리에 재준을 앉히고서 희선에게 커피를 부탁했다. 희선의 눈빛이 예사롭지 않았지만 아무것도 모르는 아름은 그저 황구를 데리고 재준의 앞으로 갔다.

"제가 비 오던 날에 발견한 아이예요."

재준에게 반갑다고 꼬리를 치는 걸 보니 정말 재준이 좋은가 보다. 황구가 이렇게 사람을 반가워하기는 또 처음이어서 의아했지만, 그만큼 재준이 강아지를 좋아하니 강아지들도 대부분 재준을 좋아하나 보다 싶었다.

실제로 이곳에 있는 강아지들 중, 순이가 재준을 가장 좋아했고, 그다음 말티즈 말랑이, 그리고 푸들인 부들이도 재준을 잘 따랐다. 원체 강아지들 성격이 순하기도 했지만, 그래도 무뚝뚝하고 차가워 보이는 재준의 손길에도 가만히 몸을 맡기고 있는 걸 보면 뭔가 신기하기도 했다.

"데리고 온 뒤로, 건강하게 잘 커서 이렇게 덩치가 커졌지만, 그래도 애교 부리면 누구보다도 귀여워요."

재준이 용기를 내서 황구의 머리를 살살 쓰다듬었다. 그러자 황구가 좀 더 재준에게 매달렸다. 그게 부담스러운지 재준이 굳는 것이 보였다. 정말, 이 남자는 강아지를 좋아하는 데 익숙하지 않구나 싶었다. 아름은 짧게 미소를 지으며 재준에게서 황구를 조금 떨어뜨렸다. 그러자 황구가 시무룩한 모습을 보이며 바닥에 엎드렸다.

"도재준 씨는 집에서 강아지 안 키우시죠?"

"응."

"그런 것 같았어요. 좋아하기는 하지만, 어색한 모습이⋯⋯."

"나쁜 거야?"

"절대 그렇지 않아요."

아름이 고개를 가로저으며 재준에게 대답을 했다. 재준은 가만히 아름의 목소리를 들으며 커피를 마셨다.

"꼭 키워야지만 강아지를 좋아하는 건 아니니까요."

"그렇군."

그렇게 대답을 한 재준은 손목시계를 보았다. 쯧. 속으로 혀를 차고서 일어났다. 같이 점심을 먹고 난 뒤라 남은 30분이 벌써 끝난 거였다. 시간이 참 빨리 가는군. 속으로 그렇게 중얼거리던 재준은 천천히 일어났다. 그러자 건너편에 앉아 있던 아름이 고개를 들었다. 시선이 마주치자 재준은 시계를 가리켰다. 아름은 그제야 재준이 왜 일어나는지 알았다.

"벌써 도재준 씨 가실 시간 되었네요."

왜, 아쉽나? 그렇게 물어보고 싶었지만 그 말은 삼켰다. 아직, 섣부른 질문이다. 본인이 농담을 자주 하는 사람이라면 모를까, 전혀 그런 사람이 아니기에 생각은 해도 말은 쉽게 할 수가 없었다.

아름은 입구 앞까지 나왔다. 재준은 전혀 사양하지 않고 아름을 바라보았다.

"왜 여기까지?"

이 정도는 물어도 되겠지.

그러나 그것도 아니었나 보다. 아름의 두 뺨이 불그스름하게 물들었다. 정말, 너무나도 예뻤다. 재준은 저도 모르게 침이 삼켜졌다.

"아, 그게……."

당황했는지 아름은 쉽게 대답을 하지 못했다. 웬만하면 곧바로 대답을 하던 아름인데, 지금 질문만큼은 대답을 하지 못하는 것이었다. 그런 아름을 멍하니 바라보던 재준은 퍼뜩 정신을 차렸다. 아직 커피 값을 지불하지 않았다. 재킷 안쪽을 뒤적여서 지갑을 꺼냈다. 재준이 갑자기 지갑을 꺼내자 아름이 재준의 두 손을 겁 없이 덜컥 잡았다.

"돼, 됐어요. 지금 커피값 내려고 하죠?"

"맞아."

"에이. 됐어요. 도재준 씨는 앞으로 우리 아르몽의 대표 단골손님이 될 테니까요!"

아름이 빙긋 웃었다. 재준은 아름을 응시하다 피식 웃었다. 그러곤 저도 모르게 손을 올려서 아름의 머리를 슥슥 쓰다듬었다. 정신을 차린 건, 그대로 굳어 있는 아름을 보고 나서였다. 쓴웃음을 짓던 재준이 손을 내렸다.

"그래."

하루하루, 안달이 난다.

너를 다시 만나고 나니, 인내심이 바닥이 난 것처럼 안달을 내게 된다.

"내일도, 모레도…… 올게."

그러니, 부디 나를 기억해 줘.

"그, 그래요. 어, 얼른 가세요. 점심시간 끝나겠다……."

"박아름."

"네!"

"내일 봐."

아, 예. 재준에게 꾸벅 인사를 한 후, 아름은 한동안 그 자리에 멍하니 서 있다가 재준이 쓰다듬었던 머리를 슥슥 쓰다듬었다. 이내 풉 웃었다. 그러자 뒤에서 혀를 차는 소리가 들렸다. 휙 뒤를 돌아보니 어느새 자신의 뒤에 서 있는 희선이 보였다.

"악! 깜짝이야. 놀랐잖아!"

"너, 저 손님한테 반했니?"

"응······?"

"누구 마음대로 서비스야? 커피값, 네가 내!"

"칫. 까짓것! 내가 낸다."

"얼씨구. 너, 저 손님만 오면 아주 그 테이블에 앉아서 일어서질 않는다? 은정이도 앉고 싶대잖아!"

저 멀리서 말랑이와 손님으로 온 아이와 함께 놀아 주고 있는 은정이 보였다. 어쩐지 싫다는 기분이 들었다. 도재준에게 강아지를 보여 주는 것은 저만 할 수 있는 일이고, 저만 해야 할 것 같은 일이다.

그러니까 은정이 아무리 재준과 대화를 나누고 싶다고 해도 허락 안 해 줄 생각이다. 절대로, 찰싹 달라붙어서 떨어지지 않을 거니까!

"표정 봐라."

"······응?"

"야, 야. 질투하니?"

다시 안으로 들어서며 희선이 아름의 어깨를 툭 쳤다. 질투란 단어에 아름의 넋이 나갔다. 이내 빙긋 웃으며 희선을 바라보았다.

"언니. 무슨 소리를 하는 거야."

말이 되는 소리를 해야지.

아름의 대답에 물론…… 하고 말끝을 흐렸지만 희선은 끝내 입을 다시 열었다.

"어찌 보면 말도 안 되긴 하지. 근데, 아름아."

"응?"

"너, 그 손님이랑 있을 때, 무척 즐거워 보이는 거 알지?"

……저건 또 무슨 소리인가 싶었다.

3화

"난, 네가 그 손님하고 만난 지 이틀쯤 되었지만 잘 지내는 거 같아서, 괜찮아졌나 싶었지. 그게 아니라면, 그 손님을 마음에 들어 했다든가."

희선의 말에 아름은 멍하니 서 있었다. 그게 못마땅한 희선은 아름을 확 밀었다. 정신 차려, 이것아. 넌 지금 일하는 중이라고! 아름은 정신을 차리고 고개를 끄덕였다. 빈자리가 나서 잔을 치우러 가려던 아름은 뒤를 돌았다. 희선은 다시 음료 바 안으로 들어가서 설거지를 하려고 할 무렵, 아름의 목소리가 들려서 고개를 들었다.

"언니."

눈이 마주친 희선이 고개를 끄덕였다. 아름은 희선에게로 가까이 다가왔다. 그녀는 서글픈 미소를 지었다.

"그냥, 강아지 좋아하는데 쉽게 못 만지는 게 안타까워서 그랬어."

"……."

"그런 거…… 아니야."

아름이 그렇게 말을 하고 뒤를 돌아섰다. 뒤돌아선 뒷모습이 씁쓸해 보였다. 희선은 미간을 찡그렸다. 저렇게 어깨가 축 늘어지게 만들려던 건 아닌데…….

하지만 지금 아름이 재준을 대하는 것을 보면, 만난 지는 얼마 안 되었는데 꽤나 신경을 쓰고 있는 게 느껴졌다. 마치 재준에게 관심이 있는 것처럼 보였다.

하지만 아름은 남자를 무서워했다. 물론 지금은 손님을 대하는 일을 하고 있으니 그런 티를 내지 않으려고 나름 노력하지만, 아직 완전히 극복을 한 것은 아니었다. 그런 아름이 재준을 보면 항상 기다렸다는 듯이 반긴다.

"그 남잔 대체 우리 아름이를 어쩌려고 그러는 거지?"

의문이 들었다. 그 남자는 아름을 어떻게 하고 싶은 걸까? 아는 사이인 것 같다고 했다. 그렇다면 어떻게 알게 된 거지?

희선은 증폭되는 궁금증에 당장에라도 그에게 묻고 싶어졌다.

△ ▼ △

경영1팀 부장은 현재 죄인처럼 고개를 숙이고 있었다. 저보다 훨씬 젊은 전무의 앞에서 고개를 숙이는 게 좀 이상했지만, 오로지 성심그룹을 위해 태어난 눈앞의 젊은 전무는 그만큼 능력도 있었기에 고개가 절로 숙여졌다.

항상 그랬다. 제 딴에는 아주 완벽하게 작성을 한 보고서라도 도 전무의 앞에만 서면 별 볼 일 없는 종이로 변한다. 열심히 야근까지 해 가면서 작성한 보고서는 이상하게 도 전무의 앞에서는 꼭 한두 개쯤 트집이 잡혀서 다시 수정을 해야만 했다.

냉철한 표정으로 '지금 이걸 보고서라고 작성한 겁니까?' 라는 차가운 말을 내뱉는 도재준 전무의 그 말이 꿈에도 나와서, 한때는 악몽에 너무 시달려서 제대로 잠을 못 이뤘었다.

'그런데…… 어째 오늘은 좀 다른 것 같다?'

가만히 보고서를 바라보는 재준의 미간이 꿈틀거리지 않았다. 평온함을 유지하는 표정을 보며 부장은 조금이나마 속으로 안도의 한숨을 쉬었다. 재준이 트집을 잡지 않았던 적이 몇 번이었나 하고 속으로 셀 무렵, 머리맡으로 재준의 목소리가 똑 떨어졌다.

물론, 목소리도 당연히 평온했다.

"뭐, 평소처럼 엉망입니다만."

그럼 그렇지. 속으로 쓴 눈물을 삼킨 부장은 한숨을 삼키기 위해 애를 썼다. 그러다 퍼뜩 고개를 들었다. 끝에 다만이 붙었다니.

"됐습니다. 이 정도야, 평소보다 보기 낫습니다."

"아, 예……. 가, 감사합니다."

"그래도 이 부분은 고치십시오."

재준이 지적한 부분을 유심히 보던 부장은 잠깐 재준의 표정을 살폈다. 어째 평소보다 기분이 한층 좋은 것 같았지만 천하의 도재준이 그럴 리가 없다는 생각에 그런 생각은 금방 버렸다.

경영1팀 부장이 방을 나가자마자 재준은 의자에 편안하게 기대었다. 항상 올곧은 자세를 하고 전무실로 들어오는 사원들을 매서운 눈으로 지켜보던 그의 눈가가 한결 풀어져 있었다. 그동안 재준은 좋은 경영인이 되어야만 했기에 늘 냉철한 표정을 유지했었다.

그런 재준을 단번에 허물어 버리는 사람이 생겼다.

"찾았으니까."

중얼거리던 재준이 몸을 틀었다. 의자에 앉은 채 창밖을 바라보자,

큰 건물 사이에 빼꼼히 모습을 드러내는 카페 아르몽이 희미하게 보였다.

그는 입가에 지어진 미소를 지우지 않았다. 8년 동안 잊을 수 없어서 계속 찾았지만 결국 찾지 못했던 그녀를 찾았으니 이제 여유가 생겼다. 마음이 편안해졌다.

도재준의 서른셋 인생에 있어서 가장 믿을 수 없는 일이었다. 누군가를 8년간 찾아 헤매다니. 처음에는 그저 특별한 경험이구나 싶었다. 8년 전 그녀는 제가 누군지도 몰랐으니, 저를 평범하게 대하는 것은 당연한 일이었을지도 모른다.

하지만 상대가 누구든 구김살 없이 밝게 웃어 주는 아름의 모습에, 지금 생각해 보면 첫눈에 반한 것 같았다. 그 미소가 계속 저를 향했으면 좋겠다는 생각이 들었고, 조금 더 대화를 해 보고 싶다는 생각도 들었다.

그러니까, 그것은 사랑이라는 거겠지.

8년 전, 스물다섯에 도재준은 사랑이라는 감정을 알았다.

△　▼　△

주말, 토요일이 되었다.

목요일에 왔던 도재준이란 남자는 금요일에는 모습을 드러내지 않았다. 왜 안 왔을까. 다시 보게 된다면 물어보고 싶었다. 매일 올 거라고 말을 해 놓고서 오지 않다니……. 그렇게 생각할 때, 남자가 나타났다.

평소에는 점심시간에 시간을 내어 와서 그런지 완벽한 슈트 차림이었지만, 오늘은 주말이어서 그런지 아주 평범한 차림이었다. 평상

복 차림의 도재준은 인상 덕에 여전히 단정해 보였고, 서른셋이 아니라 20대 중후반처럼 보였다. 그는 청바지에 흰색 셔츠만 입고 왔음에도 역시 눈이 부셨다.

"아, 안녕하세요! 오셨어요?"

아름은 그런 생각은 감춰 둔 채, 재준을 반겼다.

이상하게도 재준을 보면 반가웠다. 뭔가, 기억이 날 듯 말 듯 하면서도 그리운 느낌이 들기도 하고, 그럼에도 기억은 나지 않고……. 이상한 느낌만 들었다. 그럼에도 반가운 마음은 여전했다.

아름이 반기자 재준은 보일 듯 말 듯 미소를 지으며 안으로 들어섰다. 몇 번 봤다고 어느새 친해진 말랑이가 재준에게 뛰어갔다. 덕분에 말랑이를 예뻐하던 다른 손님이 재준을 돌아봤다가 그의 외모를 보고 잠시 얼굴을 붉혔다. 두 명의 여자 손님이 재준에게 관심을 갖자, 아름은 어떤지 묘한 기분이 들었다. 약간 거북한 것도 같았다.

"어제는 일이 좀 있어서."

"네? 아…… 아. 어제 안 오셨었죠."

자신이 안 왔는지도 모른 건가 싶어서 서운했다. 그러나 재준은 냉철한 도 전무답게 그런 감정을 표현하지 않았다. 그런 서운한 감정은 마음 안에서 갈무리한 후, 아름이 안내해 준 자리에 앉았다. 항상 앉던 자리가 비어서 그 자리에 앉은 재준은, 자신이 앉는 걸 확인하자 자리를 뜨는 아름의 뒷모습을 유심히 바라보았다.

금방 가 버리다니. 서운한 마음이 다시 들려고 할 무렵, 아름이 간 곳을 보고 보일 듯 말 듯 미소를 그렸다. 그냥 가는 게 아니라, 제 몫의 커피를 주문하러 간 것이다. 따로 주문을 하지 않아도 이젠 아름이 알아서 가져다주었다.

아메리카노를 가져온 아름은 자연스럽게 재준의 건너편에 앉았다.

희선이 뒤통수를 뚫어 버릴 듯 강렬하게 아름의 뒤통수를 노려보았지만, 아름은 그 시선이 느껴지지 않는지 그저 방긋 웃었다.

"슈트 아닌 평범한 옷을 입은 도재준 씨 보니 뭔가 대학생 같아요. 잘생긴 대학교 선배?"

아름의 농담에 재준은 가슴이 두근거리며 뛰는 것을 느꼈다. 마치, 그날로 돌아간 것 같았다. 비가 오던 8년 전 어느 여름에 오빠, 하고 저를 부르던 아름이 생각난다.

"참. 궁금한 게 하나 있는데요."

재준을 발견한 순이가 달려왔다. 재준은 이제는 익숙해졌는지 상체를 숙여서 순이를 안아 들었다. 곧 자신의 허벅지 위에 내려놓고서 몸을 쓰다듬었다.

"뭔데?"

"도재준 씨는 뭐 하는 사람이에요? 회사원이라는 건 알겠는데……."

궁금한 건 곧바로 묻는 성격은 여전한 것 같았다. 이름을 묻는 것도 거침없었지. 재준은 저도 모르게 피식 웃으며, 습관처럼 가지고 다니는 명함 케이스를 꺼냈다. 손. 나직이 그렇게 말하자 아름은 저도 모르게 손을 내밀었다. 아름의 손목을 잡고 빙글 돌렸다. 손바닥 위에 자신의 명함 한 장을 내려놓았다. 재준이 명함 케이스를 주머니에 넣는 사이에 고개를 숙여 재준이 잡았던 제 손목을 보다가 명함을 살폈다.

아주 심플하게 만들어진 명함에는 간단한 것만 있었다. 재준이 다니는 회사의 로고가 그려져 있었고, 작은 글씨로, 한글로 도재준이라 적혀 있고 그것보다 좀 더 크게, 영어 필기체로 'Jaejun Do'라 적혀 있었다. 그리고 그 아래에는 간단히 전화번호가 하나 적혀 있었다. 그러다 이름 옆의 '성심호텔 사업본부 전무'란 단어가 눈에 들어왔다.

"저, 이거⋯⋯."

"응."

"그러니까, 이게 진짜⋯⋯."

"별거 없어."

저 남자가 지금 말한 게 농담인가.

아름은 등 뒤로 식은땀이 흐르는 것 같았다. 그리고 다시 한 번 머릿속을 이 잡듯이 뒤적여 보았다. 그러나 머릿속에서 '성심호텔 사업본부 전무'라는 단어는 나오지 않았다. 눈을 깜빡이자 재준의 입꼬리가 살며시 올라가는 것이 보였다.

"정말이야."

"⋯⋯제가 아무리 무지해도 성심이 어떤 곳인지는 아는데⋯⋯."

"아니, 정말로."

자꾸만 별거 없다고 하는 저 남자의 말을 어떻게 받아들여야 하는지 모르겠다. 아름은 그냥 넘어가기로 하였다. 재준이 그렇게 해 주기를 바라는 것 같았다. 뭐, 눈앞의 남자는 그저 강아지를 좋아하는 거니까, 딱히 성심에서 일을 하는 전무님이어도 상관은 없다고 생각했다. 강아지는 누구나 좋아할 수 있는 거니까.

"뭐⋯⋯ 정말 대단한 사람이었네요."

"너도 대단해."

"저는 뭐⋯⋯. 아하하. 그나저나, 정말 저는 도재준 씨를 어디에서 봤는지 모르겠어요. 죄송해요. 기억이 안 나서⋯⋯."

아름이 미안하다는 표정을 짓자 재준은 고개를 가로저었다. 그의 검은색 머리카락이 살랑거리며 움직였다. 그 움직임을 바라보던 아름은 재준의 까만 눈동자로 인해 정신을 차렸다. 무슨, 머리카락도 아름답게 느껴지는 인간이 다 있다니. 아름은 속으로 저 자신이 참 웃긴다는 생각을 하였다.

"괜찮아."

또다시 괜찮다고 했다. 어쩐지 그 대답에 울컥하는 감정이 튀어나오려고 했지만 왜 그런지 이유를 몰랐기에 금방 그 감정을 가라앉혔다.

"뭐가요?"

"네가 나를 기억하지 않아도 돼."

냉정해 보이는 저 남자는 의외로 자주 웃는구나, 라는 생각이 들었다. 지금도 웃고 있었다. 부드러운 미소까지는 아니었지만, 사뭇 다정해 보였다.

"너와 내가 만났던 건 아주 찰나의 시간이었을 뿐이야."

"……."

"그걸 내 멋대로 기억을 하는 것뿐이고."

그가 차분하게 말을 이었다. 이상하게도 그의 그 차분한 목소리가 가슴을 쿵쿵 울렸다. 가슴을 잡고서 떨리도록 흔들고 있는 기분이 들었다. 아름은 저도 모르게 제 허벅지 위에 올린 손에 힘을 주었다.

정말 이상하게도, 저 말이 고백처럼 느껴졌다.

"다시 만났으니까, 괜찮아."

지금은 저 '괜찮아' 라고 하는 말이 정말 괜찮다고 느껴졌다. 다 괜찮아. 안심해. 토닥여 주는 기분이 들었다.

"박아름을 이렇게 다시 만났잖아?"

"……그……."

"응."

"힌트는…… 없어요?"

"힌트?"

"네. 제가 그쪽, 도재준 씨를 기억할 수 있게요."

"이미 힌트는 준 것 같은데."

……언제요? 그런 마음으로 물었지만 재준은 커피를 마실 뿐, 할 말을 끝냈는지 더 이상 말을 하지 않았다. 덕분에 또 끙끙 앓게 생겼다. 내내 도재준을 어디서 보았는지만 생각할 것 같았다.

"그래도 박아름이 너무 늦으면, 내가 참을성이 좀 없어서 알려 줄지도 몰라."

재준이 의미심장하게 웃으며 잔을 내려놓았다. 눈을 다시 끔뻑이던 아름이 이거다! 싶었다. 씩 웃으며 고개를 끄덕였다.

"그럼 저는 그때까지 기다려야겠네요."

"이런."

당했다는 듯이 어깨를 으쓱이던 재준은 편안하게 기대며 아름을 바라보았다. 지긋이 저를 바라보는 그 시선에 아름은 괜히 시선을 피했다. 빤히 바라보는 저 시선은 저의 모든 것을 다 알려고 하는 것처럼 아주 노골적으로 관찰을 하고 있었다. 괜히 몸이 움찔 떨렸다.

"언제 쉬어?"

재준이 물어왔다. 아름은 솔직하게 대답을 했다.

"내일, 일요일요. 일요일마다 쉬어요."

"그렇군."

고개를 끄덕이던 재준은 아름이 테이블 위에 잠깐 내려 둔 자신의 명함을 가리켰다. 아름의 시선이 그쪽으로 향하자 재준이 입을 열었다.

"거기 적힌 번호, 저장해 줘."

"네? 아, 네. 제 번호 알려 드릴까요?"

"당연히."

잠시 핸드폰을 꺼내던 아름이 하던 행동을 멈추고 재준을 바라보았다. 그는 왜 아름이 저를 바라보는지 모르는 것 같았다. 에이, 모르겠다. 아름은 피식 웃으며 재준의 명함을 보고 핸드폰에 번호를 저장한 후, 전화를 걸었다. 단조로운 진동 소리가 들렸다. 재준이 핸드폰을 꺼내서 잠깐 바라보다가 그녀를 향해 흔들었다.

"이게 네 번호?"

"네. 지금 제가 도재준 씨에게 전화 걸고 있어요."

"그렇군."

아름이 전화를 끊자, 재준도 아름의 번호를 저장했다. 곧 아름이 일어나자 재준의 시선도 곧바로 따라붙었다.

"도재준 씨 테이블에만 너무 오래 앉아 있어서, 눈총이 따갑네요."

"……."

"그럼, 아이들이랑 재미있게 놀다 가세요."

아름이 재준의 테이블을 벗어나 은정의 일을 도우려고 했을 때였다. 갑자기 뜨거운 무언가가 손목에 감겼다. 그 뜨거운 온도에 놀라서 뒤를 돌아보자 재준과 시선이 마주쳤다. 까만 눈동자가 보였다. 진지하기 짝이 없는 그 눈동자는 가슴을 설레게 하는 무언가가 있었다. 아름은 저도 모르게 침을 꿀꺽 삼켰다.

허공에서 얽힌 시선은 온몸을 마비시키는 것만 같았다. 뒤에서 아름을 부르는 소리가 들렸다. 손님이 조금씩 들어오기 시작했다. 아름은 정신을 차리고 재준의 손에서 제 손목을 빼내려고 하였다. 그러나 오히려 재준이 더욱더 힘을 주는 것이 느껴졌다. 시선을 얽은 채로 그가 입을 뗐다.

"끝나고."

"……네."

"저녁, 같이 먹자."

"저녁요? 그럴까요?"

당황했지만 티는 내지 않고 미소를 지었다. 재준이 고개를 끄덕이자 아름도 알겠다며 이따 봐요, 하고서 일을 하러 갔다. 그러나 그건 다만 이 자리를 피하기 위함이었다.

'마치…… 마치!'

데이트하는 것만 같잖아!

순간 얼굴이 화끈거리는 것만 같았다. 아름은 재준을 향해 몸을 돌리지 않기 위해 애를 썼다. 붉어졌던 얼굴이 가라앉은 것 같자 그제야 자유롭게 움직일 수 있었다. 희선은 혀를 끌끌 차며 아름을 한심하게 바라보다가 고개를 돌렸다. 재준은 아름이 움직이는 것을 바라보다 희선과 시선이 마주치자 아무것도 못 본 사람처럼 고개를 슬쩍 돌렸다.

희선의 입꼬리가 히죽 올라갔다. 그렇군. 모든 상황을 다 파악한 희선은 뚫어져라 재준을 바라보았다. 재미있는 것을 발견했다. 그러다 곧 음료 바 밖으로 나와서 재준의 테이블로 향했다. 희선이 다가오자 재준이 고개를 들어 힐끔 바라보았지만 다시 시선을 내렸다. 쉬는 날까지도 업무를 보고 있는 재준이 기가 막혔지만 희선은 재미있는 일을 발견했기에 뭐든 괜찮았다.

"이봐요."

희선이 부르자 재준이 살짝 고개를 들었다. 두 사람을 바라볼 때랑, 직접 마주볼 때랑, 저 남자의 표정이 다르다. 내 여자에게만 다정한 남자라. 좋아, 합격. 속으로 중얼거리던 희선은 빙긋 웃으며 주변을 두리번거리다 작은 목소리로 재준에게 말을 했다.

"그쪽, 우리 아르몽에게 관심 있어요?"

그러자 재준이 미간을 팍 찌푸렸다.

"우리……?"

처음에는 이해를 못 했지만 조금 뒤 자연스럽게 이해를 했다.

'그렇군. 질투하는 거구나!'

크게 웃고 싶었으나 당장에라도 아름이 뛰어와서 말을 걸 것 같아 참았다.

"아무튼, 아름이에게 관심 있어요?"

"그렇다면."

"그럼 나한테 잘 보여야지."

악당처럼 웃는 희선이 마음에 들지 않는지 냉철한 표정으로 돌아가서 희선을 관찰하였다. 속으로 메리트를 따지고 있었다. 저 여자에게 잘 보여야 하는 이유. 그러나 아무리 생각해도 떠오르지 않았다. 메리트는 없다. 그렇게 판단을 한 재준은 아무도 없는 것처럼 희선을 무시하고 다시 업무용으로 가져온 전자기기로 고개를 숙였다. 기가 막혔지만 희선은 아무렇지도 않은 척, 다시 재준에게 입을 열었다.

"나, 박아름이랑 알고 지낸 지 10년도 넘어요."

그제야 재준은 관심이 생겼는지 슥 고개를 들었다.

"박아름에 대해 웬만큼 알고 있는데."

"……그래서."

"뭐, 나랑 아름이는 거의 가족이거든요. 그러니까, 아름이랑 잘 해 보려면 나한테 잘 보여라 이거지."

"원하는 게 뭐지."

위협적으로 내뱉은 말은 뼛속까지 얼려 버릴 정도로 차가웠다. 그럼에도 희선은 아무렇지도 않았다. 어깨를 으쓱이다가 이쪽에 관심을 가지는 아름의 시선에 고개를 살며시 숙였다. 이내 손짓으로 가까이 와 보라고 했다. 재준은 잠시 미심쩍은 표정을 지었지만 이내 그녀에게 고개를 숙였다.

"난 그쪽이 정말 우리 아름이랑 만나도 되는 남자인지, 봐야겠거든."

"……."

"그쪽이 반말하니까, 나도 할게. 어차피 그쪽이랑 세 살 차이거든. 그러면 내 친구지 뭐."

그렇게 말을 한 희선은 히죽 웃었다. 무표정하게 희선을 바라보던 재준은 들고 있던 전자기기를 테이블 위에 내려놓았다. 노려보다시피 희선을 바라보다 커피를 마셨다. 그는 생각 중인 것 같았다. 손해와 이득을 따지고 있던 재준은 잔을 내려놓음과 동시에 입을 열었다.

"마음대로."

아, 건방져. 저런 점은 마음에 들지 않았다. 미간을 찌푸리던 희선은 재준을 다시 불렀다.

"저기. 근데 대체 아르몽이랑은 어떻게 알게 된 거야?"

"아르몽은 여기 이름 아닌가."

"아. 아름이 별명인데."

"……."

"아무튼. 어떻게 알게 된 거야? 나, 진짜 궁금한데. 나한테만 얘기해 주면 안 돼? 절대로 아름이한테 말 안 할게."

그러나 희선의 말에는 대답을 할 가치도 없다는 듯이 다시 일을 하기 시작했다. 일에 몰두하는 재준을 바라보던 희선은 문득 따가운 시선에 고개를 들었다. 아름의 눈에서 당장에라도 레이저가 나올 것 같았다.

'어쭈. 저것도 나를 질투해?'

아주 웃기는 양반들이.

희선은 자리에서 일어났다. 제가 일어나든지 말든지 신경도 안 쓰는 재준이 얄미웠다. 희선은 다시 제자리로 돌아갔다. 그러자 그걸 기다렸다는 듯이 쪼르르 달려온 아름이 희선의 앞에 매달렸다.

"언니. 도재준 씨랑 무슨 얘기 했어?"

"그게 왜 궁금하니?"

"궁금하잖아. 응?"

"비밀인데."

"아, 언니."

"왜. 질투 나니?"

"그건……."

아름은 망설이며 대답을 하지 못했다. 고민에 빠진 아름을 바라보던 희선은 낮게 한숨을 쉬었다. 희선은 일이나 하라고 아름을 쫓아내 버린 뒤, 의자에 앉아지 설거지를 하며 재준와 아름을 지켜보았다.

재준은 일을 하다가 가끔씩 아름을 보며 조용히 미소를 지었다. 냉미남이 저런 미소를 지으니 주변에 꽃이 폴폴 날리며 훈풍이 불어오는 것만 같았다. 아름은 어떤가. 재준을 힐끔거리는 모양새가, 재준의 테이블에 가서 수다를 떨고 싶어 안달인 듯 보였다. 그러나 제 눈치를 살살 보느라 다가가지는 못하고 할 일을 하다가, 결국 못 참겠는지 한 시간 뒤에 부들이를 품에 안고서 재준에게 다가갔다.

남의 일에 신경을 써서 뭐 하겠는가. 내 앞길이나 잘 챙겨야지. 희선은 한숨을 푹 쉬었다.

△ ▼ △

"재준 씨는 뭐 좋아하세요?"

갑자기 바뀐 호칭에 재준이 가던 걸음을 멈췄다. 그 정도로 놀라운 일이었다. 아름은 뭐가 잘못되었는지 몰랐다. 왜 그러세요? 아름이 묻자 재준은 고개를 가로저었다. 조금 더 친근하게 느껴졌으니까, 더 좋으니까 말은 하지 않기로 했다.

"참. 성 떼고 불러도 되죠?"

안 될 리가. 재준이 고개를 끄덕이자 아름이 활짝 웃어 보였다. 문득 그런 생각이 들었다. 손님에게 친절해야 하기 때문에 잘 웃는 걸 알지만, 어쩐지 저 미소를 독차지하고 싶다는 생각이 들었다. 그런 독점욕이 들어간 생각이 머릿속을 채웠다.

"박아름."

"네에."

스마트폰으로 인터넷에서 이 근처 음식점을 찾던 아름이 고개도 들지 않고 대답을 했다. 눈을 마주치고 싶었다. 그래서 저도 모르게 마음속에 담아 두었던 말을 꺼냈다.

"너무…… 아무한테나 웃어 주지 마."

그리고 그 말을 하고 나서 후회했다. 토끼처럼 눈을 동그랗게 뜬 아름이 핸드폰 화면에서 눈을 떼어 낸 건 좋았지만, 너무 놀란 것 같아서 뒷수습이 안 되었다.

난감하다. 이런 건 배운 적이 없었다. 어느 누구도 알려 준 적이 없는 문제였다. 아름을 어떻게 대해야 하는지, 어떤 식으로 말해야 하는지 알 수 없어서, 회사에서 하는 것처럼 솔직하게 말을 하는 수밖에 없었다.

날것 그대로 내보내게 되었다.

"그, 그게 무슨……."

이왕 엎질러진 물, 이대로 밀고 나가야겠다.

"글쎄. 왜일까?"

그렇게 말을 한 재준은 아름에게서 시선을 떼지 않았다. 그 시선을 피한 것은 아름이다. 그의 눈동자가 이글이글 타오르는 것만 같아서 피할 수밖에 없었다. 얼굴이 화끈거릴 정도로 그의 정열적인 눈동자에 슬그머니 의문이 들었다.

'저 남자는 왜 그런 눈으로 나를 바라보고, 왜 그런 말을 하는 거지?'

왜일까.

어쩐지 그 이유를 알 것 같으면서도 생각을 하고 싶지 않았다. 심장이 터져 버리면 어떻게 하지. 은연중 그렇게 생각을 하던 아름은 정신을 차렸다.

"호, 혹시!"

"응."

"닭갈비…… 좋아하세요?"

"그게 뭐지?"

"어…… 그러니까……."

이 남자, 닭갈비도 안 먹어 봤다고 한다. 마치 귀족을 데리고 서민들의 거리를 구경시켜 주는 것만 같았다.

닭갈비집으로 들어가서 2인분을 주문했다. 재준에게 앞치마를 건네주었다. 물끄러미 바라보는 눈동자가 마치 이건 왜 주는 건가 하는 눈빛을 담고 있었다. 피식 웃으며 자리에서 일어난 아름은 저를 쫓는 눈동자를 다정히 마주쳐 주며 재준의 손에 있는 앞치마를 가져

71

갔다.

"가끔 튀거든요. 재준 씨 흰색 셔츠에 튀기면 안 되니까, 흰 옷 입은 사람 배려해서 준 거예요."

"아."

"저야 뭐, 상관은 없지만 재준 씨는 해야 할 걸요."

친절하게 재준에게 앞치마를 둘러 준 다음에 팔도 걷어 주었다. 한쪽 팔은 자연스럽게 걷었는데 다른 한쪽 팔을 걷는 순간, 재준과 눈이 마주쳤다. 주변에서도 시선이 느껴지는 것 같았다. 그제야 자신의 민망한 행동을 깨달은 아름은 얼굴이 새빨개져서 슬그머니 자리로 돌아갔다. 그게 귀여워서 재준은 미소를 머금다가 다른 한쪽 팔은 제 스스로 걷었다.

"제가…… 남을 챙겨 주는 걸 좋아해서……."

"그거."

"그거요?"

"앞으로 자제해. 남 챙겨 주는 거."

"어…… 왜요?"

순수하게 궁금해서 질문을 하였다. 그러자 물끄러미 아름을 바라보던 재준이 픽 웃었다. 아무것도 모르는 순수한 여자의 모습이 답답할 만도 한데, 전혀 그렇지 않았다. 오히려 즐거웠다. 아무것도 모르면 하나씩 알려 주면 된다. 돌려 말하는 것을 안 좋아하는 건 둘 다 마찬가지니까, 제대로, 똑바로 말을 하면 알겠지.

"아직은 비밀."

하지만 아직은 알려 주고 싶지 않다. 내가 누구인지 기억하면, 알려 주어야겠다.

"그러니 얼른 나를 기억해 내라고."

달콤한 사랑 고백과 함께.

"으응. 진짜 모르겠는데……."

"힌트 줄까."

"네. 좀 제대로 된 힌트요."

"밥 먹고, 집 가면서."

"에이. 뭐, 좋아요."

방긋 잘만 웃는 아름이 귀여웠다. 머리를 쓰다듬어 주고 싶었지만 꾹 참았다. 한 번 그렇게 하고 나면 또 다른 걸 하게 될 것 같았다. 자제해야겠다.

아름이 데리고 온 가게의 닭갈비는 의외로 괜찮았다. 비록 닭이 적었지만 아름은 야채를 좋아한다며 고기는 조금 먹고 야채만 몽땅 먹었다. 잘 먹는 모습을 보니 괜히 뿌듯한 느낌도 들었다. '너무 나만 먹었죠?' 하며 멋쩍게 웃는 모습도 귀여웠다.

'정말…… 중증이군.'

박아름을 다시 만나고 나니, 폭주하는 기관차처럼 감정이 멈추지 않고 달려가기만 하고 있었다.

다 먹고 난 뒤, 아름을 데려다주기 위해 잠깐 걸었다. 소화도 시킬 겸, 같이 걸어갈 때 아름이 입을 열었다.

"참. 내일은 저 없으니까 오지 마세요."

"……."

"아. 제가 아니라 강아지 보러 오는 건데. 농담해 봤어요."

"그건 2순위."

"그럼 뭐가 1순위인데요?"

가끔 재준은 알 수 없게 문장을 끊어서 말을 한다. 그럼에도 답답하지 않았다. 다시 물으면서 대화를 이어 나가는 것이 좋았다. 적어도 아름은 그렇게 생각을 했다.

"글쎄다."

재준은 그렇게 대답을 했다. 그리고 헛기침을 하고서 고개를 돌렸다. 멍하니 아름은 재준을 바라보았다. 귀 끝이 살짝 빨개진 것도 같았다. 잠시 재준을 바라보기만 하던 아름은 저도 모르게 한 손으로 입을 막았다.

뭐야, 저 남자! 귀엽잖아!

마치 덩치는 커다란데 귀엽기만 한 시베리안 허스키를 보는 기분이 들었다. 늑대처럼 생겨서 무서울 것 같은데도 생각보다 많이 귀여운 시베리안 허스키. 도재준은 그 개를 닮았다. 시베리안 허스키처럼 멋있는데 우아하고 귀여운, 그런 남자.

"저기…… 재준 씨."

"……."

"그……."

1순위는 설마 저인가요?

물어보고 싶었지만 말이 입 밖으로 나오지 않았다. 착각을 하는 거라고 생각했다. 성심그룹의 여러 계열사 중 하나인 성심호텔의 전무가 뭐가 부족해서 그저 애견카페를 하는 저를 좋아하겠는가. 이해가 가지 않았다.

다만, 자꾸만 그렇게 생각이 된다. 아까 전부터 그가 하는 말들이 겹쳐져 자꾸만 '도재준은 박아름을 좋아하는 거다'라는 결론이 도출된다.

'안 돼. 멋대로 생각하지 말자. 멋대로 결론 내리지 말자!'

아름은 이 상황을 무마시키고자 씩 웃으며 재준을 밀었다. 그러자 멀쩡한 얼굴로 재준이 뒤를 돌아보았다. 어쩐지 조금은 아쉬웠지만 금방 미소로 감췄다.

"자, 얼른 집에 가요. 참, 뭐 타고 집에 가세요?"

"박아름의 집은 어디지?"

"저야 이 근처에서 희선 언니랑 같이 살죠."

"가자. 데려다줄게."

"어…… 그럼 힌트 줘요. 얼른요."

저를 올려다보는 시선에 재준은 어쩔 수 없다는 듯이 웃어 버렸다. 그는 힌트를 알려 주지 않고 집을 물었다. 집을 알려 주지 않으면 힌트도 안 줄 것 같아 갈등을 하던 아름은 같이 가기로 하였다. 데려다준다고 하니까, 고맙게 데려다 달라 해야지.

"그래서 힌트는요?"

"급할 필요 없는데."

"제가 궁금해서 그래요. ……아, 여기예요."

얼마 안 걸은 것 같은데 금방 도착했다. 헤어져야 할 시간이다. 아쉬웠다. 조금 더 같이 있고 싶고, 조금 더 이야기하고 싶다. 이 감정은 8년 전, 한 번 스치듯 만났던 다음 날부터 느꼈던 감정이다.

그래도 그때와는 달리, 이제 눈앞에 박아름이 있다. 언제든지 만나러 갈 수 있는 박아름이 눈앞에 존재한다. 재준은 물끄러미 아름을 바라보았다. 지지 않으려는 듯이 저를 바라보는 아름이 너무 귀여웠다. 그래서 저도 모르게 머리를 쓰다듬어 버렸다.

"귀엽네."

"……!"

"힌트? 그래. 알려 줄게."

한 발짝, 재준이 다가왔다. 그러자 한 발짝, 아름이 뒤로 물러났다. 그러기를 반복하다가 아름의 등이 벽에 닿았을 때였다. 천천히,

키스를 할 것처럼 다가오는 재준으로 인해 아름은 저도 모르게 질끈 눈을 감았다. 그때, 귓가에 재준의 목소리가 들렸다.

"무더운 여름날, 그날은 비가 많이 내렸지."

온몸으로 파고드는 목소리로 인해 내용은 이해할 수 없어도 이상하게도 목소리는 또렷하게 잘만 들렸다.

4화

무척이나 힘들었던 시기가 있었다. 모든 걸 다 놔 버리고 싶을 정도로 힘들었다. 그 기분에 어울리게 날씨도 우중충했다. 당장에라도 모든 것을 뱉어 낼 것 같은, 먹구름이 점점 몰려오고 있었다.

차라리 죽어 버릴까.

그렇게 생각할 무렵, 비가 내리기 시작했다. 우산도 없이 밖으로 나온 아름은 목적지도 없이 그저 걸었다. 차에 치여도 좋고, 물에 빠져도 좋으니, 그냥 죽어 버릴까. 몸도 마음도 상처로 얼룩져 있었다. 아름은 초점 잃은 눈으로 거세지는 비를 맞고 있었다.

빗속을 걷던 아름이 초점을 되찾은 것은 시선 끝에 머물러 있는, 바들바들 떠는 강아지 때문이었다. 보니까 어린 황구였다. 바들바들 떠는 모습이 사람의 온기를 갈구하고 있는 것 같았다. 끼잉 소리가 아주 작게 들렸다. 가만히 그 광경을 응시하던 아름이 천천히 그 앞에 다가가 쪼그려 앉았다.

"너도…… 처량하구나."

피식 웃어 보이던 아름은 강아지에게 우산을 씌워 주고 싶었다. 집에 달려갔다 오면 되지 않을까. 집은 조금 멀었지만 그래도 달려갔다 오면 될 것 같았다. 아름은 서둘러서 달리기 시작했다. 집으로 들어가자마자 자신의 몫은 잊어버린 채 우산과 타월 하나씩을 챙겨 온 아름은 그대로 황급히 달렸다.

아름은 골목을 돌았다. 그 자리에 강아지가 그대로 있기를 바랐다.

그리고 막 모퉁이를 돌았을 무렵, 아름은 그 자리에 그대로 멈춰 버렸다. 웬 남자가 강아지를 보며 천천히 다가가고 있었다. 해코지를 하려고 하는 건가 싶었다. 아름이 입을 열어 소리치려던 찰나였다.

남자는, 자신이 입고 있던 재킷을 벗어 물을 짰다. 어차피 비가 와서 다시 젖을 텐데도 그렇게 하던 남자는 살짝 재킷을 강아지 위에 펼쳤다. 오들오들 떨던 강아지가 고개를 들었다. 강아지를 빤히 바라보던 남자의 입가가 살며시 올라가는 것이 보였다.

'와…… 웃으니 근사한 오빠네.'

그러다 흠칫 놀랐다. 붙임성 있는 성격에 아무에게나 그렇게 불렀다가 안 좋은 일을 당했으면서도, 또 그렇게 생각을 해 버렸다.

아름은 천천히 남자를 살폈다. 강아지가 비를 맞지 않게 자신이 입던 재킷을 벗어 주고, 강아지를 바라보는 것 외에는 아무것도 하지 않았다. 남자는 당장에라도 죽을 것처럼 우울한 표정을 짓고 있었다. 눈동자는 텅 비어서 마치 아무것도 없는 것처럼 느껴졌다. 멍하니 바라보던 아름은 머뭇거렸다.

왠지, 당장에라도 꺼질 것 같은 촛불처럼 느껴졌다. 당장에라도 떨어지는 물을 막지 않으면 불이 꺼져서 죽어 버릴 것만 같았다.

남자가 천천히 손을 뻗어서 강아지의 젖은 몸을 쓰다듬었다. 그 모습이 저절로 눈에 박혔다. 강아지는 거부하지 않았다. 아름은 우산

손잡이를 잡은 제 손에 힘을 주었다. 이내 마음을 먹고 앞으로 나갔다. 방긋, 미소를 지으며 남자에게 우산을 씌워 주었다.

"우산 가지러 간 사이에 오빠가 왔네요?"

이상한 사람은 아닐 거야. 봐, 무척 슬퍼 보이잖아.

"오빠. 고마워요."

아름이 방긋 웃었다.

△   ▼   △

"……어?"

눈을 팍 뜨니 어스름하니 아직 새벽이란 게 보였다. 눈을 깜빡이던 아름은 두 손으로 자신의 얼굴을 덮었다.

꿈이란 게 이렇게도 생생한 거였나.

아름은 목이 말랐다. 목이 타들어 가는 것만 같았다. 벌떡 일어나서 밖으로 나갔다. 누가 업어 가도 모르는 희선은 잘도 자고 있었다. 벽시계를 보니 아직 새벽 5시다. 이렇게나 일찍 일어나다니. 속으로 중얼거리던 아름은 냉장고에서 시원한 물을 꺼내서 마셨다.

아, 정말이지.

속으로 투덜거리던 아름은 다시 들어가 침대에 눕지 않았다. 냉장고에 기대앉자, 그 차가운 기운이 등을 타고 올라오는 것만 같았다. 덕분에 정신이 번쩍 들었다.

아름은 접어 올린 무릎 위에 팔을 대고 고개를 파묻었다. 눈을 감으니, 꿈에서 보았던 그 텅 빈 눈동자를 한 남자가 떠올랐다.

"그러니까, 그게 도재준 씨란 말이지……."

그날 데려간 황구를 집에서 키울 수는 없었다. 결국 옆집 살았던 희선이 키우게 되었다. 물론 틈만 나면 황구를 보러 갔었다. 황구를 보면 그 오빠가 떠올랐다. 시간이 지나고 바쁘게 살아갈수록 점점 황구에게 비를 맞지 않게 해 주던 그 오빠가 떠올랐지만 얼굴이나 이름 등은 서서히 잊어버렸다. 그저 어떤 오빠가 황구를 주웠던 날, 같이 있었다 정도만 기억을 했을 뿐이다.

그런데 그게 도재준이라 한다.

"그럼, 그 사람은 내내 기억하고 있었다는 거야?"

고개를 든 아름이 중얼거렸다. 갑자기 뺨이 뜨거워지는 기분이 들었다. 손등으로 양쪽 볼을 살며시 눌렀다.

"정말이지……."

다시 고개를 숙인 아름은 재준의 얼굴을 떠올렸다. 기본적으로 냉철함을 유지하던 재준이, 가끔씩 미소를 지어 줄 때가 있었다. 너를 기다렸어. 어서 나를 기억해 내. 그런 이상한 말을 한다고 생각했는데…… 정작 기억을 못 하는 것은 저였다.

그는 왜 나를 기억해 달라고 했던 걸까? 그저, 과거에 같은 추억을 공유하고 있어서?

그건 아닌 것 같다. 단지 하루를 보았을 뿐이다. 하루의 시간으로 그렇게 냉철한 남자가 저에게 매일같이 얼굴 도장을 찍으러 올 리가 없었다.

그러다 문득 든 생각에 아름은 고개를 들었다.

"……설마."

아니겠지. 아닐 거다.

"이 정도면…… 착각의 왕이다, 진짜."

도재준이 박아름을 좋아한다는 건, 말도 안 되었다. 그 남자, 어디가 부족해서 나 같은 여자를 좋아한단 말인가.

그럼에도, 다시 침대로 들어가는 아름의 얼굴은 새빨갛게 익어 있었다.

△ ▼ △

알람은 단지 3초만 울렸을 뿐인데 재준은 그걸 듣고 일어났다. 3초의 알람으로 일어난 재준은 굉장히 즐거워 보였다.

지난밤, 결국 박아름에게 넘어가서 비밀이었던 정보를 알려 주었다. 내가 너를 어디에서 봤는지, 언제 첫눈에 반했는지. 왠지 표정이 얼떨떨한 것처럼 보였다. 아직은 알아차리지 못한 것도 같았다. 하지만 괜찮았다. 어차피 다시 만난 이상, 아름을 절대로 놓아줄 생각은 없었다.

그래도 기억을 해 주지 못한 것은 좀 아쉬웠다. 서운한 것은, 막내 동생 다온의 말대로 제가 그날에 비해 변한 탓일지도 모르니까.

"그래도…… 너무 기다리게 하지는 마."

빙긋 웃으며 중얼거리던 재준은 출근 준비를 하였다. 그는 무척 들떠 보였다. 그래서 비밀번호가 눌리는 소리도, 문이 열리는 소리도 듣지 못했다. 이러다가 콧노래까지 나올 것 같았다.

"형 뭐……."

다온은 난생처음 보는, 즐거워 보이는 형의 모습에 그대로 굳어 버렸다. 지금 보이는 이 광경을 어떻게 해석해야 하면 좋을지 모르겠다. 다온은 황망하게 그 모습을 바라보다 서둘러 자신의 방으로 들어갔다.

현관문을 나설 때, 낯선 신발을 발견했다. 마음대로 이 집에 찾아올 사람은 오직 막내 동생, 도다온뿐이다. 다온이 들어갔을 문을 슬쩍 바라보았다. 평소 오자마자 아는 척을 하며 달려왔을 녀석이 먼저 들어가서 자는 걸 보니 무척이나 졸렸나 싶었다.

제멋대로 들어오는 녀석을 막을 수도 없었다. 11살이나 차이가 나는 어린 막내 동생을 외면하기엔, 재준은 그렇게 모질지 않았다. 그렇기에 결국 내버려 둘 수밖에 없었다. 철이 없어도 부모님에게는 귀여운 막내아들이고, 아무리 그래도 예의는 잘 지키는 편이었다.

△　▼　△

"그, 그러니까……."

재준을 어디서 봤는지 기억해 낸 아름이 희선에게 사실을 말해 주었다. 황구 주웠던 날에 같이 있던 그 오빠라고 하자, 희선이 답지 않게 말을 더듬었다. 아름은 연신 미소를 짓고 있었다. 그 모습에 희선은 입을 들썩거리다 한숨을 푹 쉬었다.

"첫눈에 반해서 너를 여태……."

"어, 언니! 그런 건 절대 아니야."

바닥을 대걸레로 닦던 아름이 화들짝 놀라며 대걸레를 바닥에 떨어뜨렸다. 그러자 희선이 먼지를 닦던 걸레를 그 자리에 두더니 아름의 앞으로 다가왔다.

"정말, 맞아?"

"맞아."

틀림없이, 그 오빠가 도재준이다.

기억을 하지 못했던 이유는 아주 간단했다. 기억력이 나빠서도 아니다. 그날 봤던 그 우울한 오빠는 어디로 사라지고, 차가운 도시 남자인 도재준이 있으니 당연히 못 알아봤던 것이다. 벌써 8년이나 된

날의 기억이었다. 그날 잠깐 본 사람의 얼굴을 기억하지 못할 수 있는 시간이다. 거기다 그렇게나 우울이 땅굴을 파서 저 해저 밑까지 갈 것 같은 모습을 했던 남자가, 그렇게 멋있고 차가운 남자가 되어 있었으니, 당연히 못 알아봤다.

'그럼…… 도재준 씨는 나를 어떻게 기억하고 있는 거지?'

다시 대걸레를 잡고서 바닥을 닦았다. 생각에 잠긴 아름은 곧 벽에 붙은 거울을 보았다. 전과 다름이 없는 얼굴이다. 시간이 흘렀으니, 그때보다 조금 나이가 들어 보일 뿐이지, 그렇게 달라지진 않았다. 물론 짧은 머리는 좀 더 길어졌고, 염색도 했고, 화장도 하게 되었지만 그래도 10대 때의 모습과는 그렇게 달라진 것이 없었다.

그래서 알아봤나.

아름은 거울을 멍하니 바라보다가 문득 저를 바라보고 있는 희선과 은정을 발견했다. 서로 대화를 나누던 둘과 거울 속에서 눈이 마주치자, 두 사람을 향해 고개를 돌렸다.

"왜! 왜 나를 보는데!"

"아니, 웃기잖아. 거울을 빤히 바라보는 박아름이라니!"

"아니, 뭐가 웃긴데? 어?"

"아름아. 너, 그래서 어떻게 할 건데?"

"맞아요. 언니, 어떻게 할 거예요?"

네 개의 눈동자가 일제히 저를 바라보고 있었다. 윽, 부담스러워. 아름은 고개를 돌리고 대답을 하지 않았다. 입을 꾹 닫은 채 그저 묵묵히 할 일을 했다. 뒤에서 키득거리는 소리가 들렸지만 아름은 애써 외면을 했다.

그나저나…….

속으로 중얼거리던 아름은 걸레를 빨러 간다고 하고서 재빨리 화장실로 향했다. 물을 틀어 놓고서 핸드폰을 슬쩍 꺼냈다. 명함을 줬기에 그곳에 적힌 연락처를 저장했었다. '도재준 씨' 보다는 뭔가 독특한 이름으로 해 놓고 싶어서 곰곰이 생각한 끝에, 그의 이미지에 맞게 저장을 했다.

시베리안 허스키 남.

그는 정말 도도하면서도 우아하지만 멋있는, 시베리안 허스키를 닮았다. 차가운 인상도, 기타 등등, 여러모로 닮아 있었다.

그냥, 인사차 문자를 한 적이 있었다. 저, 박아름인데요. 그러자 안녕, 하고 아주 짧게 답이 왔다. 그리고 그 이후로 오는 답은 없었다. 카페에는 자주 오면서 그 흔한 문자 한 통을 안 하는 걸 봐서는 밖에 있는 희선이나 은정이 생각하는 것은 아닌 것 같았다. 도재준이 박아름을 좋아한다는 말.

그런 어처구니없는 말에 괜히 잠깐이나마 가슴이 두근거렸던 제 자신이 참 한심했다.

"휴."

또 먼저 해 볼까. 그래도 먼저 하면 답은 온다. 아니면 먼저 연락을 할 줄 모르는 남자인가.

됐다, 됐어. 아름은 핸드폰을 집어넣고서 걸레의 물을 꽉 짰다. 이내 냄새가 나지 않도록 잘 말린 뒤에 밖으로 나오자, 꼬리를 살랑거리며 저를 바라보는 강아지들이 보였다. 히죽 웃으며 손에 묻은 물기를 앞치마에 닦고서 안으로 들어갔다.

"아이고, 내 새끼들."

바닥에 털썩 주저앉아 달려드는 강아지들을 받아 주었다. 그러다 문득 강아지에 손도 못 대던 재준이 떠올랐다.

그때도 그랬지.

비가 억수로 쏟아지던 날. 겨우 한 번 쓰다듬는 데도 큰 용기를 내고 한 것처럼, 그의 손은 떨리고 있었다. 추위로 인해 떨던 것이 아니어서 더욱더 인상이 깊었었다.

"근데, 아름아."

희선이 말을 걸어왔다. 아름이 뒤를 돌자 희선이 그 옆에 쭈그려 앉았다. 손을 뻗어 말랑이의 머리를 쓰다듬다가 다시 입을 열었다.

"너는 그 남자 어떻게 생각하는데?"

"……그건 또 왜 물어?"

"아니, 생각을 해 봐. 단 하루, 그것도 몇 시간도 안 되게 본 사람을 단번에 알아봤잖아. 그 이유가 뭘까?"

또 놀리려는 것처럼 히죽 웃고 있었다. 아름은 미간을 팍 찌푸리다가 희선을 향해 등을 돌렸다. 그러자 키득거리며 웃던 희선이 아름의 어깨를 툭툭 쳤다.

"그래도, 아름아."

다정하게 말을 건네 와서, 아름은 뒤를 돌까 하다가 가만히 있었다.

"그 남자가 너를 좋아한다고 해도, 네 마음이 제일 중요하니까."

"……응."

"괜찮으면 만나 봐도 돼. 괜찮아졌는지 확인해 봐도 되고."

희선의 말에 아름은 그저 희미하게 미소만 지었다. 문득, 재준이 보고 싶어졌다. 이제 누군지 알았으니, 오늘 오면 오빠라 해야겠지?

지난밤, 기억을 해 봐, 하고서 어쭙잖은 힌트를 줬음에도 기억이 났다. 과연, 그는 어떤 표정을 지을까? 상상이 되지 않았다. 얼른 점심시간이 되어서 재준이 왔으면 좋겠다. 그가 어떤 표정을 지을지, 얼른 보고 싶어졌다.

아름이 어떤 표정을 짓는지 다 보고 있던 희선은 커피 머신이 있는 곳으로 돌아가서 남몰래 한숨을 쉬었다. 딱 봐도 표정에 보이는데, 아니라고 하는 아름이 어쩐지 안타까웠다.

△ ▼ △

"뭐야."

그런데 이 남자,

"왜 안 와?"

나흘 동안 오지 않았다.

"연락도 안 하고?"

침대 위로 핸드폰을 탁 던졌다. 물론, 연락을 먼저 할 것 같지는 않았다. 그래도 서로 번호도 알고, 그러면 연락을 해야지! 그러는 박아름도 연락을 하고 있지 않았다. 알량한 자존심도 있지만, 어쩐지 이상하게 망설여졌다. 연락을, 해도 되는 건가?

서글서글한 성격 탓에 모든 사람에게 잘 해 주고, 친해지기 쉬운 성격이 바로 아름이 가진 성격이다. 아름의 주변에는 늘 사람이 많았다. 그런 탓에 본 지 얼마 안 되었어도 오빠, 언니, 친구 하면서 잘 지냈었다.

그런 사람 중 한 명이 아름의 그런 성격을 보고 좋아하게 되었다. 그러나 그 마음이 도가 지나쳤다. 자신에게만 아름의 애정이 쏠리길 바랐던 한 남자가 있었다. 오빠라 부르며 줄곧 친하게 지냈던, 이웃에 살던 대학생이었다. 하지만 그의 심한 집착과 오해로, 아름은 결국 스토킹까지 당했었다.

그 후 아름은 남자라면 무서워하게 되었고, 서글서글하여 두루두루 친하게 지내던 아름의 성격이 사라졌다. 남자뿐 아니라 모든 사람들과의 관계도 주춤거리며 어려워했다. 그저 저는 성격이 원래 그런 탓에 친절히 대했을 뿐인데, 남이 보기에는 다르다는 걸 알게 되었기 때문이다.

"내가 먼저 해 볼까."

하지만 그날, 재준을 만났다. 일 년 만에 처음으로 친하게 말을 걸 수 있었다. 점점 아름의 곁에서 친구들이 떠나가고, 고등학교 3학년이라는 압박감 속에서 점점 힘들어했었던 그날, 아름은 재준을 만나게 되었다.

강아지를 좋아하는데 머뭇거리며 한 번 쓰다듬는 것에 어마어마한 용기를 내야 하는, 이상한 남자였다. 그러면서, 은근히 차가운 남자이기도 했다.

"좋아."

마음을 먹은 아름은 망설이다 문자 한 통을 보냈다. 요즘 바빠요? 그러자 문자를 보낸 지 얼마 되지도 않았는데 금방 연락이 왔다. 갑자기 울리는 벨소리에 화들짝 놀라서 핸드폰을 침대 위에 떨어뜨렸다. 쿵쾅거리는 심장을 부여잡고 액정을 바라보았다.

"아……."

머뭇거리던 아름은 전화를 받았다.

"여보세요?"

—안녕.

그가 먼저 인사를 해 왔다. 인사는 참 뜬금없었지만 그래도 나흘 만에 그 목소리를 들으니 저절로 입가에 미소가 지어졌다.

"바빠요?"

—좀 바빴네. 그래서 못 들렀어.

"그럼 연락 좀 하지……."

저도 모르게 투정이 나와 버렸다. 그렇게 말을 하고 나서 흠칫 놀랐다. 아마, 눈앞에 재준이 있었더라면 놀림을 받았을 것 같았다. 전화 통화라 다행이다.

—연락을…….

너무 목소리가 작아서 안 들렸다. 핸드폰을 귀에 아예 바싹 대었다. 이어져서 들려오는 재준의 목소리는 낮고도 낮았지만 조금 다정하게 들렸다.

—해도 되는지 몰랐어.

와…… 세상에. 이런 남자도 있구나.

서른셋이라는 나이가 무색할 정도로 남자는 아무것도 모르는 것 같았다. 딱 보면 여자가 참 많을 것 같은 외모인데. 키득거리며 속으로 웃던 아름은 아무렇지도 않은 척, 대답을 했다.

"제가 전화는 못 받아도 문자는 돼요."

—그렇군.

재준이 자그맣게 웃는 소리가 들렸다. 나직이 웃는 그 목소리에 괜히 심장이 콩닥거렸다. 살짝, 가슴 위에 손을 얹어 보았다. 심장 박동 수가 올라가고 있는 것이 느껴졌다. 쿵, 쿵. 아름은 눈을 살짝 감았다가 떴다.

"도재준 씨."

—응.

"지금 어디예요?"

—퇴근 중.

"……에? 이제야?"

지금은 오후 10시가 다 되어 가는 시간이다. 그런데 지금 퇴근하다니. 정말 바쁜 모양이다. 아름이 뭐라고 말을 꺼내려고 할 때, 재준이 먼저 말을 했다.

—막내 동생을 회사 일에 합류시켜야 해서, 처리할 게 좀 있었어. 그러니까, 걱정하지 마.

뒤에 붙은 그 말은 아름의 심장을 가라앉게 하였다. 차분하니, 그리고 고요하니. 따듯해진 마음이 느껴졌다. 아름은 눈을 감았다가 떴다. 눈을 감으면 떠오르는데, 눈을 떠도 보인다. 자꾸만 도재준의 얼굴이 아른거렸다.

도재준이 나를 좋아하는 게 아니라, 마치 내가 도재준을 좋아하는 거 같아.

그렇게 생각을 하던 아름은 퍼뜩 현실로 돌아왔다. 아, 대답을 해야지. 자신이 말을 할 때까지 기다려 주는 재준에게 얼른 대답을 했다.

"저기, 나, 그쪽한테 할 말이 있거든요. 근데 요 나흘간 안 와서……"

—미안. 지금이라도 갈까?

"네? 아, 아녜요. 도재준 씨 힘든데."

—아니.

그가 단호하게 대답을 했다. 아름은 눈을 연신 깜빡였다. 설마, 지금 온다는 건가?

—박아름이 나한테 하려는 그 할 말, 난 지금 꼭 들어야 할 것 같은데.

그가 장난스럽게 웃는 소리가 들렸다. 덩달아 입가가 곡선을 그리며 휘어졌다. 아, 정말이지. 얼굴이 화끈거리는 것도 같았다. 이상하게, 자꾸만 다른 생각이 든다. 이번에는 아까와 정반대인 생각. 도재준이 박아름을 좋아하고 있다는 것처럼 느껴졌다.

"그, 그래도…… 내일 봐요. 내일 꼭 말해 줄게요."

─그럼 지금 말해.

"네? 어, 그러니까……."

멍석을 깔아 줘도 말을 못 하다니. 아름은 머뭇거리다 피식 웃었다. 그날은 그리도 말을 잘 했으면서 지금은 어째 말을 하라고 해도 말을 쉽게 할 수가 없었다.

"저기. 처음부터…… 날 기억하고 있던 거예요?"

그러자 잠시 대답이 들려오지 않았다. 통화가 끊겼나 싶어서 액정을 확인했을 때, 나직한 목소리가 들려왔다.

─그래.

쿵, 쿵. 심장이 거세게 뛰기 시작했다.

왜? 어째서 나를 알아본 거야?

─처음부터 알아봤으니까.

"어떻게…… 알아봤는데요?"

─그냥. 넌 박아름이니까.

"피…… 그게 뭐야."

─박아름.

"네에."

진짜, 이 후끈거리는 기분은 뭐지. 아름은 핸드폰을 어깨와 뺨 사이에 끼고서 두 손으로 얼굴을 문질렀다. 온 마음이 간질거리는 기분도 들었다. 어휴. 정말…… 이런 간질거리는 기분은 대체 뭐람.

─내가 누군지 기억났으면 옛날처럼 불러 봐.

아름은 망설여졌다. 옛날과는 달리 쉽게 나오지 않았다. 어쩐지 부끄러운 기분도 들었다. 하지만 그렇게 하고 싶었다. 전과 다른 마음으로, 그렇게 부르고 싶었다. 왜 그런지는 저도 잘 모르겠다.

"오빠."

―……

"내일은 와요?"

―……그래.

그의 목소리가 한층 더 낮아지고 잠긴 것 같지만 기분 탓이라 생각하며 대답을 이었다.

"오빠. 이만 잘게요."

―잘 자.

"내일 봐요."

두근거리는 마음으로 전화를 끊었다. 아름은 핸드폰을 바라보다 그대로 침대 위에 누웠다. 쿵쾅거리는 심장이 진정되지 않고 여전히 뛰고 있었다. 지그시, 손을 올려 뛰는 심장을 눌러 보았다. 입가가 간질거렸다.

"이 남자……"

……진짜, 뭐야.

싱글벙글 웃던 아름은 들뜬 마음으로 인해 쉽게 잠을 이룰 수가 없었다. 아, 잊어버렸다. 앞으로 먼저 연락해도 되니까 언제든지 마음껏 하라는 말을 덧붙이지 못한 게 떠올랐다. 그래도, 먼저 연락할 줄 모르는 남자니까 내가 먼저 하면 되겠다.

그렇게, 하면 되겠다.

△ ▼ △

다음 날, 낮에 드디어 찾아온 재준은, 일이 끝나고 간단히 늦은 저녁 식사를 하자고 했다. 아름은 수락을 했고, 그걸 듣고 있던 희선은 재준이 가자마자 아름을 불렀다.

"왜?"

"늦은 저녁이 아니라 술 마시자고 하려던 거 같은데. 갈 거야?"

"황구 구해 준 오빠야."

"알아. 근데 저녁에 9시 넘어서 남자랑 단둘이 술이라니."

"에이. 재준 오빠는 괜찮아."

"……금방 오빠라니."

"아, 어젯밤부터 그렇게 부르기로 했어."

한층 들떠 보이는 그 모습에 '안 돼!' 라고 할 수가 없었다. 유난히 들떠 보이는 아름을 보면 마치 신나게 데이트하러 가기를 기다리는, 애인 있는 여자의 모습이었다. 그래서 희선은 뭐라고 하려다가 말았다. 전과는 달리 조금 나아진 모습과 더불어 간만에 즐거워 보이는 표정이어서, 그래서 오히려 응원을 해 주고 싶을 정도였다.

그 사건이 있고 나서 아름은 집에만 틀어박혀서 영영 나오지 않을 것 같았다. 자신의 설득 끝에 조금씩 세상에 나오게 되었지만, 남자들을 두려워하고 무서워하는 건 여전했다. 그때와는 달리 밝은 성격처럼 보이지만 그것은 겉보기에만 그런 것이었다. 속은 곪아서 우울에 절어 있었다.

희선은 어떻게든 아름을 도와주고 싶었다. 어릴 적부터 알고 지내던 사이였기에 가족처럼 느껴졌을지도 모른다. 그러나 제가 할 수 있는 일은 그저 같이 어울려 주고 얘기도 하고, 그렇게 용기를 북돋아 주는 것뿐이었다. 그러다 어느 날, 웬 강아지 한 마리를 데리고 왔다.

아름은 할머니와 둘이 살았는데, 할머니가 기관지가 약한 관계로 키우지 못해서 결국 희선의 집에서 키우게 되었다. 그 황구를 데리고 온 뒤로 조금 밝아졌다. 그 인연으로 지금, 아주 활짝 피고 있었다.

"너, 좋아하냐?"

대놓고 물어보았다. 그러자 아름이 움찔거리며 하던 모든 행동을 멈췄다. 커피를 들고 가려던 것도 멈춘 채 고개만 돌려 희선을 보았다. 희선의 두 눈동자를 마주 보던 아름이 어색하게 웃고서 뒤를 돌아, 커피가 식기 전에 주문한 손님께 가져다주었다. 그 테이블은 커플이 앉아 있었다. 몇 마디 나누고서 다시 돌아온 아름은 희선에게 대답을 해 주었다.

"아마도, 그런 듯?"

그러자 희선의 입이 떡 벌어졌다. 옆에서 빈 잔을 가져오던 은정도 놀랐는지 그대로 굳었다.

"언니, 지금 뭐라고……."

"어머. 들었구나?"

어깨를 으쓱이던 아름은 아예 몸을 기대었다. 은정이 초롱초롱한 눈을 빛내며 다가오기에 쯧 혀를 차며 일을 하라는 눈치를 줘서 보냈다. 아름은 설명을 하라는 듯이 저를 바라보는 희선의 시선에도 불구하고 아무런 말도 하지 않았다. 그저 기분 좋아 보이는 미소를 짓고 있었다.

그리고 저녁, 퇴근 시간이 되자마자 자신의 몫을 끝낸 아름은 저를 기다리던 재준을 데리고 퇴근을 했다. 간단한 식사를 하려고 했지만 마땅히 찾을 수가 없어서 삼겹살집으로 들어갔다. 자리를 잡고 나서 주문을 한 아름은 떨떠름한 표정을 짓고 있는 재준과 눈이 마주치자 빙긋 웃으며 물었다.

"이런 데 처음 와 봐요?"

"음."

"그렇구나. 그래도 여기, 의외로 맛있어요. 희선 언니랑 자주 와

봤거든요."

곧 주문을 한 소주가 먼저 나오자 재준에게 먼저 권했다. 재준은 차가 있었지만 오늘은 그냥 가도 괜찮겠지 싶어서 소주를 받았다. 고기가 나오기도 전에 잔을 부딪쳐 한 잔씩 마신 뒤, 아름이 다시 입을 열었다.

"근데 일찍 말하지 왜 자꾸 저한테 기억해 내라고 한 거예요? 진작 좀 말하지."

"네가 기억하게 만들고 싶었어."

"흐음. 그렇구나."

술을 좋아하는지 아름은 다시 빈 잔을 채웠다. 그걸 물끄러미 바라보던 재준은 아름에게 말을 걸었다.

"그날 이후."

아름이 고개를 들었다. 아름의 손에서 고기 접시와 집개를 뺏어 간 재준은 그녀를 대신해서 고기를 구웠다. 멍하니 바라보며 이어지는 말을 들었다.

"공원에 몇 번 갔었어."

"공원요? 아……."

"시간 되면 황구랑 산책할 테니 오라고 말했었잖아."

그러고 보니 그랬었다. 아름은 어렴풋이 기억이 났다. 그럼에도 재준은 스치듯 한 말을 기억해 주고 있었다. 이상하게도 마음에 찌르르 전기가 통하는 기분이 들었다. 얼마 마시지도 않은 소주가 얼굴을 살짝 데우고 있는 것 같았다. 괜히 삼겹살이 익은 것을 바라보다가 소주를 마셨다. 그러자 재준이 걱정스러운 표정을 짓더니 안주로 뭐라도 할 게 없나 둘러보다가 물컵을 앞으로 내밀었다.

"물이라도 마셔."

"네? 아, 네⋯⋯."

"왜 산책은 안 했어?"

"그게⋯⋯."

그 뒤로 희선이 황구를 키우게 되었는데, 이사를 가게 되는 바람에 희선네에 놀러 올 때 정도밖에 황구와 공원에서 산책할 일이 없었다. 때문에 그 공원에서 황구와 산책한 일은 몇 번 없었던 것이다. 물론 희선과는 계속 연락을 했고, 그래서 최근 같이 카페도 하고 룸메이트로서 살게 되었다. 아름이 얘기를 끝내자마자 재준이 익은 고기를 아름의 밥 위에 올려 주었다.

"배고프겠다. 얼른 먹어."

"오빠도⋯⋯ 배고플 텐데 얼른 먹어요."

"그래."

그럼에도 재준은, 아름이 한 입을 먹을 때까지 먹지 않았고, 아름이 본격적으로 먹기 시작했을 때야 조금씩 먹기 시작했다.

처음에는 조금 어색했지만 술이 들어가고 분위기가 풀리자, 어색한 분위기는 많이 사라졌다. 사실 아름의 주량은 소주 반병 정도였다. 그러나 오늘은 술도 잘 받고, 기분도 좋아서 그런지 훌쩍 한 병을 마셔 버렸다. 아름의 주량을 모르는 재준은 그녀를 말리지 못했다. 멀쩡해 보였는데 어느새 훅 취해 버린 아름으로 인해 어쩔 줄 몰라 했다. 물론, 속으로만 그랬다.

"박아름."

"네에에."

헤실거리며 웃는 것도 그렇고, 말꼬리가 길어진 것도 그렇고. 틀림없이 취한 것 같았다. 아름은 재준을 올려다보다 헤헤 웃었다. 아이처럼 웃는 모습이 지난날과 겹쳐 보였다. 확실히, 아름은 8년 전과 달라진 모습이 없었다.

재준은 안 되겠다 싶어서 이만 자리를 끝내야겠다 싶었다. 혀는 꼬이고 말은 늘어져도 정신은 아직 남아 있어서 그런지 집주소를 제대로 불러 줘서 집까지 무사히 데리고 갈 수 있었다. 벨을 누르자마자 희선이 문을 벌컥 열었다.

"너, 지금 몇 시……!"

"……."

"어…… 안녕하세요."

"와아. 집이다, 집!"

손뼉을 치며 기뻐하던 아름이 재준에게 꾸벅 인사를 했다.

"오빠. 잘 먹었습니다아!"

그러곤 거실 소파로 달려가 그대로 누워 버렸다. 소파 한구석에 놔둔 담요를 덮던 아름이 금방 잠에 빠진 걸 멍하니 바라보던 재준은 그 귀여운 모습에 저도 모르게 입가가 풀렸는지도 모르면서 미소를 지었다. 그걸 물끄러미 바라보던 희선은 이만 가려던 재준을 불렀다.

"이봐요."

재준이 뒤를 돌았다. 언제 사랑스럽다는 듯이 미소를 지었는지 모르겠다. 냉철한 모습으로 돌아가 있는 재준을 보며 희선은 기가 막혔다. 정말, 누가 봐도 박아름을 사랑하고 있구나. 그래도 마음에 걸렸다. 물론, 아름이 남자를 두려워하는 걸 극복한 건 좋았다. 그런데 문제는 이 남자였다.

"당신 명함을 봤어요."

그냥 지나치려던 재준은 이야기를 할 가치가 있다고 여겼는지 몸을 틀었다. 그 태도에 희선의 눈썹이 꿈틀거렸다. 그러나 그에 대해서는 말을 하지 않았다. 어차피 딱 봐도 저 남자의 눈에 박아름이 아니면 상대할 가치가 없다고 여기는 것 같았다.

저 남자의 명함을 보았다. 아름이 내민 명함을 보고 곧바로 찾아
보았다. 도재준. 꽤나 유명 인사였다. 성심그룹 도 회장의 장남이자,
훗날 도 회장의 뒤를 이어서 성심을 이끌어 갈 존재였다. 태어날 때
부터 그런 기대를 몽땅 가지고 태어난, 그야말로 대단한 남자였다.

"성심의 차기 회장이 될 그쪽하고, 고작 애견 카페를 하는 우리
아름이랑, 사는 세계가 다른 건 알죠?"

"그렇다면?"

"근데도 아름이가 좋아요?"

"그래."

"우리 아름이 가지고 노는 거면, 일찌감치 그 관심 꺼요."

으르렁거리며 희선이 거칠게 내뱉었다. 그런 말에도 불구하고 재
준은 눈 하나 꿈쩍하지 않았다. 오히려 가만히 희선을 관찰하듯이 바
라보다가 피식 웃었다. 웃겨? 희선이 한 마디를 할 무렵, 재준이 낮
은 목소리로 경고를 하듯이 입을 열었다.

"내 마음에 대해서 멋대로 판단하지 않는 게 좋을 텐데."

5화

희선은 지지 않겠다는 듯이 재준을 바라보았다. 팔짱을 낀 채, 재준을 바라보던 희선이 빙긋 웃었다. 재준은 여전히 무표정을 지은 채 가만히 있었다. 그때, 들려오는 희선의 목소리로 인해 재준에게도 반응이 생겼다.

"우리 아름이랑 잘 해 보려면…… 나한테 먼저 잘 보여야 할 텐데?"

그게 무슨 말인가. 움찔거리던 재준이 미간을 찌푸렸다. 그의 표정 변화를 본 희선이 재미있다는 듯이 웃다가 다시 입을 열었다.

"내가 말은 자세히 못 해도, 우리 아름이랑 사귀려면 꽤나 노력해야 할 텐데. 당신은 첫눈에 반했을지라도 아름이는 지금 호감 단계거든."

그 의미심장한 말에 재준의 눈동자가 희미하게 흔들렸다. 희선은 물끄러미 재준을 바라보다 어깨를 으쓱였다. 그러자 재준의 눈이 번뜩였다.

"아무튼 나한테 잘 보여야 할 걸요."

희선은 그렇게 말을 하고서 대화를 마무리 지었다. 재준은 어떠한 대답도 없이 희선을 가만히 바라보다 고개만 까딱이고선 두 사람의 집을 나섰다. 재준은 말없이 집을 나서긴 했지만 뭔가 마음에 들지 않다는 표정으로 1층에서 집을 올려다보았다. 이내 조용히 뒤를 돌아 걸었다.

창문을 통해 재준이 가는 걸 바라보던 희선은 낮게 한숨을 쉬었다. 이내 천천히 뒤를 돌았다. 잠이 들어 있는 아름을 바라보던 희선은 이불을 가져와 덮어 주었다. 색색 잠이 든 아름은 기분이 좋다는 듯이 웃고 있었다.

"뭐…… 좋을 대로 하렴."

아름의 머리를 슥슥 쓰다듬던 희선은 거실 불을 끄고 방으로 들어 갔다.

△　▼　△

"언니. 나, 산책 좀 갔다 올게."

"황구랑?"

"응. 갔다 올게!"

다행히도 숙취는 없었다. 말끔한 정신으로 운동을 하기 위해 아름은 일찍부터 준비를 했다. 아침 산책을 좋아하는 황구는 꼬리를 살랑 거리며 아름의 곁을 맴돌았다. 아름은 황구의 머리를 쓰다듬어 주다 가 문득 떠오르는 생각에 물을 마시다 멈췄다.

어제, 어떻게 돌아왔더라.

문득 눈을 떠 보니 소파에 누워 있었다. 그저 귀소본능을 따라 집으로 돌아온 줄로만 알았건만, 그건 또 아닌 것 같았다. 그러기엔 저를 바라보는 희선의 표정이 묘했다.

"황구야. 어제 누나 어떻게 들어왔니?"

그러나 황구가 대답을 할 리가 없었다. 아름은 헥헥거리며 저를 바라보는 황구의 목을 껴안아 주었다. 정말, 귀엽다니까.

황구와 함께 공원 트랙을 돌았다. 한 바퀴 정도 돌고 나서 잠깐 벤치에 앉았다. 가만히 황구를 내려다보던 아름은 기지개를 폈다. 이내 문득 한 가지 생각에 멈춰서 아침 해가 막 뜬 하늘을 멍하니 바라보았다.

"좋아하나?"

도재준이…… 박아름을.

"아니면 반대로……."

박아름이…… 도재준을?

아름은 눈을 깜빡였다. 그 순간, 그녀의 얼굴이 확 붉어졌다.

"내가 무슨 생각을 하는 거람."

재빨리 마른세수를 했다. 그러나 이미 얼굴은 뜨거워져 있었다. 아름은 안 되겠는지 벌떡 일어나서 트랙 한 바퀴만 더 돌고 들어가기로 했다. 황구가 짖는 소리에 빙긋 웃던 아름은 앞을 향해 달렸다. 이미 얼굴이 잔뜩 붉어진 채였다.

집으로 돌아가자마자 희선은 의미심장하게 웃으며 물었다. 뭐 했기에 평소보다 얼굴이 새빨갛지? 그 질문에 그저 열심히 뛰어서 그런 거라 하고서 샤워를 하러 욕실로 들어갔다. 세면대를 붙잡으며 세면대 거울을 바라보다 씩씩거렸다. 눈을 질끈 감은 뒤, 옷을 벗고 샤워를 했다.

"아아, 정말……."

결론은 하나였다.

"요즘 들어 도재준, 그 사람 얼굴만 떠올라……."

그가 황구를 구해 준 오빠라는 것을 알게 되기 전부터 도재준에게 눈길이 가기 시작했다는 건, 심장이 조금씩 반응을 하기 시작했다는 건, 도저히 부정할 수 없는, 정확한 것이다.

좋아하는 건 잘 모르겠지만 호감은 있는 게 틀림없었다.

아름이 화장실에서 나오자마자 황구가 다가왔다. 머리를 쓰다듬고서 자연스럽게 핸드폰을 찾았다. 먼저 연락을 해도 되는지 몰랐다고 했던 그날 이후, 재준이 처음으로 먼저 연락을 했다. 저보다 먼저 일어났는지 메시지가 하나 와 있었다.

[잘 잤어?]

왠지 저절로 재준의 음성이 귓가에 들리는 것만 같았다.

"정말이지……."

짧게 웃던 아름은 소파 위에 앉아서 답을 했다. 지금 막 운동 갔다 오는 길이라고. 그러자 답장을 기다렸는지 바로 읽더니 또 답이 왔다.

[황구랑 같이?]

맞아요. 황구랑 같이. 그러다 그림자가 드리워져서 고개를 들었다. 희선은 딱 걸렸다는 듯이 씩 웃고 있었다.

"어, 언니."

"아침은 토스트. 괜찮아?"

"물론, 이지……. 그런데 좀 저리 가지 그래?"

"에이. 왜? 누가 보면 연애 중인 줄 알겠다."

"여, 연애……!"

"왜. 싫어?"

그 말에 아름의 뺨이 보기 좋게 불그스름하게 물들었다. 저 모습을 사진 찍어서 도재준에게 보내 주면 아주 좋아하겠는 걸. 희선은 그렇게 생각했지만 저에게는 적대감을 드러낸 재준에게 좋은 걸 보여 주고 싶지 않았다. 같이 사는 저만 간직하기로 하고 씩 웃기만 했다.

"그런데 아름아."

다시 부엌으로 돌아가던 희선이 아름을 불렀다. 재준과 메시지를 주고받으며 아름이 시큰둥하게 응, 대답을 했다. 그러자 희선은 어처구니없다는 듯이 아름을 바라보았다.

"연애하렴."

"……오?"

고개를 든 아름이 그건…… 하며 말을 하던 걸 그만두었다. 그러자 희선은 고개를 가로젓더니 냉장고에서 계란을 꺼냈다.

"그렇게 좋으면 연애를 해. 썸 타는 단계에서 멈추지 말고. 도재준을 사로잡아!"

"하지만, 재준 오빠는 나랑 사는 세계가 다른 사람인데……."

"그쪽은 상관없다는 것 같던데."

"어, 하지만……. 아니, 그 전에…… 오빠가 날 좋아하는지도 잘 모르고."

늘 자신감이 넘치던 박아름이 저렇게 자신감이 없어지다니. 어쩐지 희선은 아름이 안타까웠다. 그래도 본인의 일이니 더 이상 제삼자인 저는 상관을 하지 않기로 했다. 계속 옆에서 참견을 해 봤자 도움될 것 같진 않았다. 아름은 귀가 얇은 편은 아니었으나 그래도 이런 건 본인이 생각을 해야만 하는 거였다.

희선은 다 된 토스트를 내밀었다. 아름은 황구에게도 아침밥을 챙겨 주고서 토스트를 먹기 시작했다. 조용히 먹는 것을 보니 생각을 하고 있는 모양이다. 희선은 아름을 바라보다 피식 웃었다. 아, 참견 그만하려고 했건만.

"너는 그럼 마음이 어때? 확실히 도재준을 좋아하는 거야?"

그 질문에 아름이 입에 토스트를 물려다가 그대로 멈췄다. 그대로 토스트를 내려놓고서 천천히 고개를 끄덕였다. 곧 부끄러운지 고개를 숙인 채 들지 않고 토스트를 먹기 시작했다. 그 모습을 바라보던 희선은 어쩔 수 없다는 듯이 웃었다.

이거, 참견을 안 하려고 해도 나설 수밖에 없겠는데.

박아름은 다 좋은데, 분수에 맞지 않은 것은 애초에 쳐다보지 않고 포기해 버리는 점이 가장 마음에 들지 않았다. 목표 같은 거나 꿈 같은 건 크게 갖지 않고 딱 자신의 분수에 맞는 것만 추구하는 것이 안타깝기도 했다.

"언니."

"……응?"

"무엇보다도……."

고민이라는 듯이 아름이 겨우 털어놓았다.

"내가 오빠와 제대로 된 연인 사이가 될 수 있을지 모르겠어."

그 말은 아름과 지내면서 처음 듣는 말이다. 결국 희선은 할 말을 찾지 못한 채, 입만 들썩였다. 대답을 해 주지 못하는 희선을 향해 쓴웃음을 지었다.

△　▼　△

점심시간인 12시 40분이 되자 카페 아르몽의 문이 열리고 딸랑 소리가 들렸다. 이미 시간을 보고 기다리고 있었기에 자연스럽게 고개를 들었다. 냉철한 표정을 지으면서도 자신과 눈이 마주치면 빙긋 웃는 모습을 보여 주는 한 남자가 익숙하게 눈에 들어왔다. 이젠 강아지들도 어느 정도 낯이 익어서 그런지 자연스럽게 꼬리를 흔들며 재준에게 다가갔다.

아름도 재준에게 다가갔다. 왔어요? 아름이 그렇게 묻자 순이의 머리를 쓰다듬던 재준은, 이제는 아주 자연스럽게 순이를 안아 들며 빈자리로 가서 앉았다. 타이밍도 알맞게 빈자리는 한 자리가 남아 있었다.

아름은 희선에게로 가서 아메리카노 한 잔을 주문한 뒤에 재준의 건너편에 앉았다. 무릎 위에 올려놓았던 순이를 바닥에 내려놓고서 재준은 입을 열었다.

"점심은 먹었어?"

"간단히, 샌드위치요. 오빠는요?"

예전과 같이 불러 주는 저 호칭이 좋았다. 재준은 저도 모르게 입꼬리가 올라가는 것도 모른 채 아름을 바라보았다.

"솔직히 말하면, 아직."

"에? 밥도 안 먹고 왔어요?"

괜히 저 얼굴에 가슴이 두근거려서 자연스럽게 시선을 내렸다.

저거, 나 좋아하는 거 맞지?

그런 생각밖에 들지 않았다. 재준에게 직접 물어보고 싶었다. 당신은 나를 좋아하는 건가요? 만약 진짜 그렇게 대답을 하면 어떻게 하지. 거기까지 생각이 이어졌을 무렵이다.

"커피."

"……아."

재준이 주먹으로 테이블을 콩콩 두들기며 희선 쪽을 가리켰다. 커피가 나왔는데 가지러 가는 걸 잊었다. 아름은 허둥지둥 가서 커피를 가져와서 재준의 앞에 내려놓았다. 재준은 말없이 아름을 물끄러미 바라보았다. 지긋이 바라보는 그 시선은 어쩐지 강렬한 느낌도 들었다.

제 안의 무언가를 반드시 찾아내서 알아보고야 말겠다는 모습에 아름은 움찔거리다 어색하게 미소를 지었다.

"왜…… 그래요?"

"오늘 좀 이상해서."

"누가, 제가요?"

"응."

"음. 안 그런데?"

평소와는 조금 다른 아름을 보며 재준은 물끄러미 바라보기만 하였다. 그럴수록 괜히 제 시선을 피하는 것 같은 아름의 모습을 예리하게 바라보다 고개를 가로저었다. 괜한 기분 탓이겠지, 그렇게 생각했다.

반면, 재준의 시선에 아름은 견디기가 힘들었다.

분명 아무런 느낌도 없었고 그저 단골손님이다 했는데 어느 순간부터 저 남자가 웃으면 가슴이 두근거리고 있었다. 옛날 잠깐이지만 보았던 그 오빠라는 것을 알고 나서부터 자꾸만 시선이 가고 더욱더 두근거림이 심해지는 것 같았다.

아니, 기분 탓인가. 그래도, 어쨌든 심장의 반응은 재준에게 틀림없이 보이고 있었다.

"저기, 오빠."

"응."

커피를 마시던 재준이 잔을 내려놓으며 답을 했다.

"어……."

나를, 좋아해요?

하지만 그걸 묻기엔 장소도 적합하지 않았고, 무엇보다도 사람이 많았다. 그런 걸 묻기엔 아니라는 생각이 들어서 하려던 말은 삼켜 버리고 대신 영양가 없는 말을 했다.

"커피 나오기 전에 밥을 먹었어야 했는데……. 근처 카레집이라도 가요."

"아름이, 네가 사 주는 거야?"

"응, 그럼요. 우리 가게 단골인데!"

"단지 그것뿐?"

저렇게 묻는 의도는 뭐지? 두근거리기 시작하는 심장을 애써 무시하며 아름은 씩 웃었다.

"하루도 빠짐없이 와 줘서 얼마나 고마운지 몰라요!"

"흐음."

재준은 별다른 말은 꺼내지 않았다. 그저 아쉽다는 듯한 표정을 지었을 뿐이다. 덕분에 왠지 죄책감이 느껴지는 아름이다. 가슴을 누군가가 콕콕 찌르는 기분이 들었다.

아름은 희선에게로 가서 앞에서 점심 좀 얼른 먹고 오겠다고 했다. 눈을 가늘게 뜨던 희선이 고개를 끄덕이자 아름은 웃음으로 보답을 하고서 재준에게로 다시 돌아왔다. 아름이 돌아오자 재준도 일어났다. 아름이 먼저 밖으로 나갔고, 재준은 카운터의 희선 앞에서 만 원짜리 지폐를 꺼냈다.

"도재준 씨. 하나만 물어봅시다."

"뭡니까."

잔돈을 돌려주며 질문을 했다.

"그쪽이랑 우리 아름이가 사는 세계가 다른데, 어떻게 할 건가요?"

"글쎄."

잠시 침묵을 지키던 재준이 입꼬리를 살짝 말아 웃었다. 묘하게 섹시한 그 웃음에 희선은 하마터면 딸꾹질을 할 뻔했다. 멍하니, 재준을 바라보았다.

"내가 여왕님처럼 모실 텐데, 무슨 걱정인가."

그는 저를 기다리는 아름에게로 향했다. 희선은 멍하니 밖을 바라보다 손님이 새로 왔을 때, 그제야 정신을 차렸다. 왠지 정신이 너덜너덜해진 기분이 들었다.

"아…… 내가 뭘 들은 걸까."

잘못 들은 거라 생각하며 귀를 툭툭 두들겼다.

한편, 엘리베이터 앞에서 재준을 기다리던 아름은 그가 한참이나 뒤에 나오자 의아하다는 듯이 바라보았다. 재준은 자연스럽게 손을 올려서 아름의 머리를 쓰다듬었다. 그 행동에 아름의 눈이 놀란 듯이 동그랗게 떠졌지만 재준은 피식 웃을 뿐, 마침 열린 엘리베이터 안으로 들어가 버렸다. 아름은 멍하니 있다가 재준이 안 오냐고 나직이 말을 하자 재빨리 안으로 들어갔다.

'아, 역시……'

어렴풋이 느끼는 감정 속에서 또렷하게 느껴지고 있었다.

틀림없이, 도재준은 박아름을 좋아한다.

그리고 박아름도 도재준을 좋아한다.

나와 그가 서로 좋아한다는 게 맞다면, 그렇다면…….

"오빠. 나, 궁금한 게 하나 있는데요."

"뭔데?"

사뭇 다정하게 들려오는 목소리는 봄바람이 살랑거리는 것만 같았다. 몸이 간지러울 정도로 다정한 목소리에 아름은 하려던 질문마저 사라져 버리는 것을 느꼈다.

그래도 어쩐지 다행이라는 생각이 들었다.

8년 전, 저와 마찬가지로 비를 몽땅 맞고 있던 우울한 스물다섯의 남자는 어디로 가 버리고 냉철해서 차가운 이미지지만 조각 같은 남자로 변했다. 그날과는 달리 지금은 많이 우울한 모습이 사라진 것 같아, 왠지 모르게 안심이 되었다.

"……여자 친구는 없어요?"

궁금했다. 저렇게 잘생긴 남자를 가만히 둘 여자는 없을 것이다. 실제로 지금도, 거리를 지나가는데 여자들이 힐끔거리며 재준을 쳐다보고 있었다. 심지어 남자들도 같은 남자로서 참 잘생겼는지 자꾸 바라보았다.

'윽. 부담……'

그래도 부담이긴 해도, 싫지는 않았다. 그게 참 문제였다.

"그건, 왜?"

그의 목소리가 한층 낮아진 건 괜한 착각인 것 같다.

"그냥, 궁금해서요. 오빠처럼 잘생긴 남자들은 여자 친구 한두 명은 있었을 것 같아서요."

"그러는, 넌."

"에? 저요?"

"그래."

왠지 화도 난 것 같은데. 이것 역시 착각이라 생각하며 아름은 아무 생각 없이 대답을 하려다가 문득 생각난 악몽에 입을 닫았다.

"그러니까, 저도 좋……."

그건, 말할 게 못 됐다. 순수하게 좋아하는 줄 알았는데, 그게 아니라 결국에는 집착과 탐욕으로 얼룩져서 스토킹이라는 것으로 변질이 되었고, 몇 년을 시달리게 할 정도로 끔찍한 것이 되어 버렸다. 덕분에, 남자들을 별로 좋아하지 않게 되어, 자연스럽게 남자들과 거리를 두게 되었다. 그 덕분에 박아름이 사귄 남자 친구의 숫자는 0이었다.

그걸 재준에게 말을 할 수가 없었다. 그것은 수치로 느껴졌고, 부끄러웠다. 드러내고 싶지 않은 어두운 과거였다. 괜히 그런 과거를 가진 사람이 아닌 것처럼 보이려고 잔뜩 웃고 또 웃었다. 희선이 제발 그만하라고 울면서 저를 때릴 정도로, 환하게 웃으며 괜찮은 것처럼 연기했었다.

"왜, 말을 하다 말지?"

"……아무튼, 아무도 없었어요. 헤헤."

또다시 괜찮은 척해 보였지만 이상하게 재준의 앞에서는 그게 쉽게 되지 않았다. 왠지, 다 들킬 것만 같았다.

그런 아름을 묘한 눈으로 바라보던 재준은 한숨을 쉬었다. 들릴 듯 말 듯 쉬었기에 아름은 듣지 못했다.

"오빠는 어땠어요?"

"없었어."

"한 명도요?"

"그래."

"우와. 거짓말."

"그런데."

그가 말을 다시 했다. 잠시 아름이 말을 멈추자 막 카레 전문점으로 들어가던 재준이 아름과 눈을 마주치며 말을 이었다.

"좋아하는 여자는 있어."

좋아하는…… 여자?

그 순간 아름의 얼굴이 확 빨개졌다.

'아, 나는 무슨 생각을 하는 거람.'

그런 아름의 얼굴을 비스듬히 바라보던 재준이 소리 없이 웃음을 터트렸다. 재준이 먼저 앉자 아름도 허둥지둥 재준의 건너편에 앉았다. 음식을 주문한 재준은 아름이 물을 따르고 숟가락과 젓가락을 꺼내는 것을 바라보았다.

왠지 놀려 주고 싶었다. 그렇게 말을 꺼냈을 때, 화들짝 놀라거나 표정에 다 드러날 정도로 새빨개진 얼굴이 보고 싶었다. 그 모습은 무척이나 사랑스러워서 이곳이 어딘지도 모른 채 그녀를 꽉 안아 버릴지도 모른다. 그럼에도, 건드려 보고 싶었다. 그 사랑스러운 모습을 보고 싶다는 욕구가 더 강했다.

툭, 툭.

테이블을 손가락으로 일정하게 두들기던 재준은 아름이 하던 일을 다 끝내고 테이블만 바라보자, 심술궂은 마음이 튀어나와서 툭 말을 뱉었다.

"누군지 너도 알 텐데."

내내 저를 의식하는 그 시선에 몸이 바짝 곤두서 있는 게 보였다. 일일이 의식을 하고, 두 뺨을 불그스름하게 물들이는 건 확실히, 아름의 마음도 어느 정도 저를 따라오고 있다는 반증이었다.

지금도, 봐. 얼굴이 예쁘게 물들었잖아?

"아름아."

"그, 오, 오빠. 그거야 제가 어떻게 알……."

"내일, 너 보러 못 올 것 같다."

그가 나직한 목소리로 말을 하자 아름의 표정이 잠깐 굳었다. 아주 짧은 순간이었지만 왜, 라는 것부터 시작해서 갖가지 생각을 하고 있었다. 그 갖가지 생각을 멈춘 것은 재준의 목소리가 들려왔을 때였다.

"회의가 있는데, 길어질 것 같아서."

"아, 그렇구나."

실망했던 표정에서 안도했다는 표정으로 바뀌었다. 그 표정 변화를 바라보던 재준이 의미심장한 미소를 지었다. 그걸 알아차리지 못한 아름은 그대로 밥을 먹기 시작했다. 재준은 조금 뒤, 아름에게서 시선을 떼고서 밥을 먹었다.

재준이 시선을 돌리자, 이번에는 아름이 슬그머니 고개를 들어 재준을 바라보았다.

'저 남자가 좋아하는 여자가…….'

……과연, 누구일까?

아름은 생각을 해 보았지만 자꾸 내가 아닐까 하는 착각만 들었다. 그래서 괜히 물만 마셨다. 그걸 다르게 해석한 재준은 아름을 바라보다 물었다.

"카레가 많이 매운가?"

"아, 아니에요. 그냥 물이 마시고 싶어서……."

그렇구나. 고개를 끄덕이려던 재준은 얼핏 그녀의 뺨이 불그스름하게 물이 든 것을 보았다. 실내가 덥나 생각을 하다가 또 괜히 그게 사랑스러워서 헛기침을 하며 고개를 돌렸다.

늦게 먹기 시작했음에도, 먼저 먹기 시작한 아름보다 더 빨리 먹던 재준은 아름의 그릇을 힐끔 쳐다보다 속도를 늦추기 시작했다. 괜히 밥을 먹다 물을 마시는 행동도 해 보고, 아름의 빈 컵에 물도 따라 주고, 그렇게 해서 아름과의 속도를 맞추며 동시에 식사를 끝냈다. 그걸 알아차리지 못한 아름은 재준의 속도가 저와 맞아서 다행이라 생각을 했다.

"음, 그럼 내일 못 보네요, 우리?"

뒤에 붙인 그 단어가 참 마음에 들었다. 우리. 너와 나. 도재준과 박아름. 우리라는 단어에 우리가 함께한다는 게 참 좋다.

"내일 끝나고…… 같이 저녁 먹자."

"에. 그러면 오빠가 너무 오래 기다리는데요?"

"새삼스럽게."

"하긴. 그렇다. 언니 졸라 볼게요. 일찍 좀 끝내 달라고."

"아니, 괜찮아."

왠지 여기서 더 이상 희선의 미움을 사서는 안 될 것 같았다. 이유는 잘 모르겠지만 희선에게서 미움을 받고 있다는 것은 알겠다. 평소의 도재준 같으면 신경도 쓰지 않을 테지만 지금은 평소의 도재준이 아니기에 신경이 쓰였다. 아름에게는 가족 같을 정도로 친한 희선이기에, 마음에 들지 않아도 희선이 했던 말대로 그녀에게 잘 보여야만 했다.

"강아지들과 놀면 되니까."

"아, 그러네요. 그래도…… 안 피곤하겠어요?"

"피곤할 리가."

"배도 고플 텐데……."

저와 저녁에 보고 싶지 않은지 자꾸만 오지 말라는 것처럼 말을 하는 아름에게 섭섭했다. 재준은 서른셋이나 먹어서 속이 쪼잔해졌나 싶었다. 그러다 곧 그런 마음은 감춘 채 아름을 바라보며 빙긋 웃었다.

"내가 기다리는 게 싫어?"

문득 그렇게 묻고 말았다. 짓궂게도 아름을 놀리고 싶었다. 역시나, 그녀의 반응은 그의 예상대로 나왔다. 당황해서 고개를 팍팍 내젓는 것이 귀여웠다. 그러나 이번에도 그런 마음은 전혀 모르도록 감춘 채, 조금은 시무룩한 표정을 지었다. 한 마디로 지금 도재준은 연기를 하고 있었다. 무뚝뚝하기만 재준이 아름의 귀여운 모습을 더 보겠다고 여우같이 굴고 있다는 걸 본인도 모르는 듯했다.

"나는 그런 것도 모르고, 내 생각만 했구나."

"아, 아니요. 그게 아니라…… 오빠. 그게 아니라요."

"나만 자주 만나고 싶었나 봐."

그 순간 아름이 입을 다물었다. 화르륵 붉어진 얼굴에 더 이상 놀렸다가는 안 될 것 같았다. 여기서 더 귀여운 얼굴을 보여 준다면, 견딜 수 없을 것 같았다.

"오늘 저녁도 같이 먹을래?"

"네? 아, 그, 그래요."

"그리고 저녁에 대답해 줘."

"뭘요?"

금방 잊어버렸나 보다. 재준은 조용히 미소를 지으며 일어났다. 어느새 계산서는 재준의 손에 들려 있었다. 오늘 점심은 제가 사려고 했는데 재준에게 선수를 빼앗겨 버리고 말았다. 허둥지둥 일어나서 재준의 뒤를 따랐지만 이미 재준이 카드를 긁은 상태였다.

"저녁은…… 제가 살게요."

"됐어. 내가 사 주고 싶어서 그래."

"저도 오빠한테 사 주고 싶은데요."

"그럼 대답이나 잘 생각해 놔."

"그러니까, 대체 무슨 대답인데요?"

그러자 재준은 카레 가게를 나와서 아름을 물끄러미 바라보았다. 정말로 궁금해서 못 참겠다는 표정이다. 이마에, 입술에, 입을 맞춘다면 정말 어떤 반응이 나올지 궁금했다. 하지만 아직은 안 된다.

재준은 조금만 더 참기로 했다.

"내가 좋아하는 여자가 누구일지, 생각해 놔."

"……힌트 줘요."

"힌트?"

"네."

삐친 것 같은 표정이 눈에 들어왔다.

그거, 질투하는 거라 생각하면 오만일까?

재준은 그렇게 생각했다. 심장이 뻐근해지는 기분이 들었다. 당장에라도 입을 맞추고 싶은 기분이 들었지만, 한 가닥 남은 이성을 끝까지 붙들었다. 조급해할 필요는 없었다. 조만간 저 작고 사랑스러운 여자는 제 품에 쏙 들어올 거고, 그때 천천히 하고 싶은 것을 해 나가도 늦지 않았다.

조만간, 박아름은 도재준의 것이 될 예정이니까.

재준의 눈에 잠시 진득한 소유욕이 맺혔다가 사라졌다.

"글쎄다."

"얼른요. 뭐라도 있어야지 제가 맞추죠."

"스물일곱의 자그마한 여자야."

그 순간, 아름은 숨을 삼켰다. 낮고 나른하게 미소를 짓던 재준은 아름의 머리를 쓱쓱 쓰다듬었다.

그리고 그 순간, 재준이 고개를 숙였다. 머스크 향이 짙게 맡아졌다. 아름은 여전히 숨을 쉬지 못한 채 그대로 굳어 있었다.

"그게 누굴까?"

재준은 굳어 버린 아름을 안타깝다는 듯이 바라보다 손을 내렸다. 뺨을 만지려다가, 그랬다간 아름이 길가에서 쓰러질 것 같아 그만두기로 하였다.

"그럼, 아름아."

다정하게 불러 주는 그 목소리가 가슴을 쿵쾅거리게 만들었다. 굳어 있던 아름이 현실로 돌아와서 재준을 향해 고개를 들었다. 재준은 이따 보자는 인사와 함께 먼저 발걸음을 옮겼다. 아름이 천천히 뒤를 돌아보았고, 그리고 곧 그대로 주저앉을 뻔했다. 다리가 후들거려서 몇 발짝 걷다 못 해 화단에 걸터앉았다.

"아, 정말⋯⋯."

두 손으로 얼굴을 덮었다. 아마 지금 거울을 보면 새빨개진 박아름이 있을 것이다.

"⋯⋯착각이 아니었어."

혼자 설레고, 그리고 기대해선 안 된다고 마음을 단단히 일러두려고 해도 자꾸만 그러지 못하도록 치고 올라오는 재준으로 인해 결국 아름은 인정을 해야만 했다.

박아름은 도재준을 좋아한다는 것을.

그리고⋯⋯.

"맙소사."

도재준도 박아름을 좋아한다는 것을.

"아⋯⋯."

아름은 천천히 걸어서 카페 아르몽으로 들어갔다. 희선은 아름을 보자마자 왜 이렇게 늦게 왔느냐고 윽박을 지르려다가, 새빨개진 아름의 얼굴을 보고서 음흉하게 미소를 지었다. 앞치마를 벗고서 일단 아름과 바통 터치를 했다. 곧 아름이 커피를 만들기 위해 안으로 들어갔을 때, 바에 기대어서 아름을 불렀다.

"얘. 아름아."

식후 커피를 위해 제 몫의 커피를 멍한 표정으로 내리던 아름이 고개를 끄덕였다. 희선의 시선이 은정에게로 향했다. 마침 손님이 가고 나서 테이블 정리를 하며 잔을 들고 오던 은정이 잔을 내려놓으며 입을 열었다.

"아름 언니."

"……어, 응."

"뭐 했는데 얼굴이 그렇게 빨개요?"

요즘 카페 아르몽에서 가장 핫한 이야기는 바로 도재준과 박아름의 썸이다. 덕분에 희선과 은정은 아름을 놀리기 바빴다.

"그냥, 밖이 더워서."

뒤도 돌아보지 않고 중얼거리듯이 그렇게 말을 했다. 그게 거짓말이라는 것을 이미 다 알고 있는 두 사람은 생글거리며 웃었다. 이번에는 희선이 말을 걸었다.

"밖은 그렇게 안 더운데? 뭐, 고백이라도 받았니?"

그러자 아름의 어깨가 눈에 보이게 들썩였다. 빙고. 희선은 씩 웃으며 다시 말을 걸었다.

"누구한테서?"

아름은 으득 이를 갈며 휙 고개를 돌렸다. 아름은 두 사람을 노려보다 잔을 가져가서 싱크대 안에 집어넣었다.

"그런 거 아니거든!"

그래, 아직 정확한 고백을 안 들었으니까!

"근데 왜 그렇게 얼굴이 빨개?"

"몰라!"

"도재준 좋아하는 거 아니었어?"

"그래! 어쩌라고!"

"오오. 좀 더 말해 봐요!"

옆에서 은정은 부추기고 있었다. 희선과 은정을 다시 노려보던 아름은 곧 한숨을 푹 쉬었다. 그래, 좋아한다, 어쩔래! 그렇게 말을 하고선 김이 올라오는 커피를 마셨다. 희선은 아름을 바라보다가 제일 중요한 걸 물었다.

"그런데 내가 좀 알아본 바로는…… 그 남자, 성심의 차기 회장일 텐데…… 어떻게 하려고."

아예 고백을 받았다는 것으로 생각을 하고 말을 하고 있었다. 어차피 눈치 빠른 두 사람이 확신을 하고 있기에 더 이상 말을 하고 싶지 않았다. 아름은 한숨을 푹 쉬다가 손을 휘저었다.

"밥이나 먹고 오셔."

"아름아. 진짜, 진지해. 이건 진지해. 너, 어쩌려고."

"솔직히 말이야."

아름은 두 사람을 물끄러미 바라보다 말을 시작했다.

"미래는 어떻게 될지 모르잖아? 그냥 난 지금의 감정에 충실한 거고."

미래에 대해서는 나중에 생각을 하고 일단 지금을 사는 거니까 지금 일만 생각하자, 라는 신조를 가진 박아름답게 그렇게 생각을 하고 있었다. 그리고 무엇보다도 항상 긍정적이기에 별 걱정은 없어 보였다.

"아, 그리고 아직 뭐 하지도 않았는데 벌써부터 미래 걱정이야?

둘 다 참…… 걱정할 게 그렇게도 없어?"

"아아. 그래도 그렇지."

"나중에 닥치고 나서 생각하지, 뭐. 그런 것까지 미리 생각하면 진짜 삶 재미없게 사는 거야. 미래에 일어날 일 걱정할 바에는, 차라리 코앞에 놓인 거나 걱정할래."

맞는 말이었기에 둘 다 입을 다물었다. 어떤 의미로는 참 대단하기도 하고 존경스럽기도 했다. 희선과 은정은 그래서 아무런 말도 하지 않기로 했다. 그리고 또한 제삼자가 너무 끼어드는 것도 오지랖이긴 했다.

"그래서 고백은 받았니?"

다시 장난스러운 표정으로 돌아온 희선이 물었다. 히죽거리며 웃는 저 얼굴이 너무 얄미웠지만 아름은 꾹 참았다. 그저 겨우 입꼬리를 말아 웃어 보였을 뿐, 별다른 말은 하지 않았다.

두 사람은 한가해진 틈을 타 점심을 먹으러 카페를 나섰다. 아름은 마시던 커피를 바 위에 올려놓고서 앞치마를 한 채, 강아지들의 밥그릇을 챙겨 주기 시작했다. 한 번씩 머리를 쓰다듬기도 하면서 같이 놀아 주다가 문득 재준이 다시 생각나서 핸드폰을 꺼냈다.

[카레, 맛있게 먹었어요!︿︿]

그렇게 문자를 보낸 후, 아름은 피식 웃었다.

"이따가 그냥 물어보자."

'그쪽이 좋아하는 여자가 나예요?' 하고. 그렇게 꼭 물어봐야지.

6화

"언니. 나 갈게."

"오냐. 이따가 집 와서 알려 줘!"

"언니, 저는 내일요!"

은정과 희선의 말을 듣고 빙긋 웃었다. 누가 얘기해 줄 줄 알고?

아름은 곧 저를 기다리는 재준에게로 갔다. 청소를 하는 동안 밖에 있는 벤치에 앉아 있었다. 그 앞으로 다가가자마자 바로 재준이고개를 들었다. 이내 이제는 익숙해진 미소를 지으며 일어났다.

"이 근처에 싼데 맛있는 우동집 있는데 거기 갈래요?"

"네가 먹고 싶은 게 그거라면."

뭐든 좋으니 네가 좋은 걸 해. 그러는 것 같아서 아름은 재준의 얼굴을 빤히 바라보았다. 왜? 그가 그런 표정으로 아름을 바라보았다. 재준이 대답을 바라는 것 같아 아름은 희미한 미소와 함께 고개를 가로저었다. 대신 아는 그 우동집을 향해 걸었다.

"오빠."

재준은 그 목소리에 대답을 하지 않고 대신 고개를 돌려서 아름을 바라보았다. 아름은 재준을 보는 대신 앞을 바라보고 있었다. 그게 좀 아쉬웠지만 재준은 별다른 티를 내지 않았다. 어쩐지 아름이 긴장을 한 것이 다 느껴질 정도였기 때문이다.

그게 오히려 즐겁기도 했다.

저로 인해 긴장을 하는 아름은 귀엽게 느껴졌다. 슬쩍 미소도 지어지려고 했지만 그건 참았다. 원하는 대답을 듣기 전까지 마음을 푹 놔서는 안 되었다. 비로소 원하는 대답을 들어야만 모든 것이 명확하게 보일 테니까.

그 작았던 소녀에게 무엇을 보고 반했는지는 모른다. 굳이 이유를 들자면, 강아지에게 보였던 상냥함과 저에게 아무런 이유 없이 다정하고 따뜻하게 대해 주었던 그 모습일지도 모르겠다. 그로 인해 흑백이었던 세상이 색으로 물들기 시작했으니까.

"이런 곳은 처음 와 보죠?"

아주 작은 우동집이다. 종업원에게 주문을 하는 곳과는 다르게 기계를 통해 돈을 내면 바로 주문이 들어가서, 주문한 번호가 호명되면 음식을 가져오는 식이었다. 아름의 물음에 고개를 끄덕이자, 아름은 다행이라는 듯이 지갑을 들고 기계로 다가갔다. 재준도 자리에 앉았다가 다시 일어나서 아름에게로 가려고 했지만, 그녀가 팔을 쭉 뻗어서 재준을 다가오지 못하게 만들었다.

"얼른 가서 앉아요."

단호한 말에 물끄러미 그녀를 바라보았다. 아, 돈을 내려는 건가 보다. 한 번쯤은 그녀가 사 주는 식사를 얻어먹어도 되겠지. 재준은 고개를 끄덕이며 그녀의 말을 잘 듣는 것처럼 얼른 자리로 돌아가 앉았다. 앉는 것까지 확인을 한 아름은 똑같은 우동 두 개를 주문 한 후, 재준의 건너편에 앉았다.

"그냥 기본 우동 시켰어요. 괜찮죠?"

"응."

"가끔은 오빠가 먹고 싶은 것도 먹어요."

"아니, 난 괜찮아."

"제가 안 괜찮거든요?"

재준을 믿지 않게 노려보던 아름은 그가 말을 꺼내기 전에 재빨리 다시 말을 했다.

"오빠는 내가 뭘 좋아하는지 아는데, 나는 오빠가 뭐 좋아하는지 모르잖아요. 나만 모르면 억울해."

그녀의 얼굴이 조금은 붉어진 것 같았다. 한쪽 팔로 턱을 괸 채 가만히 아름을 바라보던 재준이 조용히 웃음을 터트렸다. 조금이지만 그녀의 마음이 보인 것 같았다. 아름은 재준을 바라보며 뭐라고 말을 하려고 했다. 그때 마침 벨이 울렸다. 아름이 일어나서 우동을 가지러 갈 때 재준도 같이 일어났다. 아름이 가지고 오려고 했지만 재준이 순간 아름의 손에서 우동 그릇이 올려진 쟁반을 빼앗아서 앉아 있던 테이블로 갔다.

"제가 가지고 와도 됐는데."

"이런 것쯤이야."

"그래도요."

"잘 먹을게."

그리고 잠시 대화가 끊겼다. 조용히 우동을 먹으며 아름은 생각했다.

다 먹고, 공원 산책을 하자고 하는 거야. 이 근처에 딱 조용하고 어둡지 않은, 그런 공원이 있으니까. 거기서 일단 묻는 거야. 그쪽이 좋아한다는 여자, 나예요? 하고. 만약 그렇다고 하면…….

여기서부터 꼬이기 시작했다. 박아름이 도재준을 좋아하는 건 맞는데, 그럼 그다음에는 무엇을 해야 하는가. 재준과 무엇을 해야 하지?

"아름아."

어, 일단 남녀가 만나면…… 사귀는 건데……. 연인 사이?

"아름아?"

도재준과 박아름이 연인 사이……?

"박아름."

팔목을 잡는 손에서 느껴지는 온기에 흠칫 놀라서 저도 모르게 팍 떼어 냈다. 곧 당황한 재준의 표정을 보자마자 미안하다는 듯이 재준에게 서둘러서 입을 열었다.

"미, 미안해요. 너무 놀라서…….."

"무슨 생각을 했기에 그렇게 집중한 거야?"

재준이 장난스럽게 넘어갔지만 한편으로는 표정 뒤에 당황함을 감추고 있다는 것이 느껴졌다. 저를 위한 배려에 아름은 눈을 질끈 감아 버리고 싶었다.

그 지독한 스토커 하나로 인해 남자를 멀리하고 살다 보니 당연히 이 나이가 되도록 연애 한 번 해 본 적이 없었다. 연애가 무서웠다. 아니, 남자가 무서웠다. 남자는 다 스토킹을 할 것 같은 혐오감까지 들었을 정도였다.

그래도 재준은 뭔가 달랐다. 저 스스로 서슴없이 다가갔었던 남자였다. 처음 볼 때는 남자가 아니라 그저 같은 우울을 가진 동지로 보았고, 다시 만난 지금은 어느새 남자로 인식하고 있었다. 심지어 마음의 방에 있는 문을 손수 열어 주지 않았던가?

'그러니…… 화들짝 놀라는 건 안 해야 하는데.'

조금 전, 손을 탁 쳐 낸 것은 너무 미안했다.

"그게, 그러니까……."

쉽게 대답을 하지 못하는 아름의 목소리에 재준이 조용히 웃고선 먼저 일어났다.

"다 먹었으면 이만 갈까?"

서른셋의 남자는 특유의 어른스러움이 있었다. 그날의 우울은 어디로 가 버리고 이렇게 잘난 남자가 나타났다. 그러니 못 알아볼 수밖에.

아름은 재준이 저를 자연스럽게 공원으로 이끄는 것에 조용히 미소를 지었다. 마음이 통했던 모양이다. 함께 산책을 하듯이 공원을 한 바퀴 정도 돌다가 벤치에 앉았다. 자판기에서 캔 커피 두 개를 뽑아 온 재준이 하나를 아름에게 내밀었다.

"……고마워요."

무언가 대화를 하지 않아도 괜찮은 지금, 물어봐야 할 것 같았다. 캔 커피로 인해 말문을 텄으니, 말을 할 차례.

아름은 재준이 제 옆에 앉자마자 커피 한 모금을 마시고서 물었다.

"이제, 뭐 하나 물어봐도 돼요?"

"더 많이 물어봐도 돼."

"에, 음. 일단 한 개만."

그렇게 대답하는 아름이 귀여워서 저도 모르게 웃어 버렸다. 낮게 흐르는 그의 웃음소리가 좋다. 그래서 아름은 따라서 웃어 버렸다. 조용히 미소를 짓던 아름은 캔 커피를 잠깐 제 옆자리에 내려놓고서 고개를 돌렸다. 정면을 바라보던 재준이 아름의 시선을 느꼈는지 고개를 돌렸다. 시선이 마주치자 아름은 순간 하려던 말을 그대로 삼켜 버렸다.

"그래서, 무엇을 물어보려고?"

재준이 말을 꺼냈을 때 겨우 정신을 차리고서 입을 열었다.

"아까 했던 말요."

"음."

"도재준이 좋아하는 여자, 저예요?"

물어봐야 할 건 물어봐야만 했다. 혼자서 기대를 하는 것이 아니라면, 같은 마음이라면, 남자가 무섭다는 자신의 상태를 얼른 개선시켜야만 했기 때문이다.

그 순간, 재준의 얼굴에 표정이 사라졌다. 어라, 아닌가. 당황스러웠다. 침묵의 시간이 길어질수록 아름은 이 자리를 벗어나고 싶었다. 혹시나 헛물을 켠 건가 싶었다. 그리고 조금 뒤, 재준의 입가가 살그머니 올라가는 것이 보였다.

혹시나, 혹시라도, 내가 생각한 것이 맞다면.

'그렇다면……'

그리고 그때. 처음 보는 재준의 얼굴이 눈에 들어왔다. 누구보다도 환하게 웃고 있는 재준을 보며 아름은 심장이 거세게 뛰는 것이 느껴졌다.

"답을 제대로 찾았군."

그 순간 얼굴이 왜 화끈거렸는지 모르겠다. 아름은 고개를 숙이고 이 자리에서 달아나고 싶었다. 어떤 의미로는 이 자리를 벗어나야만 할 것 같았다. 어쩐지 부끄럽고 민망했다. 내 입으로 나를 좋아하느냐고 묻다니!

"아름아. 고개 들어."

그가 명령조로 말을 내뱉었다. 그 낮은 목소리는 밤공기에 잘 어울렸다. 심장을 쿵쿵 뛰게 하는 목소리로 명령을 하니, 당연히 들을 수밖에 없었다. 천천히 고개를 들자마자 다정한 시선으로 저를 바라보는 재준의 시선이 보였다.

"그래."

"……네?"

"내가 좋아하는 여자는, 바로 너다."

아름은 대답을 할 수가 없었다.

정말이었다. 정말로 재준이 좋아하는 여자가 저라니. 설마 했는데, 정말이라니.

그가 어떤 위치에 있는 사람인지, 저와 다른 세계에 살고 있는 사람인지, 그런 것들은 중요하지 않았다. 그저 저 냉철한 남자가 자신의 마음을 솔직하게 말하고 있는 게 중요했다.

"너를 줄곧 좋아했었다. 네가 나를 알아보지 않아도 괜찮았어. 내가 알아보니까. 다시 만났으니 조급해하지 않으려 했지만 그게 안 되더군."

그리고 낮은 한숨을 쉬며 그는 마른세수를 했다. 그사이 아름은 괜히 목이 타는 것 같아 커피를 다시 마신 후 캔을 내려놓았다.

"괜찮다면."

쿵, 쿵. 이게 내 심장 소리가 맞는지 모르겠다. 이렇게 뛰다가 심장마비로 죽어도 이상하지 않을 것 같았다.

"연애부터 시작하자."

"아, 전……."

"천천히, 생각해."

그가 낮게 웃으며 대답을 했다. 그러곤 손을 뻗어서 아름의 손을 잡았다. 흠칫 놀랐지만 최대한 심호흡을 하며 머뭇거리다 고개를 들었다. 그의 손이 매우 뜨거운 것 같았다. 시선이 다시 마주치자 재준이 마저 말을 했다.

조금 상처를 입은 것 같았다. 그러나 티를 내지 않는 재준의 모습에 아름은 너무 고마웠다. 나중에…… 나중에 다 말을 해야지. 싫어서 그런 건 아니라고 반드시 말을 할 것이다.

"대답해 줄 때까지 조급해하지 않고 기다릴게."

"아……."

"대신."

"……?"

"너무 늦지는 마."

그리고 그가 고개를 숙였다. 순간 재준만이 가진 특유의 향기가 느껴졌다. 귓가에, 그의 낮은 목소리가 웃음소리와 함께 섞여서 들려왔다.

"내가, 은근히 참을성이 없어서 말이야."

△ ▼ △

"저기요."

"……."

"야! 박아름!"

"……어? 아, 응."

그로부터 이틀. 아름은 재준을 만나지 못했다.

"알려 주지도 않고 넋 놓고 있을 거면 집으로 가!"

"미, 미안."

허둥지둥 빈 테이블을 치우며 아름은 한숨을 쉬었다.

그 설레는 말을 들은 지 이틀. 다음 날은 재준이 말을 했던 대로 회의가 바빠서 보지 못했다. 출장 이야기도 오갔다며 저녁에도 보지 못했다. 다만 전화통화로만 안부를 전했을 뿐이다. 그리고 그다음 날, 제주도로 3박 4일 출장을 가게 되었다. 그 이야기를 전한 후, 재준은 짓궂게 웃으며 아름에게 말을 했다.

「대답은 돌아오는 날.」

큰 과제를 안고 있는 아름은 한 손으로 얼굴을 덮었다. 그러나 입꼬리가 혼자서 올라가는 것은 멈출 수가 없었다. 웃음을 참느라 부들부들 떨리기까지 했다.

'뭐…… 대답은 정해져 있는 거잖아?'

어쩌면 미래에는 결국, 그와 자신의 사는 세계가 달라서 안 좋게 끝날지도 모른다. 그러나 그건 아직 다가오지 않은 미래고, 그런 미래가 아니고 다른 미래가 될지도 모르니까. 아직 오지도 않는 일을 미리 걱정할 필요는 없다고 생각한다.

"어머, 말랑아. 언니랑 놀까?"

실실 웃는 아름이 마음에 들지 않는지 희선은 싱크대에 비스듬히 기댄 채 아름을 노려보았다. 그 따가운 시선에도 불구하고 아름은 아랑곳하지 않고 강아지들과 놀다가 손님들에게도 말을 거는 등, 일을 하기 시작했다.

은정은 슬그머니 희선에게로 다가왔다.

"틀림없이 저건 고백을 받은 사람의 표정이에요."

"음. 틀림없이."

"그런데 왜 그 남자는 안 올까요?"

"제주도 출장 갔단다."

그건 이야기를 했는데, 무슨 일이 있었기에 저렇게 맛이 간 것처럼 되었는지는 왜 말을 안 하느냐고. 그래도 저 모습으로 봐서는 고백을 받은 게 틀림없었다. 혹은, 더 나아가 사귀기로 했다든가.

그래서 희선은 가게 문을 닫고 나서 은정과 아름을 데리고 삼겹살 집으로 갔다. 명목은 회식이지만 사실은 아름에게서 이야기를 듣기 위해서였다. 그래도 이야기를 안 해 주면 어쩌지 생각을 하던 은정은 생각과는 달리, 술이 조금 들어가니 아름이 입을 여는 것에 괜한 걱정을 했다 싶었다.

"응. 날 계속해서 좋아했대."

"홀."

은정이 이상한 소리를 내자 키득거리며 웃던 아름이 잔을 다시 비웠다. 물을 마신 후, 고기 한 점을 입에 집어넣었다. 턱을 괸 채 아름을 바라보던 희선은 입을 열었다.

"확실히 사는 세계가 다른데."

"알아."

"알면서도 만나게?"

"응."

잠시 눈을 감았다가 뜬 아름은 헤실거리며 웃었다. 그 미소는 틀림없이 나도 도재준을 좋아해요, 하는 모습이다.

남자는 다 무섭다며 혐오하기까지 하던 아름이다. 덜덜 떨면서도 아닌 척 속마음을 숨기고 손님을 맞이하는 아르바이트도 하니 극복을 한 줄 알았지만, 남자가 싫다는 마음은 여전했다. 그래서 아름이 남자를 만나 연애를 할 일은 없다고 생각했다.

남자만 봐도 처음에는 먹었던 것들을 다 토해 낼 정도였다. 점차 나아졌지만 상처를 겉이 아닌 속으로 숨겼을 뿐이라, 희선이 할 수 있는 일은 그저 아름의 곁에 있어 주는 것뿐이었다. 그런 아름이, 누군가를 만나 연애를 한다는 것은 환영할 일이었다. 이제 괜찮아졌구나. 다 떨쳐 냈구나.

하지만 상대가 도재준이라면 이야기는 또 달랐다.

"말했잖아. 그 남자, 도재준이라면 인터넷에 검색하면 나올 정도로 유명한 남자야. 몇 번 뉴스에도 나오고 그랬어. 성심그룹의 도 회장은 도재준이 세상에 태어날 때부터 후계자로 키우기 시작했다고. 그래서 잘 보면 도재준은 정말 냉철한 남자였어."

"응. 나도 당연히 검색은 해 봤어."

궁금해서 검색은 해 봤다. 그리고 주르륵 나오는 재준의 사진과 기사 등을 한참 동안 살펴보았었다. 그때야 좋아하는 건 몰랐지만 그래도 호감은 있었다. 자신이 호감을 가진 남자가 누구인지, 어릴 적 황구라는 공통적인 추억을 가진 그 우울한 남자는 누구였는지 궁금한 건 당연했다.

그리고 며칠 동안 재준과 밥을 먹고 커피를 마시고 강아지와 함께 놀면서 생각을 했다. 이 남자는 정말 나중에는 이 한국의 경제를 흔들고 있는 성심그룹의 회장이 될 남자다. 그런 남자가, 뭐가 부족해서 저를 좋아하는 걸까.

"왜 나를 좋아할까, 생각했었거든. 내가 아무리 연애를 한 번도 안 해 봤다고 해도 재준 오빠가 나를 어떻게 바라보는지, 설마 하면서도 눈치는 챘었어."

"엑. 언니. 모태 솔로였어요?"

은정이 화들짝 놀랐다. 귀엽게 생긴 데다 활기찬 성격으로 인해 남자 친구가 한둘은 있을 줄 알았다. 아름은 그저 웃으며 고개를 끄덕였다. 은정에게 자신의 그 어두운 과거를 이야기하기엔 아직도 꺼려졌기에. 그건 앞으로 평생 아무에게도 말을 하지 않기로 하였다.

"그래도 내가 좋다는 걸 어떻게 해?"

어깨를 으쓱이며 아름은 고기를 다시 먹었다. 한동안 아름의 말을 들으며 입을 다물고 있던 희선이 소주잔을 비웠다. 은정이 냉큼 아름과 희선의 잔을 채웠다.

"그렇긴 하지. 그놈은 뭐 때문에 널 좋아한다 하는 걸까?"

"황구 덕분에 나한테 반했나 보지."

헤헤 웃으며 저런 농담까지 하는 걸 보니, 정말 좋은 모양이다. 다른 남자들은 안 되면서 왜 도재준은 될까. 처음에는 그렇게 생각했지만 첫 만남을 생각하면 이해는 갔다. 고개가 끄덕여졌다. 아름이 황구를 처음 주워 온 날부터 어떤 오빠를 만났다, 하는 말을 들었기 때문이다.

비가 와서 잘은 모르겠는데 울고 싶어 하는 것 같았어.

그런 표정이었다고 한다. 우울해 보여서 나도 모르게 또 친하게 말을 걸어 버렸어. 그럼에도 무서워서 덜덜 떠는 건 아니었기에 의아하긴 했었다. 첫 만남부터 아름은 애초 도재준을 남자로 인식하지 않았었다.

"처음엔 남자로 안 보지 않았냐."

"응. 뭐, 지금은 그날하고 다르게 섹시한 남자가 되어 왔거든."

"언제 또 봤었어요?"

"황구 주운 날 같이 있었거든."

"우와! 운명!"

"근데 너무 달라. 도재준 씨와는 사는 세계가 너무 다른데."

"그래도 언니, 은정아."

아름은 은정이 채워 준 잔을 비우고 물을 벌컥 마셨다. 이내 방글거리며 웃었다.

"일단은 만나 볼래. 오빠랑 연애해 볼래."

난 네가 좋아. 이런 눈빛을 가지고 있는 재준의 눈빛이 좋았다.

"그건 뭐, 나중에 위기가 닥쳤을 때에 생각할 일이고. 아직 일어나지 않는 일 가지고 앓아 봤자. 사람은 위기가 닥쳤을 때 머리가 비상하게 잘 돌아가잖아?"

"얼씨구."

아름의 아주 낙천적인 태연함에 희선은 혀를 내둘렀다. 저렇게 너무 낙천적이고 긍정적이라니. 그래도 가끔은 저런 성격이 좋을 때도 있었다. 언제라도 희망을 잃지 않고 밝게 살아왔기에 그 무서운 스토킹을 당했어도 지금까지 잘 살 수 있었던 것이다. 만약 그러지 않았더라면……

'그건 상상도 하기 싫군.'

이제 더 이상 그만 신경을 써야겠다. 아름이 10대 청소년도 아니고, 내일모레 서른을 앞두고 있는 어엿한 성인인데, 여기서 저가 뭐라고 또 해 봤자 그건 괜한 참견인 셈이다.

"그런데 아르몽."

"으응?"

"전화가 오는군."

"앗. 오빠다아."

빈 의자에 둔 가방 위에 핸드폰을 내려놓았다. 재준과 메시지를 주고받다가 잠깐 얘기를 하느라 핸드폰을 내려놓았는데, 마침 또 전화가 왔다.

"전화 받고 오겠습니다아!"

저거, 취했군. 희선은 그렇게 생각했다. 고개를 끄덕이자 히죽 웃던 아름이 밖으로 나갔다. 조용한 곳으로 가서 쭈그려 앉았다.

"여보세요오."

술을 좀 마셨더니 혀도 좀 꼬이는 것 같고, 말꼬리도 늘어지는 것만 같았다. 그리고 무조건 기분이 좋았다. 문득 재준이 보고 싶기도 했다.

─술 마셨구나.

"조금요오. 언니랑, 은정이랑. 헤헤."

─좀 귀여운 술주정이네.

"그런가아. 아, 오빠. 도재준 씨."

─응.

"전화는 왜 했어요오?"

그러자 재준의 대답이 들려오지 않았다. 어라. 끊겼나? 액정을 확인할 무렵, 재준의 목소리가 귓가에 들려왔다.

─아름아.

그 낮은 목소리가 심장을 쿵쾅거리게 만들었다.

……어떻게 하지. 보고 싶다.

재준이 돌아오려면 아직 이틀이나 남았다.

"보고 싶어요."

문득 아름은 그렇게 말을 꺼냈다. 그 말을 내뱉고 나서야 정신이 들었다. 그러나 취소를 할 생각은 들지 않았다.

──……나도 네가 보고 싶어.

"오빠한테 하고 싶은 이야기가 있어요."

그러자 재준이 낮게 웃는 소리가 들렸다. 그 웃음소리는 완전히 술이 깨게 만들었다. 술을 좀 과하게 마셨는지 어지럽기는 하고 기분은 좋았지만, 그래도 아까보다는 정신이 돌아왔다. 덩달아 웃어 버렸다. 정말, 보고 싶었다.

—그거, 내가 원하는 대답인가?

"은근 참을성 없다면서요."

—그래. 빨라서 좋군.

"듣고 싶으면 얼른 와요."

아예 재준이 크게 웃어 버리는 소리가 들렸다. 직접 그 광경을 보고 싶었다. 냉철한 표정만 짓던 남자가 부드럽고 다정하게 미소를 짓는 것도 보았고, 밝게 웃는 것도 보았다. 호탕하게 웃는 것도 보고 싶다.

아, 그냥 도재준을 보고 싶은 걸까. 문득 그런 생각이 들었다.

△ ▼ △

형이 출장을 간 사이. 재준의 둘째 동생인 서원은 얼마 전 형을 보러 왔다가 슈트에 묻은 개털을 보고 의아함을 가졌었다. 틀림없이 개털이다. 온화한 성격을 가진 서원은 작은 동물들을 좋아했다. 그렇기에 개털을 바로 알아보았다.

형의 비서에게 몰래 물어본 결과, 회사에서 한 15분 정도 걸어가면 오픈한 지 얼마 안 된 애견 카페가 있는데, 오픈 날부터 그곳에 가는 것 같다고 했다. 그것도 거의 하루도 빠짐없이 매일. 심지어 주말에도 카페에 가서 있는 것 같다는 말을 들었다.

"애견 카페라."

궁금했다. 강아지를 좋아하는 애견인으로서 궁금하기도 했고, 왜 형이 그곳에 가는지도 알고 싶었다.

"그 도재준이 강아지를 좋아하나?"

상상도 되지 않았다. 살가운 형은 아니었다. 항상 냉철함을 유지했다. 특히나 한 번은 회사에 형을 보러 왔다가 서류에 오류를 내 버린 사원에게 싸늘한 표정으로 훈계하는 걸, 우연찮게 본 적이 있었다.

「이따위 오류를 내 놓고 당당히 서류를 제출했습니까?」

별거 아닌 문장이지만, 그 싸늘한 표정과 뼛속마저 얼려 버릴 차가운 목소리로 그렇게 말을 하면 정말 숨이 턱턱 막혀 올 것 같았다. 또, 집에서는 어땠던가. 저야 알아서 눈치를 보는 둘째라지만 늦둥이 막내가 태어나고 난 뒤, 철이 없는 막내 다온이 외박했을 땐 어땠던가.

「한 번 더 외박을 할 바에는 호적에서 나가 버려.」

외박 한 번 했다고 정말 진심으로 호적에서 지워질 위기에 처해졌던 다온이다. 그땐 형인 재준과 함께 다 같이 한 집에서 살 때였다. 아무리 철이 없고 막무가내로 밀고 나가는 다온이라도, 큰형 앞에서는 꼬리를 축 내린 강아지가 되어 버린다.

"그런 형이 강아지를……?"

서원은 비서가 알려 주었던 애견 카페를 발견할 수 있었다. 위치가 참 별로인 곳에 있었지만, 그럭저럭 사람들 입소문을 타서 손님이 끊길 일은 없던 모양이다. 회사들이 몰린 구역과 사람들이 자주 다니는 번화가 사이에 위치해 있었다. 정확히는 오피스들이 몰린 쪽에 좀 더 치우쳐 있었지만 그래도 오는 사람들은 계속 오는 모양이다.

"어서 오세요!"

체구가 작고 어깨까지 오는 긴 머리를 한 여자가 밝게 인사를 해 왔다. 혼자라서 좀 민망했지만 서원은 눈치껏 미소를 지었다.

"저희 카페에 처음 오셨지요?"

"아, 예."

"음료만 시키시면 됩니다. 입장료는 따로 없고요. 혹시 강아지 키우세요?"

"아뇨. 그래도 좋아합니다."

"그렇구나. 제가 아는 사람도 그러더라고요. 보는 건 좋아하는데 만지는 건 무서워하던데. 혹시 손님도 그러세요?"

"아뇨. 만지는 것도 좋아합니다."

그렇구나. 고개를 끄덕인 여자가 주문을 하는 곳으로 안내를 했다.

"주문을 하시고 음료 드시면서 강아지랑 놀면 됩니다."

고개를 끄덕인 서원은 방금 저를 안내한, 밝은 목소리의 여자를 바라보았다. 가슴팍에는 '박아름'이라는 이름이 명찰에 잘 인쇄되어서 있었다. 흐음. 아름을 바라보던 서원은 곧 고개를 돌려서 사랑스러운 강아지들을 바라보았다.

'아, 여긴 천국이구나!'

씩 웃으며 서원은 자리에서 일어나서 말티즈에게 다가갔다. 서원이 주문을 한 아이스 아메리카노를 테이블 위에 올려놓은 아름은 곧 서원에게 다가가 그 앞에 마주앉았다.

"얘 이름은 말랑이라 해요. 말랑하게 생겨서……."

"그렇군요."

부드럽게 미소를 지은 서원은 자연스럽게 말티즈를 품에 안았다. 서원이 마음에 들었는지, 말티즈인 말랑이가 그의 품에서 고개를 비비적거렸다.

"어머. 손님이 마음에 드나 봐요."

"다른 강아지들 이름은 뭡니까?"

"저기 황구는 말 그대로 황구예요. 가장 잘 어울리는 이름이라서……. 그리고 웰시 코기는 순이예요. 남자 손님들을 유난히 좋아해요. 봐요. 순이가 손님 바라보네요. ……어머."

순이가 달려와서 서원의 발 근처를 맴돌았다. 하하 소리를 내서 웃던 서원은 말랑이를 내려놓고 순이를 안아서 허벅지 위에 올렸다. 편안하게 축 늘어진 순이의 등허리를 쓰다듬던 서원은 아름을 바라보았다. 아름은 순이의 머리를 쓰다듬다 말을 계속했다.

"그리고 나머지 하나, 저쪽 손님들과 놀고 있는 푸들은 부들이라 해요."

"혹시 이름을 직접 지으셨나요?"

"아, 아하하. 네. 뭔가, 그냥 사실 그대로 지은 거 같죠?"

서원은 이곳이 마음에 들었다. 가끔 형을 보러 올 때마다 들러야겠다고 생각했다.

왠지 아름과 더 이야기를 나눠 보고 싶었다. 그래서 말을 걸려 했는데, 시계를 바라보던 아름이 갑자기 엘리베이터 쪽으로 나갔다가 곧 누군가와 함께 들어왔다.

'어째 낯이 익은 거 같은데.'

그렇게 생각할 무렵. 익숙하다는 듯이 들어오던, 아름의 곁에 있는 남자와 눈이 마주쳤다.

"……형?"

서원이 먼저 말을 했다. 일어나서 순이를 바닥에 내려놓은 서원이 재준에게로 다가갔다. 재준은 서원을 알아보자마자 짓고 있던 미소를 순식간에 잃었다. 대신 아름을 뒤로 숨긴 재준이 서원에게 고저 없는 목소리로 먼저 말을 했다.

"여긴 왜 왔지?"

"왜 왔냐니…… 강아지 보러 왔지. 그러는 형은?"

얼떨결에 아름은 재준의 뒤에서 그 대화를 듣게 되었다. 어쩐지 서원을 보며 재준을 떠올렸던 아름은 둘이 형제라는 사실에 고개를 끄덕였다.

'그러고 보니, 나는 이 사람의 가족 관계도 잘 몰라.'

하나씩 물어봐야겠다.

출장을 갔다가 오늘 막 돌아온 재준은 비서에게는 집에서 쉰다고 한 뒤 공항에 내리자마자 바로 카페로 온 것이다. 아름에게 보고 싶었다고 하며 가게로 들어선 순간, 반가운 강아지들이 아니라 얼마 전에도 보았던 서원의 얼굴이 보였다.

"그나저나……."

서원이 잠깐 재준의 등 뒤를 힐끔 보았다. 그러자 재준의 인상이 좀 더 구겨졌다. 눈치 빠른 둘째였기에 서원은 금방 알아차렸다.

"아하."

서원의 말간 미소가 마음에 안 들었다. 그때, 재준의 뒤에서 나온 아름이 두 사람 사이에 섰다.

"형제인가 봐요."

질문은 서원에게 했다. 그러나 대답은 재준이 했다.

"그래."

"도서원이라 합니다. 아, 이건 제 명함."

서원이 명함 케이스에서 명함을 한 장 꺼냈다. 고개를 들자 서원이 빙긋 웃으며 악수를 위해 손을 내밀었다. 아름이 그 손을 잡자마자 재준이 손을 빼게 하였다.

"앉아 계세요. 오빠 몫의 커피는 얼른 내갈게요."

재준에게 그렇게 말을 한 아름이 희선에게로 가 버렸다. 잠시 서원은 놀란 표정을 짓고 있었다. 재준에게 오빠라니. 얼마나 친한 거야? 서원이 앉은 곳에 못마땅한 표정으로 앉은 재준은 한숨을 쉬었다. 서원은 빙긋 웃으며 말을 걸었다.

"형. 연애해?"

"하려고."

"······응? 정말?"

"그래."

진심이었다. 아마도, 아까 그 여자와 연애를 하려고 한다는 거겠지. 뭔가 아쉬운 마음이 들었다. 좀 괜찮은 여자였는데. 형제가 나란히 여자 취향도 비슷한 모양이다.

"형 슈트에 개털 묻은 걸 봤거든. 궁금해서 그만. 미안."

"됐다."

"형도 연애를 하다니."

너도 해. 이런 표정으로 서원을 바라보았다. 그러자 서원은 고개를 끄덕였다. 언젠간 해야지. 마음에 드는 여자가 있으면.

"형이라면 연애만 할 것 같지는 않은데."

무언가 하나를 시작하면 그 끝을 봐야 하는 성격이다. 그렇기에 단지 가볍게 연애를 하려고 하는 건 아닐 것이다. 그 끝인 결혼도 생각하고 있을 텐데. 서원은 걱정이 되었다.

성심그룹의 장남으로 태어나, 태어날 때부터 여태 성심그룹을 위한 준비를 했고, 성심그룹을 위해 일해 왔다. 성심의 뒤를 이을 사람은 재준이었기에, 재준 덕분에 서원은 편안하게 살고 있었다. 다온은 모르겠지만 적어도 서원은 미안한 마음을 가지고 있었다. 형이 무엇을 하고 싶은지는 모르겠지만, 적어도 저나 막내인 다온은 하고 싶은 대로 살아가고 있었다.

그러니 연애만이라도 본인이 하고 싶은 사람과, 마음에 드는 사람과 하는 게 좋을 거라고 생각했다. 이러다간 정략결혼이라도 하게 될 것 같았기 때문이다. 그래서 재준의 입에서 나온 '연애할 거다' 라는 말이 반가웠지만 한편으로는 걱정이 되었다.

"둘이 진짜 닮았어요."

"그런 소리 많이 들어요. 막내도 있는데 막내도 저랑 형을 닮았어 요."

"아, 삼 형제구나!"

"네. 저랑 형이랑은 나이 차이가 별로 안 나는데 막내랑은 좀 심하게 나요."

괜찮은 여자라는 생각이 든다. 그런데, 하필 직업이 애견 카페 직원이라니.

딱히 직업에 관해서 차별을 하고 싶은 생각은 들지 않았다. 하지만 도 회장의 마음에는 들지 않을 것이다. 서원은 걱정스러운 표정으로 재준을 바라보았지만, 그저 아름이 사랑스럽다는 듯이 바라보는 재준의 표정에는 걱정 하나 걸려 있지 않았다.

7화

"둘이 진짜 형제래?"

"응. 그리고 막내 동생도 있다고 하던데. 막내 동생은 나보다 어려. 스물둘이래, 올해."

"와우."

서원의 등장에 희선과 은정이 서로 숙덕이다, 카운터로 온 아름에게 달려들었다. 결국 아름은 그들에 대한 이야기를 끝낸 후에야 두 사람에게서 벗어날 수 있었다.

"언니. 나, 점심 먹고 올게."

재준을 만나고 난 뒤로는 도통 셋이서 함께 밥을 먹지 못하는 게 미안했던 아름은 슬며시 뒤를 돌아보았다. 그런 아름의 마음을 아는지 모르는지 희선은 아름이 뒤를 돌자 얼른 가라는 듯이 손짓을 했다.

아름이 가고 나서 은정이 희선에게로 다가갔다. 은정은 섭섭하다는 듯이 입술을 쭉 내밀었다.

"아름 언니, 요즘 바쁘네요. 우리랑 밥도 못 먹고."

"뭐…… 그래도 박아름이 연애하게 되어서 다행이라 생각해."

은정은 모르지만 희선은 아름의 과거를 알고 있기에 안도했다. 나, 정말로 연애 안 할 거야. 그렇게 말을 했던 박아름이 무려 남자에게 관심을 가지게 되었다.

'어쩌면 도재준에게 고마워해야 하나.'

그러나 그 말은 죽어도 하지 않을 것이다. 재준을 생각하니 저절로 그런 생각이 들었다.

△　▼　△

인원이 하나 늘어서, 원래는 갈비탕을 먹으러 가려다가 근처 정갈한 한정식집으로 들어갔다. 예약을 하지 않아도 들어갈 수 있어서 다행이라고 생각했다. 들어가기 전, 서원은 미안하다는 듯이 아름을 바라보았다.

"저 때문에 괜히 이런 곳에……."

"에이, 아니에요. 그냥 대접해 드리고 싶어서 그랬어요."

아름이 방긋 웃으며 먼저 앞으로 걸어가는 재준의 옆에 찰싹 붙었다. 힐끔 아름을 바라보던 재준이 다시 앞으로 고개를 돌렸다. 언뜻 보면 무관심한 것처럼 보이지만 눈치로는 삼 형제 중 최고인 서원의 눈에는 재준의 감정이 고스란히 다 보였다. 무관심하게 고개를 돌렸다지만 입꼬리는 분명 위로 올라가고 있었다.

'역시, 그런 거구나.'

형의 여자가 틀림없었다. 이제 정확해졌다.

'이거, 재미있는데.'

서원은 히죽 웃다가 아름처럼 재준의 옆에 붙었다. 팔꿈치로 재준의 팔을 툭툭 치고서 작게 말했다.

"형, 애인이야?"

아름은 어느새 먼저 들어가서 방으로 안내를 받고 있었다. 그런 아름의 뒷모습을 보며 보일 듯 말 듯 미소를 짓던 재준은 서원의 목소리에 금방 미소를 지웠다. 언제 웃었느냐는 듯이 평소의 냉철한 모습으로 돌아간 재준은 서원에게 시선도 주지 않고 대답도 하지 않았다.

이미 익숙한 모습이기에 서원은 재준의 뒷모습을 보다 어깨만 으쓱였다. 곧 서원은 주머니에서 핸드폰을 꺼냈다. 막내 동생 다온에게 문자를 보내고 있었다.

[너, 재준 형한테 애인 생긴 거 알아?]

안 오냐. 멀리서 들리는 재준의 목소리에 후다닥 핸드폰을 집어넣고 언제 그랬느냐는 듯이 싱글벙글 웃는 모습으로 안으로 들어갔다. 당연하다는 듯이 두 사람이 나란히 앉아 있었다. 그럴 줄 알았어. 속으로 중얼거리던 서원은 두 사람의 건너편에 앉았다.

"근데 오늘 이거, 누가 사는 거예요?"

눈웃음이 예쁜 서원이 물었다. 빙긋 웃으며 아름이 손을 들려고 했다. 그러나 재준이 재빨리 아름의 손목을 잡고서 서원을 서늘하게 바라보았다. 이크, 잘못 건드렸군. 서원은 눈치 빠르게 사람 좋은 미소를 보였다.

"뭐…… 어쨌든, 잘 먹겠습니다."

서원은 눈치껏 재준은 건드리지 않기로 하였다. 그건 어릴 적부터 배워 온 거였다. 재준과는 세 살 차이밖에 나지 않지만 어릴 적부터 무서운 형으로 기억되고 있었다. 머리가 점점 커지고, 그리고 세상 돌아가는 일을 제대로 파악하기 시작한 여섯 살 때부터 서원은 절대로 재준의 눈 밖에 나지 않게 하였다. 아버지 도 회장보다도 무섭게 느껴지는 게 바로 재준이다.

또한 재준에게는 미안한 마음이 있었다.

재준이 서른셋, 자신이 서른, 그리고 늦둥이로 태어난 막내 다온은 올해 스물둘이다. 막내는 애초 늦둥이로 태어나 제멋대로 행동했다. 아직 20대여서 그런지 하고 싶은 대로 하게 놔두는 편이었고, 또한 서원도 마찬가지였다. 둘째로 태어났고, 태어났을 때에는 이미 저보다 3년 먼저 태어난 형이 모든 것을 하고 있었다. 성심 그룹을 위해 태어난 재준에게 모든 것이 주어져 있었다.

처음에는 불공평하다 느껴졌지만, 재준이 모든 것을 짊어진 덕분에 자신과 다온은 하고 싶은 일을 마음껏 하고 있었다.

"그나저나, 아름 씨."

"네?"

"아름 씨는 형님의 어디가 좋아요?"

재준에게는 늘 자유가 없었다. 그건 아마 미래의 배우자도 마찬가지일 것이다.

'대체 형은 어떤 생각인 걸까.'

어차피 도 회장의 마음에 안 찰 상대였다. 아름은 평범한 집안에서라면 충분히 사랑을 받을 테지만, 성심 그룹에서는 사랑받지 못하는 존재가 될 것이다.

"에…… 네?"

"도서원."

"이크. 실수. 그래도 궁금해서요. 항상 냉철한 표정의 형님이 어디가 좋은가 궁금했거든요."

실수라면서 거침없이 하던 말을 하는 서원의 빙긋 웃는 표정에,

아름은 망설이며 입을 들썩이다 결국 대답을 하였다. 아직, 재준에게 고백의 답도 하지 않았지만 그래도 재준의 동생인 서원에게 제대로 답을 해 주고 싶었다.

"다정하거든요."

그 순간, 정적이 내려앉았다. 서원은 자신이 들은 게 맞는지 귀를 툭툭 건드렸고, 재준은 그대로 굳은 표정이 되었다. 오로지 아름만이 왜 갑자기 정적이 되었는지 모르겠다는 표정으로 미소를 짓고 있었다.

밥을 먹기 시작한 아름은 아직도 왜 정적이 내려앉았는지 모른 채였다. 굳어 있는 두 사람 중 먼저 정신을 차린 건 재준이다. 은근슬쩍 아름이 좋아하는 반찬을 그 앞에 밀었다. 아름이 좋아하는 건 몇 번 같이 밥을 먹고 대화를 한 끝에 알아낸 거였다. 은근슬쩍 눈치채지 못하게 조금씩 물었었다.

"저……."

"네?"

"아름 씨는, 참 친절하네요."

"그런가요?"

자신은 잘 모르겠다는 듯이 웃어 넘겼다. 서원은 잠시 아름을 바라보다 피식 미소를 지었다. 보기만 해도 따듯하고 다정해 보이는 아름이야말로, 어쩌면 오로지 일만 하고 이 세상의 재미는 하나도 모르는 재준에게 가장 잘 어울리는 여자가 아닐까 하는 생각이 들었다.

'정말로 다정한 건 아름 씨입니다.'

그러나 서원은 그런 말은 입 밖으로 꺼내지 않았다. 꺼냈다간 언제 재준에게 호출을 당할지 모른다. 세상의 재미라고는 모르는 사람이지만, 그래도 무언가 집중을 하면 무섭도록 집중을 하고, 은근히 소유욕을 가지고 있는 사람이기에 겁이 났다. 아무래도 도서원의 인생에 있어서 가장 무서운 건 도재준이니까.

"오빠. 저만 주지 말고 오빠도 좀 먹어요."

"그래."

"저야 강아지들하고 놀지만, 오빠는 서류 보고 일하잖아요. 일부러 여기까지 왔으면 많이 먹어야죠."

"그럴게."

서원은 지금 눈앞에 펼쳐지는 모습에 먹던 것을 멈추고 그저 멍하니 지켜보기만 했다.

천하의 도재준이 길들여지는 광경이 등골을 오싹하게 할 정도로 참 잘 보였다.

아름이 똑 부러지게 말을 하며 재준이 슬그머니 밀어 두었던 반찬들을 정리하다 그중 깻잎 볶음을 재준의 밥 위에 올려놓았다. 그걸 물끄러미 내려다보던 재준은 말없이 받아먹었다. 서원은 이 장면을 당장에라도 사진으로 남겨 놓고 싶었지만 슬쩍 시선을 들어서 저를 노려보는 재준의 시선에 그저 침만 꿀꺽 삼켰다.

"참. 서원 씨도 드셔 보세요."

"……아, 아아. 네. 먹고 있습니다."

"에이, 거짓말. 밥이 안 줄고 있잖아요. 이곳, 정말 괜찮은 곳이에요. 음식들 다 맛있어요."

"그런 것 같습니다."

아름이 서원에게 말을 하며 반찬 하나를 추천해 주었다. 그 순간, 강렬한 시선이 느껴져서 서원은 저도 모르게 그 시선의 근원지를 찾았다. 어차피 아름이 저를 그렇게 강렬하게 바라볼 리는 없기에 재준일 거라 생각했다.

그리고 역시나, 재준이다.

"형. 뚫어지겠수."

"……."

저것 봐라. 질투를 하다니. 천하의 도재준이?

서원은 속으로 하, 웃어 버렸다. 천하의 도재준이 질투를 다 한다. 아무래도 이쯤 하고 재준이 없을 때 몰래 와야 할 것 같았다. 아름이 마음에 들기도 했고, 아름의 가게에 있는 강아지들도 마음에 들었으니까.

그렇게 식사가 끝난 후, 음식점 앞에서 서원은 두 사람에게 인사를 했다.

"다음에 또 놀러 오세요!"

"그럴게요."

서원은 재준의 시선이 무서워서 쫓겨나듯이 갈 수밖에 없었다. 하지만 가던 길을 잠시 멈춘 뒤, 뒤를 돌아보았다. 일정한 거리를 두었지만 그래도 다정해 보이는 두 사람의 뒷모습을 가만히 바라보고 있었다. 한참 뒤, 두 사람이 보이지 않게 되자 서원은 뒤를 돌았다.

"아아. 외로워라."

서원이 가고 드디어 둘만 남게 되자, 재준은 속으로 씩 미소를 지었다. 방해꾼 덕분에 오붓한 점심은 망쳤지만 이제라도 둘만 남게 되니 좋았다. 하지만 그것도 잠시, 점심시간이 얼마 남지 않았다는 걸 알게 되자 한숨이 저절로 지어졌다. 그 한숨을 밖으로 드러내자 한숨을 들은 아름이 고개를 들었다.

"한숨 쉬지 말아요. 복 달아나요."

"그럴게."

"근데 왜요? 무슨 일…… 있어요?"

걱정하는 아름의 표정을 보니 순간 아무런 생각도 들지 않았다. 저를 올려다보는 저 눈빛이 아무런 생각도 못 하게 만들어 버린다.

'정말이지……'

이 작은 생물이 자꾸만 심장을 꽉 잡고 놔주지 않는다. 이제는 뇌마저 지배하려는 듯이, 온통 박아름 생각이다.

"오늘."

약간 잠긴 목소리로 입을 열었다. 재준의 목소리에 의아함을 가지기도 전, 이어서 들려오는 목소리에 가졌던 의문은 금방 사라졌다.

"일찍 퇴근할 수 없을까."

조심스럽게, 한편으로는 그렇게 하라는 마음이 강하게 담겨 있는 어조에 아름은 눈을 깜빡였다. 곧 재준의 주먹이 보였다.

'맙소사.'

도재준이 부끄러워하고 있었다. 얼굴은 전혀 아니지만 주먹이 그 증거였다. 꽉 쥔 주먹은 있는 힘껏 용기를 냈다는 걸 보여 주고 있었다. 아름은 저절로 미소가 지어지는 것이 느껴졌다. 입가가 자꾸만 혼자서 올라간다.

"그럴게요."

"그리고…… 기다리고 있어. 오늘 저녁, 같이 먹게."

"네, 네. 기대해도 되죠?"

아름의 대답에 재준의 입가가 희미하게 올라갔다. 그 미소가 뇌리에 박힌 것처럼 아름은 멍하니 바라보았다. 아주 근사해서, 시선을 뗄 수 없었다. 게다가 그의 눈빛에는 애정이 가득 차 있었다.

"그래."

재준은 아름을 가게 앞까지 데려다주었다. 괜찮다고 해도 재준은 막무가내였다. 아름은 재준이 보이지 않을 때까지 손을 흔들고 또 흔들었다.

한참 뒤에야 애견 카페로 돌아왔다. 들어가자마자 황구가 꼬리를 살랑살랑 흔들며 기다렸다는 듯이 달려왔다. 입구 앞에서 황구의 목을 끌어안으며 몸을 쓰다듬다가 일어났다. 우르르 달려오는 강아지들에게도 똑같이 안아 주고 쓰다듬어 주다가 은정과 희선을 찾았다.

"교대한다."

"응. 아, 언니."

"왜?"

히죽거리며 웃는 게 마치 당장에라도 놀리려고 하는 모습이었지만 아름은 모르는 척 넘어갔다. 재준과 연애를 한다고 하면 앞으로 저런 날이 많을 텐데, 벌써부터 파르르 반응해서 희선에게 웃음을 주긴 싫었다.

"오늘, 미안한데 7시 30분에 퇴근해도 돼?"

그러자 희선이 기다렸다는 듯이 씩 웃었다.

"타당한 이유를 대면."

"맞아요. 무려 한 시간 반이나 일찍 퇴근하려는 이유는요?"

은정마저 옆에서 거들고 있었다. 아름은 입을 들썩이다 한숨을 푹 쉬며 고개도 숙였다. 그러다 문득 아까 전, 자신이 재준에게 했던 말이 떠올랐다. 한숨 쉬지 마세요. 복 달아나요. 그래, 그걸 내가 말했지. 아름은 빙긋 웃으며 고개를 들었다. 뭐, 어때. 어차피 눈앞의 두 사람은 다 알고 있을 거였다.

"재준 오빠가 한 고백에 답 좀 하려고."

"……아직도 안 사귀고 있었어요?"

은정이 경악의 표정을 지었다. 수줍게 웃던 아름이 고개를 끄덕이자 희선이 은정의 어깨에 팔을 올리며 픽 웃는 소리가 들렸다.

"좋아. 대신, 오늘만이다. 앞으로 절대 없어."

"응, 그럴게. 고마워! 배고프겠다. 얼른 밥 먹고 와요!"

아름은 곧 아직 정리하지 못한 테이블을 정리했다. 그런 아름을 바라보던 두 사람은 시선을 맞추며 빙긋 웃다가 오늘의 메뉴, 우동을 먹으러 향했다.

△　▼　△

시간이 점점 흐를수록 이상하게 긴장이 되었다. 강아지들을 차례 대로 목욕시키며 내내 생각을 해 보았지만 딱히 떠오르는 것이 없었다.

고백에 대한 대답.

대체 어떻게 해야 하는 걸까? 그냥 그래요, 하면 되는 걸까?

"으으……."

희선에게 묻기엔 별걸로 다 고민한다고 할 것 같아서 물어볼 수가 없었다. 아주 단순한 문제인데도, 고백에 대한 대답을 하는 건 처음 인 아름에게는 전혀 단순한 문제가 아니게 되어 버렸다. 거기다 상대 는 재준이다. 눈빛에서부터 저를 사랑한다는 것이 마음속 깊이 느껴 지는 사람이다. 너무나도 다정한 눈빛에 가슴이 얼마나 설레던가.

"아, 모르겠다."

그냥 평범한 대답을 해 주기 싫었는데 아무 생각도 나지 않았다. 재준이 저를 좋아해 주는 것만으로도 너무 기뻤다.

그렇게 고민을 하는 동안 시간은 흘러서 재준이 오는 시간이 되었다.

"언니! 그 손님 오셨어요!"

은정의 목소리에 멍하니 밖을 바라보던 아름이 화들짝 놀라며 고개를 팍 들었다. 어느새 안으로 들어와서, 반갑게 인사를 하는 강아지들을 쓰다듬던 재준과 눈이 마주쳤다. 아름은 심호흡을 크게 하고서 은정에게 말을 했다.

"응. 나, 옷 좀 갈아입고 올게!"

탈의실로 후다닥 들어가서 옷을 갈아입었다. 밖으로 나오자 물을 마시고 있는 재준이 보였다.

"내일 봐요!"

희선과 은정에게 인사를 하고서 재준과 함께 밖으로 나왔다. 나란히 걸어가려고 할 무렵, 재준이 손을 내밀었다. 물끄러미 바라보던 아름은 빙긋 미소를 지으며 재준의 손을 잡았다. 그가 그제야 만족했다는 듯이 미소를 지었다.

"아름아."

재준의 목소리에 잠시 아름은 고개를 들었다.

다정하게 불러 주는 목소리가 좋았다. 그래서 아무런 생각도 할 수 없게 되어 버린다. 그저 눈앞에 있는 도재준만이 가득했다.

"오늘 저녁은 뭐예요?"

먼저 예약 같은 걸 하려고 음식점을 찾는데, 어떻게 알았는지 문자로 자신이 음식점 예약을 해 놨다고 재준이 먼저 말을 했다. 아름은 별수 없이 찾던 걸 멈췄다. 재준이 먼저 다 해 놔서, 미안한 마음도 들었지만 고마운 마음도 있었다. 이렇게나 배려심이 깊은 남자구나. 감동도 받았다.

재준은 아름과 맞잡았던 손을 풀더니 다시 잡았다. 아까는 그냥 잡았더라면 지금은 깍지 낀 손으로 바뀌었다. 아름이 움찔 떠는 것이 느껴졌다. 그것조차 사랑스러워서 재준은 맞잡은 손에 힘을 주었다.

그녀가 긴장을 하는 것이 고스란히 느껴졌다.

"네가 좋아하는 것."

"음…… 뭘까."

"자. 다 왔어."

재준의 말에 고개를 들었다. 간판에는 'Shangri-La'라고 적혀 있었다. 지상의 낙원을 뜻하는 단어였다. 안으로 들어가니 고즈넉한 장소가 보였다. 그다지 밝지 않은 불로 아늑한 분위기를 연출하고 있는, 이탈리안 레스토랑이다. 예약을 한 장소로 안내를 받아 앉았다. 창가 쪽 자리였다.

"이런 곳도 있었네요."

"숨겨진 곳이지."

아름은 메뉴판을 재준에게로 돌렸다. 메뉴를 골라서 주문한 후, 잠시 침묵이 맴돌았다. 어쩐지 이런 분위기 좋은 곳에서 말을 해야 할 것 같았다. 그런 마음을 가지고서 고개를 들었을 때, 재준과 눈이 마주쳤다.

재준은 미소를 머금은 채, 저를 바라보고 있었다. 언뜻 봤었던 냉철함을 유지한 눈매는 어디론가 가 버리고, 부드럽게 휘어진 눈매가 자리 잡고 있었다. 입꼬리는 다정하게 올라가 있었다.

저 남자는 나를 사랑하고 있다.

그래서 아름은 그를 마음에 담게 되었다. 그가 황구를 구해 준 오빠라는 걸 알기도 전에, 진심으로 다가와 주는 모습에 두근거리지 않았었나. 그때부터 도재준이란 남자를 조금씩 알고 싶어 했고, 자신도 모르게 괜히 말을 걸지 않았었나.

'이 사람이라면…… 나를 진심으로 사랑해 줄 거야.'

그런 확신이 든 순간, 그의 사랑한다는 고백에 대답을 제대로 하고 싶었다.

어제, 드디어 내일이면 재준이 온다는 말에 들떴다. 재준에게 고백에 대한 대답을 해 주는 날이기 때문이다. 난생처음으로 받은 고백, 그리고 처음으로 그 고백에 대답을 하는 날……

당신에게, 사랑을 속삭이게 된다.

"……오빠."

나온 음식을 조용히 먹고 있었다. 재준은 마침 와인으로 목을 축이다가 고개를 들었다. 고요함 가운데 작지만 선명하게 들려오는 아름의 목소리에 고개를 들었다. 저만 오롯이 바라보는 아름의 눈동자가 너무나도 예뻤다.

당장에라도……

그 생각에 퍼뜩 정신을 차린 재준은 괜히 제 허벅지를 주먹으로 내리쳤다. 정신 차리자. 아름만 보면 이성을 잃어버릴 것만 같았다.

"그래."

"하나 물어볼 게 있어요."

"뭔데?"

그 어느 것도 가지고 싶지 않았던 천하의 도재준이 작은 여자 앞에서는 정신을 못 차리고 있었다.

"만약 저를 다시 못 만났으면…… 어떻게 하려고 했어요?"

"계속 널 찾고 있었어."

아름의 물음에, 재준은 망설임 없이 바로 대답을 했다. 아름은 들고 있던 포크를 잠시 내려놓았다. 그의 진지한 눈동자는 당장에라도 저를 삼켜 버릴 것처럼 노골적이었다. 그 의미를 모를 나이는 아니었다. 금방 알아차렸기에 얼굴이 살며시 붉어지는 것을 느꼈다. 그러나 애써 모르는 척, 재준의 시선을 피하지 않고 그의 대답을 들었다.

"그러나 어찌나 우리나라에 박아름이란 이름이 많은지."

"나이…… 말했잖아요. 제 나이에 박아름이란 이름은……."

"그래도 많았지. 그래서 하나하나 찾아보고 있던 찰나에, 네가 내 눈앞에 나타난 거야."

"금방…… 알아본 거예요……?"

그러자 재준이 빙긋 미소를 지었다. 그 미소만으로도 대답은 충분했다. 그는 보자마자 바로 알아본 것이다. 어떻게……? 그런 생각이 들었지만 아름은 따로 묻지 않았다. 그 이유를 들었다간 곧바로 잘 익은 홍시가 되어 버릴 것만 같았다.

괜히 얼굴이 화끈거려서 손등으로 한쪽 뺨을 문질렀다. 목이 말라 물을 마셨다. 그러나 그것만으로 충분하지 않은 기분이 들었다. 턱을 괸 채, 한층 더 노골적인 시선을 보내는 재준 탓이었다. 옴짝달싹할 수 없게 만들어 버리는 그 시선에 아름은 결국 시선을 내려야만 했다.

"질문은, 더 없어?"

나는 뭐든 다 대답을 해 줄 수 있어.

그런 의미가 담긴 목소리였다. 아름은 괜찮다며 고개를 가로저었다. 여기서 더 물었다간 정말 시선도 못 마주칠 정도로 얼굴이 새빨갛게 변해 버릴 게 틀림없었다.

"아름아."

"……."

"난 네가 이제 그만 내가 원하는 대답을 해 주길 바라."

천천히 고개를 들었다. 아름은 재준을 바라보다 살며시 고개를 끄덕였다. 들썩이며 떨리는 입을 겨우 제대로 열었다.

"저는……."

"……."

"오빠……."

너무 긴장이 되었다. 그러나 아름은 최대한 티를 내지 않으려고 무릎 위에 올려 둔 손에 힘을 주어 주먹을 꽉 쥐었다.

"……오빠를 좋아하는 것 같아요."

"……."

"아니…… 좋아해요."

확신을 하며 고개를 들었다. 그 순간 마주한 재준의 표정을 보자마자 아름은 아무런 생각도 할 수 없었다.

재준의 넋이 나간 것 같았다.

"그러니까, 우리…… 연애해요."

빙긋 웃으며 조금 더 자신 있게 대답을 했다. 그 대답에 조금 뒤, 재준이 한쪽 손으로 얼굴을 감싸며 낮게 한숨을 쉬는 소리가 들렸다. 그 한숨에 괜히 심장이 덜컥거린 아름은 재준을 걱정스럽게 바라보았다.

뭔가, 잘못한 것일까?

그러나 곧 재준이 얼굴을 드러내자 아름은 자신이 잘못한 것이 아니라는 걸 알았다. 그는 충분히 기뻐하고 있었다. 너무나도 좋아서 그런 반응을 보였던 것이다. 처음으로 재준의 얼굴에 홍조가 드러나고 있었다.

"내게 와 줘서…… 고맙다."

그는 그렇게 말을 했다. 무엇이 고마운지 모르겠다. 그래도 그가 많이 기뻐하는 걸 알 수 있었다.

레스토랑을 나와 집에 가는 길, 그는 그녀의 집에 데려다주면서 나지막한 목소리로 대화를 이어 갔다. 그런 재준의 모습이 신기해서 바라보다 눈이 마주치면 두 사람은 동시에 웃음을 터트렸다. 물론 소리를 내서 웃는 건 아름이었고, 그런 아름을 바라보며 사랑스럽다는 듯이 미소를 짓고 그녀의 머리를 쓰다듬는 건 재준이었다.

집에 들어가자마자 희선이 아름에게 찰싹 달라붙었다. 현관문 앞에서 붙잡혀서 옴짝달싹 못 하던 아름은 희선의 팔을 붙잡았다.

"언니!"

"해냈냐."

"웅! 나도 좋아한다고 했어!"

"장하다."

희선은 진심을 담아 아름을 안아 주었다. 등을 토닥여 주며 그간 고생했다며 마음속으로 말을 전했다. 아름은 희선의 품에서 희미하게 미소를 짓다가 그 품에서 나왔다. 옷을 갈아입고, 씻고 난 후 맥주 한 캔을 꺼내 주는 희선에게서 캔을 받아서 그녀의 옆에 앉았다.

"솔직히…… 그 남자는 우리랑 사는 세계가 달라. 그게 마음에 걸리는 건 사실이야."

희선이 솔직하게 말을 했다. 아름은 동의를 하는지 고개를 끄덕였다.

물론 아름도 잘 알고 있었다. 혹시나 싶어 검색을 해 본 인터넷에서는 도재준이 어떤 사람인지 잘 보여 주고 있었다. 성심그룹 계열 중 호텔과 리조트 쪽을 맡고 있는 재준은 젊은 전무로 자신의 능력을 나날이 펼치고 있었다.

어떤 뉴스를 보았다. 도재준은 성심그룹을 위해 태어난 남자라고.

차라리 찾아보지 말 걸 싶었다. 그럼에도 재준이 좋은 건 어쩔 수 없었다. 그래서 그의 고백을 받아들이기로 한 것이다. 아직 벌어지지 않은 일까지 걱정하면서 살고 싶지는 않았다.

"그래도 언니. 나는…… 재준 오빠가 좋아."

"그래, 뭐…… 네가 좋다는데 어쩌겠어. 하지만 아름아. 힘들면 언제든지 도재준한테 말해. 네가 힘들다는 건 그 남자가 분명 원인일 테니까."

"에이."

"정말, 힘들면 언제든지 말하고."

아름은 고개를 끄덕였다. 그런 아름이 걱정되는지 맥주를 마시면서 걱정스럽게 내려다보았지만 아름은 그저 맥주를 마시며 핸드폰을 만졌다. 희선은 속으로 한숨을 푹 쉬었다.

△ ▼ △

"형!"

집에 가자 달갑지 않은 사람이 있었다. 문을 열고 들어가자마자 재준은 눈앞에 있는 막내 동생 다온을 보며 미간을 찌푸리다 한숨을 쉬었다. 너무나도 노골적인 반응에 다온은 민망해졌지만, 언제 제가 형의 집에 오는데 허락받고 왔나 싶었다. 이왕 뻔뻔하게 시작한 거, 계속 뻔뻔해져야겠다.

"애인 생겼다며!"

다짜고짜 하는 말에 재준은 곱지 않게 다온을 바라보았다. 그 기세에 움찔거리며 다온이 벽 쪽으로 물러났다. 재준은 다온을 무시하며 거실을 가로질렀다. 그 뒤를 조심스럽게 따라온 다온이 재준의 옆에 찰싹 붙었다.

"나, 그 얘기 듣고 깜짝 놀랐다니까? 형, 누구야? 어디 사람이야?"

"도다온."

"예에, 형님."

"도서원이 말했나."

"음⋯⋯.

다온이 시선을 피했다. 동시에 속으로 서원에게 애도를 표현했다. 오늘 재준에게 맞는 건 저였고, 아마 내일 맞는 건 서원이겠지.

"신경 꺼."

재준이 날카롭게 내뱉고선 안방으로 들어갔다. 바로 코앞에서 문이 세게 닫히자 다온은 깜짝 놀라 뒷걸음질 쳤다. 그러나 곧바로 씩 웃으며 주머니에서 핸드폰을 꺼냈다. 벽에 기댄 채 서원에게 문자를 했다. 도대체 어디 사람이냐고 물어도 서원은 그저 웃는 표시만 보내거나 쓸데없이 귀여운 이모티콘만 보낼 뿐이다.

"칫. 알려 주면 어디가 덧나는 거야?"

다온은 재준이 나오기를 기다렸다. 그런데 아무리 시간이 지나도 재준이 나오지 않아 문에 귀를 대어 보았다. 아무런 소리도 들리지 않는 걸 보니 안방 안에 있는 화장실에서 샤워를 하는 모양이다.

재준이 조금만 덜 무서웠어도 당장 들어가서 핸드폰을 뒤져 볼 테지만 그럴 수 없었다. 만약 그랬다간 아무리 막내 동생인 저일지라도 두 번 다시 이 집에 들어오지 못하게 된다. 재준에게 물어보려고 클럽조차 가지 않고 일찍부터 집에 들어와서 기다렸던 참이었다.

"⋯⋯어, 형!"

쯧. 분명 다온의 귓가에 재준이 혀를 차는 소리가 들렸지만 애써 못 들은 척했다. 그런 다온을 보며 끈질기군, 생각하던 재준은 냉장고로 다가갔다. 문을 열자마자 보이는 술들을 보고는 고개를 돌렸다. 어느새 다온이 히죽거리며 다가오고 있었다.

"심심할까 봐."

"도다온."

"형. 누구야? 응? 그것만 알려 주라. 우리 사이에 이러기에요, 형님?"

그 목소리에 재준은 물끄러미 다온을 바라보았다.

저와는 열한 살이나 차이가 나는 막내 동생이다. 너무 오냐오냐 키운 적은 없는데 저렇게 자랐다. 철이 없지만 그래도 결국은 사람 눈치도 보고 막내답게 애교도 부릴 줄 안다. 결국 재준은 픽 웃으며 냉장고에서 다온이 사 온 맥주 중 병 맥주 두 개를 꺼내서 하나를 건넸다.

"왜 그렇게 궁금해하지?"

"그야…… 처음으로 형님이 연애란 걸 한다니까 그러지."

"……."

"몇 살이야?"

"너보단 많다."

"당연히 그래야지! 나보다 어리면…… 형님, 그거 범죄야."

"스물일곱."

"오오. 사진은?"

"없다."

그러고 보니, 다음에 만나면 사진이라도 찍어야겠다. 두고두고 볼 사진이 필요했다. 재준은 속으로 웃으며 맥주를 놓고, 안방에 두고 온 핸드폰을 들고 나왔다. 확인을 하니 아름에게 온 메시지가 있었다.

[오빠, 뭐 해요? 저는 희선 언니랑 맥주 마시고 있어요!]

피식 웃으며 답장을 보냈다.

[막내 동생이 와서 같이 있다.]

그러자 기다렸다는 듯이 바로 답이 왔다.

[아, 그 나이 차 많이 나는 동생요?]

[그래.]

문자를 주고받는데, 두 팔로 턱을 괸 채 신기하다는 듯이 저를 관찰하는 다온의 시선이 느껴진 재준은 핸드폰을 내려놓았다. 다온의 시선이 마음에 들지 않아 미간을 찌푸리다 다온의 이마에 손가락을 튕겼다.

"으앗, 형님! 진짜, 무지 아파!"

비명을 지르다시피 한 다온의 반응이 만족스러웠다. 나른하게 웃던 재준은 언제 그랬냐는 듯이 표정을 바꿨다. 항상 짓고 있던 무표정으로 돌아간 재준은 액정에 불이 들어오자 막 받은 메시지를 확인했다.

[오빠. 내일 동물원 가요!]

아름의 메시지에 잠시 눈을 깜빡이던 재준은 동물원에 대해서 생각을 해 보았다. 살면서 동물원은 단 한 번도 가 보지 않았다. 그렇기에 쉽게 생각을 할 순 없었다. 동물원이니 동물들이 있겠지 싶었다. 맥주를 마저 다 마신 재준이 재잘거리는 걸 그만둔 다온을 바라보았다. 재준의 강렬한 시선에 다온이 핸드폰에서 시선을 떼었다.

"오, 왜?"

서원과 대화 중이었는데, 그걸 들킨 건가 싶었다. 그러나 제 생각과는 다르게 재준은 다른 걸 물었다.

"동물원. 가 본 적 있나."

"……으, 엉? 동, 동물원?"

"그래."

"왜…… 아. 혹시 그 누님이 가자고 해?"

"그래."

다온은 새삼 신기하다는 듯이 재준을 바라보았다. 태어나서 처음 보는 형의 모습이다. 한 여자를 만나고, 그 여자와 데이트를 하고. 서원에게 캐물어 본 결과, 상대는 평범한 여자라 하였다. 정확한 건 말을 하지 않아서 모르겠지만, 어쨌든 평범한 여자라는 답은 얻었다.

그런 여자를 사랑하는 재준을 이해할 수 없었지만 그래도 사랑을 하는 형의 모습은 평소와는 다르게 보였다. 동물원에 대해서 묻기도 하다니. 누군가 가자고 해서 그런 곳에 갈 위인은 아니었다. 무엇보다도 어울리지 않았다. 그럼에도, 오직 그 여자가 가자고 하자 간다고 하는 걸 보니…… 정말 진심이라는 걸 알 수 있었다.

8화

옷장 안을 한참 동안 바라보던 아름은 빨간색 체크무늬 원피스를 골랐다. 이내 전신거울 앞에 옷을 들고 대 보았다. 이 원피스로 하기로 결정을 한 아름은 곧바로 갈아입었다.

"……좋아."

옷을 갈아입은 후, 옅게 화장을 했다. 그 후 머리카락을 정돈한 후에 벽시계로 시간 확인을 했다. 딱 알맞게 끝냈다. 아름은 일어나서 핸드폰을 찾았다. 침대 위에 던져 놓은 핸드폰을 확인했다. 어디쯤인지 재준에게 물어보려던 찰나, 마침 전화가 왔다.

"여보세요."

ㅡ아름아.

그의 다정한 목소리에 아름은 어느새 입가가 풀어져 버리는 것을 느꼈다. 네에. 한 템포 늦게 대답을 하자 그의 웃음소리가 들려왔다.

ㅡ내려와. 동물원, 가자.

"으아. 벌써 왔어요?"

―그래. 기다릴게.

"네, 네. 지금 바로 갈게요!"

전화를 끊고 나서 아름은 밖으로 나왔다. 아름이 만든 유부초밥을 먹던 희선이 손을 흔들어 주었다.

"오늘 좀 예쁘네, 아르몽."

"언니…… 먹든지 아니면 말하든지, 둘 중 하나만 해."

그러자 꿀꺽 삼킨 희선이 엄지손가락을 척 들었다.

"굿 럭."

"어휴, 언니도 참."

"유부초밥이랑 김밥 좀 맛있네. 이거 만든다 할 땐 너 미친 줄 알았는데."

"그 정도야?"

"그래. 새벽부터 이런 걸 참……."

희선은 식탁 위에 놓인 유부초밥과 김밥, 그리고 후식으로 만든 과일들을 어처구니가 없다는 듯이 바라보며 곧 한숨을 쉬었다. 고개를 드니 사랑에 빠진 소녀가 하나 있었다. 소녀라고 하기엔 나이가 지났지만, 그래도 희선의 눈에는 소녀로 보였다.

"정말 오늘 예뻐, 아르몽."

"응. 고마워, 언니. 오늘 출근 잘 하고."

"그래."

희선과 대화를 끝내고, 새벽 내내 준비를 한 도시락과 돗자리를 가지고 내려갔다. 빌라 앞으로 가니 못 보던 차가 있었다. 그리고 그 앞에는 익숙한 남자가 차에 기대어 있었다.

"안녕, 아름아."

역시나 재준이었다. 재준은 아름에게 재빨리 다가가서 손에 들고 있는 짐을 받아 주었다. 이내 시선을 마주하며 조용히 미소를 지었다. 그가 도시락을 받아 주자 놀란 아름이 눈을 동그랗게 떴지만 곧 덩달아 방긋 웃어 보였다.

그게 너무 사랑스러워서, 하마터면 입술을 훔칠 뻔했다.

겨우 정신을 차리고 아름의 품에 있는 도시락과 돗자리를 뒷좌석에 조심스럽게 내려놓았다. 일찍부터 도시락을 준비했을 아름을 생각하니 마음이 뜨거워지는 기분이 들었다. 이 이상 사랑스러우면 어떻게 하나.

"몇 시부터 준비한 거야?"

재준이 물었다. 그 물음에 아름은 안전벨트를 하며 대답을 했다.

"네 시인가, 그럴걸요?"

아무렇지도 않게 대답을 하는 아름을 멍하니 바라보던 재준은 괜히 마른세수를 했다. 저를 위해 이른 시간부터 일어나서 열심히 준비를 했을 박아름이 자꾸만 상상이 되었다.

저를 좋아한다고 하는 아름의 대답을 들은 이후, 덜떨어진 사람처럼 자꾸만 아름의 생각으로 가득 차 있어서 제대로 된 사고를 할 수가 없었다. 이제 드디어 저 작은 여자가 자신의 것이라는 생각에 가만히 있을 수가 없었다.

차를 출발시키자마자 아름의 손을 잡았다. 손이라도 잡아야지, 이러다가 큰일 날 것 같았다. 그때 또다시 아름이 움찔거리는 게 느껴졌지만 전처럼 손을 쳐 내지는 않았다. 하지만 긴장하는 것이 느껴져서 재준은 더 이상 가만히 있을 수가 없었다.

물어봐야겠다. 결국 그 생각에 입을 열었을 때였다. 재준이 먼저 말을 꺼내기도 전에 아름이 먼저 말을 했다.

"저기, 오빠."

"……그래."

"동물원 처음 가 보죠?"

"응."

"가면요. 오빠가 좋아하는 동물들이 많아요."

재준이 동물을 좋아한다는 것은 현재 아름만 알고 있었다. 아니, 서원은 이미 그 빠른 눈치로 알았을지도 모른다. 그래도 서원이 말을 하지 않을 거라는 것 정도는 알고 있었다.

"가서 넋을 잃을지도 몰라요!"

귀엽게만 보이는 아름으로 인해, 재준은 더 이상 자신이 궁금해하던 것에 대한 질문을 꺼낼 수가 없었다.

이제 막 시작했을 뿐이다. 그토록 찾았던, 도재준의 햇빛인 박아름을 이제야 손에 넣었을 뿐인데, 금방 다음 단계로 가고 싶어서 안달이다.

'그리고…… 아직 모르는 것도 있고.'

이성이 겨우 본능을 눌렀을 때, 어느덧 재잘거리는 소리가 없다고 느꼈다. 신호가 걸려서 잠깐 멈췄을 때 옆을 돌아보니, 어느새 잠이 들어 있는 모습이 보였다.

'피곤했겠네.'

잠시 손을 뻗어서 흩어진 앞머리를 정리해 주었다. 자는 데 불편하지 않도록 머리카락도 귀 뒤로 넘겨 주었다. 어깨까지 오는 긴 머리카락이 어찌나 잘 어울리는지. 아름은, 애견 카페에 있는 강아지들을 닮았다. 귀여우면서도 밝고, 그리고 사람을 위로해 주는.

어느새 아름을 보며 미소를 짓고 있던 재준은 신호가 바뀌자 부드럽게 출발했다. 워낙 차가 좋아서 승차감이 원체 좋았지만, 그래도 조금이라도 아름이 놀라서 깨지 않도록, 푹 잘 수 있도록 배려를 했다.

재준은 동물원에 도착해서 주차를 한 후에도 아름을 깨우지 않았다. 그저 가만히 아름이 자는 것을 바라보았다.

'사랑스러워.'

천천히, 천천히 다가갔다. 그저 눈앞에 보이는 아름이 중요했다. 이성을 잡고 있던 끈을 서서히 놓았다.

한 손은 창문을 잡고, 다른 한 손으로는 조수석 한쪽을 잡았다. 눈앞에 보이는 건 사랑스러운 그녀의 입술뿐이다. 조심스럽게 다가간 재준이 천천히 눈을 감고, 그 앵두 같은 입술을 맛보려고 할 때였다.

"으음⋯⋯."

아름이 깨어나는 소리가 들었다. 재준은 눈을 팍 뜨고서 언제 그랬느냐는 듯이 물러났다. 운전석에 기대어서 아름이 깨어나는 걸 지켜보았다. 겉으로는 아무렇지도 않았지만 속으로는 이미 잔뜩 놀라 있는 상태였다.

"어, 도착했어요⋯⋯?"

"⋯⋯그래."

"저, 계속 잤어요? 깨우지⋯⋯."

"괜찮아."

재준은 언제 그랬느냐는 듯이 단정한 모습으로 아름의 머리를 쓰다듬었다. 그 다정한 손길을 얌전히 받고 있던 아름의 두 뺨이 곧 불그스름해졌다. 아, 이건 괜찮나 보다.

'직접 닿는 게 문제인 건가.'

만약 그런 거라면, 안 되겠다. 이대로 한 공간에 있다가는 정말 키스해 버릴 것 같았다. 재준은 쓰다듬는 것을 그만두고 아름이 한 안전벨트를 풀어 주었다.

"가자."

"네."

재준은 아름이 정성껏 싼 도시락과 돗자리를 들고 먼저 나갔다. 원래는 아름이 먼저 손을 뻗었지만 그녀의 손길을 멈추게 하고서 자신이 들고 나갔다. 재준을 바라보던 아름은 멍하니 있다가 피식 웃어 버렸다.

사소한 행동에도 다정함이 묻어나서, 냉철한 성심그룹의 첫째 아들로는 전혀 보이지 않아서, 자꾸만…… 가슴이 두근거린다. 그의 배려심에, 미안하기도 했다.

"오빠."

문득 그를 불러보고 싶었다. 아름이 차에서 내리기를 기다렸던 재준은 그 부름에 고개를 들었다.

"왜 그러지."

"……아니에요."

희선에게는, 아직 일어나지 않은 미래로 고민을 하고 싶지 않다고 말을 했었다. 하지만 아름도 평범한 인간이다. 아직 일어나지 않은 미래지만 신경이 쓰였다. 아무리 긍정적인 인간일지라도 자꾸만 안 좋은 생각만 들었다.

분명, 언젠간 재준과 헤어져야 할지도 모른다. 재준은 저와 분명히 사는 세계가 다른 사람이다. 그는 대한민국에서 손꼽히는 그룹인 성심그룹의 장남이다. 반면 아름은 아주 평범한 사람이다. 그저 애견 카페의 주인이, 성심그룹 차기 회장으로 태어난 재준과 어울릴 리가 없었다.

그럼에도, 알고 있음에도 재준의 고백을 거부할 수 없어서 받아들였다. 조금이라도 자신의 상처를 스스로 딛고, 사랑을 하려고 노력한 자신을 위해서라도.

"얼른 가요!"

한순간이지만 아름의 표정에 그늘이 졌었다. 그걸 알아차리지 못할 재준은 아니었지만, 그녀가 감추고 싶어 하는 걸 알기에 모르는 척하였다.

'하지만 아름아.'

그건, 오늘만이야. 앞으로도 계속 그러면…….

'……어떻게든 알아낼 거니까.'

△　▼　△

"도시락, 무겁죠?"

"아니. 기대되는데."

"에, 그래요? 별거 없어요. 제가 요리는 못 해서……. 오빠는요? 요리 잘하세요?"

"혼자 산 기간이 많으니까."

"그럼 잘하겠다!"

눈빛을 빛내며 묻는 그녀가 또 귀여워서 피식 웃어 버렸다. 요즘 들어 자꾸 웃음이 나왔다. 재준은 한 번 풀리기 시작한 입꼬리를 컨트롤하기 힘들어서 곤란했다.

"초대하면…… 올래?"

그가 은근슬쩍 유혹을 했다.

재준은 아름과 조금 더 가까워지고 싶었다. 지금보다 조금 더 가까운 사이가 되어서, 그녀를 온전한 자신의 것으로 만들고 싶었다. 도재준의 박아름. 완벽한 도재준의 박아름으로 만들고 싶었다.

욕심을 넘어선 소유와 집착, 욕망이 합쳐져 있었다. 그런 음습한 마음으로 그녀를 향해 손을 내밀었지만, 그녀는 그런 마음은 짐작조차 하지 못하며 빙긋 미소를 짓고서 고개를 끄덕였다.

"재준 오빠가 만들어 준 요리, 먹어 보고 싶어요. 그리고 제가 평가해 드릴게요."

"……."

"음. 오빠가 잘 만드는 요리는 뭐예요?"

"……."

"오빠?"

"……."

재준은 아차 싶었다. 이성이 흔들리고, 자꾸만 본능이 튀어나오려고 하고 있었다.

모든 것을 다 버리고, 심지어 목숨마저 하찮게 여겨져서 당장에라도 죽고 싶을 때였다. 그때 마침 나타나 아무것도 원하지 않는 순수한 미소를 짓고서 '강아지 만져 볼래요?' 하고 다가온 아름을 다시 만나고 싶었고, 좀 더 이야기해 보고 싶다고 생각했던 때부터 이런 음습한 마음이 생겨났다.

그때부터 생겨난 그 마음을 죽이고 또 죽이고, 가두어서 절대 세상 밖으로 나오지 못하게 하였다. 성심그룹의 미래 회장이 되기 위해 태어난 자였으니까.

'미치겠군.'

그토록 찾았던 아름을 드디어 찾은 만큼, 좀 더 소중히 여겨 주고 싶었고, 그동안 해 주고 싶었던 것들을 차근차근 해 주고 싶었다. 그런데도 남자의 본능이란 게 무섭도록 작용을 하고 있었다.

아직, 그녀가 숨기고 있는 것도 모르면서 혼자서 앞서 나가려고 한다.

"왜 그래요?"

"······아름아."

"네. 어디 아파요?"

작은 손이 자신의 손목을 잡아 왔다. 그녀가 잡은 곳이 뜨거운 것 같았다.

질식할 것 같았다. 박아름이 너무 좋아서, 미칠 것 같았다.

나도 오빠가 좋아요. 그 말을 듣고 난 뒤로는 줄곧 이 상태였다. 그토록 바랐던 말이기에 더욱더 그런 걸지도 모르겠다.

"······아니. 괜찮아. 미안."

"네?"

"가자. 네가 좋아하는 동물들, 보여 줘."

이건 도재준답지 않았다. 항상 냉철하고, 무엇에든 동조하는 법 없이 차분하게 일 처리를 하던 재준은 아름의 앞에서 무너지고 있었다.

키스하고 싶다.

자신을 걱정하는 말을 하는 저 입술을, 제 입술로 눌러 버리고 싶었다.

"어디 아픈 거 아니에요? 도재준 씨!"

"아니야. 걱정 끼쳐서 미안."

"으음. 믿어 볼게요."

해사하게 웃는 모습을 보니 또 가슴은 가슴대로 두근거린다. 재준은 저도 모르게 손을 올려서 심장 위에 올려 보았다. 심장이 세차게 뛰고 있었다.

"아름아."

문득, 그녀에게 들려주고 싶었다. 아름은 재준이 부르자 곧바로 뒤를 돌아보았다. 아름의 머리카락이 기분 좋게 부는 바람에 흔들렸다.

저도 모르게 손을 뻗어 흩날리는 그녀의 머리카락을 귀 뒤로 넘겨 주었다. 불그스름하게 물이 든 뺨이 너무나도 사랑스러웠다.

"왜요?"

"아픈 것 같아."

"네? 어디가요!"

다급하게 제 앞으로 다가온 작은 여자를 내려다보았다. 곧 팔목을 잡고 자신의 심장 위에 손바닥을 대게 하였다. 그 순간이었다. 긴장을 하던 아름이 천천히 고개를 들었다. 이것만큼은 멈출 수 없었다.

예쁜 박아름. 사랑스러운 박아름.

천천히, 이마 위에 입을 맞췄다.

"네가 나를 이렇게 만들었어."

아름이 움찔거리며 재준을 바라보았다. 그녀의 눈동자가 예쁘게도 흔들렸다.

"느껴지니?"

"……네."

"나를, 좋아해?"

그는 사랑이 처음이었다. 원하는 것도, 좋아하는 것도, 그 모든 것의 처음은 전부 박아름이다. 처음이어서 무척이나 서툴렀고, 또한 다급했다. 하지만 아름에게 자신의 속도에 맞추게 할 순 없었다. 그러기엔 그녀가 너무나도 소중했다. 자신의 외침을 받아 준 아름에게 너무나도 고마웠기에, 자신의 욕망은 집어넣을 수밖에 없었다.

"……네."

그는 다르다. 너무나도 저를 좋아해서 어쩔 줄 몰라 하는 사람이다. 다른 사람이니, 괜찮다. 괜찮아……. 심호흡을 하고 고개를 끄덕였다.

재준은 잠시 입을 벌렸다가 빙긋 미소를 지었다.

모든 것을 다 놓고 싶을 정도로 힘든 날, 나는 너를 만났다.

"정말…… 고마워."

"이틀 전에도 그렇고…… 뭐가 그렇게 고마워요?"

"나를 받아 준 것."

"치. 그게 뭐……. 저야말로…… 날 찾아 줘서 고마워요."

아, 멋있네, 도재준. 지금 보여 주는 부드럽고 따뜻한 미소는 가슴이 두근거릴 정도로 근사하고 또 멋있었다. 아름은 생글거리며 웃다가 재준의 손을 다시 잡았다. 깍지 낀 두 손이 참 다정해 보였다.

"얼른 가요. 기린도 봐야 해요."

"……기린도 있구나."

"그럼요. 음. 좀…… 냄새가 심하지만. 아하하. 아, 저기 호랑이요!"

어느새 호랑이를 보느라 저를 잡았던 손을 놓고 달려가 버리는 아름으로 인해 허전해진 손을 내려다보던 재준은 서둘러서 아름의 뒤를 쫓았다. 아름과 함께 있다 보면 평소의 도재준은 어디로 가 버리고, 처음 보는 도재준만 남아 있었다.

그만큼 아름의 앞에서 재준은 자신의 날것 그대로를 전부 다 보여 주고 있었다.

△　▼　△

도시락은 개방된 테이블에 앉아서 먹었다. 돗자리는 필요 없어서 아쉬웠지만 어쨌건 새벽부터 준비한 도시락을 꺼냈다. 하나씩 열어서 보여 줄 때마다 재준의 미소가 깊어졌다.

'이걸 만드느라, 새벽 네 시부터 일어났단 말이지.'

"여기요."

"고마워."

"뭘요."

씩 웃는 모습이 개구쟁이처럼 보였다. 그것도 귀여워서 재준은 한동안 아름의 얼굴만 바라보았다. 느껴지는 재준의 시선에 살며시 고개를 들었다가 고개를 숙였다. 곧 그녀의 두 뺨이 붉게 물드는 것이 보였다. 귀여워 죽겠네. 그런 생각을 하던 재준은 곧 자신의 입가를 어루만졌다. 정말…… 하루하루 저답지 않은 감정이 툭툭 튀어나오고 있었다.

"아, 오빠."

"……어. 응."

"다음 주 주말은 못 볼 것 같아요."

그러자 한껏 기분이 좋았던 재준이 미간을 찌푸렸다. 방금 무엇을 들은 걸까. 재준은 들고 있던 젓가락을 내려놓았다. 그런 것도 모른 채, 아름은 김밥을 먹고 있었다. 그러다 문득 아무런 말도 하지 않고 있는 재준이 의식되어서 고개를 들었다. 눈이 마주치자 아무런 표정 없이 저를 응시하는 재준이 보여, 아름은 그가 화가 났나 보다 싶었다.

"애견 동호회 가입했거든요. 지역 애견 동호회인데, 1박 2일로 등산 가기로 했어요."

"여자들만 있어?"

"에이, 설마요."

"……."

"아. 설마…… 오빠 지금 질투해요?"

172

아름은 농담으로 그렇게 말을 했지만 재준의 표정은 바뀌지 않았다. 그는 진담이었던 것이다. 아름은 한쪽 손으로 턱을 괸 채 재준을 바라보다 살며시 미소를 지었다.

"걱정 마요. 다들 저, 동생으로 보거든요."

"그건 모르는 일이야."

"아니면 아이랑 같이 오시는 아저씨들도 있고요."

"같이 갈게."

재준의 말에 눈을 동그랗게 뜬 아름은 진짜냐는 듯이 바라보았다. 재준이 질투를 한다는 것만으로도 놀라웠는데 같이 간다고 먼저 말을 한 게 더 놀라웠다.

처음 봤을 때는 이런 사람인 줄 몰랐다. 의외로 솔직했고, 의외로 귀여웠다.

아름은 짧게 웃음을 터트리며 고개를 끄덕였다. 그렇게 해요. 질투를 해 주는 재준이 좋았다. 냉철한 사람일 줄 알았는데 자신의 감정을 드러낼 땐 아주 솔직해서 좋았다. 하나씩, 재준에 대해서 알아 갈 때마다 기뻤다.

"그래요. 같이 가요. 근데 진짜 가서 등산하는데…… 괜찮아요?"

"가끔, 집에서 가족끼리 가."

"에에. 서원 씨도 가요?"

"예외는 없어."

"와……."

"왜?"

"서원 씨는 왠지 웃으면서 패스, 할 것 같아서요."

"맞게 봤어."

재준이 김밥 하나를 집어서 아름에게 주었다. 아름은 이야기를 하느라 재준이 저에게 김밥을 먹여 줬다는 것도 눈치채지 못하고 있었다.

"그, 저보다 어리다는 막내 동생은 어때요? 엊그제도 같이 있었다는 그 동생요."

"음."

이번에는 유부초밥을 들어서 아름에게 먹여 주었다. 이번에도 아름은 재준을 바라보며 대답을 기다리느라 알아차리지 못했다. 재준은 일부러 그녀의 주의를 돌리려, 유부초밥을 그녀의 입에 넣어 줌과 동시에 입을 열었다.

"철없지. 고작 스물둘이니."

"음."

유부초밥을 먹던 아름은 삼키며 퍼뜩 정신이 들었다. 난 여태 양쪽 팔을 테이블에 딛고 있었는데? 정신을 차리고 보니 재준이 저에게 먹여 주고 있던 것이었다. 아름이 정신을 차리자 재준은 어쩐지 아쉬웠다. 하지만 제가 먹여 주는 김밥을 받아먹는 아름도 귀여웠지만 새빨개진 얼굴로 저를 바라보는 아름도 귀여웠다.

"오빠……!"

"더 줄까?"

"……돼, 됐어요. 제가 먹을게요."

"괜찮은데."

"제가…… 안 괜찮아요."

아름은 재빨리 젓가락을 들고서 유부초밥을 먹었다. 잘 먹고 있는 아름을 보니 머리를 쓰다듬어 주고 싶었다. 이런 감정은, 어린 동생인 다온에게서도 느껴 본 적 없었다.

어쩌면 저는 동생들에게서 질투를 했을지도 모른다. 저와는 달리,

174

성심그룹에 대해서 책임을 질 것도 없는 두 동생들. 다온이야 철이 없으니 조만간 회사로 불러들여 철 좀 들게 할 테지만, 서원은 완전히 자신이 가고 싶어 하는 길을 걸어가고 있어서 건들 필요는 없었다.

'거기다……'

아름에게 서원에 대해서 아직 말을 못 한 게 하나 있었다.

"아름아."

"네, 네."

아름이 김밥을 급히 삼키며 고개를 들었다. 속으로 혀를 쯧 차던 재준은 아름에게 생수를 건넸다. 아름이 물을 마신 후 재준을 바라보자, 재준은 손을 뻗어 저도 모르게 아름의 머리를 쓰다듬었다.

"천천히 먹어."

"오빠는 안 먹어요?"

"먹고 있어."

그러나 그는 그렇게 대답을 했음에도 김밥 하나를 집어서 아름에게 먹여 주었다. 아름은 그것까지만 받아먹고 재준의 팔목을 잡았다. 재준은 얼른 아름의 손을 잡았다. 잠시 그걸 내려다보던 아름이 결국 피식 웃어 버렸다.

"정말…… 못 살아."

자신이 왜 그러는지 과연 그는 알까? 아름은 재준을 빤히 바라보았다. 일부러 재준의 반응을 보려고 노골적으로 바라본 건데, 오히려 그는 눈을 살짝 접으며 웃었다.

'윽. 저렇게 웃으면……'

강아지를 좋아하는 재준은 때론 강아지처럼 귀엽게 웃을 때가 있었다. 재준에게는 아직 직접적으로 말을 하지는 않았지만, 저를 바라보며 지금처럼 웃을 때가 그랬다. 그런 미소를 볼 때마다, 가끔 그런 생각이 들었다. 재준은 주인을 잘 따르는 강아지 같다, 라는 생각. 여기서 주인은 박아름이고, 강아지는 도재준이다.

아름은 속으로만 생각하기로 하였다. 엄연히 서른셋의 성인 남성인데 강아지 닮았어요, 하기가 미안했다.

"오빠."

"그래."

"정말 궁금한데……."

"뭐가?"

"오빠가 일할 때 모습요."

과연, 그는 일을 할 때도 저런 모습일까?

얼핏 보았던 냉철한 모습으로 미루어 보아, 분명 그와 같은 모습일 거라는 생각이 들었다. 그래도 직접 보고 싶었다. 과연, 일을 하는 도재준은 얼마나 멋있을까? 흰색 셔츠를 입고, 몸에 딱 달라붙는 검은색 바지를 입고, 넥타이는 하지 않고, 단추는 두 개 정도 풀고, 자주 짓는 냉철한 표정을 짓는 것이다. 그런 모습으로, 그런 얼굴로, 서류를 보는 도재준…….

'……그만하자.'

망상이 너무 지나친 것 같았다. 그리고 무엇보다, 자신과 같이 평범한 여자가 그 도재준을 보러 성심의 건물로 들어간다는 것부터가 말이 안 되었다. 그에게 폐가 될 것도 같았다.

아름은 애써 그 망상을 갈무리하고서 재준을 보았다. 그러자 재준이 당황한 것 같은 얼굴을 보였다. 어라. 잠시 아름은 재준을 멍하니 응시했다. 그러나 재준은 언제 그런 표정을 지었냐는 듯이 금방 말끔하게 돌아와 있었다.

176

"재미없을 텐데."

재준의 말에 아름은 기다렸다는 듯이 곧바로 대답을 했다.

"궁금해요."

"별로…… 볼 것 없는데도?"

"응. 보고 싶어요."

저렇게 초롱초롱하게 눈을 뜨고 물어보는 표정에는 어쩔 수 없이 고개를 끄덕이게 되는 무언가가 있었다. 아름만 보면 정신을 차릴 수 없는 재준이니, 결국 그녀에게 허락을 하고 말았다. 아름은 재준의 허락에 밝게 웃었다.

"제가 가도 될까요?"

"언제든지."

"음…… 아."

다 먹은 도시락을 정리하던 아름이 잠깐 멈췄다. 아름을 도와주던 재준도 동시에 행동을 멈췄다.

"도시락…… 싸 가도 될까요?"

아름의 질문에 재준은 바로 대답을 하지 않았다. 어쩐지 재준이 부담스러워하는 것 같아 아름은 그의 얼굴을 바라보다 고개를 가로 저었다. 제가 너무 앞서갔죠? 아름은 그렇게 이어서 말을 하며 도시락을 정리했다. 다 정리를 한 후, 쓰레기를 버리려고 일어났다. 그러자 재준이 아름의 손에서 쓰레기를 가져가서 대신 버린 후, 곧 아름의 손을 잡고 걸으며 대답을 했다.

"아니. 너무 기뻐서 그랬어."

"에……."

"생각을 해 보면."

재준이 잠깐 말을 끊었다. 그에 따라 재준을 올려다보던 아름은 다시 앞을 보았다. 그는 잠깐 무언가를 생각하는 모습이었다. 이내 가던 발걸음마저 멈췄다. 아예 멈춰서 생각을 하는 재준을 보니 뭔가 심각한 일 같았다. 그래서 아름은 따로 묻지 않았다. 그가 생각을 하고, 정리를 다할 때까지 기다렸다.

정리가 다 되었는지 조금 뒤, 재준이 뒤를 돌아보았다.

"누군가가 나를 위해 도시락을 싸 준 적이 없어서."

그게 무슨 말일까.

방금, 들어서는 안 되는 걸 들은 기분이 들었다. 아름은 눈을 깜빡였다. 저도 모르게 손을 뻗어 재준의 손등을 감쌌다. 멍하니 앞을 바라보며 씁쓸하게 말하던 재준이 금방 그런 표정을 지우고서 아름을 내려다보았다. 시선이 마주치자 그가 금방 미소를 지었다.

이번에도 씁쓸한 미소였다. 이상했다. 외모 탓일까? 그는 사랑을 많이 받은 사람 같았다. 충분히 인기가 많아서 사랑을 받았을 것 같았다. 하지만 외견과는 별개였던 모양일까. 아름은 입을 들썩이다 그저 씩 웃었다.

"그럼 제가 자주 싸다 주면 되죠."

"하지만 아름이가 힘들 텐데."

"에이. 괜찮아요. 가끔, 점심 사 먹지 말고 도시락 싸다 먹어요! 카페 있는 건물 옥상에 하늘공원이라고, 잘 해 놨어요! 가끔 거기 벤치에서 밥 먹으면 되잖아요?"

"……."

"오빠가 먹고 싶을 때 말해요. 음. 요리를 잘하는 건 아니지만 그래도 정성껏 싸 볼게요."

지금 이 순간, 재준은 그녀의 말이 가장 고마웠다. 마음껏 사랑을 받지 못했고, 남들 다 평범하게 받았던 것조차 쉽게 받지 못했다. 그저 혹독하게 살아온 그에게, 그녀는 한 줄기 구원의 빛이었다.

그건 8년 전이나 지금이나 다름이 없었다.

어쩌면 너는 이렇게나 그대로일까. 여전히 너는 따듯하다.

재준은 저도 모르게 그녀를 제 품에 가뒀다. 재준의 갑작스러운 포옹에 놀랐지만 아름은 짐 때문에 아무것도 들지 않은 팔을 뻗어 그의 허리에 둘렀다. 머리맡에서 재준의 시선이 느껴졌다. 고개를 들어서 눈을 마주했다.

"나머지 동물도 봐요. 밥도 먹었으니까요."

"……그래."

너는…… 여전히 내게 눈부시게 빛나는 존재였다.

"재준 오빠."

"……"

"언제라도 괜찮아요."

"……"

재준은 아무런 대답을 하지 않았다. 아름은 굳이 그의 대답을 바라고 말을 한 것은 아니기에 계속해서 말을 이었다.

"혹시라도 누군가에게 털어놓고 싶은 게 있다면, 언제든지 말을 해 줘요. 그렇게…… 오빠의 이야기를 하나씩 듣고 싶어요."

그리고 나도 언젠간 나의 이야기를 당신에게 하고 싶어요.

"알았죠?"

그녀가 밝게 웃으며 돌아보았다. 재준은 뭐라고 대답을 하면 좋을지 몰랐다. 그러나 그녀가 자신의 대답을 기다리는 듯해, 그저 고개를 끄덕였다.

받아 본 적 없는 이유 없는 사랑에, 그리고 애정에, 재준은 비로소 미소를 지었다.

그의 미소를 가만히 바라보던 아름은 더 이상 말을 하지 않았다. 대신, 다정하게 손을 잡아 주었다. 성심그룹을 위해 태어났다고 하는 도재준은 어쩌면, 생각보다 거대한 존재는 아닐 거라는 생각이 들었다.

마음이 의외로 약하고, 또 의외로…… 귀엽고, 사랑스럽고.

"……아름아."

뭐라고 할까. 이 벅찬 사랑스러움을 너에게 뭐라고 표현을 하면 좋을까.

"네, 네."

"내게…… 와 줘서 고마워."

아름이 고개를 들었다. 동물은 다 둘러보고 집에 가려던 참이었다. 잠깐 서서 재준을 바라보았다. 재준도 아름을 따라 멈췄다. 으음. 잠시 손가락을 턱에 대고 재준을 바라보던 아름은 발꿈치를 들어 손을 뻗었다. 재준의 머리를 툭툭 토닥이듯이 쓰다듬고서 다시 내려왔다.

"또 그 소리네."

"……."

"오빠."

"그래."

"나야말로 고마워요."

"뭐가."

"글쎄요. 안 알려 줘야지."

재준의 손을 살며시 놓고서 먼저 앞서서 달려가던 아름이 빙글 돌았다. 밝게 웃는 아름을 가만히 바라보던 재준은 저도 모르게 가만히 바라보기만 하였다.

"궁금해요?"

저 작은 여자가 은근슬쩍 저를 유혹해 온다. 재준은 피식 웃어 버렸다. 사랑스러워서 죽겠네. 그에게 있어서 지금 이 순간은 너무나도 소중했다. 그토록 작았던 그 작은 여자를 찾아 헤맸고, 그 여자는 저를 사랑한다고 해 주었다.

이렇게 큰 행복을 지키기 위해서, 재준은 뭐든 할 것이다.

한 번이라도 집안이 아닌 다른 걸 생각해 본 적은 없었다. 철이 들기 전부터 그렇게 배웠었다. 너는 이 성심을 위해 태어난 자다. 그 소리를 듣고, 그렇게 키워졌다. 그래서 냉철함을 어릴 적부터 몸에 담았고, 단 한 번도 성심이 아닌 걸 생각해 본 적도 없었다.

그런 재준이 변하기 시작했다. 8년 전, 아름을 만나고 나서부터, 처음으로 다른 걸 생각하게 되었다.

"알려 줘."

"흐음. 나중에. 힘들 테니 바로 출발하지 말고 차에서 좀 있다가 가요. 알겠죠?"

그렇게. 너의 말을 들을게. 너를 위해서라면, 나는 뭐든지…… 할 수 있어.

어느새 뒤를 돌아서 재준의 차로 가는 아름의 뒷모습을, 재준은 그저 가만히 바라보았다. 그녀의 등을 바라보는 그의 눈빛이, 잠깐이지만 번뜩이며 빛났다.

그녀를 제 품에 계속해서 가두기 위해서, 뭐든 할 것이다.

9화

성심그룹 도 회장의 뒤를 이은 도영준이 첫째 아들이 태어나자마자 한 일은, 자신의 뒤를 잇게 하기 위한 준비를 미리 하는 거였다. 남들과 똑같이 평범하게 키워서는 안 되었다. 오로지 자신의 아들은 성심그룹을 위해 태어난 아이였다.

그렇기 때문에 후계자로서의 교육만 하였다. 자신이 그렇게 자랐듯이, 아이에게도 혹독하게 후계자 수업을 하였다. 고작 다섯 살이지만 아이는 제법 어른다운 눈을 가지게 되었다. 그렇지 않으면 성심그룹을 이을 수 없었다.

남들과 다르게 키웠기 때문에 애정을 주지 못했다. 혹독한 경영의 세계에서 살아남기 위해서는 사소한 틈이라도 생겨서는 안 되었다. 그렇기에 첫째 아들, 도재준에게는 오로지 경영자로서의 배움만 허락을 했고, 철저하게 아이를 키웠다.

오로지 성심그룹을 위해 자라 온 재준과 달리 두 동생은 자유롭게 자랐기에, 재준은 어느 날 문득 그런 생각이 들었다.

'나는 왜 아무것도 하지 못할까.'

하고 싶은 것은 딱히 없었지만, 동생들이 저마다 하고 싶은 것을 찾아 자유롭게 하는 걸 보니 질투가 난 것도 사실이다. 또한 저에게는 자유가 없음을 알기에 답답하기도 했다.

다온이 점점 자라고 제멋대로 굴고 서원이 알아서 하고 싶은 일을 향해 나아갈 무렵, 재준은 자신이 살아온 모든 것에 회의감을 느꼈다. 왜 내가 성심을 책임져야 할까. 왜 삼 형제 중에 가장 먼저 태어나서 이 모든 것을 짊어져야 하는가.

재준의 나이, 25살이었다.

모든 것을 다 놔 버리고 싶었다. 왜 서원에게, 다온에게는 성심의 미래를 짊어지게 하지 않고 모든 것을 장남으로 태어난 자신에게만 짊어지게 하는가.

불공평했다. 너무나도 불공평했다. 이미 어릴 적부터 통제를 받아 왔기에 하고 싶은 것은 없었다. 가지고 싶은 것도, 보고 싶은 것도, 그 어느 것도 없었다. 자신이 스스로 하고 싶은 것이 아무것도 없었다. 하지만 그럼에도 혼자서 무언가를 할 수 있는 자유를 원했다.

모든 것을 놓고, 그저 사라지고 싶었다. 세상에 태어난 것을 원망했다. 장남의 의무도, 성심그룹 후계자의 의무도, 그 무엇도 저버린 채, 그저 사라지려고 했었다. 세상에서 도재준이라는 모든 것을 지우려고 어딘지 모를 길을 걸었을 때. 마침 폭우가 내리기 시작했다. 잘되었다. 폭우를 계기로, 이 세상에 남아 있는 도재준을 모두 지우자.

그는 삶의 의욕을 상실했다. 그 어느 것도 하기 싫었기에, 아무것도 들고 나오지 않았고 그저 이대로 세상을 떠나고 싶기도 하였다.

그리고 그때.

「우산 가지러 간 사이에 오빠가 왔네요?」

쏟아지는 폭우에 어울리지 않는, 맑은 목소리가 들려왔다. 재준이 천천히 고개를 들었다. 뭐든 걸 포기한 상태에서 잔뜩 어두워진 눈에, 갑자기 맑은 햇살이 비추는 것만 같았다. 이런 폭우 속에 햇살이라니.

「오빠. 고마워요.」

△　▼　△

눈을 번쩍 떴다. 익숙한 천장이 눈에 들어오자 낮은 한숨을 쉰 재준은 눈을 다시 감았다. 곧 몸을 비틀며 일어났다. 기지개를 켠 후, 자연스럽게 핸드폰을 찾았다. 스탠드 아래에 얌전히 놓아져 있는 핸드폰을 켰다. 마침 그가 바라는 메시지 하나가 있었다.

[오빠! 일어났어요?]

그 메시지에 재준은 빙긋 웃으며 얼른 답장을 보냈다.

오늘, 아름이 말했던 애견 동호회 사람들과 등산을 가는 날이었다. 그중 분명 남자들이 있을 것이다. 아무리 유부남이 아이를 데려온다고 해도, 유부남이 아닌 사람들 사이에서 아름은 분명 인기가 많을 것이다.

그걸 생각하면 인상이 저절로 찌푸려졌다. 그래서 따라간다 하였다. 도재준이 질투를 한 것이다. 이런 모습은 아름의 앞이 아니면 절대로 보여 주지 않을 것이다. 아름의 앞이니까, 꽁꽁 싸매고 있던 본래의 도재준을 보여 주게 된다.

그는 언제 미소를 지었느냐는 듯이 무표정으로 돌아왔다. 우아하게 일어난 재준은 씻고 난 후, 상체에 아무것도 입지 않은 채 부엌으로 향했다. 물을 마신 재준은 외출 준비를 하기 시작했다. 등산을 한다 하였으니 등산복을 입을까 했지만, 집에 그런 건 없으므로 청바지에 무난한 티셔츠를 입었다.

문득 그녀는 아침을 먹었나 궁금했다. 그래서 곧바로 전화를 걸었다.

─응, 오빠! 벌써 나왔어요?

"아니, 아직."

─그렇구나. 참. 혹시 아침 먹었어요?

그건 지금 자신이 하려고 했던 대사였다. 재준은 느릿하게 눈을 감았다가 뜨며 대답을 했다. 재준의 입가에는 지우지 못한 미소가 남아 있었다.

"아니, 아직. 아름이 넌?"

─저도 아직……. 아, 제가 샌드위치 만들었거든요. 같이 먹어요.

사 가려고 했는데 그녀는 만들었다고 한다. 그녀의 마음이 느껴져서 재준은 저도 모르게 짧게 미소를 지었다. 어쩌면 이다지도 사랑스러울까.

사람을 좋아하는 데 어떤 이유가 있는지는 모른다. 다만, 어느새 이렇게 푹 빠졌을 뿐이다. 없으면 숨을 제대로 쉬지 못할 정도로, 그 정도로 사랑하게 되었다.

"그래. 데리러 갈게."

─네. 출발하기 전에 메시지 보내 줘요.

간단한 통화를 끝내고 난 재준은 잠시 침대 위에 앉았다. 조금의 시간이 지난 후, 차 키를 들고 일어났다. 등산에 딱히 흥미는 없지만 운동은 평소에도 틈틈이 하는 편이기에 상관은 없었다. 다만 그의 미간이 일그러져 있었는데, 아름과 둘이서만 지내려고 했던 주말 시간을 다른 사람들과 같이 보내게 되었다는 것이 마음에 들지 않았기 때문이었다.

둘이서 보낼 시간도 부족한데, 다른 사람에게 침범을 받아야 하나.

하지만 구속을 할 수가 없었다. 혼자서 독점을 할 수가 없었다. 그녀는 저와 달리 사랑을 많이 받고 자란, 아주 사랑스러운 여자였다. 그녀를 생각하지 않고, 자신만 생각할 수 없었기에 보내 주는 것이다. 물론, 옵션으로 저도 따라가는 거였지만.

"하……."

낮게 한숨을 쉰 재준은 차에 올라탔다. 가만히 앞을 바라보던 그는 시동을 걸었다. 부드럽고 빠르게 차를 출발시켜서 그녀의 집 앞에 도착했다. 그녀가 사는 빌라 건물을 올려다보던 재준은 핸드폰을 찾았다. 입력된 단축번호 0번을 눌렀다. 얼마 신호음이 가지 않아 아름이 전화를 받았다.

—아, 재준 오빠다! 출발했어요?

"집 앞이야."

—아하. 이제 출발하나 보네요.

"아니."

—에…….

잠시 말을 잇지 못한 아름이 곧 창문을 열고 모습을 드러냈다. 자신의 차를 보고 눈을 동그랗게 뜨고 있는 것 같았다. 그 사랑스러운 모습이 저절로 상상이 되어 입꼬리가 제멋대로 올라갔다.

—내가 출발할 때 메시지 보내라고 했잖아요!

"너보다 먼저 기다리고 싶었어."

—아이 참. 얼른 나갈게요.

"천천히 와."

—네에.

대답을 하고서 아름이 먼저 전화를 끊었다. 보통 사람들과 통화를 할 때 전화를 먼저 끊는 쪽은 재준이었다. 용건만 간단히 말을 하고 끊었지만 아름과의 통화는 그러지 못했다. 조금이라도 더, 그녀의 목소리를 듣고 싶었기 때문이다.

통화를 끊고 나서 문을 열고 차에 기댄 채 아름을 기다렸다. 곧 아름이 내려오는 모습이 보였다. 3층에 사는 아름이 저리 금방 내려온 걸 보니 달려온 모양이다. 재준의 차를 향해서 달려오고 있었다. 오늘의 아름은 자신과 마찬가지로 청바지에 무난한 티셔츠를 입고 있었다.

"와. 재준 오빠는 이렇게 입어도 멋있네요."

그녀가 저를 칭찬하는 말에 어쩐지 가슴이 두근거리며 뛰었다. 주변에서 아무리 다른 여자들이 멋있다고 감탄을 해도 들리지도 않던 그 말이, 아름이 하니 또 다르게 들렸다. 설레는 말이었다. 아름은 짧게 웃으며 재준을 스쳐서 조수석에 올라탔다. 재준도 운전석으로 들어가 앉았다.

"아침 먹고 출발해요."

"언제 일어나서 만든 거야?"

"뭐…… 도시락보다는 간단하니까 금방 만들었어요. 속에 든 내용물이 좀 까다로웠을 뿐이지만요. 그래도 희선 언니는 알아서 먹으라고 빵하고 직접 만든 속을 통에 넣어 두고서 나왔어요. 아, 언니는 아직 자고 있어요."

재잘재잘 떠드는 그녀의 목소가 듣기 좋았다. 시끄러운 건 질색이라 가끔 다온이 떠드는 소리도 듣기 싫을 때가 있었지만 이상하게도 그녀의 목소리는 계속 듣고 싶었다. 조용해지면 오히려 섭섭할 것 같기도 했다.

아름이 직접 만들었다는 샌드위치를 받았다. 속이 알차게 든 샌드위치다. 일부러 빵 모서리 쪽을 잘라서 부드러운 부분만 남겨 놨다. 가만히 바라보던 재준은 한 입 크게 베어 물었다. 그녀는 요리를 잘하는 편이 아니라 했지만 지금으로도 충분히 잘 했다.

"어때요?"

칭찬을 바라는 눈빛이 꼭 그녀의 카페에 있는 강아지들과 닮아 있었다. 초롱초롱하면서도 귀여운 그 눈빛에 저도 모르게 피식 웃고서 샌드위치를 잡지 않은 다른 손으로 머리를 쓰다듬어 주었다. 아름의 뺨이 불그스름하게 살짝 물이 든 것 같았다.

"맛있어. 잘 먹을게."

"……많이 먹어요. 여유롭게 싸 왔어요."

"그래. 고마워."

"뭘요……. 아, 평소에 시간이 되면 동호회 사람들 몫을 만들어 가는데 오늘은 오빠한테만 신경을 써서 그런지 못 가져왔어요. 잘 했죠?"

아, 정말이지…….

재준은 먹다 멈춘 채 아름을 바라보았다. 자신의 마음을 들었다가 놨다가, 자꾸만 두근거리게 만드는 그녀가 때론 얄밉기도 했다. 저렇게 샐샐 웃으며 사람의 마음을 자꾸 술렁이게 하면 어쩌나 싶었다. 키스를 하고 싶었다. 좀 더 그녀에게로 가까이 다가가고 싶었다. 그러나 섣불리 움직일 수가 없기에 여전히 이성의 끈을 겨우 잡고 있었다.

그걸 당연히 아름은 모를 것이다. 모르니까 저런 소리를 하는 거겠지. 이성의 끈이 놓일 위기임에도, 그럼에도 나쁘지 않았다. 남을 휘두르고 명령을 내리는 게 익숙하지만, 가끔은 남이 저를 휘두르는 것도 괜찮다 싶었다.

오로지 박아름 한정이지만.

"커피도 내려 왔어요. 뜨거워요."

보온병에 커피를 담아 온 그녀의 준비성에 감탄했다. 이것도 저를 위한 몫만 가져온 거겠지. 사랑할 수밖에 없는 여자였다. 박아름은, 그런 여자였다.

"참. 언제 저녁 만들어 줄 거예요?"

커피를 마시던 재준이 아름을 바라보았다. 기대하는 눈빛에 피식 웃었다.

정말, 아름의 앞에만 서면 웃음이 유난히 많아진다.

"글쎄다. 다음 주가 좋을까."

"아. 저 쉬는 날, 일요일에 오빠네 집에서 데이트해요!"

"너, 그 말……."

"네?"

아무것도 모른다는 듯이 저를 바라보는 시선에 어떻게 하면 좋을지 모르겠다. 결국 마른세수를 하며 표정을 바꿨다. 그래도 경고 아닌 경고는 줄 생각이다.

"아름아."

"네."

차를 출발시키며 그녀를 불렀다. 옆얼굴에서 아름의 시선이 느껴졌지만 재준은 운전을 하고 있었기에 고개는 돌리지 않고 앞을 바라보고 있었다. 아름이 짧게 웃는 소리가 들렸다. 그 웃음소리가 가슴을 간질였다. 저절로 운전대를 잡은 손에 힘이 들어갔다.

"남자 혼자 사는 집에 그렇게 쉽게 오겠다고 말하는 거 아니야."

동생을 타이르듯이 말을 했다. 그에 아름은 처음, 무슨 말을 하는지 못 알아들었는지 고개를 갸웃거렸다. 아무래도 알아듣지 못하는 자신의 연인에게 제대로 말을 해 줘야 할 것 같았다.

"남자는 다 늑대라는 말, 들어 본 적 없어?"

자신의 입으로 직접 이런 말을 하기에 민망했지만 재준은 끝까지 말을 했다. 결국 알아들었는지 아름의 얼굴이 새빨개졌다. 잠시 신호가 걸려서 아름을 향해 고개를 돌렸다. 그녀는 어쩔 줄 몰라 하는 표정이었다. 재준은 크게 웃고 싶었다. 하지만 그럴수록 아름의 얼굴이 새빨개질까 봐 그만두기로 했다.

다시 차를 출발시켰다. 차 안에는 적막이 흘렀고, 어느 누구도 입을 열지 못했다. 아름은 민망했고, 재준은 그녀가 먼저 말을 할 때까지 기다리는 것이다. 결국 이 적막을 깬 것은, 어느 정도 새빨개진 얼굴이 가라앉고 난 뒤의 아름이었다.

"오빠도 믿으면 안 되는 거예요?"

아까의 연장선인가 보다. 재준은 뭐라고 대답을 할지 생각했다. 결국 해 줄 대답은 하나였다.

"그래."

그 말뿐이다. 조금씩, 조금씩, 가까워지고 싶은데 그러기에는 제 마음이 조급히 움직이고 있었다. 누구라도 저렇게 사랑스러운 여자 앞에 서면 그럴 것이다.

나름 이성을 칼같이 챙기는 편이었다. 너무 냉정하다는 소리까지 듣지 않았던가? 냉정하기로 소문난 아버지 도 회장에게서조차 최근 너는 너무 냉정해, 하는 소리까지 들었다. 그 정도면 말 다했을 정도인데 아름의 앞에서는 그렇게 할 수가 없었다.

한 마디로 박아름은 도재준의 심장을 끓어오르게 만드는 기폭제나 다름이 없었다. 평소에 냉정하게 식어 있는 심장이지만 아름의 앞에

선 순간, 순식간에 뜨거워진다.

"나를 너무 믿지 마, 아름아."

그녀의 귀에 속삭이듯이 나직이 말을 했다. 아름은 입을 열지 않았다. 아마도, 분명 얼굴이 빨개져 있을 것이다. 부드럽게 차를 운전하다가 신호가 걸려 다시 멈추게 되었다. 천천히 고개를 돌리자 어쩔 줄 몰라 하는 아름이 보였다. 그러다 그녀가 재준의 시선을 느꼈는지 고개를 들었다.

허공에서 시선이 얽혔다. 키스하고 싶다. 이 생각이 가득 찼을 무렵, 신호가 바뀌었다. 재준은 속으로 쯧 혀를 차며 다시 출발했다.

"……그래도……."

귓가에 아름의 목소리가 들려왔다. 시선은 앞에 뒀지만 온 감각은 옆에 앉은 아름에게로 전부 향해 있었다.

"오빠가 저를 함부로 대하지 않을 건 알아요."

"……당연한 걸."

"응. 그래서 오빠를 믿어요."

"……."

저렇게 말을 하면 어떻게 하란 말이지. 운전대를 잡은 손에 또 괜한 힘이 들어갔다.

어느새 조용해진 차 안에 적막감이 다시 맴돌았다. 잠깐 고개를 돌리니 어느새 잠이 든 아름이 보였다. 서울의 낮은 산이자 둘레길도 있는 개화산에 가기로 되어 있었기 때문에, 차는 약속 장소인 개화역을 향했다.

잠이 든 아름을 깨우기 싫어서 가만히 바라보다 고개를 숙였다. 부드러운 입술을 살짝 스치고 고개를 들었다. 아쉬운 마음은 한가득

이지만 그만 깨워야 할 때다.

"아름아."

"……어…… 도착했어요?"

눈을 비비며 일어난 아름을 보며 결국 재준은 고개를 천천히 숙였다. 그저 입술만 맞대는 베이비 키스였지만 두 사람이 처음으로 입을 맞추는 거나 다름이 없었다.

자고 일어나니 갑자기 재준이 입을 맞춰 와서 놀란 아름은 그대로 굳어 버렸다. 그러나 그 부드러운 입맞춤에 아름은 저도 모르게 재준의 팔을 잡았다. 촉 소리가 나고도 재준의 얼굴이 바로 코앞에 있었다. 너무 가까운 거 아닌가. 아름은 가슴이 떨려서 그렇게 생각을 하고 있을 무렵, 다시 한 번 재준이 다가왔다.

"오빠……."

그녀의 떨리는 목소리에 피식 웃은 재준은 아름의 뒤통수를 큰 손으로 감쌌다. 고개를 숙여 입술을 겹쳤다. 파르르 떨리는 것도 느껴졌다. 서서히 그녀의 입이 벌어졌다. 아랫입술을 물고 늘어졌다가 입술 선을 따라 혀로 핥았다. 그리고 제 뜨거운 살덩이가 그녀의 입안으로 쏙 사라졌다.

아름은 곧 그게 혀라는 것을 알았다. 갑자기 두려운 마음도 들었지만 거부하고 싶지 않아 천천히 입을 열었다. 열리는 입안으로 들어온 그의 혀가 천천히 움직였다. 참을 만큼 참았던 재준은 격렬하게 입을 맞추고 싶었지만, 그녀에게 맞춰 주기 위해 천천히 입천장을 훑고 그녀의 혀를 찾아 따라다녔다.

"으음……."

재준의 팔을 잡은 아름의 손에 힘이 들어갔다. 재준은 그녀의 팔을 자신의 목 뒤로 두르게 하였다. 숨을 쉬지 못하는 아름을 위해 잠시 입을 떼어 냈지만 눈앞에 보이는 그녀의 모습으로 인해 다시 한 번 입술을 맞췄다.

한참 뒤, 아름을 너무 괴롭히는 것 같아 재준은 아쉬운 마음을 뒤로한 채 키스를 멈췄다.

"미안. 참을 수가 없었다."

낮게 가라앉은 재준의 목소리가 어쩐지 섹시하게 들렸다. 자신의 입술을 닦아 주고서 알아서 립스틱을 찾아서 발라 주기까지 하였다. 몽롱한 정신이 제정신으로 돌아온 것은 그가 립스틱까지 발라 줬을 때였다.

"제, 제가……."

"너무 번져서."

"……진짜, 남자는 다 늑대인가 봐요."

갑작스러운 키스에도 무서워하지 않아서 다행이다. 머리를 슥슥 쓰다듬어 준 재준은 그녀의 머리카락을 정리해 주었다. 가만히 재준이 하던 걸 바라보다 재준의 팔을 잡았다. 왜? 그의 눈빛이 그렇게 말을 하고 있었다.

남자란 거, 정말 무서운 존재였는데 이제는 갑작스러운 키스를 해도 무섭지 않았다. 언젠간, 이 사람에게 말을 해 주고 싶다. 당신 덕분에 내가 잘 극복한 것 같아요, 하고.

"어. 벌써 와 있네! 얼른 가요."

근처 공원에 마련된 주차장에 주차를 한 후, 저를 기다리는 곳으로 갔다. 애인하고 같이 간다고 미리 연락을 했기에 아름이 재준과 같이 갔을 때, 놀라는 사람들은 없었다.

"이분이 아름이 첫 애인이구먼."

껄껄 웃는 아저씨는 아름을 딸처럼 잘 대해 주는 정씨 아저씨다.

오자마자 자신이 정리해 준 아름의 머리카락을 예의 없이 헝클어뜨리는 모습이 재준은 마음에 들지 않았다. 그러나 재준은 티를 내지 않고 정중히 악수를 위해 손을 내밀었다. 금방 정씨 아저씨는 아름의 머리에서 손을 내려서 재준의 손을 잡았다.

"도재준이라 합니다."

"거, 반갑소. 참. 강아지를 좋아한다지?"

"그렇습니다."

그 계기는 아름을 만난 날, 오들오들 떨고 있는 작은 황구를 보고 나서부터였지만 말이다.

"참 잘생겼수. 직업이 뭡니까?"

이번에는 곽 씨가 다가와서 물었다. 재준은 명함을 놓고 온 것을 기억해 냈다. 어차피 너무 많은 걸 밝히고 싶지 않았으므로 그냥 호텔에서 일을 한다고 했다.

"자, 막내가 왔으니 출발합시다."

잠깐의 담소 후 출발을 하였다. 아름과 재준은 맨 뒤에서 걸었다. 앞서 걸어가는 남자들을 훑던 재준은 아름을 바라보았다. 그 시선에 고개를 들자마자 아름이 빙긋 웃어 보였다. 이래서는 뭐라고 말도 못하겠다. 젊은 남자도 세 명 정도 있었다. 세 명 모두 재준이 나타나자마자 아쉬운 표정을 지은 것을, 그는 분명히 보았다.

"박아름."

"네."

"이 모임, 주기가 어떻게 되는 건가."

"한 달에 한 번요. 오빠도 가입하실래요? 아, 등산은 한 달에 한 번 가는 건 아니고…… 가끔 해요, 가끔. 대부분 유기견을 위해 자원봉사 같은 걸 하거든요."

"음."

그런 것도 한단 말인가.

재준은 잠시 생각에 잠겼다. 그가 생각할 수 있게 아름은 더 이상 말을 걸지 않았다. 묵묵히 길을 걷다가 앞에서 말을 걸어오면 대답을 해 주는 정도였다. 잠깐 재준을 돌아보았을 때, 아까 전 키스가 떠올라서 잠시 얼굴이 화끈거렸다. 갑자기 왜 그 생각이 났는지 모르겠다.

자연스럽게 고개를 돌려서 앞을 바라보며 걸었다. 저 남자는 등산을 해도 왜 저렇게 멋있는지 모르겠다. 두근거리는 마음을 뒤로한 채, 오르막길을 걷고 있을 무렵, 재준이 손을 잡아 오는 것을 느꼈다. 깍지를 낀 손에 잠깐 걸음을 멈췄다가 다시 걸었다.

"오빠."

"……"

"연애 많이 해 봤죠?"

"……뭐?"

갑작스러운 질문에 재준이 어처구니가 없다는 듯이 물었다. 그러자 먼저 앞서가던 아름이 재준과 발걸음을 맞췄다.

"아니, 그런 것 같아서요. 아까……."

말끝을 흐리던 아름이 잠깐 멈춰 서서 재준에게 손짓을 했다. 고개를 숙여 아름의 입 근처에 귀를 가져다 대었다. 귓가에 아름의 목소리가 작게 들려왔다.

"키스를 잘해서……."

아름이 개구쟁이처럼 웃으며 다시 앞을 보며 걸었다. 멍하니 아름의 뒷모습을 바라보던 재준은 결국 크게 웃었다. 동호회 사람들이 뒤를 돌아보았지만 아랑곳하지 않고 웃던 재준은 곧 긴 다리를 이용해

성큼성큼 걸어서 금방 아름을 따라잡았다.

"박아름, 너……."

"마, 맞잖아요."

"잘하는지 안 하는지는 어떻게 알고?"

"느, 느낌이 있어요, 느낌! 아, 나도 참. 뭔 소리를 하는지……."

얼굴에 열이 오르는지 손으로 부채질을 하는 모습이 귀여웠다. 낮게 웃던 재준은 아름이 들고 있는 짐을 대신 들어 주었다. 아까부터 들어 주려고 했지만 고집을 부리며 기어코 자신이 들고 있겠다고 해서 들어 줄 수가 없었는데 마침 그녀가 혼란스러워하는 틈을 타서 빼앗았다.

"앗. 내 짐……."

"아름아."

"주세요. 그거 제가 들 수 있는데……."

"하하! 그냥 맡겨, 맡겨. 들어 주지 못해서 안달인데."

정씨와 곽씨 아저씨가 크게 웃음을 터트리며 아름을 놀렸다. 아름은 됐거든요! 소리를 지르고서 재준을 바라보았다. 그러나 재준은 결코 아름에게 짐을 줄 생각은 없어 보였다. 결국 아름은 놓아 버린 손을 다시 잡는 걸로 고마움을 대신 표현했다.

"안 힘들어요?"

"평소에도 운동은 기본으로 하는 편이라."

"와. 무슨 운동해요?"

"헬스장 가서 간단히 운동 하고 있어."

"거기…… 예쁘고 몸매 죽이는 언니들 많아요……?"

그저 사심 없이 물은 질문이라기에 목소리는 전혀 그렇지 않았다. 그것이 바로 박아름이 '질투'를 하는 거구나 싶자, 재준은 눈빛을 빛내며 아름을 바라보았다. 뭐라고 대답을 해 줄까. 놀려 줄까? 하지만 그녀가 작지만 그래도 질투를 해 준 것에 저절로 웃음이 지어져서 피식 웃으며 고개를 가로저었다.

그런 여자들이 보내는 시선도, 그리고 말을 거는 것도 싫어서 일부러 그들을 피해서 예약제로 운영되는 소규모 개인 PT 헬스장에 나가고 있었다.

"그렇구나."

안도의 한숨을 내쉬는 것을 보니 질투가 맞는 모양이다. 재준은 이 상황이 즐거웠다.

어느새 하늘길 전망대에 도착했다. 맑은 공기를 쐬며 잠시 앉아서 에너지바와 소시지 등을 나눠 먹었다. 아름도 재준에게서 가방을 받아서 소시지를 꺼내 재준에게 건넸다.

서른 살의 여자가 재준에게 관심을 보이며 다가갔다. 아름이 작고 아담한 편이라면 김은영은 모델처럼 예쁘고 성숙했다. 아름은 저를 무시하고 재준에게 다가가는 은영을 아니꼽다는 듯이 흘겨보았다.

"안녕하세요. 전 김은영이라고 해요."

등산을 하려면 머리를 묶어야지 풀어헤치고 오다니! 낮은 산을 등산하는 것인 데다가 아름의 머리카락은 어깨까지밖에 오지 않았지만, 그래도 등산을 하는 것이기에 머리카락을 모아 묶고서 등산을 했었다.

"아름아."

재준은 난간에 기대앉은 채 제 쪽을 바라보고 있던 아름을 불렀다. 그러나 재준은 생각보다 냉정히 김은영을 대했다. 인사를 했음에도 김은영을 무시하고 일어나 아름의 곁에 앉은 것이었다.

"왜 떨어져서 앉아 있어."

"아, 그게……."

"저……."

김은영은 포기를 안 했는지 다시 재준에게로 다가왔다.

하긴. 확실히 지나가던 여자들은 다 한 번씩 말을 걸고 싶을 정도로 매력적인 사람이 바로 도재준이다. 키도 크고 모델처럼 날씬하고, 거기다 정말 아무거나 걸쳐 입어도 빛이 나는 사람이 바로 도재준이니, 여자 친구가 있다고 해도 다가올 만했다. 얼굴도 영화배우처럼 잘생겼으니, 김은영의 입장에서는 여자 친구인 아름이 있다고 해도 들이대려고 할 것이다.

"그만 자리로 가 주시죠."

재준이 딱 잘라 차갑게 말을 했다. 주변에서는 오, 하는 분위기였고 아름은 눈을 깜빡이고 있었다. 원래 재준이 자신 외에는 냉정하게 군다는 것을 어느 정도 알고 있었지만 익숙하진 않았기에 아름도 놀라고 있었다.

"아니…… 그저 인사하는 건데 왜 그렇게……."

재준은 더 이상 할 말은 없다는 듯이 아예 등을 돌렸다. 김은영은 얼굴이 새빨개진 채 재준과 최대한 멀리 떨어져서 앉았다. 아름은 이 상황에 웃어야 할지 울어야 할지 몰라서 그저 가만히 있다가 손 위로 느껴지는 따뜻한 기운에 고개를 들었다. 눈이 마주친 순간, 재준이 다정하게 미소를 짓고 있어서 결국 아하하, 소리를 내서 웃어 버렸다.

"진짜…… 못 살아."

눈물이 날 정도로 웃던 아름은 잘했다는 듯이 빈손인 왼쪽 손으로 재준의 머리를 툭툭 두들겼다. 그가 눈을 느릿하게 감았다가 떴다.

이런 두 사람의 묘한 분위기에 다들 쉽게 말을 꺼내지 못했다.

"자. 우리 다음 코스 가야죠!"

분위기를 풀기 위해서 아름이 손바닥을 치며 일어났다. 다들 하하 웃으며 일어나 걸어가기 시작했다. 그사이 재준이 마음에 들었는지 정씨와 곽씨 아저씨가 다가와서 말을 건넸다. 재준은 간간이 대답을 해 주었고, 아름의 손은 놓지 않았다.

아름은 재준이 정답게는 아니지만 어느새 아저씨들과 그래도 대화를 나누는 모습을 보며 짧게 웃었다. 내 남자는 다른 여자들에게는 철통 방어를 하는구나. 왠지 모를 뿌듯함에 마음이 꽉 찼다. 히죽거리며 웃던 아름은 달려가서 재준의 왼쪽에 있는 정씨 아저씨를 먼저 앞서 가게 하고 재준의 옆에 찰싹 붙었다.

"애인이라고 챙기려고?"

"헤…… 그럼요."

"근데 어디서 만난 거야?"

"어……."

아름이 말끝을 흐리다 밝게 웃었다.

"황구 주웠던 날, 오빠랑 처음 만났어요. 그날 처음 만나고, 그 뒤론 못 봤는데 최근 다시 만났어요."

아름이 밝게 웃으며 자신과의 일에 대해서 아저씨들과 대화를 나누고 있었다. 그 모습을 그저 바라보기만 하던 재준은 조용히 미소를 지었다.

오전 햇살이 따뜻하게 느껴졌다.

10화

둘레길을 코스대로 걷고 나서 저녁 8시쯤 되자 동호회 사람들과 함께 자리를 옮겼다.

사실 일정은 이것으로 끝이었다. 분명 듣기로는 1박 2일이었던 것 같은데 왜 벌써 일정이 끝났나 싶었지만 회식 겸 저녁으로 고깃집에 들어오자마자 그 이유를 알게 된 재준은, 걱정스러운 표정으로 아름을 응시했다. 서로 모여서 술자리가 시작되었기 때문이다.

아름은 해맑게 웃으며 정씨가 권하는 술을 받았다. 대신 받아 마실까 하다가 제 앞으로도 술이 다가와서 결국 한 잔씩 받게 되었다.

이 분위기 속에서 재준이 파악할 수 있는 것은 단 하나였다. 자신의 연인이 이 사람들에게서 인정을 받고 있다는 것이었다. 물론 전부다는 아니었지만, 대부분 사람들에게 인정을 받고 있었다. 그 모습에 어쩐지 질투가 났다.

그녀의 좋은 모습을 자신만 아는 것이 아니라, 다른 사람들도 안다는 것이 싫었다.

"아름아. 그만 마셔."

그렇게 생각하는 사이, 아름은 주는 대로 술을 넙죽·다 마시고 있었다. 눈이 슬슬 풀리고 웃음이 헤퍼진 것 같아서 잔을 들고 있는 손을 잡았다. 그러자 아름이 고개를 들었다. 멍하니 재준을 바라보던 아름이 히죽 웃었다.

"에이. 더 마실 수 있는데에."

말끝이 늘어지는 것으로 보아하니 취한 게 틀림없었다. 술이 센 것도, 약한 것도 아닌 아름이 두 병 가까이 마셨으니 취할 만했다.

이를 어찌해야 하나.

재준은 잠시 음식점 안을 훑었다. 이미 몇 명은 빠른 속도로 술을 마셔 인사불성이 되어 있었다. 이 사이에서 아름과 함께 빠져나가기는 쉬워 보였다.

아무래도 나가야겠다.

그렇게 생각을 한 재준은 잔을 들고 달려가려는 아름의 손목을 살며시 잡았다. 앞으로 가려던 아름이 멈춰서 천천히 뒤를 돌았다. 플라스틱 원형 의자에 앉아서 저를 올려다보는 재준과 눈이 마주친 아름은 홀린 것처럼 천천히 재준의 앞으로 다가왔다.

"왜요오?"

역시나, 말끝이 늘어진다. 재준은 엄한 표정을 짓다가, 그게 또 귀여워서 결국 피식 웃어 버렸다. 그대로 일어나 아름의 머리를 슥슥 쓰다듬었다. 아름은 고개를 들어 멍한 표정으로 재준을 올려다보았다. 재준이 천천히 상체를 숙이는 모습을 보며 눈을 감았다가 떴다.

"집에 가자."

귓가에 뜨거운 숨결이 닿았다. 어쩐지 오싹한 기분에 몸이 떨렸다. 추운 줄 안 재준은 아름의 어깨 위에 자신의 재킷을 덮어 주었다. 이내 내내 앉아 있던 자신의 자리에 아름을 앉히고서 카운터로 갔다.

"대리 부탁합니다."

"어디까지 가시나요?"

종업원의 말에 아름의 집 주소를 부르려던 재준은 왠지 그녀에게 경고 아닌 경고를 주고 싶은 마음이 들었다. 아무리 자신이 있다 하더라도 저렇게 취할 때까지 마시다니. 놀리고 싶은 마음도 있었기에, 낮게 웃은 재준은 자신의 오피스텔 주소를 불렀다.

15분 뒤, 재준이 부른 대리가 왔고 아름을 데리고 차에 올라탔다. 뒷좌석에 올라탄 재준은 아름이 편안히 기댈 수 있게 해 주었다. 가만히 아름을 내려다보던 재준은 심술궂은 미소를 지었다.

어차피 같이 사는 희선에게는 동호회 모임에 간다고 말을 해 놓았을 것이다. 아름에게 들으니, 동호회 모임이 있다고 하면 희선은 아름이 당연히 다음 날 집에 오는 것으로 알고 있다고 했다. 술을 잔뜩 마신 후, 어느 정도 술이 깬 후에 찜질방 가서 잔다고 한다. 즉, 보통 12시 넘어서까지 논다고 하는 건데…… 그걸 재준이 가만히 보고 있을 리가 없었다.

"다 왔습니다."

대리기사의 목소리에 재준은 고개를 끄덕이며 대리기사에게 기사 비용과 팁을 지불한 후, 차 키를 건네받았다. 대리기사가 고개를 꾸벅이며 인사를 하기에 아름을 업을 수 있게 도와 달라 하였다. 대리기사의 도움으로 아름을 업은 재준은 제 집이 있는 6층에서 내렸다. 비밀번호를 누르고 안으로 들어가니 현관에 저절로 불이 들어왔다.

재준은 침실로 들어가 그녀를 조심스럽게 내려놨다. 똑바로 눕힌 후, 이불을 덮어 주었다. 얼굴이라도 닦아 줘야지 싶어, 화장실에서 새 수건에 물을 묻혀서 조심스럽게 얼굴을 닦아 주었다.

"정말로…… 무방비하구나."

아름이 일어나면 단단히 일러둬야 할 것 같았다. 물론 저를 많이 믿고서 그런 것 같지만, 분명 얼마 전에도 말을 했었는데 너무 쉽게 넘어간 것 같았다. 도재준도 남자고 늑대라는 걸 그녀는 벌써 잊어버린 모양이다.

너무 날 믿어도 안 좋아.

그걸 꼭 알려 줘야겠다.

어느새 재준의 손이 멈췄다. 이내 조용히 한숨을 쉬며 수건을 펼쳐 아직 안 닦은 쪽으로 그녀의 목도 닦았다. 이내 수건을 협탁 위에 내려놓았다. 스탠드의 빛에 보이는 그녀는 아기처럼 잠들어 있었다.

"아름아."

잠이 든 그녀를 불러 보았다. 당연히 대답은 없었다. 침대 위에 누워 있는 아름을 가만히 보기만 하던 재준의 입가가 슬쩍 올라갔다. 보기만 해도 좋았다. 그때였다. 밖에서 문이 열리며 투덜거리는 소리가 들렸다. 순식간에 재준의 표정이 굳어짐과 동시에 벌떡 일어나서 침실을 나섰다.

물론, 문을 살며시 닫는 것도 잊지 않았다.

"도다온."

막내 다온이다. 꼴을 보아하니 또 클럽에서 술을 실컷 마시고 온 모양이다. 저놈이 마신 술만 해도 한 트럭은 넘을 것이다.

"어어, 형! 근데 형! 왜 현관문에 형 신발 아닌 게 있지이? 사이즈가 분명 여자……."

재준은 성큼성큼 걸어서 다온의 입을 틀어막았다. 그 순간, 다온은 숨을 다급히 들이마셨고 두려운 눈으로 형을 올려다보았다. 재준이 낮은 목소리로 다온에게 말을 했다.

"지금부터, 입 다물어. 목소리 낮추고."

다온은 있는 힘껏 고개를 끄덕였다. 술이 확 깨는 기분이 들었다.

재준은 다온을 무표정으로 바라보다 천천히 손을 놓았다. 다급히 숨을 쉬던 다온은 다시 재준을 바라보았다. 그는 날카로운 눈빛으로 항상 다온이 묵고 가던 방을 가리켰다.

"그리고 가서 얌전히 자."

끄덕. 얌전히 방으로 온 다온은 문을 닫고 나서 침대에 앉자마자 심호흡을 크게 했다. 이제야 숨이 쉬어지는 기분이 들었다. 요즘 들어 형이 조금 따듯해졌다고 생각했더니, 그건 또 아닌 모양이다. 방금 본 모습은 자신이 알던 냉정한 도재준이다.

"그나저나……."

여자 사이즈의 운동화. 늘 연락도 없이 집을 불쑥 찾아와도 조용히 하라 한 적 없는데, 입까지 틀어막고 조용히 하라고 낮게 말하던 재준. 방으로 들어오면서 얼핏 본, 굳게 닫힌 침실.

"아하."

다른 덴 눈치가 없어도 여자관계만큼은 눈치가 빠른 다온은 씩 웃었다. 콧노래를 흥얼거리며 깍지 낀 손을 한 채 침대에 벌러덩 드러누웠다.

"그렇군!"

연애를 한다더니, 드디어 집에 여자를 데리고 왔어! 그리고 화가 난 이유는, 타이밍 죽이게 자신이 집에 온 거였고.

오해를 한 다온은 의미심장한 미소를 지으며 밖으로 나가고 싶어서 안달이 났다. 하지만 잘못 걸렸다간 영영 이 집에서 잠을 자지 못할 것 같아서 망설여졌다. 어떻게 할까. 나갈까, 말까. 고민을 하는 사이에 푹신한 침대에서 다온의 눈이 스르륵 감겼다. 어느새 다온은 깊게 잠이 들고 말았다.

그런 다온을 모르는 재준은 속으로 혀를 쯧 차며 침실로 돌아왔다. 아름을 바라보다 그 옆에 살며시 누웠다. 한쪽 팔을 괸 채, 아름의 팔뚝 위에 손을 올렸다. 미동도 없던 그 손은 천천히 올라와 그녀의 뺨 위에 닿았다.

"……후."

그가 천천히 눈을 감았다가 떴다. 어느새 그 손은 허공에 멈춰 있었다. 눈동자가 잠깐 욕망을 나타냈지만 금방 사라졌다. 재준은 허공에서 주먹을 쥐었다.

정말이지…….

"금방이라도 자제심을 잃을 것 같군."

그저 그녀를 놀리고자, 그리고 개인적인 욕심을 가지고서 그녀를 데리고 왔다. 찜질방 가서 동호회 사람들과 하하호호 웃으면서 친목을 다질 것을 생각하니, 차라리 제 집으로 데리고 와서 잠을 푹 자게 놔두고 싶었다.

아무리 금수저를 물고 태어난 성심의 도련님이라지만 찜질방 정도는 알고 있었다. 서민을 좋아하고 서민문화를 사랑하여서 가로수길에 뼈를 묻기로 한 서원과, 그리고 철이 없어서 형님들이 어딜 가면 따라가려는 다온과 셋이서 한 번 가 본 적 있었다.

그곳은 매우 불편했다. 아무리 푹신하고 좋은 침대에서 잠을 잤던 재준은 잠자는 곳을 그다지 가리는 편은 아니지만, 그곳은 잘 수 있는 환경이 아니었다. 잠을 자려고 하면 청소기 소리가 났다. 그런 곳에, 그녀를 둘 수가 없었다.

"잘 자, 아름아."

네가 먼저 나를 원하기 전까지, 털 끝 하나 손대지 않을 것이다.

하지만 이 다짐이 언제까지 이어질지는 잘 모르겠다. 요즘 아름을 보기만 해도 짐승인 것처럼 발정할 것 같았다. 자제심이 무너지고 이성을 챙기지 못하게 되어 버릴 뻔한, 그런 아찔한 때가 몇 번 있었다.

조심스럽게 뺨을 쓰다듬은 뒤, 이마에 살며시 입을 맞췄다. 그저 그녀를 찾아 곁에 두기만 할 것처럼 굴다가도 막상 그녀가 나타나니 힘들었다.

그래도 그녀가 두려워 뒷걸음질 치는 걸 볼 바에는, 힘들어도 자신이 몇 번이고 참는 것이 낫다. 그렇게 생각을 한 재준은 천천히 눈을 감았다. 아름이 곁에 있으니 잠이 잘 오는 모양이다. 그가 깊게 잠이 들었을 무렵, 아름이 느리게 눈을 떴다. 눈을 깜빡이다 바로 눈앞에 보이는 남자의 모습을 보고 잠시 흠칫 놀랐지만 곧 익숙한 모습에 멍하니 그 얼굴만 바라보았다.

'여기는 설마……'

분명, 주는 대로 술을 다 받아 마신 뒤, 취해서 비틀거렸던 건 기억이 난다. 그러다 재준의 품에 안착했고, 그리고…….

'기억이…… 기억이 안 나!'

재준의 얼굴을 보니, 아마도 이곳은 재준의 집인 것 같았다. 처음와 보는 공간이지만, 그래도 재준이 있는 것을 보니 마음이 놓였다.

가만히 재준의 얼굴을 눈으로만 훑었다.

'정말…… 잘생긴 사람이야.'

잘생기긴 했다. 강인해 보이는 눈썹에, 오뚝한 코, 눈을 떴을 땐 단정하면서도 날카롭고, 때론 차갑지만 또 다정해지는 눈동자, 일자로 굳게 다문 입술. 작은 얼굴에 그 모든 것이 다 들어가 있는, 턱 선은 또 날카로운…… 그야말로 조각상 같은 외모였다.

아름은 8년 전의 재준을 떠올렸다. 그 당시에도 잘생긴 사람이라 생각을 했지만 지금만큼은 아니었다. 그때는 약간 아이돌 느낌이 났지만 지금은…… 잘생긴 배우였다. 남자의 시작은 30대부터라던데, 정말이었나 보다.

저도 모르게 미소를 지은 아름은 손을 뻗어 천천히 외곽선을 따라 그렸다. 그가 깨지 않도록 얼굴 선, 그리고 콧날을 그리다 소리 없이 웃어 버렸다. 정말로…… 이 남자가 자신을 좋아한다는 말을 할 때마다 믿겨지지 않았다. 눈동자가 좋아한다는 것을 외치지 않았으면 믿지 못했을 것이다.

'정말 좋아해요.'

속으로 중얼거리고서 아름은 다시 눈을 감았다. 그사이, 재준이 눈을 떴다. 제 앞에서 꼼지락대는 통에 잠에서 깨어났지만 느껴지는 시선에 섣불리 눈을 뜰 수가 없었다. 무엇보다, 그녀가 무엇을 하는지 궁금해서 가만히 놔뒀었다.

'정말이지…….'

귀여워서 당장 꽉 껴안고 입을 거칠게 맞추고 싶은, 그런 난폭한 마음이 들었다. 귀엽게도 제 얼굴을 빤히 바라보다, 실눈으로 살짝 확인을 했을 땐 제 얼굴을 덧그리고 있었다. 재준은 아름을 빤히 바라보다 천천히 그녀의 입술에 제 입술을 대었다.

이것으로 만족하자.

훗. 낮게 웃으며 그는 조심스럽게 그녀의 머리 아래에 자신의 팔을 밀어 넣었다. 깨지 않게 조심스럽게 제 품으로 그녀를 끌어당겼다. 고개를 숙이면 아름의 얼굴이 바로 보였다. 그제야 만족한 재준은 편안하게 잠이 들 수 있었다.

△　▼　△

'어라, 여기는…….'

눈을 뜬 아름은 잠시 또 여기가 어딘가, 생각을 하다가 옆으로 고개를 돌리니 보이는 남자의 모습에 잠시 눈을 크게 떴다. 크게 뜬 눈을 몇 번이고 깜빡이던 아름은 곧 미소를 지으며 재준을 바라보다 조심스럽게 일어나서 화장실로 향했다. 재준이 일어나기 전에 씻고 아침이라도 차려 줄까 싶었다.

화장실로 들어가서 잠시 망설여졌다. 처음 와 본 연인의 집인 데다가 집 주인은 자고 있는데 멋대로 손님이 화장실을 뒤적여서 써도 되나 싶었다. 하지만 막 자고 일어난 모습을 재준에게 있는 그대로 보여 주고 싶지 않았다.

"음, 이거…… 써도 되겠지?"

살며시 이것저것 다용도함 문을 열어 보고서 발견한 새 칫솔을 꺼냈다. 재준이 가장 안 쓰게 생긴 색깔로 골랐다. 노란색 새 칫솔을 꺼낸 아름은 재빨리 이를 닦으며 거울 속 제 모습을 살폈다. 그러다 화장이 지워져 있음을 알았다.

어라. 어제 내가 지우고 잤던가. 아닌 것 같은데.

잠시 의문을 가지다 피식 웃으며 이를 다 닦고 난 뒤, 세안까지 하고 나서 그가 쓰는 샴푸를 썼다. 기분이 이상했다. 도재준이 쓴 샴푸를 자신이 쓴다는 생각에 얼굴이 화끈거렸다. 대충 씻고 집에 가서 제대로 씻어야지 생각했다.

젖은 머리카락을 수건으로 털고 나서 자신의 머리카락이 빠졌는지 보고 정리를 한 후에 나왔다. 그리고 그대로 굳어 버렸다.

"아, 저…… 그게……."

낯선 남자가 눈앞에 있었다.

"어…… 안녕하세요?"

방긋 웃는 모습을 보아하니 누군가를 떠오르게 하였다. 싱글벙글 웃는 모습은 잘 모르겠지만 전체적으로 분위기가 누구를 닮았다.

아름은 너무 놀란 나머지 젖은 수건을 바닥에 떨어뜨렸다. 뭐라고 반응을 하면 좋을지 몰라서 입만 뻐끔거리다 고개를 꾸벅 숙였다. 에라, 모르겠다. 일단 인사를 하고 보자. 재준의 집에 자연스럽게 있는 걸 보니 같이 사는 룸메이트나, 혹은 가족…….

'가족?'

얼마 전에 봤던 서원은 아니다. 그렇다면 남은 건…….

"혹시…… 막내 동생……?"

"어! 나에 대해 들었나 보네요?"

반갑다는 듯이 아름의 한쪽 손을 자신의 두 손으로 덥석 잡았다. 갑작스러운 스킨십에 놀라서 멍하니 막내 동생, 다온을 바라보았다.

"저, 도다온이라 합니다, 누님!"

누, 누님?

"형수님이라 해야 하나요?"

"아, 아니에요. 그, 그러지 마세요."

민망하다. 민망하다, 민망해!

싱글벙글 웃으면서 낯부끄러운 단어를 잘도 말하는 다온을 바라보며 아름은 쥐구멍으로 도망가고 싶었다. 일단 손을 좀 놔줬으면 좋겠다. 슬그머니, 다온이 민망해하지 않도록 손을 빼려고 하였으나 괜히 어색해져서 젖은 머리카락을 어루만질 뿐이었다.

"누님 성함이……?"

"아, 저…… 바, 박아름이라 해요."

저 누님 소리도 안 했으면 좋겠다…….

아름이 그렇게 생각할 무렵, 뒤에서 누군가에게 끌어당겨져 배에 단단한 팔이 둘러지는 것이 느껴졌다.

"뭐하는 거지?"

낮은 목소리가 귓가에 들려왔다. 고개를 돌리자마자 자신의 어깨에 턱을 올린 재준의 얼굴이 보였다. 부담스러울 정도로 잘생긴 얼굴은 아침인데도 흐트러진 곳이 하나도 없었다. 결국 고개를 돌려야만 했다.

"일단 그 손은 놓고."

"하하!"

다온이 어색하게 웃으며 아름을 잡고 있던 손을 후다닥 놓았다. 질투하기는. 속으로 그렇게 중얼거렸다.

"얌전히 자라고 했을 텐데."

"형…… 지금 몇 신지 알아? 아침이야, 아침. 그래서 내가 아침도 사다 놨어."

"그래."

잘 했다. 그 말은 생략했다. 다온을 바라보던 재준은 상체를 일으켜서 아름의 손목을 잡고 방으로 이끌었다. 먼저 아름을 방으로 집어넣고서 뒤를 돌아 다온을 보았다. 그 광경을 신기하다는 듯이, 관찰자의 시점으로 바라보는 다온과 시선을 마주했다. 다온은 급하게 숨을 들이마셨다.

"얌전히 앉아 있어."

얌전히 자, 그 뒤에는 얌전히 앉아 있어……인가. 다온은 방 안이 보이는 곳에 앉아서 턱을 괸 채 무엇을 하는지 바라보았다. 어쩔 줄 몰라 하는 아름을 빈 의자를 끌어다가 앉혔다. 곧 드라이기를 침실

210

안에 있는 화장실에서 가져와서 코드를 꽂고 머리를 말려 주기 시작했다. 결국 두 손으로 얼굴을 가리는 아름이 보였다.

"와……."

저와 11살 차이가 나는 형은, 어릴 적 부모님을 대신해서 돌봐 준 적이 있었다. 그거야 아주 어릴 때였고, 다섯 살이 되자마자 형은 아무것도 해 주지 않았다. 알아서 커라, 나는 해 줄 만큼 해 줬다, 이런 식이어서 정작 저를 돌봐 준 것은 서원이나 다름없었다.

그래도 큰형인 재준은 든든한 기둥이었다. 엄하긴 하지만 결국 저를 위한 거였다. 그래서 개인주의를 지향하는 재준의 집에 아무 연락도 없이 불쑥 찾아와도 쫓아내지 않고 큰 소리도 내지 않고 남는 방하나를 아예 도다온 전용 방으로 내어 준 것도 보면 조금 다정한 구석이 있다는 것을 알 수 있었다.

'근데 그거야 둘째 치더라도.'

저건 대체 뭔가. 남의 머리카락을 말려 주는 도재준이라니.

'저 장면…… 찍어서 서원 형에게 보여 주고 싶다.'

아름의 머리 말려 주기가 끝난 뒤에야 다온이 사 온 아침을 먹을 수 있었다.

"이야. 어제, 밤에 여기 왔는데 놀랐다니까요? 그래서 누님 몫까지 사 왔어요."

"아, 고, 고마워요. 잘 먹을게요……."

다온은 재준과 정반대인 성격을 지녔다. 이제 보니 형제들 성격이 다 달랐다. 서원이 중립적으로 재준과 다온을 섞어 놓은 것 같았고, 재준은 엄했고 다온은 그와 반대로 풀어져 있었다. 친화력이 좋았다.

"도다온."

"엉?"

"다 먹었으면 가."

재준의 말에 다온의 입이 쩍 벌어졌다. 이제는 가라고? 정말 이렇게 쫓아낼 거야? 그러나 다온의 시선에도 불구하고 재준은 아랑곳하지 않고 아름의 손에 새로운 샌드위치를 주었다.

"아, 누님."

아름이 샌드위치를 베어 먹으려다가 다온의 부름에 잠깐 내려놓고서 시선을 돌렸다. 재준이 눈을 부릅뜨고 있음에도 다온은 싱글벙글 웃으며, 그 사실을 잊어버린 것처럼 아름에게 말을 걸었다.

다온의 입장에서는 큰형의 첫 애인이 신기해서 자꾸만 말을 걸고 싶어졌다.

"누님은 춤추고, 그런 거 좋아합니까?"

"춤……이요? 아, 제가 몸치라…… 그래도 보고 있으면 신나긴 해요."

"오! 제가 관리하는 클럽이 있거든요. 한번 오……."

……실래요? 하려던 다온은 제 입에 주먹을 넣고 싶은 심정이 되었다. 싸늘하게 느껴지는 시선과 마주한 순간, 숨이 멎는 줄 알았다. 다온은 어색하게 웃으며 두 손을 저었다. 아름은 진지하게 고민을 하고 있었던 것이다.

"농담이에요. 그렇지만 클럽 관리하고 있는 건 사실이에요. 제가 또 타고난 춤꾼이라…… 하핫!"

……이제 그만 말해야겠다. 목숨이 남아나지 않겠어.

다온은 재준이 원하는 대로 집을 나가 줄 생각이다. 오붓하게 집에서 데이트를 할 생각인 듯한데, 여기에 더 찰싹 달라붙었다간 어떻게 될지 모른다. 일어나서 두 사람에게 인사를 하고서 가려던 순간이다.

"아, 혹시……."

아름의 목소리가 들렸다. 재준과 다온의 시선이 아름에게로 모였다.

"다온…… 씨는 영화 좋아하세요?"

"네! 무척 좋아합니다! 심지어 장르 안 가립니다!"

"아름아."

재준이 아름을 불렀다. 아름을 설득해서, 저놈을 쫓아낼 생각이었다. 그리고 둘이서 오붓한 시간을 보내려고 했다. 굳이 밖에 가서 영화를 볼 필요도 없고, 집에서도 충분히 즐길 수 있었다. 배가 고프면 부엌도 있으니 음식도 해 먹을 수 있는데, 왜 하필 다온을…….

"앗, 그럼 같이 영화 보러 가실래요? 오빠. 어때요? 같이 영화 보고 점심 먹어요."

"점심은 제 친구가 추천한 곳으로 갑시다. 어때요?"

"와, 좋아요!"

왜 둘이 쿵짝이 저렇게 잘 맞는지 모르겠다. 나이도 좀 차이가 나면서. 다온이 22살이고, 아름이 27살이다. 다섯 살이나 차이가 나면서 왜 저렇게 잘 맞지?

재준은 지금 질투가 났다. 단둘이 있어도 부족한 시간에 다온에게 침입을 받은 것이 무척 마음에 들지 않았다. 하지만 여기서 다온을 쫓아내면 안 될 것 같았다. 아름이 실망을 할 게 틀림없었다. 이상하게 그런 생각이 들었다.

재준은 한숨을 쉬며 둘이 수다를 떨게 놔두고서 침실로 들어와서 씻고 외출 준비를 하였다.

어쩌다 이렇게 되었을까.

그는 지금 밖에서 목소리가 가장 큰 도다온을 쫓아내 버리고 싶어서 주먹을 꽉 쥐었다.

△　▼　△

가방 안에 파우치가 있어서 간단히 화장을 하고 난 뒤, 평소 가지고 다니던 작은 고데기로 어떻게든 머리를 제대로 만들었다. 아름이 하는 것을 곁에서 얌전히 바라보던 다온은 그녀가 하던 일을 끝내자마자 손뼉을 쳤다.

"와우! 근데 누님은 워낙 피부도 좋고 그래서 그런지 연한 화장이 제일 낫네요."

"그, 런가요……? 한 번은 좀 티가 나게 하고 싶어서 진하게 했는데, 영 이상해서 두 번 다시 안 해요. 아, 오빠!"

재준이 안에서 나오자마자 벌떡 일어선 아름은 재준에게로 다가갔다. 그는 싸늘하게 다온을 노려보다 아름이 제 앞으로 오자 그대로 꽉 끌어안았다.

강력한 소유욕을 주장하는 재준의 모습은 처음이어서 다온은 잠시 놀랐다. 저도 모르게 핸드폰을 꺼내서 그 모습을 기어코 찍고야 말았다.

다행히 소리가 나지 않는 카메라 어플을 이용해서 그런지 소리는 나지 않았다. 그러나 그걸 모를 재준이 아니다. 재준은 미간을 찌푸리다 고개를 돌렸다. 저 정도는 애교로 넘어가 주지. 덕분에 다온은 안도의 한숨을 쉬었다.

"오빠. 나중에 다온 씨 클럽, 같이 가 봐요."

"……뭐?"

"저, 살면서 클럽은 딱 한 번 가 봤거든요. 희선 언니랑 같이 가 봤는데…… 좀 별로였어요. 근데 다온 씨 클럽은 괜찮을 것 같아서……."

"그런 데를…… 좋아하는 건가?"

쯧. 속으로 혀를 차며 재준은 그녀 몰래 다온을 노려보다 고개를 돌렸다. 그 시선을 정면으로 마주친 다온은 심장 위에 손바닥을 올렸다.

'와, 씨. 살해당하는 줄 알았네.'

다온은 빙글빙글 웃으며 아무렇지도 않게 두 사람을 바라보다 소파에 편안하게 기대었다.

"분위기가 좋잖아요? 들썩들썩."

그렇게 말을 하는 아름이 귀여워서 결국 재준은 웃어 버리고 말았다. 그걸 물끄러미 바라보던 다온은 살며시 일어났다. 저렇게 다정한 걸 보니 괜히 훼방을 놨다간 정말 뒷감당도 안 될 것 같고, 저걸 방해하고 싶지는 않았다.

"어…… 다온 씨, 어디 가세요?"

"정말로 따라갔다간 내 목숨이 위험할 것 같아서요."

"네?"

"둘이 오붓한 시간 방해하고 싶지 않아서요. 다음에 또 놀러 올게요."

"아, 네……."

다온을 배웅한 후, 아름은 재준을 보았다. 그는 아무렇지도 않게 아름을 뒤에서 안았다. 그 포옹에 가슴이 두근거렸다. 아름은 편안하게 기대다 고개를 들었다. 저를 내려다보는 재준의 시선에 미소를 지으며 손을 뻗어 그의 팔을 툭툭 쳤다.

"질투쟁이. 오빠가 쫓아낸 거 맞죠?"

"뭐가?"

제법 눈치가 있는 아름이 금방 알아내고서 물어 왔다. 재준은 뭐라고 답을 해야 하면 좋을지 몰라 모르는 척했다. 동생에게도 질투해서 쫓아내 버린 걸 아름의 앞에서 당당히 말을 하기에는 민망했다.

살면서 질투한 경험은 세 번이었다. 첫 번째는, 아름을 처음 만났을 때였다. 질투의 대상은 두 동생들이었다. 하고 싶은 것을 하지 못하고 살아온 재준의 입장에서 두 동생들은 자유롭게 각자 살아가는 걸 보니 부러웠다. 그래서 질투했다. 그것이 처음으로 재준이 한 질투였다.

두 번째는 어제, 동호회 사람들과 두루두루 다 친하던 아름을 그곳에서 데리고 나가고 싶어서 안달이었다. 그것이 살면서 두 번째 한 질투였고, 조금 전 다온에게 했던 게 세 번째 질투였다.

"에헤헤."

그녀가 또 귀엽게 웃는다. 조금씩 아름에게로 다가갔다. 아름은 재준이 다가올수록 뒷걸음질을 쳤다. 아름이 한 걸음 물러나면 재준이 두 걸음 다가갔다. 어느새 뒤로 가다가 다리에 무언가가 걸려서 뒤를 돌아보니 소파가 있었다. 앞으로 돌자마자 재준의 얼굴이 코앞에 보이는 순간, 그대로 허우적거리며 소파에 쓰러지듯이 앉아 버렸다.

"아름아."

그의 목소리가 위험하게 낮아진 것 같았다. 심장이 쿵쿵 떨려 왔다.

이곳은 재준의 집이다. 남자 혼자 사는 집, 거기다가 아끼는 다온이 있었지만 지금은 단둘뿐이다. 무엇보다도 분위기는……

'야, 야해……'

뭔가, 야하다.

아름은 눈을 천천히 감았다가 떴다. 그의 눈빛이 무엇을 말하는지 어렴풋이 느껴졌다. 재준이 천천히 다가왔다. 아름의 양옆으로 벽을 짚은 재준이 고개를 숙였다. 넋이 나간 사람처럼 그를 올려다보던 아름은 눈을 깜빡이다 스르륵 감았다.

벽을 짚던 한쪽 손을 떼어 낸 재준은 조심스럽게 그 손으로 아름의 턱을 감쌌다. 가까이 다가가면서 고개를 틀었다. 부드러운 입술이 닿았다. 그 끝을 조심스럽게 핥았다. 그녀가 부르르 떠는 것이 느껴졌다. 그 귀여운 반응에 몸이 서서히 뜨거워지는 것도 같았다.

턱을 감쌌던 손으로 뒤통수를 감쌌다. 조금 더 저에게 가까이 다가오게 하자 입술이 열어졌다. 그 사이로 들어가, 놀라서 파르르 떠는 그녀의 혀를 감쌌다. 슬쩍 건드렸다가 입안 곳곳을 돌아다녔다.

"으음……."

재준의 양쪽 팔을 잡은 아름의 손에 힘이 들어갔다. 재준은 그 반응에 견딜 수 없었는지 잠시 입술을 떼어 내고 소파에 앉은 후, 아름을 제 허벅지 위에 앉혔다. 그 자세에 놀란 아름은 반사적으로 일어나려고 했지만 그걸 가만히 둘 재준이 아니었다.

"잠깐, 오빠…… 읍!"

그대로 입술을 다시 삼켰다. 단맛이 재준을 미치게 만들고 있었다. 좀 더, 조금만 더…….

어느새 재준의 팔은 그녀의 허리를 감싸고 있었고, 등을 살금살금 쓰다듬던 손은 그녀의 얇은 티셔츠 안으로 들어갔다. 갑작스러운 신체적 접촉에 놀라 눈을 번쩍 떴다. 놀라지 않게, 조심스러우면서도 대범하게 움직이는 그 손에 어쩐지 몸이 이상해지는 기분이 들었다.

그녀의 맨살을 슥슥 쓰다듬던 재준은 키스를 멈췄다. 얼굴이 새빨개져서 터질 것 같은 아름을 보니 정신이 들었다. 서둘러 손을 빼고서 아름을 꽉 안았다.

"미안."

아름은 갑작스러운 포옹에 재준의 어깨에 고개를 박아 버렸다. 잠시 눈을 깜빡이며 다급한 숨을 고르던 아름은 그의 사과에 똑바로 그 얼굴을 보려고 했다. 그러나 허리를 감싼 힘이 너무 강해서 재준의 얼굴을 볼 수 없었다.

그리고 아까부터 느껴지는…….

"잠시만."

"어, 오, 오빠…… 그…….."

"잠시만, 여기 있어."

재준은 더 이상 아름이 자신에게 말을 붙이지 못하도록 소파에 앉히고서 화장실로 들어갔다. 멍하니 재준이 간 곳을 바라보던 아름은 두 손으로 얼굴을 덮었다. 재준이 다급하게 화장실에 간 이유를 알 수 있었기 때문이다.

'아, 못 살아. 아, 진짜……!'

그는 서른셋의 건장한 사내였다. 틀림없이, 그랬다.

갑작스러운 딥 키스에 정신을 차리지 못했다. 과거의 상흔은 어느새 조금씩 뜨거워지는 재준의 사랑에 의식하지 못할 정도로 존재가 희미해지고 있었다. 이제는, 괜찮나 보다. 그런 생각을 할 무렵이다.

'오빠가 좀 늦네.'

한참 동안 재준은 나오지 않았다. 거실에 혼자 덩그러니 앉아 있던 아름은 재준이 나오기를 기다리며 화장실을 바라보았다. 곧 가방 속에서 진동이 울리자 핸드폰을 꺼냈다. 희선의 이름이 보이자 곧바로 전화를 받았다.

"응, 언니!"

—언제 와?

"음……."

재준과 그래도 좀 더 있고 싶었다. 어차피 오늘까지 쉰다고 해 놨으니, 천천히 가도 되겠지 싶어서 대략 저녁 시간을 불렀다.

—그렇구나. 애들이 너 보고 싶어 해서.

여기서 말하는 애들이란 강아지들이다. 전화기 너머로 낑낑거리는 소리가 들렸다. 아마도 이것은 황구일 것이다. 아름은 피식 웃어 버렸다. 웃다가 달칵 문이 열리는 소리가 들려 고개를 들었다. 평소 짓던 냉정한 표정으로 바뀐 재준이 누구냐고 입 모양으로 묻고 있었다. 아름은 잠시만요, 하고 입 모양으로 말을 하고서 희선에게 말을 했다.

"저녁 늦게라도 가서 가게 마감하는 거 도와줄게."

—그래 줄 거야?

"그럼. 저녁 먹고 바로 갈게."

—데이트하는 거지? 그 사람도 같이 갔다면서. 야, 너…… 찜질방에서 잔 거 맞아?

"에헤이. 그럼. 내가 찜질방에서 잤지, 어디서 자?"

—……아는데, 아는데도 넘어가 주마. 별일은 없었지? 있었으면 콱……!

"어허, 어허. 정말 아무 일도 없고 나, 정말 찜질방에서 푹 잘 잤어요. 이따 봐!"

희선의 잔소리가 길어지기 전에 뚝 끊었다. 전화통화를 끝내고 핸드폰을 가방 속에 넣었다. 재준이 다가와서 아름의 건너편에 앉았다. 그가 긴 팔을 우아하게 뻗어서 아름의 머리를 슥슥 쓰다듬었다.

"아름아."

"네, 네."

"나는 널……."

그는 잠시 뒷말을 끊었다. 무슨 말을 하려는 걸까?

가만히 재준을 응시했다. 그는 아름의 두 눈을 똑바로 바라보고 있었다.

"사랑한다."

갑작스러운 고백에 눈이 동그랗게 떠졌다. 아름은 그대로 굳어 버린 채 재준을 바라보았다. 대답을, 대답을 해 줘야 하는데 그의 고백에 심장이 너무 떨려서 입이 쉽게 열어지지 않았다.

조금 뒤, 아름은 눈을 깜빡이다 자신의 뺨을 어루만지는 재준의 손등 위에 손을 얹었다. 갑작스럽게 사랑을 속삭이는 남자라니.

"오빠."

"그래."

"오빠한테 꼭 하고 싶은 이야기가 있어요."

이제는 누군가에게 쉽게 털어놓을 수 있을 것 같았다. 아무나에게 말을 할 수 있는 것은 아니지만, 그래도 딱 한 사람에게는 쉽게, 그리고 가벼운 마음으로 털어놓을 수 있을 것 같았다. 그리고 꼭 말을 해 줘야겠다고 생각했다.

"일단."

"네?"

"대답."

'무슨 대답이지?' 하고 생각을 하다가 조금 전 자신이 한 사랑 고백이라는 걸 알고 아름은 피식 웃었다. 대답 대신, 가볍게 입을 맞춰 주었다. 그러자 재준의 입꼬리가 살며시 올라가는 것이 보였다.

11화

요즘, 아름은 고민이 하나 생겼다.

가게 오픈 전, 말랑이를 품에 안고 밖에 나갔다 온 아름은 낮은 한숨을 쉬었다. 곧 바닥 걸레질을 시작했다. 그러다가 멈춰 서 멍하니 밖을 바라보며 빙긋 웃더니 뺨에 불그스름한 홍조를 띠었다.

"저거…… 대체 뭐 하는 거냐?"

희선이 은정의 옆구리를 찌르며 물었다. 멍하니 아름을 바라보던 은정은 어깨를 으쓱였다. 한눈에 봐도 아름은 고민이 있어 보였다. 무언가 심각한 표정을 짓고 있는데, 물어보면 과연 대답을 해 줄까 싶어서 두 사람은 쉽게 물어보지 못하고 있었다.

"아름 언니…… 틀림없이 고민이 있는 거예요!"

"그런 것 같다만."

아름은 그런 두 사람을 아는지 모르는지 걸레를 빨러 화장실로 향했다. 물을 틀어 놓고서 걸레를 담가 놓은 뒤, 구정물이 생기는 걸 멍하니 바라보기만 했다.

고민은 아주 단순한 거였다. 성인 남녀였기 때문에 당연히 생기는 그 고민이다.

얼마 전, 재준의 집에 있었을 때 느꼈던 그의 생리적 반응으로 인해서였다. 처음에는 아무런 느낌도 들지 않았다. 아, 그렇구나, 라는 생각만 들었다. 그러나 어느새 자꾸 신경이 쓰이고 생각이 나기 시작했다.

한 번도 그런 건 생각을 해 본 적이 없었다. 스토킹으로 인해 남자를 피해 다녔으니 당연한 것이었다. 남자에 대한 것은 다 잊고 살아왔다. 재준을 만난 이후로는 조금씩 달라지게 되어서 그의 몸에 일어난 변화도 신경을 쓰게 되었다.

"아…… 정말이지……."

도재준도 남자였다.

그걸 얼마 전에 아주 선명하게 느꼈다.

"……어떻게 하지."

손등으로 뺨을 툭툭 쳤다. 정신을 차려야 하는데 그날 이후로 자꾸만 이 상태였다. 신경이 쓰여서 어떻게 하면 좋을지 모르겠다.

"그나저나……."

과거, 스토킹을 당한 적 있는 데다 이번이 첫 연애이기 때문에 서툴지도 모른다는 말을 하려고 했었다. 그때 재준의 몸 상태 변화로 인해서 말을 하지 못했다. 그 후, 어색한 공기가 흐르다 결국 밖으로 나가서 데이트를 한 후 집으로 갔었다.

그리고 그날부터 자꾸만 생각이 났다.

"언니."

"으아앗!"

뒤에서 갑자기 들려오는 목소리에 놀란 아름이 허공에 손을 허우적거리다 뒤로 넘어질 뻔했다. 화장실 벽을 잡고서 겨우 멈춘 아름은 안도의 한숨을 푹 쉬었다. 곧, 자신을 놀라게 만든 은정을 바라보았다.

"은정이, 너……!"

저보다 큰 은정을 올려다보려니 민망했다. 그래도 아름은 꿋꿋이 고개를 들어 은정을 바라보다 빨고 있던 걸레를 뺀 후, 물을 버렸다.

"놀라게 하지 좀 마."

"언니야말로 걸레 빨러 가서는 왜 안 와요? 무슨 일 있나 해서 온 거잖아요."

"온 지 얼마나 되었다고 그래."

"……20분이나 되었는데요."

그 말에 아름은 손목시계를 보았다. 그 순간, 오픈 시간이 지났음을 알았다.

"아앗!"

멍 때리며 생각을 하느라 벌써 20분이라는 시간이 지났다니! 아름은 걸레를 가지고 허둥지둥 가게 안으로 들어갔다. 그런 아름의 뒤를 따라가며 은정은 수상하다는 듯한 표정을 지었지만 아름에게 묻지는 않았다. 스스로 먼저 말을 해 주지 않는 것을 굳이 꼬치꼬치 캐물을 필요는 없었다.

들어가자마자 아름은 평상시와 다름없이 손님을 맞이했다. 강아지들을 데리고 어린아이들에게 다가가자, 아이들은 까르르 웃으며 강아지들을 조심스럽게 만졌다. 아이들을 데리고 온 어머니들도 좋아했다. 은정도 합세해서 오늘도 좋은 분위기를 만들어 가고 있었다.

그때 새로운 손님이 왔음을 알리는 종이 딸랑 울렸다. 황구가 바닥에 늘어져 있다가 고개를 들었다. 꼬리를 살랑거리며 다가가는 모습에 먼저 고개를 돌린 것은 희선이다. 황구가 반갑게 꼬리를 흔드는 것을 봐선 틀림없이 낯익은 사람일 거라 생각했더니 역시나, 재준이다.

"오셨어요?"

반말을 하기로 마음을 먹었었지만 고쳐먹은 지 오래였다. 아름이 좋아하는 남자였고, 저보다는 나이가 많으니 너무 예의 없게 굴지 않기로 하였다. 아직도 재준이 어떻게 아름을 지키려는 것인지는 잘 모르겠다.

재준과 아름이 사는 세계는 틀림없이 달랐으니까. 단지 사랑이라는 이유 하나만으로 두 사람의 관계를 이어 가다간, 끝이 어떻게 될지 훤하게 다 보였다. 그래서 재준의 생각을 묻고 싶었지만 아름의 말마따나 아직 오지도 않은 미래로 귀찮게 굴고 싶지는 않았다.

"네."

재준은 짧게 목례를 하고 신발을 벗은 후, 안으로 들어갔다. 먼저 저를 반갑게 맞이해 주는 황구의 머리를 쓰다듬다가, 어린아이들과 노는 아름을 바라보며 희미하게 빙긋 미소를 지었다. 턱을 괸 채 그 모습을 바라보던 희선은 어처구니가 없다는 듯이 바라보다가 한숨을 쉬며 커피를 내리기 시작했다.

"아름아."

낮으면서도 다정한 목소리가 귀에 들리자, 아름이 뒤를 돌았다. 쭈그려 앉은 채 돌아보던 아름은 말랑이를 아이의 무릎에 살며시 올려 놓았다. 그러자 아이가 신기하다는 듯이 '우와!' 하고 감탄사를 내뱉고 있었다.

"오빠!"

밝게 저를 맞아 주는 모습에 재준은 새삼 가슴이 뭉클거렸다. 곧 아이가 부담스러워하자, 아름은 말랑이를 가슴에 안고서 재준을 빈 자리에 안내했다.

"어느 정도 사람이 있네."

"네. 입소문을 탄 것 같아요. 요즘에는 블로그나 SNS가 워낙 잘 발달이 되어서 그거 보고 오시는 분들도 많고요. 뭐…… 얘네 인기지만요."

재준의 허벅지 위에 말랑이를 내려놓았다. 자주 와서 그런지 말랑이도 재준의 얼굴을 익힌 모양이다. 말랑이가 반갑다는 듯이 재준의 품에 고개를 비비적거리자 재준은 피식 웃어 버렸다.

"점심은요?"

"아. 오늘은 점심 약속이 있어."

"음, 그렇구나. 어쩐지. 점심시간 전에 와서 놀랐어요."

재준에게 대답을 한 아름은 커피를 가지러 갔다. 곧 다시 돌아와 커피를 내밀고서 재준의 건너편에 앉았다. 순이가 재준을 반기며 다가오자 아름은 픽 웃어 버렸다.

"오빠 반기는 것 좀 봐. 말랑아, 이리 와."

대신 재준이 순이를 안았다. 마치 원래 자신의 자리라는 듯이 재준의 허벅지에 누운 순이를 보니 어처구니가 없었다.

"아버지랑 점심 약속이 있어."

아버지란 소리에 아름이 고개를 들었다. 말랑이를 바닥에 내려놓은 후, 아름은 조심스럽게 재준을 바라보다 물었다.

"그냥, 점심 약속인가요?"

"음. 모르겠군."

"저…… 재준 씨 아버지는…… 어떤 분이세요?"

조심스러운 물음에는 어떤 고민이 담겨 있는지 묻지 않아도 알 것 같았다. 그녀는 겁을 먹고 있었다. 아무리 당당해 보이는 아름이라도 속에는 여린 마음이 있었다. 분명 재준의 아버지, 도 회장이 알게 되면 둘은 지금처럼 계속해서 만남을 지속할 수 없다는 것을 짐작하고 있을 것이었다. 아름은 어떻게 생각할지 모르겠지만, 적어도 재준은 아름을 놓아줄 생각이 없었다.

쉽게 놓지 않는다. 설령 모든 것을 버리더라도. 숨을 쉬게 해 주고, 살 수 있게 해 준 너만큼은 절대로 놓아주지 않아.

재준은 순이를 바닥에 내려놓았다. 두 사람의 주변에만 공기가 이상해졌다. 아름은 그걸 느꼈는지 빙긋 미소를 지으며 금방 보였던 불안감을 감췄다.

"재준 오빠랑 많이 닮았을 것 같아요."

"아름아."

"네?"

"……아니다."

묻고 싶었다. 만일, 아버지가 널 만나자고 해서 만나게 되고, 네가 아버지에게 괜한 소리를 듣게 된다면…… 너는 어떤 선택을 할 것인가.

그러나 묻지 않기로 하였다. 아름의 대답을 듣고 싶지 않았다. 그녀가 계속해서 저를 선택해 줄 것 같은 확신이 들지 않았다. 그녀를 믿어야 하는데, 어째서인지 확신이 들지 않아서 결국 묻지 않기로 하였다.

아름은 말을 삼킨 재준을 의아하다는 듯이 바라보았지만 재준은 곧 시선을 피했다. 심각한 상황이었는데도 아름의 머릿속에 며칠 전 일이 갑자기 떠올랐다. 그의 무표정을 보고 멋있다, 하는 생각을 하다가 그도 남자지, 이런 생각이 연달아 들었다. 그 후에 바로 든 생각은, 그의 신체적 반응이다.

"더워?"

아름의 얼굴이 조금 빨개진 것 같자, 재준이 그렇게 물었다. 아름은 곧바로 고개를 가로저었다. 이런 생각을 하고 있다는 것을 굳이 그에게 말을 하고 싶지 않았다. 괜히 의식하게 만들고 싶지 않았다.

'으으, 진짜…… 나는 어떻게 된 거야.'

아름은 애써 고개를 돌리며 그 몰래 한숨을 쉬었다. 괜히 민망해서 뺨을 두 손으로 두들기고서 다시 재준을 향해 고개를 돌렸다. 그 순간, 아름은 숨 쉬는 법을 모르는 사람처럼 숨을 멈췄다. 턱을 괸 채 아름을 바라보던 재준이 부드럽게 미소를 짓고 있었다.

저 모습은 몇 번이나 본 것 같은데, 새삼 볼 때마다 반하는 것만 같았다. 눈앞에 있는 남자의 눈동자에는 애정이 가득 차 있었다. 그래서 시선을 피할 수가 없었다. 사랑을 받는 기분에 마음이 둥둥 떠다니는 것만 같았다.

스토킹을 당할 때, 남자라면 치가 떨리도록 무서웠었다. 그날도 그랬지만, 말을 걸지 않으면 죽어 버릴 것 같았기에 사람 살리는 셈 치고 말을 걸었었다.

'그저 그랬을 뿐인데……'

그는 그날을 계기로 저를 좋아하게 되었다고 한다. 어디가 좋았을까?

"아름아."

그가 그녀를 불렀다. 하던 생각을 멈추고 고개를 들어 재준을 보았다. 시선이 마주친 순간, 재준이 미소를 지으며 손을 뻗었다. 아름의 머리를 슥슥 쓰다듬던 재준이 일어났다.

"약속 시간이 되어서."

"……그렇구나."

"저녁에 볼래?"

"응? 오빠, 안 피곤해요?"

"괜찮아."

계단까지 마중을 나온 아름은 재준이 내려가는 것을 바라보다 안으로 들어왔다. 들어가자마자 테이블을 정리한 후, 싱크대 안에 머그컵을 넣어 놨다. 그러자 희선이 아름에게 바짝 붙었다.

아름은 설거지를 하면서 희선에게 시선을 두지 않은 채 물었다.

"왜?"

"너, 무슨 고민 있어?"

"……으응?"

잠시 머그컵을 놓쳤다. 손에서 미끄러진 거여서 깨지거나 금 가지는 않았다. 안도의 한숨을 쉬며 다시 머그컵을 잡았다. 체구가 작은데다가 손이나 발도 작은 아름은 고무장갑을 껴도 고무장갑이 손보다 커서, 설거지 같은 걸 할 때 그릇을 제대로 잡고 닦지 못했다. 그래서 평소에는 고무장갑을 벗고 설거지를 한다.

"무슨 고민이야?"

"……."

"이 몸에게만 털어놔 보렴."

"……그렇게 티 나?"

"물론. 은정이도 눈치챘던데."

갑자기 얼굴이 화끈거리는 기분이 들었다. 건조대 위에 머그컵을 뒤집어 놓고서 고무장갑도 벗은 뒤, 손을 닦았다. 수건에 물기를 닦고 난 뒤 아름은 희선의 옆에 섰다.

"언니."

아름은 고민을 털어놓기로 하고서 침을 삼켰다. 아마 이 고민을 털어놓게 되면 희선이 비웃을지도 몰랐다. 그럼에도 물어보고 싶었다. 하지만 이 나이 되어서 지금 하는 고민을 털어놓기엔, 정말 민망했다.

그래도 궁금해하니까, 희선이니까, 결국 입을 열었다. 물론, 그녀의 목소리는 아주 작아서 희선이 귀를 기울이지 않으면 들리지 않을 정도였다.

"사실은……."

대체 뭘까? 박아름의 고민. 희선은 아름이 손짓을 하기에 귀를 가까이 대었다. 아름이 희선의 귓가에 자신의 고민을 털어놓았다.

"그거…… 말이야."

그리고 멍하니 앞을 바라보다 끼고 있던 팔짱을 풀고 아름을 향해 시선을 돌렸다.

"그거가 뭔데."

"그……."

아름의 얼굴이 점점 붉어지는 것을 보니 정상적인 건 아닌가 싶었다. 미심쩍은 표정으로 아름을 바라보던 희선은 아름이 재차 손짓을 하자 미간을 살며시 찌푸리며 고개를 숙였다. 아름은 다시 한 번 제대로 희선에게 말을 꺼냈다.

"오빠가…… 얼마 전에…… 흐, 흥……."

거기까지만 얘기했지만 무엇을 말하려 했는지 충분히 알 수 있었다. 스물일곱에 저런 고민이라니. 알 거 다 알지만 직접적인 경험은 처음이어서 그런지 아름의 얼굴은 새빨개져 있었다. 대체 언제 일이야?

하지만 생각을 해 보면 언제든지 그럴 가능성은 있었다. 도재준은 서른셋이고, 박아름은 스물일곱이다. 둘 다 어엿한 성인이고, 성인끼리 만나면 그럴 가능성은 충분히 있었다. 더군다나 상대는 도재준이다. 아름을 사랑하는 눈빛을 감추지 못해서 질투가 날 정도로 애정을 보여 주지 않던가. 그렇게나 예뻐하는 여자 앞에서 흥분하는 건 당연한 일이었다.

오히려 그렇게나 건장한 남자가 흥분하지 않은 게 이상한 일이다.

"고민이 그거였니?"

"어, 언니. 하찮은 고민이 아니야. 나는 그, 뭐랄까……."

"그래서. 싫어?"

희선은 아름의 고민을 쉽게 넘기지 못했다. 그 이유는 아주 간단했다. 다른 사람이면 모를까, 그녀는 과거 스토킹으로 인해 남자를 무서워하지 않았던가. 그 극복의 이유가 황구와의 첫 만남에서 알게된 남자였고, 그 남자가 도재준이라는 것에 아주 큰 의의가 있었다. 자연스럽게 만나게 되었고, 자연스럽게 사랑하는 두 사람이다.

'그래도 그렇지. 첫눈에 반한 후 다시 만난 건 고작 세 달 정도 아닌가?'

재준에게는 그토록 찾아다녔던 첫사랑의 그녀였고, 다시 만난 순간 기뻐했을 것이다. 그러니 지금 얼마나 도재준이 참고 있는지 대충 짐작은 되었다. 하지만 아름은…….

"너…… 스토킹당한 적 있다는 말, 그 남자한테 했어?"

"아니, 아직. 지난번에 이야기하려다가……."

"그래서 너 어떻게 했어? 도재준이 흥분한 거 알았을 때."

"나, 나는 놀랐지. 내가 아무것도 모르는 건 아니지만……."

"그럼, 도재준은?"

재준이 없을 땐 아예 친구처럼 부르는 희선이다. 그게 밉지가 않아 아름은 짧게 웃으면서도 그날의 일을 생각하며 희선에게 말을 해 주었다.

"오빠가…… 미안하다면서 화장실 갔는데……."

아직도 생각을 하면 할수록 부끄럽고 민망했다. 결국 참지 못한 아름은 두 손으로 얼굴을 덮었다. 그 귀여운 반응에 희선은 가만히 아름을 바라보다 소리를 내서 웃었다. 덕분에 은정의 시선이 두 사람에게 쏠렸지만 다시 할 일을 하기 시작했다.

"아, 어떻게 하냐. 우리 아르몽, 너무 귀여워!"

"어, 언니."

"뭐…… 좀 빠르긴 하지. 아무리 요즘 시대고, 성인 남녀라지만."

첫 만남이 8년 전이라 해도 줄곧 만나 왔던 건 아니다. 단 하루 만났을 뿐이다. 그래도 재준이 이성을 끝까지 놓지 않고 참고 넘어간 건, 칭찬을 해 줄 만한 일이다.

"우리 아르몽. 남자는 잘 만났어."

머리를 쓰다듬었다. 이내 다른 걸 물었다.

"무섭지는 않았고?"

"무섭다고 하기보다는…… 놀랐던 것 같아."

"만약 또 그러면 어떻게 할 거야?"

"으음……."

"도재준이 너를 좋아하고 사랑하고 예뻐할수록 그런 일은 많아질 걸."

희선은 눈빛을 빛내며, 아직까지도 얼굴이 새빨간 아름의 귓가에 조용히 속삭였다.

"그럴 땐, 싫지 않으면 안겨."

"어, 언니……!"

씩 웃으며 희선은 아름의 어깨를 토닥였다.

"그냥 안기라는 게 아니라, 으음. 그런 상황 되면, 아 이 남자라면 안겨도 될 것 같아. 이런 순간이 있을 걸. 그때는 안기는 거야."

그래도 경험이 있는 희선의 말에 고개를 끄덕였다. 물론 새빨개진 얼굴은 복구되지 않았지만. 아름의 얼굴을 보며 희선은 키득거리며 웃었다.

"이런 고민을 하다니. 우리 아르몽, 다 컸다!"

"……치. 누가 들으면 언니가 나 키운 줄 알겠다."

"뭐, 틀린 말이니?"

하지만 그 말도 맞기에 결국 아름은 피식 웃어 버리고 말았다. 그리고 동시에 재준이 보고 싶어졌다. 재준에 대해 이야기를 했더니, 아까 봤음에도 보고 싶어졌다. 저녁에 보기로 약속해 둔 재준과의 만남이 기대되었다.

△　▼　△

재준은 약속된 장소인 고급 일식집에 도착했다. 주차를 한 후, 차에서 내렸다. 아버지와 만날 때마다 이곳에 와서 그런지 이제는 제 얼굴을 익힌 종업원이 자연스럽게 안내를 해 주었다. 문이 열리자, 이미 와서 앉아 있는 도 회장이 보였다. 고개를 숙여 인사를 하고서 그 앞에 앉았다.

"넌 아비가 불러야지만 얼굴을 보이냐?"

앉자마자 들리는 비뚤어진 목소리에 재준은 고개를 들어 도 회장과 눈을 마주했다. 도 회장과 가장 닮은 아들은 바로 첫째인 재준이다. 물론 서원과 다온도 도 회장을 닮았지만, 유난히 닮은 건 재준이

다. 그래서 재준을 후계자로 정식으로 지목했을 때도 다들 고개를 끄덕였다. 성격이나 분위기, 외모 등, 모든 것이 도 회장과 재준은 쏙 닮아 있었다.

"죄송합니다. 바빠서 그랬습니다."

"쯧. 바쁜 걸 모를까."

"왜 부르셨습니까."

"아비가 아들을 이유 있어야지만 봐?"

어릴 적부터 엄격하게 후계자로 키워서 그런지 그다지 정을 주지 못했다. 그래서 저렇게 냉정하게 대하는 재준을 보며, 나이가 들수록 미안해지고 또 미안해졌다. 그래서 재준은 틀림없이 귀찮게 여길 테지만 틈만 나면 이렇게 점심 약속을 잡았다. 다른 아들들은 자주는 아니지만 종종 얼굴을 보이거나 전화를 해 왔지만, 재준은 직접 만나자고 연락을 하지 않으면 보지 못했다.

"네 어미한테도 그러냐?"

재준은 입을 닫은 채 대답을 하지 않았다. 도 회장은 다시 혀를 쯧 찼다.

어릴 적, 재준을 대한 것은 아버지나 어머니나 마찬가지였다. 첫 자식이라 정도 많이 주고 싶었지만 어머니는 아버지의 뜻으로 그러지 못했다. 어머니는 틈틈이 전화를 하고 반찬을 들고 집으로 찾아오곤 했었다. 하지만 재준은 고맙다거나 하는 감정을 별로 느끼지 못했다.

왜 이제 와서.

그는 그런 마음을 가지고 있었다.

"네 아내한테도 그럴 생각이냐?"

문득 들려오는 말에 재준은 잠시 아름의 생각을 했다. 무슨 생각을 하는지, 아까 전 잠깐 보았는데 얼굴이 빨갰다. 혹시 열이 있는 걸까? 어딘가 아픈 걸까? 아름이 왜 얼굴이 붉어졌는지 이유를 모르는 재준은 그저 걱정이 되었다.

그리고 자연스럽게 '아내=박아름' 이라는 생각으로 생각이 흘렀다는 것을 눈치챘다. 아름이 자신의 아내라. 문득 입가가 저절로 올라가는 것을 느꼈다. 그녀가 다른 사람의 아내가 될 바에는 아무도 못 가지게 할 것이고, 그리고 자신이 기어코 가질 것이다. 그러면 그녀는 나중에 자신의 아내가 되겠지. 아내, 아내라.

"도재준."

"……예."

"선보거라."

"거절합니다."

"언제까지 그렇게 있을 셈이냐?"

도 회장의 높은 음성에 재준은 잠시 자신의 아버지를 바라보았다. 정략결혼을 하길 바라는 게 아니라는 것 정도는 알고 있었다.

처음, 선을 보라고 했을 때였다. 그 당시에 재준은 한참 아름을 찾고 있었다. 아무리 찾아도 나오지 않는 아름으로 인해 신경이 한창 예민해졌을 때였다. 불과 4년 전의 일이었다. 이러다 영영 아름을 찾지 못할까 싶어서 극도로 예민해졌을 때, 그때도 이 자리에서 도 회장이 그랬었다. 선보거라. 지금과도 같은 말이었다.

안 그래도 아름을 찾지 못해서 화가 나는데, 모르는 여자와 선을 보라니……. 당연히 재준은 짜증이 났다. 그때, 그는 그대로 자리를 박차고 일어났다.

「모르는 여자와 만나게 하실 생각이라면, 이 자리 버리겠습니다.」

서원이나 다온이나, 둘 중 하나에게 맞선 자리를 주라고 하고서

234

뒤도 돌아보지 않고 나왔다. 어차피 재준은 성심그룹에 대해 미련이 있는 편은 아니었다. 태어나서부터 성심이 제 것임을 배웠기에 여태 그 자리를 지키고 있을 뿐이지, 여차하면 버릴 수도 있는 마음을 가지고 있었다.

도 회장이 걱정을 하는 것은 그것 하나였다. 제 첫째 아들은 완벽했다. 지금이라도 당장 회장 자리를 물려줄 수 있을 정도로 훌륭했다. 하지만 아직 나이도 어렸고, 무엇보다도 여차했다가 심사가 비틀린 순간, 성심을 버릴 수 있을 정도로 미련이 없기에 회장 자리를 물려줄 수가 없었다.

"결혼해야지!"

"할 겁니다."

"그럼 여자를 만나야지!"

도 회장은 답답했다. 눈앞에 진미가 펼쳐져 있어도 하나도 들어오지 않았다. 저렇게 답답한 놈이었을 줄이야! 서원은 종종 여자를 만나고, 다온은 시도 때도 없이 클럽을 드나들어서 문제란 건 이미 비서를 통해서 들었기에 알고 있었다.

하지만 재준은 달랐다. 회사 아니면 집, 가끔 바에서 혼자 술을 마시는 것 외에는 아무것도 없었다. 인생에 여자가 없는데 어떻게 결혼을 한단 말인가? 그래서 선을 보라는 이야기를 꺼냈는데 무섭도록 화를 내며 버릇없이 자리를 박차고 나가 버렸다.

재준이 그렇게까지 화를 낸 것은 두 번째였다. 첫 번째는 모든 게 지겹다며 20대 중반의 어느 비 오던 날에 집을 뛰쳐나갔던 것. 그리고 두 번째는 선을 보라는 날.

"회장님. 아니…… 아버지. 하나만 묻겠습니다."

"크, 크흠. 그래. 뭐냐."

"저는 여태 아버지가 바라는 대로 자라 왔습니다."

대뜸 하는 소리가 저거라니. 도 회장은 재준이 무슨 이야기를 할지 도통 짐작이 되지 않았다. 조마조마한 마음까지 들었다. 이 나이에 다 큰 아들의 말에 심장이 줄어들 줄이야. 다 가르쳐 놓고 키웠어도 하나는 가르치지 않았다. 바로 성심에 대한 애착. 권력의 욕심이라도 괜찮으니 성심을 놓지 않고 계속 끌어 나갈 애착이 필요했다. 제발 그런 애착이라도, 하는 마음을 가졌지만 재준은 여태 그런 마음조차 없었다. 그렇기에 가끔 재준을 만나서 그가 쓸데없는 말을 하지 않도록 항상 마음을 졸여야만 했다.

"앞으로도 그럴 생각입니다."

"……그러냐."

그렇다면 다행인데.

재준이 너무나도 훌륭하게 후계자로 자라왔기에 서원이나 다온에게는 회사 일을 하나도 가르치지 않았다. 그래서 명색이 성심그룹 도영준 회장의 아들임에도 서원은 가로수길인지 무슨 길인지의 주인 노릇을 하고 있고, 다온은 고작 클럽이나 들락거리고 있었다. 큰 사고는 치지 않기에 가만히 놔뒀건만, 그것이 후회가 된다. 혹시라도, 만일을 대비해서 기본이라도 닦아 놓을 것을.

"단, 아버지께서 하나만 건드리지 않는다면, 저는 앞으로도 그렇게 할 생각입니다."

"……뭐야?"

건방진 소리에 도 회장의 눈이 부릅떴다. 종종 봤던 모습에 재준은 조용히 물을 마셨다. 부릅뜬 도 회장의 눈에 힘이 풀렸을 때, 재준은 말을 이었다.

"저는 여태 가진 게 없지만…… 지금, 단 하나를 가지고 있습니다."

그것이 사람인지 물건인지 모르겠다. 최근 들은 거라고는 재준이 점심시간마다 무슨 카페를 단골처럼 들락거린다는 거였다.

"그 하나를 건드리는 순간, 저는 모든 것을 두고 떠날 것입니다."

그 말에 도 회장은 허탈하다는 듯한 표정을 지었다. 여태 가진 것이 없는데, 지금에야 단 하나를 가지고 있다고 한다. 성심의 미래를 쥐어 준 지 오래건만, 그것도 가진 게 아니라니. 허무했다. 그러나 도 회장은 언제 그런 내색을 했느냐는 듯이 표정을 지우고서 재준을 노려보았다.

저 건방진 놈. 지금 와서 재준을 잃기엔 성심의 손해가 너무나도 컸다. 무엇보다도 미래가 불투명했다. 오로지 저놈 중심으로 돌아가게 서서히 시스템을 바꾸었다. 오랫동안 성심의 회장 자리를 가지고 있을 생각은 없었다. 재준이 30대 후반이 되면 물려줄 생각이었다. 너무 이른 것이 아니냐고 제 아내가 그렇게 물었지만 충분했다.

그렇기에 재준을 잃을 수는 없었다.

"그래. 그 하나가 무엇이냐?"

"약속부터 해 주십시오."

"……건방진 것."

"……."

"후……. 좋다. 약속하마. 반드시."

"분명, 약속하셨습니다."

나중에 가서 언제 그랬느냐고 시치미를 떼도 소용이 없었다. 어차피 훌훌 다 털고 미련도 없이 떠나 버릴 사람이다. 저와는 너무나도 다른 아들의 모습에 도 회장은 마음속으로 혀를 쯧 찼다. 후계자를 하나로 정하고 집중적으로 교육을 시키고 키워 왔던 것은 나중에 형제 사이에서 다툼이 없기를 바라서였다. 서로 권력을 차지하기 위한 재벌의 지겨운 싸움이 부디 자신의 아들들 사이에서는 없기를 바랐었다.

그래서 첫째인 재준에게만 그랬거늘. 그것이 이제는 후회가 된다.

"말해 봐."

도 회장의 말에 재준은 시선을 내렸다가 다시 올렸다. 눈이 마주친 순간, 재준이 씩 웃었다. 흡사 개구쟁이 같은 모습이다. 재준이 저런 표정도 짓던가, 싶은 도 회장은 놀란 채 재준의 대답을 들었다.

"사랑하는 여자입니다."

그리고 이번에는 충격을 받았다. 재준의 입에서 나온 단어를 믿을 수가 없었다. 사랑하는…… 여자라고? 언제? 비서에게 보고받은 이야기는 하나도 없었다. 그런데 무슨 여자?

"……그, 그러냐. 어, 어느 집 여자냐……?"

"그녀는 평범한 여자입니다."

"……뭐, 뭐야?"

이게 말이 되나 싶었다. 하지만 재준의 표정은 다시 진지하고 냉정한 표정으로 돌아와 있었고, 이미 말을 한 사실을 번복하지 않겠다는 태도를 보였다. 도 회장은 잠시 입을 다물었다. 조금 전 들은 말이 너무나도 충격이었기에, 쉽게 입을 다시 열 수가 없었다.

평범한 여자라니. 말도 안 된다.

재준은 가볍게 만나려고 여자를 만나지는 않을 것이다. 그의 성격상 틀림없다. 그렇다면 미래도 함께 생각하고 있을 것이다. 그런 여자인데, 평범한 사람이라니. 그런 여자에게 성심의 안주인 자리를 맡게 해야 한다?

"……후. 그래."

도 회장이 깊게 한숨을 쉰 뒤, 떨리는 손으로 물을 마신 후에야 다시 재준에게 말을 붙였다.

"뭐 하는 여자냐."

"애견카페를 합니다."

"애, 애견카페……!"

최근 들락거린다는 그 카페에서 눈이 맞은 모양이다. 맙소사! 그러다 문득 도 회장은 아직도 좋은 시력으로 재준의 어깨에 묻은 하얀 털을 발견했다. 조금 전까지도 만나고 온 모양이다. 도 회장은 이제 정말 말을 꺼낼 수 없게 되었다. 그런 제 아버지를 바라보던 재준이 다시 입을 열었다.

"아버지께서는 약속하셨습니다. 그리고 저는 허락을 맡는 게 아닙니다. 그저 알려 드리는 겁니다. 다시는 '선'이라는 단어를 저에게 꺼내지 않도록…… 말입니다."

"도재준. 너, 지금 그게……!"

"아버지. 그녀는 저에게 너무 과분한 사람입니다."

그럼에도 사랑한다. 놓을 수 없다. 놓을 바에는, 차라리 죽겠다.

"아버지는 아십니까?"

"……"

"저는 한 번, 죽으려고 했습니다."

"뭐, 뭐야?"

이번에는 경악을 하는 도 회장을 보고 씁쓸하게 훗 웃던 재준이 말을 이었다. 그의 눈동자는 이미 그날을 회상하고 있었다.

"아버지께서 왜 저에게만 회사 일을 강요했는지, 저는 알고 있습니다. 집안이 진흙탕이 되지 않기를 바라셨겠죠. 그걸 일찌감치 눈치채고, 저는 군말 없이 따랐습니다. 간혹 서원이나 다온이에게 질투도 났고 불만도 들었지만 곧 잊어버리고 저는 아버지의 뒤를 잇기 위해서 냉정하게 일을 배웠습니다."

"……."

"하지만 아무리 저라도, 힘들었습니다. 서원이는 하고자 하는 일을 찾아서 즐겁게 살아가고, 다온이 녀석은 늦둥이로 태어나 제멋대로 사는 것이 참 부러웠습니다."

"……."

"아버지. 저는 하고 싶은 것이 무엇인지 아직도 모릅니다. 좋아하는 것도 모릅니다."

서른셋이란 나이가 되도록 하고 싶은 것이나 좋아하는 일이 무엇인지, 아직도 모른다. 그런 슬픈 말에 도 회장은 가슴이 뜨끔했다. 그래서 말없이 재준의 이야기를 들었다. 그가 처음으로 꺼내는 진솔한 이야기였기에 더욱더 허투루 들을 수가 없었다.

"괴롭고, 답답하고, 의욕도 없어지고, 살고자 하는 의미도 사라졌습니다. 그저 이 모든 것을 끊어 내고 싶어서 죽으려고 했습니다."

아들이 죽으려고 했다는 말에 도 회장은 심장이 떨렸다. 이 큰 죄책감을 큰아들에게 어떻게 갚아야 할지 모르겠다.

"그때 저를 붙잡아 준 게 바로 지금, 제가 사랑하는 그녀입니다."

그 이야기를 함과 동시에 재준의 입가가 부드럽게 올라갔다. 처음 본 큰아들의 모습에 도 회장은 굳은 것처럼 그것을 바라보았다.

그렇게 매정한 아비는 아니었다. 그래서 이제껏 잘해 주지 못했던 것을 최근에야 조금씩 아들들을 만나면서 잘 해 주려 하고 있던 것이었다. 서원이나 다온에게는 그래도 조금씩 따듯하게 대해 줬지만 재준에게는 아니었다. 그 미안함과 처음 보는 재준의 모습에, 애견카페를 한다는 재준의 여자를 더 이상 반대할 수가 없었다.

목구멍이 꽉 막히는 것만 같았다.

"아버지. 저는 최근, 그녀를 다시 만났습니다. 그리고······ 처음으로 행복합니다."

서른셋을 살아오며 처음으로 행복하다고 하는데, 어떻게 말릴 수 있을까.

재준은 할 말을 잃은 채 멍한 표정을 짓는 제 아버지를 보며 쓰게 웃다가 말을 멈췄다. 식어 가는 음식들을 가리키며 화제를 돌렸다. 이미 할 이야기는 다 했고, 매정한 아버지는 아니기에 이 정도 이야기를 했으면 제 마음을 이해해 주실 것이다.

"다 식어 갑니다. 드세요."

"······."

말없이 먼저 먹기 시작했다. 도 회장이 먼저 식사를 시작하자 재준도 이어서 식사를 했다. 그렇게 조용한 식사가 이루어졌다.

식사 도중, 재준은 아름에게서 온 메시지를 잠깐 확인했다. 아버지는 잘 만나고 있느냐는 메시지다. 어쩐지 그녀의 목소리가 들리는 것만 같았다.

보고 싶다.

아까 봤는데도 보고 싶다.

재준은 잠시 액정을 엄지손가락 끝으로 슥슥 문질렀다. 마치 핸드폰이 그녀이기라도 한 것처럼, 그의 손길은 다정했다. 갑자기 핸드폰을 보면서 다정하게 미소를 짓는 재준을 보며 도 회장은 질렸다는 듯이 고개를 절레절레 저었다.

'저놈 저런 거 안사람이 들으면 기절하겠군.'

확실히 재준을 잃지 않기 위해 건드려서는 안 된다고 생각했다. 하지만 어떤 여자인지, 보기는 해야겠다. 아무리 평범하더라도 성심의 안주인 자리에 앉을 수 있는지도 확인해 봐야겠다. 유약한 여자라

241

면, 평범하더라도 절대로 반대하겠다. 차라리 지금부터라도 다온을 데려다가 후계자로 가르칠 것이다. 서원은 안 된다. 이미 서원은 멀리 가 버렸고, 남은 건 아직 스물둘인 다온뿐이다.

　도 회장은 수심 깊은 눈으로 재준을 바라보았다. 저놈이 처음으로 찾은 제 것이니 잘 골랐겠지만, 보는 눈이 없어서 이상한 여자에게 걸렸으면 어쩌나 싶었다.

12화

어느 일요일 아침.

아름은 또 일찍 일어나서 분주하게 부엌을 돌아다녔다. 희선은 달그락거리는 소리에 눈을 떴다가 한숨을 쉬었다. 저거 또 도시락 만드는구나. 어젯밤 대형마트에서 품에 안고 올 정도로 잔뜩 장을 봐 왔다 싶더니. 잠시 벽에 달린 시계를 보았다. 새벽 네 시 반. 희선은 도와주지 않아도 충분히 아름 혼자서 도시락을 만들 수 있기에 그냥 더 자기로 했다.

하지만 신경이 쓰여서 결국 벌떡 일어났다. 장을 봐 온 걸 알면서도 어디 가냐고 묻지 않고 그냥 넘어갔는데, 어디 가는지 궁금하기도 했고 또한 참견하면서 놀리고 싶었다. 어차피 한 번 깨면 다시 자기 힘든 체질이었으므로 일어나 방 밖으로 나갔다.

"야. 아르몽."

"어어…… 언니. 나 때문에 깬 거야? 미안."

"아냐. 됐어. 오늘은 어디 가는데?"

"가평. 거기에 쁘띠 프랑스가 있대! 작은 프랑스 마을."

"헤에. 그런 데도 있구나."

아주 정성스럽게 도시락을 만드는 아름을 보며 아주 지극정성이네 싶어 속으로 혀를 끌끌 찼다. 그래도 이런 아름의 모습은 처음이기에 예쁘게 보였다. 한 남자를 위해서 정성을 들이는 모습을 보면 보통 가지가지 한다, 이런 생각이 들 텐데, 아름이 하니 어쩐지 짠해 보이기도 했다.

"1박이니까 조심하고."

"그럼. 어린애도 아닌데."

오늘 자고 내일 아침에 가게에 데려다주기로 하였다. 아름은 걱정하는 희선을 바라보았다. 이내 빙긋 웃어 보이자 희선이 피식 웃으며 아름의 머리를 슥슥 쓰다듬었다.

"그렇게도 좋아? 여행 가자고 하니까 냅다 갈 만큼."

"응."

망설임 없이 대답을 하자 희선은 잠시 놀랐다는 듯이 표정을 지었다. 이내 마음 편안하게 웃으며 아름이 싼 도시락을 도시락 가방에 넣어 주었다.

"자."

"고마워, 언니."

"아름아. 그래도 말이야."

"응?"

마저 나갈 준비를 하려고 방으로 들어가려던 찰나였다. 희선의 말에 고개를 돌리자 음흉하게 웃고 있는 것이 보였다. 뭔가 수상해서 잠시 아름의 미간이 꿈틀거렸다. 아름이 미심쩍다는 듯이 희선을 응시하다 '뭔데?' 하고 덧붙여 물었다. 희선은 아름의 귓가에 중얼거렸다.

"피임은 해라."

그러자 화들짝 놀라며 아름이 세 발짝 정도 물러났다. 순식간에 아름의 얼굴이 새빨개졌다. 안 그래도 고민거리인데, 저러니 더욱더 의식이 된다. 잊을 만하니 말을 꺼내는 희선이 얄밉게 보였다.

"알았지?"

"언니!"

"야. 너, 니네 오빠 눈빛 봤냐?"

"……재준 오빠 눈빛?"

"그래."

"그거야 매일 보는데…… 왜?"

"어휴. 느끼는 거 없어?"

고개를 절레절레 저었다. 저렇게 순진한 애를 어떻게 잡아먹으려고. 속으로 중얼거리던 희선은 한숨을 푹 쉬었다. 아름은 벽에 붙은 시계를 바라보다 안으로 들어가서 준비를 마저 하였다. 옷매무새를 점검한 후, 카디건을 걸쳤다. 아름을 바라보던 희선은 침대 위에 앉아서 아름을 불렀다. 그러자 아름이 희선을 향해 고개를 들었다.

"왜?"

"왜긴. 너…… 아니다. 너도 뭐, 성인이니까."

"언니. 그, 그만해. 나도 알아."

"그래, 그래. 우리 아르몽이 이렇게 컸네."

"……갔다 올게."

다른 사람도 아니고 재준이다. 그러니 걱정은 없었다. 그만큼 아름은 재준을 많이 믿고 있었다. 그런 아름의 마음을 알기에 희선도 더이상 말을 하지 않았다. 어차피 두 사람의 일이고, 그리고 무엇보다도 희선도 재준을 믿었다. 아름에 대한 그의 마음만큼은 진심이었기 때문이다. 아껴 주고 사랑할 테니까.

1층으로 내려가자마자 재준의 차가 보였다. 재준은 차에 기대어서 아름이 나오는 것을 바라보고 있었다. 아름이 반갑게 미소를 지으며 재준에게로 달려갔다.

"왜 나와 있어요?"

"그냥."

재준은 아름의 손에서 도시락을 빼앗은 후, 아름을 꼭 안았다. 아름은 피식 웃다가 그대로 재준의 품에 안기려던 걸 멈췄다. 재준의 표정이 이상하게 굳었다. 아름은 재준을 살며시 밀어낸 후, 그의 셔츠에 묻은 자신의 화장품을 툭툭 털어 주었다. 재준은 아름의 손을 잡고 조수석 문을 열어 주었다.

"내가 타도 되는데……."

재준은 그저 웃었을 뿐이다. 그 미소가 근사해서 아름은 저도 모르게 재준을 빤히 바라보다가 괜히 얼굴이 화끈거려서 제대로 고개를 들지 못했다.

"네 언니한테는 말한 건가?"

"……네? 뭘요?"

"1박인 거."

"말했죠."

"그냥 보내 줘?"

"그럼 그냥 보내죠."

흐음. 재준은 잠깐 아름의 집을 올려다보았다. 이내 안전벨트를 맨 후 아름의 것도 매 주려고 했지만 어느새 아름은 스스로 하고 난 뒤였다.

그냥 보내 줄 리는 없는데.

재준은 그렇게 생각했지만 그녀와 단둘이 여행을 간다는 생각에 마냥 좋아서 미소를 지었다. 가슴이 두근거리면서도 무척 설레었다. 이런 기분, 참 오랜만이다. 재준은 운전을 하면서 힐끔거리며 아름을 바라보았다. 그녀는 핸드폰으로 누군가에게 메시지를 보내고 있었다. 재준의 시선을 느꼈는지 아름이 핸드폰을 가방 속에 집어넣었다.

"은정이가 잘 갔다 오라고 메시지 보냈더라고요."

"응. 그렇구나."

"참. 이따 저녁에 닭갈비 먹어요. 유명한 데 찾아 놨어요."

"그랬어?"

"기본이죠."

재준과 둘이서 놀러 가는 건 처음이기에 설레고 떨려서 이것저것 다 찾아본 아름이다. 아름은 그만큼 기대가 되었다. 누군가와 놀러 가는 것도 오랜만이어서 그럴지도 모르겠다.

"오빠."

아름이 저를 부르는 목소리에 재준은 가슴이 간질거리는 걸 느꼈다. 새삼, 다시 그녀를 만났음을 느낀다. 다시 만난 지 세 달 정도 지났는데도 아직도 믿기지 않을 때가 있었다.

'그런 건 이제 그만해야 하는데.'

아버지, 도 회장에게 그렇게 선언을 하듯이 말을 했다지만 언젠가 분명 아름에게 연락을 하고서 저에게 해야 하는 말을 그녀에게 할지도 모른다. 물론 저도 알고 있었다. 자신이 태어나고 자란 곳과 아름이 태어나고 자란 곳은 엄연히 다르다는 것을, 누구보다 잘 알고 있었다.

하지만 그뿐이다. 달라지는 것은 없었다. 어차피 똑같이 태어나 똑같이 죽을 인간이다.

무엇보다, 아버지는 자신의 마음을 막을 권리도 없고, 저를 이기지 못할 것이다. 늘 고분고분하게 잘 따라왔다. 이날을 위해서 그런 건 아니지만, 어찌 되었든 이번 한 번 원하는 것을 가지겠다는 재준의 마음을 함부로 대할 수는 없을 것이다.

'그리고 내가 성심의 미래를 짊어졌지.'

도재준을 대신해서 성심의 미래가 될 수 있는 사람은 현재 아무도 없었다. 그러니 아버지는 쉽게 아름을 내칠 순 없을 것이다. 아버지는 재준이 원하는 것이 오로지 박아름이라는 것을, 지난 식사 자리에서 쉽게 느꼈을 것이다.

그만큼 여태 재준은 무언가를 원한 적이 단 한 번도 없었으니까.

"아름아."

"네에."

"하나 궁금한 게 있는데."

"뭔데요?"

아름의 눈이 오롯이 저만을 담고 있는 것이 보여서 재준은 잠시 운전대를 잡은 제 손에 힘이 들어가는 것을 느꼈다. 이제는 시도 때도 없이 이성의 끈을 놓아 버리기 직전이라니. 이러다 언제 이성의 끈을 놓아 버린 뒤, 아름을 덮쳐 버릴지도 모른다는 생각이 들었다.

그래서 최대한 둘만 있는 공간을 피해야 하는데, 또 남자의 마음이 간사하게도 그렇게 하고 싶지가 않았다. 최대한 이성을 놓지 않을 테니까 같이 잠들고 싶었다.

이 여행을 하게 된 건, 처음에는 그저 당일치기 여행을 갔다 오고 싶다는 아름의 말에서부터였다. 어차피 가게 오픈 시간 전에 데려다

주면 된다고 생각했기에 그럼 하루 자고 아침 일찍 출발을 해서 월요일에 오면 되지 않을까 했다.

「저야 괜찮은데…… 그러면 오빠가 힘들지 않을까요? 앗, 올 때 제가 운전할게요!」

그런 기특한 소리에 저도 모르게 그녀를 꽉 끌어안았다. 하마터면 얼굴을 붙들고 키스할 뻔했다. 키스를 하면 멈추지 못할 것 같아 결국 키스는 하지 못했었다.

"뭔데 그렇게 쉽게 말을 못 꺼내요?"

"……아름아. 너는……."

"……."

"나를 믿어?"

저 말은 어떤 의미로 한 걸까?

아름은 눈을 깜빡였다. 운전을 하느라 정면만 바라보는 재준이기에 옆모습을 응시하던 아름은 잠시 생각에 잠겼다. 어떤 의미로 물어본 것인지에 따라서 대답을 달리 할 수 있었다. 그래도 목소리 톤이나 어감상 성적인 의미로 물어본 건 아닌 것 같았다.

'뭐…… 그런 의미든 저런 의미든 내가 할 말은 단 하나지만.'

아름은 그래서 할 수 있는 단 하나의 말을 했다.

"믿어요."

"……."

"난 오빠를 많이 좋아하니까, 당연히 믿어요."

"……그렇게 말해 줘서 고맙군."

"그런데 왜요?"

아름의 질문에 재준은 대답을 하지 않았다. 딱히 대답을 바라고 물어본 건 아니었기에 아름은 편안하게 시트에 기댄 채 정면을 바라보았다. 가평은 나름 가까운 거리였기에 금방 도착했다. 가려고 했던 쁘띠 프랑스 옆에 바로 주차장이 있기 때문에 예약을 해 둔 호텔로 가지 않고 바로 그곳으로 향했다.

주차를 한 후 입구에 들어섰다. 재준의 손에는 아름이 정성을 들여 만든 도시락이 있었고, 아름은 돗자리를 등에 맨 채였다.

"와. 입구부터 예뻐요!"

"그러네."

아름은 두리번거리다 재빨리 매표소로 달려갔다. 재준은 처음, 아름이 왜 달려가나 생각을 하다가 그녀가 입장권을 사는 걸 보고서 멍하니 있다가 피식 웃어 버렸다. 아마 아름이 사지 않았으면 당연히 재준이 샀을 것이다.

"아, 저기 안내도 있어요."

아름은 재준의 팔목을 잡고 안내도로 끌고 갔다. 재준은 그걸 내려다보다 손을 잡았다. 아름이 잠시 멈칫하는 것이 느껴졌지만 아랑곳하지 않고 고개를 들어 안내도를 보았다. 후훗. 짧게 아름이 웃는 소리가 들렸다.

"여기, 의외로 넓네요. 얼른 들어가 봐요!"

아름이 들뜬 모습으로 재준을 이끌었다. 재준은 그저 아름에게 이끌려 갔지만 그녀가 밝게 웃는 모습을 보니 덩달아 미소가 지어졌다.

저렇게나 예쁘고 사랑스럽다니.

온몸에 열기가 확 도는 기분이 들었다. 이대로라면, 호텔 방을 각자 잡아야 할지도 모른다. 방 하나에 침대 하나 있는 곳으로 잡았는데, 아무래도 변경해야 할 것 같았다. 이러다가 정말 오늘 그녀를 덮쳐 버릴 것 같았다.

'후…… 큰일이군.'

아름의 믿음을 저버리고 싶지 않았다.

"오빠. 사진 찍어요! 네?"

"그래."

"오늘을 위해서 하나 사 뒀거든요."

유행이 조금 지나긴 했지만 그래도 놀러 갈 때 많이들 들고 다니는 셀카봉이다. 아름이 핸드폰을 연결하는 사이 손을 놓았다. 재준은 그게 아쉬워서 자신의 손을 잠깐 내려다보았다. 곧 아름이 자신의 팔에 팔짱을 끼기에 손은 내려놓고 카메라를 올려다보았다.

"와……"

다 찍고 나서 사진을 확인하는 아름은 감탄을 했다. 왜 그러지? 재준은 아름을 바라보았다. 문득, 입을 맞추고 싶다는 생각이 들었다. 그녀를 꽉 끌어안고 싶어졌다. 한편으로는 이 평화로운 시간이 계속 이어지고, 한없이 그녀를 바라보고 싶기도 했다.

잔잔하게 부는 바람에 흩날리는 그녀의 머리카락을 보고 있자니, 천천히, 저절로 손이 올라갔다.

이렇게나 예쁜 네가 내 곁에 있어 줘서 다행이다. 그래서 숨을 쉬고 살아가고 있는 것이다. 8년 만에 다시 만난 거지만, 언젠간 너를 만날 수 있을 거라는 생각에, 그런 희망을 가지고 여태 살아온 것이다.

"이것 봐요. 오빠만 잘 나왔어. 아, 다시 찍어…… 오빠?"

"……"

"왜 그래요?"

멍한 표정으로 저를 바라보는 재준의 시선을 마주했다. 재준이 아름의 뺨 위에 살며시 손을 올려놓았다. 슥슥. 엄지로 뺨을 문지르던 재준은 입꼬리를 슬쩍 말아 웃었다. 그 미소에 아름은 가슴이 떨리고 심장이 두근거리는 소리가 들렸다. 저렇게나 다정하고 또 근사하게 웃는 건 심장에 매우 좋지 않았다.

'아아…… 진짜. 잘생겼다니까. 저런 사람이 나를 좋아한다니……'

믿기지 않았다. 그날의 우울한 청년은 어디로 가고 영화배우 해도 될 법한 30대 남자가 나타나서 불쑥 나는 너를 좋아한다, 라는 사랑 고백을 한 것은 때론 믿기지 않았다.

"사랑스러워서."

"……에?"

"너무 예뻐서."

보기만 해도 좋았다. 그러나 그 말은 하지 않았다. 아름의 얼굴이 새빨개진 것을 보니 놀리고 싶어졌다. 그래서 덧붙이려던 말 대신 씩 웃으며 아름의 머리를 쓰다듬었다.

"귀엽네."

"……그런 말, 어디서 배웠어요? 애인 사귀는 건 처음이라며!"

"응. 처음이야. 못 믿는 거야?"

"그런 건 아닌데…… 후. 아무튼, 다시 찍어요!"

아름은 붉어진 얼굴로 다시 사진을 찍었다. 재준은 사진을 다시 찍을 때, 어느새 그녀의 뒤에 가서 포옹을 한 뒤였다.

아름은 붉어진 얼굴을 쉽게 가라앉히지 못했다. 갑자기 불쑥 심장에 좋지 않은 말을 하고, 그런 미소를 보이고, 그런 행동까지 한다!

"앗! 여기 가 봐요! 드라마 촬영도 했었대요."

우스꽝스러운 포즈로 사진을 찍을 수 있게 해 놨다. 커다란 동물들을 세워 두고 그 뒤나 앞에서 사진을 찍을 수 있게 해 놓은 곳이다. 얼른 가서 서자 재준은 자연스럽게 그녀를 카메라에 담았다. 활짝 웃는 모습을 보니, 또 가슴 안에서 열기가 확 피어오른다.

그래선 안 된다는 마음과, 그래도 된다는 두 가지의 마음이 모순적으로 부딪치고 있었다.

"오빠도 가서 찍어요."

괜찮은데. 하지만 아름은 재준을 밀었고, 결국 어정쩡하게 서서 사진을 찍었다.

그 외에도 사진을 찍을 수 있게 마련된 여러 장소에서 사진을 찍었다. 같이 찍기도 하고 독사진을 찍기도 하였다. 처음엔 좀 어색했지만, 그래도 계속 찍다 보니 점점 익숙해지고 적응이 돼서 나중엔 포즈도 자연스럽게 할 수 있게 되었다.

"아, 여기 가 봐요."

이번에 아름이 이끈 곳은 유럽 인형 전시장이다. 들어가자마자 왠지 으스스한 광경에 아름은 재준의 옆에 찰싹 붙었다. 재준의 입가가 조금은 진하게 물들었다.

"와…… 인형인데…… 조금 무섭네요. 일본 인형 같아."

"하나 사 줄까?"

"돼, 됐어요……. 그냥 보고 갈래요."

그곳은 금방 나왔다. 인형이 무섭다고 하는 아름이 재준을 데리고 순식간에 그곳을 벗어났기 때문이다.

쁘띠 프랑스는 딱히 볼 것은 없지만 예쁘게 꾸며져서 사진을 많이 찍을 수 있는 곳이었다. 그래서 금방 안을 둘러보았고, 어느새 배가 고파져서 앉아서 점심을 먹을 수 있는 곳을 찾았다. 재준은 카페 밖에 자리를 잡고는 아름을 앉혀 놓고 커피를 사 왔다. 아름은 테이블 위에 도시락을 올려놓았다.

"이렇게 사진 찍은 거, 처음 아니에요? 오빠랑 나랑."

"사진 찍는 거, 좋아해?"

"그냥 있으면 찍고 없으면 안 찍어요. 그래도…… 사진이 추억으로 남는 것 같아서, 사진 자체는 좋아해요."

"그렇구나."

아까 찍은 것들을 정리하던 아름은 핸드폰을 집어넣고 점심을 먹기 시작했다. 재준은 그녀가 직접 만든 도시락을 보며 문득 이런 것도 사진으로 남겨 놓고 싶다는 생각이 들었다. 한 번도 사진으로 추억을 남겨 놔야겠다는 생각은 해 본 적이 없는데, 그녀의 말 한 마디로 사고방식이 달라지고 있었다.

간단히 도시락을 먹은 뒤, 예약을 해 둔 호텔로 가서 체크인을 하기로 했다. 주차장으로 가서 차에 탄 뒤 시동을 걸었다.

"아름아."

문득 그녀와 시선을 마주하고 싶어졌다. 재준이 부르자 아름은 당연하다는 듯이 고개를 들었다. 시선이 마주치자 아름이 빙긋 웃어 보였다.

"왜요?"

아, 아무래도 안 되겠다.

재준은 순간 느꼈다. 나는 이렇게나 인내심이 없는 사람인가. 하지만 이미 늦었다. 몸이 먼저 움직이고 있었다.

아름의 팔목을 잡고, 그대로 다가갔다. 아름이 당황해서 눈을 깜빡이는 것이 보였다. 그것조차 귀엽게 느껴질 정도였다. 이대로 전부다 삼켜 버리고 싶을 정도로 사랑스러워서 견딜 수가 없었다.

천천히, 고개를 틀었다. 부드러운 입술이 느껴졌다. 입술만 댈 생각은 아니었다. 그대로 그녀의 입술을 물고 늘어졌다. 움찔거리며 입술이 열리는 것을 느낀 순간, 그대로 그녀의 안으로 들어갔다.

"으음……!"

아름의 손이 올라와 재준의 옷깃을 꽉 잡았다.

거칠게 파고들긴 했지만 어느새 부드럽게 입을 맞췄다. 혀를 찾아 빨아들이고, 입안을 헤엄치듯이 돌아다녔다. 모든 것이 너무나도 달콤해서 견딜 수가 없었다. 조금 더 그녀에게 다가갔다. 시트에 바싹 기댄 아름은 그의 갑작스러운 키스에 눈을 떴다가, 눈을 감은 그를 보며 천천히 다시 눈을 감았다. 곧 팔을 뻗어 그의 목에 둘렀다.

잠시 입술이 떼어졌다가 다시 닿았다. 서로가 서로를 원했다. 그 깊은 키스에 조금씩 차 안의 온도가 달아오르고 있을 때였다.

"오, 오빠……."

아름이 저를 부르는 소리에 정신을 차렸다.

또다. 흥분을 해 버린 나머지, 그녀에게 제 분신의 존재를 고스란히 드러내 버리고 말았다. 붉어져서 터질 것 같은 아름의 표정에 재준은 제 몸의 변화를 깨달았다. 그것도 모른 채, 키스에 집중을 해 버리고 말았다.

"……미안하다."

재준이 한 손으로 마른세수를 하며 사과했다. 그러자 아름이 두 손과 함께 고개를 절레절레 저었다.

"그, 그런 말 하지 말아요."

"하지만……."

재준은 걱정스러운 표정으로 아름을 보았다. 행여나 조금 전의 일로 저를 싫어하거나 미워하는 일이 없었으면 좋겠다. 아직 준비도 되지 않은 그녀를 자신의 욕망으로 인해 무작정 안을 수 없었다.

머리로는 수도 없이 안았다. 그녀가 부드럽게 제 품에 파고드는 것도 상상했고, 스스로 저를 유혹하며 올라타는 요부의 몸짓도 상상해 보았다. 하지만 상상으로 그쳐야만 했다. 그녀는 아직이었으니까.

"……언제 말을 할까, 고민을 했었어요."

갑작스럽게 들려오는 목소리에 창문을 열며 머리를 쓸어 올리던 재준이 고개를 들었다. 아름은 바닥을 바라보고 있었다. 순간 심장이 쿵 내려앉는 것만 같았다. 무슨 이야기를 하려고 저렇게 어두운 표정인가 싶었다.

부디, 나를 미워하는 내용만 아니기를.

그는 긴장이 되었다.

"음. 어릴 적, 저희 집은 세를 놓았어요. 그러니까, 지하에 세를 주었는데 저와 5살 차이 나는 남자가 들어와서 살았었어요."

"……."

"처음에는 되게 좋은 사람이었어요. 그때 당시 저도 누구에게나 말도 잘 걸고…… 두루두루 친하게 지내는 편이어서, 그 사람과도 당연히 친하게 지냈어요. 그런데 어느 날부터 시선이 느껴지는 거예요. 누군가 나를 쳐다보는 것 같고……."

"……뭐?"

아름이 재준을 올려다보았다. 눈빛이 아파 보여서 재준은 손을 뻗어 아름의 손을 두 손으로 감쌌다. 괜찮으니까 더 말을 하지 않아도 된다는 뜻이었다. 그러나 아름은 고개를 가로저었다. 재준에게만큼은 털어놓고 싶었다.

"반 친구였을 뿐인데 남자애랑 말을 하면 왜 말을 하냐는 문자도 날아 오고, 편의점에서 친구들과 라면 먹으면 라면 먹네, 이런 문자도 오고……. 물론 발신자 제한 문자였죠. 그리고 집에 오면 닫아 놓은 창문이 열려 있고, 가끔 제 물건이나 옷도 없어지고…… 한마디로 스토킹당했어요."

"괜찮아, 아름아. 그러니까."

"……범인은 그 사람이었어요. 지하에서 세 들어 살던 사람."

"……."

"어느 날 누군가가 저를 기절시킨 후 끌고 갔어요. 스토킹당한다는 건 당시 길 건너 살던 희선 언니가 알고 있었는데, 마침 그 장면을 봤고, 바로 잡혔어요."

재준은 아름을 자신의 허벅지 위에 앉혔다. 이내 꽉 안아 주었다. 그녀가 덜덜 떠는 것처럼 보였다. 사실 아름은 떨고 있지 않음에도 불구하고 그러는 것처럼 보여서 안아 주었다. 이제 괜찮아. 그렇게 말을 하듯이 등을 토닥여 주었다. 그의 품에서 잠시 눈을 감았던 아름은 다시 눈을 떴다. 몸을 틀어 재준의 눈을 마주했다. 재준의 미간이 일그러졌다. 아름은 짧게 웃으며 손을 뻗어 재준의 미간을 슥슥 문질러 주었다.

"그때는 밖에도 못 나가고…… 집에서만 있었어요. 학교에 괜히 소문이 나면 안 되니까 학교 갔다가 곧바로 집에 오고…… 주말에는 절대로 집 밖으로 나가는 일은 없었어요. 그 일이 있은 지 1년 정도가 지난 뒤였어요. 비가 오는 날이었는데, 낑낑거리면서 강아지가 아파하는 소리가 들려서 망설이다 우산을 가지러 갔어요. 갔다 왔는데……."

"……내가 앉아 있었구나."

"후후. 맞아요. 처음에는 사실 무서웠어요. 남자란 다 그런 걸까, 무서워서 떨고 있었을 때였으니까요. 하지만…… 오빠는 그날, 남자로 보인다기보다는 음……."

아름은 잠시 그때를 떠올렸다. 그때의 도재준은…….

"안 말리면 당장에라도 죽을 것 같아서……."

257

"맞게 봤어."

"……에? 정말요?"

아름은 다시 조수석으로 돌아갔다. 아쉽다는 듯이 아름을 바라보았지만 재준은 고개를 숙여 그녀에게 안전벨트를 해 주었다. 그걸 보던 아름은 이번에는 재준에게 안전벨트를 해 주었다.

"그래. 당시 난 모든 걸 놓고 죽고 싶은 생각밖에 들지 않았으니까."

"……그래서 지나칠 수 없었어요. 무서운데, 그래도 오빠가 죽을 것 같아서 말을 걸었어요."

"그날 그래서 나는 아름이, 네가 말을 걸어준 덕분에 지금까지 살아 있는 거야."

"제가 한 게 뭐 있다고……."

"넌 내가 누군지도 모른 채 상냥하게 말을 걸어 주고 웃어 주었지. 난 그것만으로도 좋았어. 다음 날 강아지랑 산책할 테니 오라는 네 말을 듣고 나는 다음 날 찾아갔었어. 그 공원으로."

아…….

잠시 아름은 말을 잇지 못했다. 그다음 날, 마침 이사를 하는 날이 되었다. 어차피 강아지는 희선의 집에서 키우기로 하였고, 아름은 강아지를 보러 자주 올 생각이었기에 처음 만난 재준에게는 그런 설명을 하지 않았다. 그리고 진짜로 올 것 같지는 않았기에 그렇게 말을 한 거였는데 재준은 정말로 왔던 모양이다.

"매일 기다렸어."

"……."

"하루…… 일주일…… 한 달…… 그리고 여섯 달 정도 되었을 때부터 너를 찾기 시작했어."

"……왜, 왜요?"

"모르겠어. 처음에는 내가 왜 그러는지 몰랐어. 그냥, 나는……
너와 좀 더 이야기를 해 보고 싶다는 생각을 가졌었으니까."

그리고 곧 그게 사랑이란 감정임을 알았다. 그래서 찾아다녔을 뿐
이다.

잠시 차 안은 적막에 잠겼다. 아름은 할 말을 잃은 채 앞을 바라보
았다. 이런 자세한 이야기는 오늘 처음 들어서, 뭐라고 반응을 해야
좋을지 모르겠다. 딱히 아름의 대답을 바란 건 아니었는지 재준도 운
전을 하는 데만 집중을 했다.

곧 호텔에 도착했다. 체크인을 한 후, 방으로 올라갔다. 엘리베이
터 안에서도 적막만이 가득 차 있었다. 재준은 아름을 힐끔 바라보았
다. 그녀는 생각에 잠겨 있었다. 안아 주고 싶은데, 그러면 안 될 것
같아서 괜히 주먹만 쥐었다가 폈다를 반복했다.

룸 앞에 도착하자 재준은 열쇠로 문을 열었다. 아름이 먼저 들어
갔고 재준은 키를 꽂은 뒤 아름의 뒤를 따랐다. 아름은 잠시 한가운
데 우뚝 멈췄다. 몸을 돌려 재준을 바라보았다.

"잘은…… 모르겠어요. 겁도 나고……. 그런데……."

무엇을 이야기하는지 모르겠다. 그때 아름이 한 발짝 다가왔다. 재
준은 저도 모르게 침을 삼키고 그녀를 바라보았다.

어쩌면, 그래. 어쩌면…….

"그런데…… 계속 생각해 봤는데…… 결론은 하나예요."

"……뭔데?"

"오빠라면 괜찮다고."

"……."

"나, 오빠면 괜찮아요."

곧 아름은 재준의 허리에 팔을 둘렀다. 재준은 괜히 혀로 입술을 축였다. 갈증이 나는 것만 같았다. 이 갈증의 원인은 박아름이라는 걸 이미 알고 있었다. 그리고 그 갈증의 원인이 스스로 제 품에 안기려고 하고 있었다.

하지만 이건 쉽게 결정을 내려서는 안 되었다.

"하지만 아름아."

"싫어요?"

"아니, 그게 아니라……."

어째 상황이 바뀐 것만 같았다. 아름은 재준을 올려다보았다. 그 시선에 아찔해진 재준은 눈을 감아 버리고 싶었지만 그랬다간 정말 아름이 준 기회를 뻥 발로 차 버릴 것만 같았다. 재준은 천천히 손을 뻗었다. 곧 아름을 그대로 들어 올렸다.

"싫을 리가."

그러니 그녀가 준 기회를 그냥 받아들이자. 정말 싫다고 하면 물러나면 되는 거지, 뭐가 문제일까.

무엇보다도 중요한 건, 그녀가 스스로 온 게 아닌가.

"알다시피, 전부터 나는 너를 계속 안고 싶었다. 아름아."

"……알아요. 저, 그렇게 아무것도 모르는 어린애 아닌데요."

"씻고 올래?"

어쩐지 그 말이 굉장히 야하게 들렸다. 아름은 살짝 고개를 끄덕였다. 아름은 욕실로 향했다. 침대에 걸터앉은 재준은 가만히 욕실 문을 바라보다 그대로 드러누웠다.

"하……."

그의 숨이 뜨거웠다. 몸은 이미 그녀를 잔뜩 갈구하고 있었다. 침대 시트를 꽉 쥐었다가 폈다. 천천히 눈을 감았다. 행복해서 이대로 죽어 버리면 어떻게 하지.

드디어 가지고 싶었고 원했던 단 하나의 존재가 정말로 제 것이 되기 일보 직전이다. 가슴이 터질 것 같았다. 감격스러웠고, 감동에 벅찼다. 이래선 그녀가 정말 싫다고 해도 멈추지 못할 것 같았다.

그녀가 욕실에서 나오는 소리가 들렸다. 상체를 일으켜서 욕실에서 나오는 그녀를 바라보았다. 가운을 입고 나온, 젖은 아름을 본 순간 재준은 벌떡 일어났다.

"얌전히…… 기다리고 있어."

이마에 입을 맞춘 뒤, 귓가에 속삭였다. 당장에라도 그냥 침대에 눕히고 싶은 걸 꾹 참고 안으로 들어갔다. 덕분에 얼굴이 붉어진 건 아름이다. 안에 아무것도 입지 않아서 그런지 부끄러웠다. 얼마 후 그에게 모든 것을 다 보일 테지만 그래도 부끄러운 건 부끄러운 거였다.

"아아…… 미치겠다."

떨려, 떨린다고!

아름은 심호흡을 크게 해 보았다. 언제나 당당했던 박아름이 점점 작아지려 하고 있었다. 재준이 너무 좋았고, 정말 도재준이라면 괜찮기에 그의 품에 온전히 안기기로 한 것이다. 이제 와서 후회한들, 소용은 없었다. 무엇보다 이미 예상을 하지 않았던가. 처음으로 그가 흥분했음을 느꼈을 때부터 내내 고민을 했으면서!

아름은 욕실 문이 열리자마자 침을 삼켰다. 재준이 가운을 입은 채 나오고 있었다. 아름은 저도 모르게 벌떡 일어났다. 그러나 그가 눈앞에 온 순간, 잠시 뒷걸음질을 하다가 그대로 침대에 걸려서 침대에 털썩 주저앉고 말았다.

"후회돼?"

그 질문에 아름은 곧바로 대답을 할 수 있었다.

"아뇨. 하지만…… 좀 떨려서…… 처음이고……."

"물론, 나도 마찬가지."

"……에."

"진짜야."

장난스럽게 웃어 보이던 재준은 손등으로 그녀의 뺨을 문질렀다. 그러자 눈을 깜빡이던 아름이 심호흡을 했다. 긴장을 풀기 위한 것임을 알기에 재준은 그게 또 귀여워서 피식 웃어 버렸다. 이어서 고개를 숙여 그녀의 입술에 입을 맞췄다.

촉 소리가 조용히 울렸다. 어쩐지 그 소리가 부끄러워서 아름은 취소를 하고 싶었다. 하지만 한편으로는 그와 하나가 되고 싶다는 마음도 컸기에 재준의 시선을 피하지 않고 똑바로 바라보았다.

"정말, 싫으면 말해 줘. 나는…… 네가 싫다는 건 하고 싶지 않아."

"그러면…… 오빠는 괴롭잖아요."

"뭐…… 참으면 되는 거고."

"정말로?"

"그래. 그 정도도 못 할까."

사실은 이미 본능에 지배당하기 일보 직전이었다. 그래서 더 미뤘다간 나중에 덮쳐 버리는 일이 발생할 것 같았지만 일단 그녀에게는 그렇게 말을 해 두고 싶었다. 그러자 아름이 키득거리며 웃는 소리가 들렸다.

"나, 정말 연애를 못 할 줄 알았어요."

"내가 첫 남자라 기쁘군."

"나도 오빠의 첫 여자라 기뻐요."

생긋 웃는 게 유혹적으로 보였다. 결국 재준은 더 이상 참지 못하고 그대로 입을 맞췄다. 갑작스럽게 돌변한 재준의 모습에 놀랐지만 곧 목에 팔을 둘렀다. 입을 열어 그를 환영한다는 듯이 받아들였다. 거칠면서도 정열적으로 키스를 하는 그는 가운의 매듭을 풀고 그대로 옷을 벌렸다. 찬 공기가 몸에 닿자 잠시 몸이 부르르 떨렸다.

"하아……."

잠시 그녀의 몸을 바라보았다. 부끄러워서 몸을 움츠리려 하는 그녀의 양팔을 잡아서 침대 위에 고정시켰다.

"그, 그렇게 보지 마요."

민망하단 말이에요…….

말끝이 흐려지는 것을 보니 더 보았다간 울음이라도 터트릴 것 같았다. 재준은 천천히 고개를 숙였다. 그래. 진짜 박아름이구나. 진짜…… 너를 안을 수 있어.

그는 기쁨에 젖은 표정으로 천천히 그녀의 상체를 향해 고개를 숙였다. 이제, 완벽히 그녀가 제 것이 되는 것이다. 그는 조금씩 그녀를 맛보기 시작했다.

13화

아침 햇살이 눈에 들어왔다.

꼼지락거리며 움직이던 아름이 천천히 눈을 떴다. 눈이 부셔서 잠시 눈을 깜빡이다가 눈앞에 보이는 단단한 가슴에 눈을 크게 떴다. 그러곤 무언가에 생각이 미친 듯, 이불로 살그머니 얼굴을 덮었다.

'맞다.'

어젯밤에, 잠시 어떻게 되었던 모양이다. 먼저 안아 달라고 했었다. 그 생각에 얼굴이 붉어졌다. 그래도 후회는 없었다. 저를 사랑하는 게 너무나도 크게 느껴져서, 행복했었다. 물론 그건 지금도 마찬가지다.

재준이 눈을 감고 편안하게 잠이 든 모습을 본 것은 처음이다. 그의 단단한 가슴 쪽으로 시선을 보내지 않으려고 애를 썼다. 어제는 그의 가슴팍에 손을 얹고 저도 모르게 살짝 만졌었고, 그가 반응을 해서 거친 키스를 퍼붓곤 했었다. 그게 기억이 나서 쳐다볼 수가 없었다.

곤히 잠이 든 재준을 바라보았다. 바라보기만 해도 좋았다. 가슴이 간질거렸다. 그러다 문득 저나 재준이나 아무것도 입지 않은 채 잠이 든 것을 기억했다. 물론 몸이 끈적거리지 않은 것을 보니 기절한 사이 재준이 씻겨 준 모양이다.

'오빠도 참……'

부끄러웠다. 물론 어제, 서로의 몸을 다 보여 주었지만 그래도 그건 그거고, 지금은 달랐다. 아름은 아무래도 뭐라도 걸쳐야 할 것 같았다. 재준이 일어나지 않도록 살그머니 일어나 상체를 일으켰을 무렵이다.

"앗!"

순식간에 단단한 팔이 허리에 둘러졌다. 그 감각에 움찔거리며 뒤를 돌자마자 다시 침대에 눕게 되었다. 귓가에 반쯤 잠긴 재준의 허스키한 목소리가 들렸다.

"어디…… 가려고?"

움찔거리던 아름은 버둥거리다 몸에 힘을 빼고 편안하게 누웠다. 그러자 재준이 조금 더 꽉 끌어안은 뒤, 아름의 몸을 틀어 저를 바라보게 하였다.

"잘 잤어?"

그의 잠긴 목소리가 섹시하면서도 허스키해서 두근거렸다. 아름은 고개를 끄덕이는 것으로 대답을 끝냈다. 낮게 웃던 재준이 이마에 입을 맞췄다.

"얼굴 빨개."

"그, 그건…… 아, 일단 옷 입어요. 네?"

"왜?"

"왜긴…… 왜…… 읍……!"

순식간에 입이 막혔다. 아름은 처음에는 버둥거리다 가만히 멈추게 되었다. 아름을 자신의 몸 위에 올려놓고 등을 더듬거리다 살짝 쓸었다. 그 손짓이 너무나도 야릇했다. 벌써부터 그의 몸에 변화가 일어나는 것만 같았다. 허벅지에 닿은 그의 분신이 너무나도 선명히 느껴졌다.

그에 놀란 아름이 눈을 번쩍 떴다. 재준이 슬며시 웃음을 흘리며 그녀의 입술을 탐하고 있었다. 그러니까, 처음만 어렵지 그다음부터는 쉬웠다. 아름은 얄밉다는 듯이 재준을 바라보았다. 그 흘겨보는 눈빛에 홀린 듯이 바라보던 재준은 순식간에 그녀를 자신의 아래에 눕혔다.

"안 되겠다. 장난이었는데……."

"그…… 자, 장난이었다고요? 이, 이러는데도?"

아름은 손가락으로 재준의 아래를 가리켰다. 물론 시선은 재준을 향한 채였다. 그게 또 사랑스러워서 재준은 다시 타오르는 욕망의 불꽃으로 그녀를 품기 시작했다.

아주 뜨거운 어느 날 아침이었다.

△　▼　△

"야, 왔어?"

희선의 인사에 아름이 미안하다는 듯한 표정을 지으며 안으로 들어갔다.

"둘이서 아침에 힘들었지?"

"뭐…… 그럭저럭. 그나저나…… 야, 야."

희선이 아름에게 바짝 붙었다. 아름은 희선이 장난스럽게 툭툭 친

것에도 허리가 아파서 움찔거리며 잠시 휘청거렸다.

'어라. 나, 그렇게 세게 친 건 아닌데?'

의아해하면서 희선은 아름을 얼른 잡아 주었다. 그러다 문득 아름을 바라보던 희선이 씩 웃었다. 어느새 은정도 두 사람 앞에 가까이 다가왔다.

"너 말이야."

희선의 목소리가 낮으면서도 키득거리는 소리가 섞여 있었다. 그래서 아름은 알았다. 희선이 눈치를 챘다는 것을! 얼른 이 자리를 피해야겠다. 아름은 최대한 태연한 몸짓으로 저를 반기는 강아지들에게 다가갔다.

"우리 말랑이, 순이, 부들이, 황구! 보고 싶었어!"

마구 달려드는 강아지들을 위해 바닥에 털썩 주저앉았다. 아름은 따가운 시선에도 불구하고 절대로 돌아보지 않았다. 어제만으로도 부족했던 재준이 오늘 아침에도 저를 안았다는 말만큼은 죽어도 스스로 할 수 없었다.

'민망해. 부끄럽다고!'

아름은 알아차렸으면 묻지 않았으면 좋겠다는 생각을 했다. 정말이지, 너무 민망했다. 자신의 어두운 과거조차 알고 있는 희선이지만 이것만큼은 말을 하기가 부끄러웠다. 고민 상담을 했기도 했지만 정말로 '했어!' 라고 하기에는 부끄러웠다.

"뭐, 어쨌든 좋아."

희선의 말에 몸이 움찔 떨렸다. 일어나서 오픈 준비를 하러 가야겠다. 아름은 유니폼으로 갈아입기 위해 강아지들을 조심스럽게 바닥에 내려놓은 뒤, 탈의실로 향했다.

그리고 그 뒤를, 희선이 따라갔다.

"아르몽."

탈의실 문을 닫으려던 찰나 문을 벌컥 열며 뒤따라 들어온 희선이 아름의 옆에 섰다. 벽에 기댄 채 저를 놀릴 준비를 하는 희선의 표정에 아름은 절대로 그녀와 시선을 마주하지 않았다. 히죽 웃던 희선은 아름이 예상했던 대로 직접적으로 물어왔다.

"했지?"

"……언니."

"아, 뭐 그걸 숨기니?"

"……민망해. 부끄럽다고."

"좋았니?"

"그, 그만 물어."

후다닥 갈아입은 아름은 탈의실을 박차고 나갔다. 벌써 첫 손님이 와 있었다. 아름은 은정과 함께 첫 손님을 맞았다. 그 뒤를 따라 나온 희선은 여전히 실실 웃으며 아름을 놀릴 틈을 엿보고 있었다.

그리고 몇 시간 뒤였다.

잊을 만하면 놀리기 위해 희선이 타이밍을 재고 있을 무렵, 기품 있는 노신사가 카페 안으로 들어왔다. 딱 봐도 손님은 아니었다. 아름도 그 노신사를 보았다. 그리고 그 노신사를 본 순간, 누구인지 알아차렸다.

누군가와 무척 닮아 있었다. 그래서 아름은 품에 안고 있던 말랑이를 내려놓고 일어났다.

"어서 오세요."

밝게 활짝 웃으며 인사를 했다. 노신사가 아름을 물끄러미 바라보는 것이 보였다.

"강아지, 좋아하세요?"

"으음?"

"괜찮으시다면, 안에 들어오실래요?"

"뭐…… 그러도록 하지."

헛기침을 하며 안으로 들어온 노신사를 가장 좋은 곳으로 안내했다.

아름은 먼저 커피 취향을 물었다. 녹차를 마시고 싶다는 말에 고개를 끄덕이고서 희선에게 다가갔다. 희선은 최대한 노신사가 알아차리지 못하게 힐끔거리다 아름에게 조용히 물었다.

"웬 노신사야? 그것도 우아한 귀족 같은데."

"음. 언니는 모르겠어?"

"뭘?"

"누구랑 닮았잖아?"

"누굴?"

눈썰미가 좋은 희선이 알아차리지 못했다니.

아름의 말에 희선은 잠시 생각에 빠졌다. 아름이 말을 해 놓은 녹차를 준비하면서 노신사의 얼굴을 바라보던 희선은 곧 경악한 표정을 지었다. 그 표정을 본 아름은 조용히 해 달라는 식으로 입술 위에 손가락을 올렸다.

"조용히 해 줘."

"어…… 하, 하지만, 갑자기 왜……."

"내가 알아서 할게. 어쨌든…… 내 일이니까."

"여차하면 도재준 불러."

"응."

아름이 빙긋 웃으며 희선이 만들어 준 녹차를 가지고 갔다. 노신사는 카페 안을 돌아다니는 강아지들을 신기하다는 듯이 바라보았다.

조심스럽게 그 앞에 녹차를 내려놓았다. 노신사의 시선이 아름에게
로 돌아왔다.

"귀엽죠? 한 마리, 안아 보실래요?"

"그래도 되는 건가?"

"그럼요. 애견 카페란 그런 곳이에요. 네 마리만 저희 카페에서 키
우는 건데, 나머지 애들은 손님들이 데려온 강아지예요. 잠시만요."

가장 귀여운 순이를 데리고 왔다. 순이를 품에 안으며 돌아온 아
름은 노신사의 품에 순이를 안겨 주었다. 처음에는 어정쩡한 자세로
어떻게 해야 하나, 하는 모습이었다. 아름은 그 모습에 저도 모르게
미소를 지었다. 그러자 노신사의 시선이 느껴졌다.

"아, 죄송해요. 그게…… 재준 오빠랑 닮아서……."

"……."

"아하하. 모른 척하려고 했는데…… 죄송합니다. 재준 오빠 아버
님 되시죠?"

"그걸 어떻게?"

노신사, 도 회장은 정말로 놀란 모양이다. 아름은 순이를 도 회장
에게 맡긴 채 건너편에 앉기 전에 꾸벅, 정중하게 인사를 했다. 인사
를 한 후에야 건너편에 돌아와서 앉을 수 있었다.

"닮았거든요. 오빠도 처음에 이곳에 와서 강아지를 만지려고 할
때, 아버님하고 같은 모습이었어요. 아, 물론 이곳에 오시자마자 재
준 오빠랑 너무 닮아서 금방 알았지만요."

"그렇게…… 닮았나?"

은근히 기분이 좋아 보였다. 아름은 이때다 싶어서 재준의 동생들
인 서원과 다온을 떠올렸다.

"네, 그럼요. 아, 서원 씨랑 다온 씨도 뵌 적이 있는데, 그래도 재

준 씨가 아버님을 가장 많이 닮은 것 같아요."

"그 녀석들도 봤었다?"

"네. 모두 아버님을 닮아 있었어요."

도 회장이 이곳에 온 것은, 그저 조용히 홀로 와서 보고 싶었기 때문이었다. 재준이 태어나서 처음으로 욕심을 낸 여자가 어떤 사람인지 궁금했다. 물론 비서가 조사한 것도 있지만, 그래도 직접 눈으로 보고 싶었다.

사실은 마음에 내키지 않았다. 비슷한 재력을 가진 가문의 여식이면 모를까, 아주 평범한 집안에서 태어나 애견 카페를 하고 있다니.

하지만 무턱대고 반대를 하기엔 재준이 마음에 걸렸다. 태어나서 처음으로 누군가에게 관심을 가지고 누군가를 원하게 되었다는 말이 아프게 들렸다. 생각을 해 보니 한 번도 싫다고 한 적도 없고 좋다고 한 적도 없었다. 서원이나 다온만 해도 좋아하는 게 무엇인지 당당히 드러내고 다니지 않던가.

'하필이면 평범한 집안의 여식이라니.'

첫인상은 아주 좋았다. 만약 서원이나 다온이 데리고 온 여자라면 어느 정도 눈을 감아 줄 수는 있을 것 같았다. 비록 성심그룹의 자식이라지만 이미 서원은 자기 할 일을 찾아서 바람처럼 순식간에 나가 버리지 않았던가. 또한 다온은 아직 철이 덜 든 자식이지만 어리기에 눈감아 넘어가 주고 있었다.

'하필…… 재준이 녀석의 여자라니…….'

도 회장은 아주 난감했다. 그렇다고 재준에게 안 된다고 으름장을 놓기에는 이 밝은 아이가 정말 재준의 마음에 안식처가 되어 줄 것 같았다. 또한 안 된다고 했다가는 재준이 정말 성심그룹을 던지고, 도씨 이름을 버리고 나가 버릴 것만 같았다.

"크흠. 그래. 맞게 봤구나. 한데 너는 내가 찾아온 게 놀랍지 않더냐?"

"언젠간…… 찾아오실 것 같았습니다."

정중한 대답이 돌아왔다. 의외의 말에 도 회장은 눈을 깜빡 움직였다.

이미 예상을 했다니.

헛웃음이 나오려고 했다. 제법 영리한 구석도 있었다.

"재준이 녀석이 어떤 놈인지 잘 알고 있느냐."

"음…… 오빠랑 저는 사는 세계가 다르죠."

"그렇지. 그걸 알고도 만난다, 이 말이냐?"

"네."

"어째서?"

도 회장의 미간이 일그러졌다. 앞을 보지 못할 정도로 어리석단 말인가. 자신이 잘못 판단했나. 도 회장은 사업가의 눈으로 아름을 지켜보았다. 만약에 아름이 어리석고 또 조금이라도 흠을 보인다면 반대를 할 생각이었다. 이런저런 트집을 잡아서 절대 안 된다고, 재준이 납득을 할 수 있게 설득이라도 할 생각이었다.

그러나 아름이 도 회장과 눈을 마주치고, 방실거리며 곱게 웃는 것을 본 순간, 잠시 도 회장은 하던 생각을 멈췄다. 이런 밝고 마음 착한 며느리가 하나 있어도 괜찮지 않나, 하는 생각이 순간 들었기 때문이다.

아들이 셋이어서 딸을 키우고 싶은 마음도 들었었다. 재준은 볼 것도 없고, 서원은 살갑게 다가오기는 했지만 그래도 딸과 같지는 않았고 다온은 너무 오냐오냐 키웠더니 자기 필요할 때만 애교를 부려서 역시 딸이 보고 싶다는 생각을 들게 만들었었다. 그런 딸의 이상에 가까운 아름을 보니 마음이 약해지려 하고 있었다.

"솔직히…… 일어나지도 않은 미래로 머리 아프게 미리 걱정을 하고 싶지 않았어요."

해맑게 웃는 것을 보니 어쩐지 힘이 빠졌다. 하지만 그 말도 맞는 말이었다. 아직 일어나지도 않은 것을 가지고 걱정을 하다간 이도저도 아니게 되어 버릴 수도 있으니까.

'하지만 경우가 다르지 않나.'

성심그룹을 짊어질 미래의 회장과, 애견 카페 직원의 만남이라니.

"단도직입적으로 말하마."

"네."

"애초 난 아가씨가 재준이 녀석과 만난다는 것을 반대했다. 하지만 녀석이 완고하게 나와서 아가씨를 설득하려고 온 참이었어. 단도직입적으로 말하지. 난 아가씨가 마음에 들지 않아. 아니, 아가씨 자체만으로는 괜찮아."

"……."

"하지만 아가씨는 우리 성심에 어울리지 않지."

"……."

알고는 있지만 대놓고 저런 소리를 들으니, 아무리 마음의 준비를 하더라도 가슴이 아팠다. 아름은 뭐든 대답을 해야 할 것 같아 입을 열었지만 결국 아무런 말도 하지 못한 채 입을 닫았다. 그저 그러시군요, 하고 그러냐는 듯이 대답을 하며 최대한 동요를 감추는 것 외에는 할 수 없었다.

그런 아름을 가만히 관찰하는 시선으로 바라보던 도 회장이 다시 말을 했다.

"일단, 오늘은 아가씨가 어떤 사람인지 궁금했기에 보러 온 것이야. 조만간 연락을 할 테니 아가씨의 생각을 알려 줬으면 좋겠군."

생각할 시간을 주겠다는 거였다.

아름은 아래층까지 도 회장을 배웅 나갔다. 인사를 하고 돌아오자마자 희선과 은정이 찰싹 달라붙어서 잠시 문 앞에서 멈춰야만 했다.

"뭐야, 뭐야? 어? 뭐야?"

"언니. 되게 심각해 보이던데, 뭐라고 하셨어요?"

걱정을 해 준 모양이다. 아름은 씩 웃으며 일단 안으로 들어가자고 했다. 카페 안으로 들어온 뒤, 두 사람에게 간략하게 말을 해 주었다. 그냥 내 생각이 듣고 싶으셨나 보다, 하고. 그러나 두 사람은 탐탁지 않은 표정이다. 아름은 아랑곳지 않고 방긋 웃으며 지금 막 들어온 커플을 안내했다.

"애견 카페는 처음이신가요?"

"아, 네. 저희가 강아지를 워낙 좋아해서……."

"처음이시니 소개부터 할게요!"

아름이 손님을 상대하는 사이, 은정과 희선은 바에 기댄 채 아름을 바라보았다. 두 사람은 조금 전 일로 걱정이 되었다. 희선은 아름 덕분에 노신사가 재준의 아버지임을 알았고, 은정에게도 말을 해 주었기에 은정도 알게 되었다.

「미래는 나중에 생각해도 되는 거지!」

그렇게 외치던 아름이 떠오른다. 그래서 걱정이 되었다. 하지만 아름은 걱정 말라는 듯이 애써 밝게 웃고 있었다. 그래서 희선과 은정도 그런 아름을 배려해서 아무런 말도 하지 않기로 하였다. 걱정이 되지만 결국 저희들은 제삼자였다. 참견할 수 있는 범위에도 한계가 있었다.

△　▼　△

"오빠. 뭐 하나 물어봐도 되나요?"

"뭔데?"

곧바로 재준의 대답이 돌아왔다. 아름은 재준의 얼굴을 빤히 바라보았다. 재준의 얼굴을 보니 하고자 했던 질문이 하나도 기억이 나지 않았다. 그저 도재준만 눈에 가득 보였다. 다른 것은 다 필요 없으니 재준만 있어도 괜찮다는, 그런 무모한 생각마저 들었다.

"그냥요."

"싱겁게."

"안 피곤해요?"

"괜찮아."

널 보니 다 괜찮아.

재준은 그렇게 말을 하고 싶었지만 그저 미소를 짓는 걸로 대신했다. 아름은 재준의 미소를 바라보다 아무래도 물어야겠다 싶어서 용기를 내서 다시 입을 열었다. 하고자 했던 질문은 생각보다 용기를 가져야 하는 질문이었다.

"오빠의 부모님은 어떤 분이세요?"

"⋯⋯그건 왜?"

그의 목소리가 한층 낮아졌다. 사이가 안 좋은 걸까? 하지만 어제 보았던 재준의 아버지는 분명 재준을 아끼고 있었다. 그렇게 눈치가 빠른 편은 아니지만 그래도 알 수 있었다. 성심의 이름에 해가 되지 않게 헤어지라는 말을 하려고 한 것이 아니라는 것쯤은 알 수 있었다. 분명, 틀림없이 재준을 걱정하고 있었다.

그렇기에 아름은 재준의 이야기도 듣고 싶었다. 무작정 저를 반대

하려고 하는 것도 아니었으니 재준이 하는 말을 듣고, 자신이 어떻게 대답을 하면 좋을지 결론을 내리려고 재준에게 질문을 한 것이다.

아름은 그저 재준을 바라보기만 했다. 아름의 시선에 재준은 낮게 한숨을 쉬었다. 갑자기 왜 물어봤을까 덜컥 겁이 났다. 도재준이 겁을 먹다니. 헛웃음이 났지만 티를 내지 않았다. 아무것도 두려워한 적 없는 도재준이 두려워한 것은 아름에게서 부정적인 말이 나올까 봐, 라는 생각뿐이었다.

'정말…… 단단히 빠졌구나.'

여섯 살이나 어린 이 작은 여자에게 어느새 푹 빠져 버려서 도재준의 모든 것을 쥐여 주었다. 분명 본인은 전혀 모를 테지만.

"잠깐, 앉을까?"

"그래요. 아, 맥주 한 잔 할래요? 저쪽 편의점 가서 사 올게요!"

"같이 가자."

먼저 앉았던 재준이 다시 일어나서 아름과 함께 편의점으로 향했다. 저녁을 함께한 후, 근처 공원에 와서 산책을 하던 참이었다. 편의점에 들러서 맥주 두 캔을 산 뒤, 다시 공원으로 돌아왔다. 아름과 재준은 한 벤치에 나란히 앉았다.

"갑자기 그게 궁금했어?"

재준의 다정한 목소리에 아름은 고개를 끄덕였다. 고개를 돌려 재준을 올려다보았다. 눈이 마주치자 싱긋 웃으며 재준이 고개를 숙였다. 순식간에 입술이 스치고 지나갔다. 부드럽고 또 뜨거운 그 감촉에 아름이 움찔거리며 몸을 떨었다.

"언제쯤 익숙해질까."

"그, 그런……."

"익숙해지지 않아도 괜찮아."

"……."

"그건 그 나름대로 사랑스러우니까."

잠깐, 그의 목소리가 낮아졌다. 그것은 명백히 어떤 의도를 가지고 있었다. 낮게 가라앉은 목소리에는 그녀를 향한 열망이 담겨 있었다. 이미 그와 밤을 함께한 뒤였기에 아름은 느낄 수 있었다. 그래서 맥주 한 모금을 마셨을 뿐인데 얼굴이 붉어졌다.

재준은 가만히 아름을 내려다보았다. 아름은 얼굴을 붉힌 채 재준과 시선을 마주하지 않으려고 하였다. 그 모습이 정말 사랑스러워서, 지금 당장 어딘가로 그녀를 데려가서 품에 안고 싶었다. 하지만 맥주를 마시며 몸 안에 피어오르는 열기를 잠시 잠재웠다.

제 욕심만 채우고자 그녀를 안을 수는 없었다.

"태어났을 때부터…… 아버지는 냉정하게 오로지 자신의 후계자로서 나를 키웠지. 어머니는 가끔 아버지 몰래 내 머리를 쓰다듬어 주거나 보듬어 주셨지만 아버지는 전혀 그러지 않았어. 나는 그런 집 안에서…… 자랐어."

"……."

"오로지 성심을 위해서 키워졌으니까, 부모님에 대한 기억이라고 해 봤자 이 정도."

"……."

"아름이, 너는?"

잠시 재준의 되묻는 목소리에 흠칫 놀랐다. 아름은 맥주 캔을 두 손으로 감싸다가 고개를 숙였다. 다시 한 번, 새삼스럽게 재준과 자신이 사는 세계가 다르다는 것을 느꼈다.

"저, 황구 만나기 전부터 부모님이 좀…… 다투셨거든요. 지금은 이혼하셨고, 제가 그 동네를 떠났던 이유는 다른 곳에 사는 할머니와 같이 살아야 했기 때문이었어요."

"……미안. 괜한 걸 물었구나."

"괜찮아요. 가끔씩 연락하고 만나서 식사하곤 해요. 두 분이 사이가 안 좋았지, 제가 부모님과 사이가 안 좋은 건 아니었어요."

"두 분 중 한 분하고…… 같이 살 수도 있었을 텐데……."

아픈 상처를 꼬치꼬치 캐묻고 싶지 않았다. 하지만 알고 싶었다. 박아름에 대해서 조금 더 알고 싶은 욕심에 조심스럽게 입을 열었다. 재준의 물음에 아름은 맥주를 마신 후 자신의 옆에 캔을 내려놓고 하늘을 바라보았다. 그녀의 옆얼굴을 바라보던 재준은 저도 모르게 손을 뻗어서 아름의 뺨에 손바닥을 대었다. 아름의 고개가 틀어졌다.

"두 분을 만나는 건 아니에요. 실은 거짓말했어요."

"……."

"아버지가 바람을 피웠고, 어머니는 그걸로 몇 번 화를 냈죠. 두 분은 그렇게 다툼을 하다가 헤어졌고…… 당연히 아버지가 저랑 살고 싶어 할 이유는 없었고, 어머니는…… 아버지 피가 섞인 제가 보기 싫다고 했었어요. 그거야 아버지랑 싸우던 중에 무의식에 한 말이었지만 어린 저는 상처받아서, 나는 필요 없구나…… 하는 생각을 하게 됐고 그렇게 그냥 할머니랑 살게 되었어요."

재준은 더 이상 듣지 못했다. 그저 아름을 꽉 끌어안았을 뿐이다. 무턱대고 상처를 말하게 만들었다. 아름에게 미안해진 재준은 끌어안은 그녀의 등을 토닥여 주었다. 아름은 입을 들썩이다 더 이상 말을 하지 못한 채, 입을 다물고 재준의 어깨에 편안하게 고개를 파묻었다.

이런 말을 하지 않으려고 했던 건 여러 가지 이유가 있었다. 자신은 적어도 할머니가 있어서 외롭지는 않았지만 이 남자는 많이 외로

웠을 것이다. 아무리 가족이 있다지만 정말로 마음 둘 곳 없이, 삶의 의미도 찾지 못한 채 그렇게 살아왔을 테니까 말을 하지 않았다.

또 한 가지 이유. 안 그래도 부족한데, 이혼한 부모님과 더 이상 살지 않아서 거의 고아나 다름없는 자신은 재준과 어울리지 않는다고 생각했다. 어쨌든 도재준은 장차 성심그룹을 이끌어 가야 할 장남에다가 후계자였으니까.

'그럼에도…… 이런 나를 놓지 않기를 바라니까, 약한 소리 해 보는 거예요.'

아름은 조금 떨어져서 재준과 시선을 마주했다. 재준은 아름을 쓰다듬었다. 얼굴을 조심스럽게 보듬으며 잠시 입을 맞췄다. 다정한 입맞춤에 천천히 눈을 감았다가, 입술이 떨어지자 어쩐지 아쉬워서 그런 마음을 담은 눈동자로 재준을 응시했다.

"괜한 걸 물었어."

"아니에요. 나에 대해서 알아주기를 바랐어요. 뭐, 그래도 저는 불행하지 않았어요. 나름대로 행복하게 살았어요. 아버지와는 연락을 안 하지만 어머니하고는 가끔 연락하거든요. 3주 전만 해도 어머니랑 같이 밥도 먹었는걸요."

"너를……."

잠시 재준이 말끝을 흐렸다. 아름은 재준이 다시 말해 주기를 기다렸다. 그리고 조금 뒤, 재준이 입을 열었다.

"너를 행복하게 해 주고 싶어."

"……예……?"

"박아름을 행복하게 해 주고 싶어."

누군가를 위해 이런 마음을 가지기는 처음이다. 역시, 모든 첫 감정이 아름을 통해서 꺼내지고 있었다. 도재준이 가져 본 적 없는 마음. 남을 위한 마음.

재준은 멍한 표정을 짓는 아름의 입술을 다시 훔쳤다.

아름은 천천히 눈을 감으면서 마음속으로 생각했다. 방금 그 말은, 프러포즈 비슷한 말일까? 의미를 알 것 같은데도 알 수 없는 그 말에 심장이 두근거렸다. 그리고 재준의 아버지, 도 회장에게 할 말을 결정했다.

이기적이지만, 이 남자가 있어야 행복할 수 있을 것 같다. 이제 이 남자를 못 놔주겠다.

그것뿐이었다.

△　▼　△

주말, 일요일.

일주일 중 유일하게 쉬는 날인 일요일은 항상 재준과 보냈었다. 재준을 다시 만난 뒤로는 처음으로, 재준이 아닌 다른 사람에게 이 쉬는 날을 쓰게 되었다. 오전 열한 시. 도 회장이 어제 연락을 해 왔고, 그 연락에 응했다.

청담동까지 온 아름은 도 회장이 알려 준 장소로 향했다. 고급 한식 전문점에 도착해 박아름이란 이름을 댔고, 방을 안내받았다. 일부러 일찍 도착했기에 방 안에는 아무도 없었다. 벽 쪽이 아닌 문 쪽에 자리를 잡고 앉았다.

"후…… 하……."

심호흡을 하며 아름은 자신이 해야 할 대답을 몇 번이고 반복했다.

아마도, 자신에 대한 모든 것을 조사했을 것이다. 그런 건 드라마에서도 자주 봤으니까 뻔했다. 안 했을 리가 없었다. 그런 경험을 자신이 하게 될 줄은 몰랐지만. 어쩐지 씁쓸한 미소가 지어졌다.

살다가 누군가를 사랑하겠지, 라는 건 생각을 해 본 적이 없었다. 스토킹을 당한 기억에 남자라면 학을 뗐고, 거기다 바람을 피운 아버지를 생각하면 남자란 그런 걸까, 하는 선입견이 뿌리 박혀 누군가가 저에게 호감을 가지고 다가오면 생글생글 웃으면서도 속으론 방어를 했다.

그러나 재준만은 달랐다. 비 오던 날, 황구를 처음 만난 날에도 그랬지만 지금, 다시 만난 날에도 그랬다. 쉽게 시선을 돌릴 수 없던 사람이었고, 저에게 불쑥 다가와도 외면을 하지 못하고 냉정히 대할 수 없었던 남자였다.

처음에는 반가운 감정만 있었다. 당연히 궁금했던 사람이었으니까. '죽지 않고 잘 살고 있겠지?' 했던 오빠를 다시 만났으니 반가웠다. 같이 밥을 먹고, 이야기를 하고, 지내면서 마음이 서서히 기울었다. 그래서 결국 그에게 사랑이란 감정이 생겼다.

"아, 안녕하세요."

아름이 벌떡 일어나 인사를 했다. 문이 열리는 소리에 곧바로 반응을 했다.

"허어. 일찍 왔구나."

"그럼요. 사실 좀 긴장을 해서 생각보다 일찍 왔습니다."

도 회장이 먼저 앉자 아름도 다시 자리에 앉을 수 있었다. 도 회장이 간단히 주문을 했고, 문이 닫히자마자 침묵이 맴돌았다. 아름이 먼저 말을 꺼내야 하나 고민을 하고 있을 무렵이다.

"그래. 재준이 녀석은 내가 오늘 널 만난다는 건 알고 있느냐?"

"아뇨. 모릅니다."

"허어. 말을 꺼내지도 않았다?"

"네. 왠지 따라올 것 같아서……."

"그건 그렇지. 그 녀석이 있으면 여러모로 방해가 되니까."

고개를 끄덕인 도 회장은 보리차를 마셨다. 다시 침묵이 맴돌았다. 아름은 긴장해 손바닥을 허벅지에 문질러 땀을 닦았다. 물론 당당히 나가야지, 자신의 생각을 자신 있게 말해야지, 하고 몇 번이고 생각을 했으나 도 회장의 앞에서는 쉽지 않았다. 무작정 저를 반대하는 게 아니라 하더라도 상대는 성심그룹의 회장이다. 그리고 저는 평범한 소시민이다.

"아버님께서 해 주신 말을 잘 생각해 봤습니다."

"그래? 어디, 대답을 들어 보자."

"저는…… 제 입장을 잘 알고 있습니다. 제가 오빠…… 재준 씨에게 많이 어울리지 않는다는 것은 알고 있습니다."

쉬운 자리는 아니니 아무래도 재준을 격식 있게 불러야 할 것 같았다. 아름은 마저 말을 이었다.

"모르고 시작한 것도 아닙니다. 애초 처음부터 재준 씨가 저에게 명함을 주었고, 어떤 사람인지는 처음부터 알고 있었습니다. 언젠간 아버님을 만나 뵐 줄 알고 있었기에, 제가 드릴 대답은 하나입니다."

"……."

"저는 재준 씨의 곁을 떠날 수 없습니다."

"내가 너를 끝내 반대해도?"

"네. 저를 만나고 살 의미를 찾았다고 하는, 구원을 받았다고 하는…… 그런 말을 하는 재준 씨의 곁을 떠날 수 없다는 결론을 내렸습니다. 물론 저도 재준 씨를 많이 사랑합니다. 그래서 떠날 수 없는 이유도 있지만…… 무엇보다 제가 없으면 재준 씨가 많이 걱정됩니다."

"……."

"저는…… 비 오던 날의, 스물다섯의 도재준을 다시는 보고 싶지 않습니다."

아름의 목소리가 떨렸다. 죽어 버릴 것 같아서, 왠지 가만히 둘 수가 없어서, 남자라는 건 뒷전으로 하고 다가갔었다. 그런 재준을 다시 보고 싶지는 않았다.

"재준 씨가 성심그룹을 이을 것을 알고 있습니다. 제가 지금은…… 비록 부족해 보여도 부끄럽지 않게 많이 노력하겠습니다."

이거야, 원. 면접을 보는 것 같잖아?

그런 마음에 아름은 잠시 웃음이 지어졌다. 마치 도재준 옆자리에 대한 면접을 보는 기분에 좀 더 잘 해야겠다는 생각이 들었다. 좀 더 말을 잘 해야겠다.

"평범한 소시민인 제가 성심그룹에 어울릴 수 있도록 많이 노력을 해야겠지요. 안 어울릴 수도 있고, 하다가 지칠지도 모릅니다. 하지만…… 저는 재준 씨의 옆에 있을 수 있다면 그렇게 하고 싶어요."

"……흐음."

"누가 되지 않도록 하겠습니다. 아버님께서 재준 씨를 사랑하신다면, 저를 받아 주셨으면 합니다. 제가…… 많이 노력하겠습니다."

목소리가 떨렸지만 할 말은 다한 아름의 모습에 도 회장의 눈이 가늘게 떠졌다. 두려움을 겨우 감추면서도 할 말은 다한 주제에, 하는 말은 또 자신감에 차 있었다. 참 맹랑한 아이다. 그리고 자신이 거절을 하지 못하게 미리 선수를 쳤다.

확실히 재준은 이 여자가 없으면 성심그룹을 버리고 당장에라도 사라질 사람이다. 그만큼 성심에 대한 미련이라고는 눈곱만큼도 없는 녀석이다. 남자의 야망 따위도 없고, 권력이나 재물 욕심도 없다. 그런 재준을 잡아 두는 건 아무것도 없었다. 그저 어릴 적부터 당연히 이렇게 되어야 한다, 하고 키웠기에 지금까지 잘 해 온 것이다.

이제 아름을 거절하게 되면, 자신을 묶던 족쇄인 성심그룹을 훌훌 털고 아름을 데리고 어딘가로 숨어 버릴 것이고, 두 번 다시 돌아오지 않을 것을 도 회장은 잘 알고 있었다. 그리고 저 맹랑한 아이도 그걸 잘 알고 있었다.

"음식 식는다. 일단 먹자."

"아, 네. 아버님, 맛있게 드세요."

"너도 맛있게 먹어라."

도 회장이 한술 뜬 뒤에야 아름도 뒤이어 입에 넣었다. 처음으로 와 본 곳이지만 고급 음식점답게 눈이 튀어나올 정도로 맛이 있었다.

"와…… 진짜 맛있어요!"

아름의 감탄사에 도 회장은 딸과 함께 밥을 먹는 기분이 들었다. 아들 녀석들과 있을 때와는 분위기가 좀 달랐다. 딱딱하긴 했지만 그래도 특유의 그 분위기가 달랐다. 조금은 발랄하다고 느껴졌다. 도 회장은 저도 모르게 미소를 짓다가 엄한 표정으로 바꾸었다.

"재준이 녀석이 이런 것도 안 사 줘?"

쯧. 속으로 혀를 찼다. 그러자 아름이 눈을 동그랗게 뜨며 고개를 가로저었다.

"으음. 제가 이런 건 사실 부담스러워해서……."

"이것도 부담스러우면서, 성심의 안주인은 어떻게 하려고?"

"익숙해지도록 해야죠. 그렇게 하겠습니다."

"그 자리가 얼마나 무거운 자리인지는 알아?"

"그럼요. 쉬운 자리가 아니라는 것쯤은 알고 있습니다."

그렇게 대답을 한 후, 다시 침묵이 이어졌다. 도 회장도 아름도 조용히 점심 식사를 시작했다. 아름은 눈치 보지 않고 양껏 먹었다. 익숙해져야 한다고 자신의 입으로 당당히 말을 했으니 지금부터 연습을 해야겠다.

재준을 위해서, 그래야지.

'그런데…… 성심의 안주인?'

반대를 하시던 거 아니었나.

'어라?'

잠시 아름은 고개를 갸웃거린 채 먹던 걸 멈췄다. 도 회장의 시선이 느껴져서 시선을 마주치며 배시시 웃으며 아름은 다시 식사를 했다.

참으로 알차고 복스럽게도 먹는 아름을 보며 도 회장은 잠시 식사를 멈췄다. 저를 바라보며 배시시 웃던 그 모습이 왠지 눈앞에 멈춰 있는 것만 같았다. 그리고 결론을 내렸다.

어차피 저 아이를 내치지 못한다. 모질게 대하고 재준과 억지로 헤어지게 한 순간, 모든 게 다 망가질 것을 알고 있었다. 성심도, 그리고 자신의 아들도. 사실 은근히 아름이 마음에 든 도 회장은 현실을 생각해서 몇 번이고 망설였다.

하지만 이제는 선택할 수 있는 게 단 하나였다.

"아름아."

어디서 들려오는 제 이름에 물을 마시다 잔을 내려놓았다. 아름의 눈이 동그랗게 떠졌다. 도 회장이 자신의 이름을 부른 것이다.

"왜 그렇게 놀라느냐."

"아, 그게……."

"정말 힘든 자리야. 어쩌면 네가 지금 하는 애견 카페는 못 하게

285

될 것이다. 그래도 상관없느냐?"

아름은 그 질문에 잠시 고민을 하다가 씩 웃었다.

"괜찮습니다. 그저 강아지를 좋아해서 시작한 일이에요. 시간 날 때 보러 가면 되고, 그게 힘들면 나중에 마당에 강아지를 키워도 되는 거 아닌가요?"

도 회장은 결국 허허 웃어 버리고 말았다. 딸을 가지고 싶은 소원이 이루어지는 것 같았다.

14화

재준의 아버지와 만난 후, 일주일 정도가 흘렀다. 그사이 변화된 것은 없었다. 재준은 두 사람이 만난 것을 모르는 것 같았고, 아름도 딱히 주절주절 말을 할 건 아니었기에 그저 아무렇지도 않게 잘 지내고 있었다.

생각보다 무섭지 않은 분이었다. 오히려 자신을 걱정해 주는 것 같은 느낌에 마음이 따뜻해지기까지 했다. 재준의 어머니도 뵙고 싶다는 생각까지 들었다. 그리고 한편으로는 정말 열심히 노력해서 재준과 어울리는 사람이 되어야지, 하는 다짐까지도 들었다.

일단 어떻게 해야 하면 좋을지, 생각이 나는 건 성심그룹에 대해서 먼저 아는 거라는 생각이 들었다.

"생각보다…… 어마어마한 곳이었어."

일이 끝나고 난 뒤, 틈틈이 찾아보고 있었다. 성심그룹이 하는 사업의 종류는 기본이고 재준이 일을 하는 곳이 어딘지 찾아보았다. 그러곤 어깨를 축 늘어뜨린 아름은 의자에 편안하게 기대어 있었다. 마침 방울토마토를 접시에 담아 온 희선이 하나를 입에 넣으며 아름의 옆에 앉았다.

"너 진짜 괜찮아?"

그 물음에 울상을 짓던 아름이 갑자기 두 손으로 자신의 뺨을 세차게 내리쳤다. 깜짝 놀란 희선이 미간을 찌푸리며 아름에게 달려들었다.

"야, 야! 미쳤어?"

"하지만 언니…… 정신 차려야지."

"어휴. 하필 첫 애인이 이런 남자라니……."

희선은 인터넷 뉴스에 나온 재준을 보고 있었다.

아름을 보고 있다 보면 항상 재준의 입매는 부드럽게 올라가곤 했었다. 너무 미소를 지어서 저 남자는 분명 따듯한 남자일 것이라는 생각을 하게 되는데, 사실 그건 큰 오산이다. 아름에게만 지어 주는 미소였다. 그래서 그런지 인터넷에 있는 사진에도 미소 지은 사진은 한 장도 없었다. 아름에게는 흔하던 그 미소는 온데간데없고 딱딱한 인상의 차가운 남자만 있었다.

"너만 힘들게."

"아니야. 괜찮아."

뒤로 가기 버튼을 눌러서 다른 기사도 찾아보고 있을 때였다. 아름의 핸드폰이 요란한 진동을 울리며 전화가 왔음을 알렸다. 아름은 충전기를 뽑아 핸드폰을 바라보았다. 액정에는, 낯익은 사람의 이름이 떠 있었다.

"누구야?"

"오빠."

"이 시간에?"

"으응."

아름은 어리둥절한 표정으로 곧바로 전화를 받았다. 전화를 받자마자 인사를 하기도 전에 재준의 목소리가 들렸다.

—아름아. 집 앞이야.

다급하게 들려오는 목소리는 낮은 목소리였다. 아름은 눈을 깜빡이다 되물었다.

"네?"

아주 바보 같은 목소리였을 거라는 생각이 들었다.

—집 앞이야. 지금 나와 줘.

그리고 뚝 끊겼다. 아름은 멀뚱히 핸드폰을 바라보았다. 워낙 통화 소리가 커서, 안 그래도 아름에게 찰싹 붙어 있던 희선은 통화 내용을 이미 다 들었다. 미간을 찌푸리던 희선은 벌떡 일어났다. 그녀가 무엇을 할 것인지 대충 예상을 한 아름은 재빨리 희선의 팔목을 잡았다.

"아, 왜!"

"오빠가 무슨 일이 있나 봐. 갔다 올게."

"지금? 12시가 다 되어 가는데?"

지금 시간, 저녁 11시 27분이다. 이 늦은 시간에 무슨 일일까. 궁금하기도 하고 걱정이 되기도 했다. 걱정은 왜 되는지 모르겠다.

아름은 희선을 5분 동안 설득한 끝에 집에서 나올 수 있었다. 너무 편안한 차림이었던지라 트레이닝복으로 갈아입은 뒤, 머리도 좀 빗고 립글로스만 바르고 밖으로 나왔다. 재준은 바로 눈앞에 보였다. 차에 기댄 채, 빌라 입구만 뚫어져라 바라보고 있었다.

"오빠!"

아름이 밝게 인사를 하고 달려가자 심각한 표정을 짓고 있던 재준의 표정이 조금이나마 풀렸다. 달려 나온 아름을 꼭 껴안았다. 마음이 조금이나마 편안해졌다.

아름을 보지 못하고 야근을 하고 돌아가려던 찰나였다. 도 회장이
재준의 근무지로 찾아왔다. 아버지를 문전박대할 수가 없어서 다시
전무실로 들어와야만 했다.

왜 오셨습니까. 이 말을 하기도 전에 아버지가 아름의 이야기를
꺼냈다. 성심에 어울리게 도와주거라. 이 말 한 마디를 하였다. 갑자
기 왜 그런 말을 꺼냈나 싶었다. 묻기도 전에, 또다시 도 회장은 말
을 이었다. 참한 아이더구나. 그래서 알았다. 아버지를 만났다는 걸.
일주일 전에 만났다고 했다.

왜? 만난 걸 왜 나에게 말을 해 주지 않았던 거야?

정신없이 아름의 집으로 향했다. 근 일주일간, 그녀에게서 평소와
다른 건 찾아볼 수가 없었다. 항상 밝았던 아름이니까 그 사실을 숨
겼을 수도 있다. 그걸 알아차리지 못한 저 자신에게 욕이 나왔다.

"아름아."

"네."

"아름아……."

"네에. 무슨 일 있어요?"

"……그냥. 보고 싶어서."

아름이 고개를 들려고 하지만 재준은 들지 못하게 일부러 조금 더
고개를 파묻었다. 아름은 몸을 비틀며 움직이다 잠시 멈췄다. 움직일
수가 없다는 것을 알았다. 어쩔 수 없다는 듯이 웃으며 손을 뻗어 재
준의 등을 토닥였다. 재준은 한참 동안 아름을 껴안고 있었다.

"아름아."

한참 뒤, 재준의 목소리가 들렸다. 아름이 고개를 끄덕이는 것이
느껴졌다.

"……아버지 만나서, 뭐 했어?"

아, 그거 때문인가 보다.

아름은 재준이 왜 이러는지 알 수 있었다. 재준의 아버지와 단둘이 만난 것을 알아차린 모양이다. 에이, 그런 거 가지고 뭘. 아름이 피식 웃으며 재준과 눈을 마주했다. 덩치 큰 어른이 이렇게 약해진 것을 보니 귀여우면서도 미안해졌다.

'말을 할걸 그랬나 보다.'

괜히 미안해져서 아름은 재준에게 작은 죄책감이 생겼다.

"그저 식사만 했어요."

"거짓말."

"진짜예요."

빙긋 웃던 아름은 재준을 올려다보았다. 그런 그녀를 응시하던 재준은 고개를 숙여서 둥그런 이마에 입을 맞췄다.

"앞으로 열심히 하려고 해요."

아름의 대답에 재준의 무표정이 금방 걱정된다는 표정으로 바뀌었다. 곧 재준은 말없이 아름을 데리고 조수석에 앉혔다. 조수석에 앉게 된 아름이 눈을 깜빡였다. 재준도 운전석에 올라왔다. 문이 닫히는 소리가 나자 바로 고개를 돌렸다.

"오빠…… 읍……!"

재준에게 뭐라고 말을 하려던 순간, 턱을 잡는 강력한 힘에 저절로 입이 열렸고, 순식간에 부드러운 무언가가 입안으로 들어왔다. 처음에는 놀라서 입을 닫으려 했지만 부드럽게 혀를 훑고 지나가는 느낌에 저도 모르게 몸에 힘이 빠져나가는 것을 느꼈다.

몸이 움찔 떨려 와, 스스로 재준의 목에 팔을 둘렀다. 키스를 하며 어느새 몸은 그의 위에 올라가게 되었다. 조금 더 재준에게 찰싹 달

291

라붙은 아름은 아예 그와 마주 보는 자세를 취하게 되었다. 재준이 허리를 감싼 동시에 자세를 바꾸게 한 탓이다.

"오빠……!"

"괜찮아."

그가 살며시 입꼬리를 말아 웃었다. 그 모습이 묘하게 섹시해서 아름은 저도 모르게 침을 꿀꺽 삼켰다.

"야한 얼굴."

재준의 낮고 잠긴 목소리가 귓가에 들려왔다. 아름은 움찔거리며 고개를 숙이다 재준의 어깨에 고개를 파묻었다.

"……이게 전부 누구 때문인데……."

"하하."

그가 기분 좋게 웃었다. 낮게 잠긴 목소리, 기분 좋은 웃음, 그리고…….

"……이건 뭐죠."

"네가 내 품에 있으니까 당연한 거야."

"……윽."

재준의 손이 어느새 아름의 등에 닿았다. 부드럽게 쓰다듬다 다른 한쪽 손이 티셔츠 안으로 들어와서 맨살을 훑었다. 야하게 움직이는 손으로 인해 아름은 몸이 저절로 비틀렸음을 느꼈다. 또한 그의 분신이 아까부터 제 존재를 드러내고 있었다.

"괜찮아."

그가 그녀의 생각을 알아차렸는지 허리에 두른 팔에 힘을 주고 좀 더 꽉 끌어안았다. 아름은 어쩔 줄 몰라 하다가 재준의 머리를 감쌌다. 재준은 그게 편해서 그런지 천천히 눈을 감았다가 떴다.

비록 아래가 불편했지만, 그와 포옹하고 있는 지금 이 순간만큼은 달콤하니 행복했다.

"아버님이 나중에 오빠랑 셋이서 식사하자고 했어요."

"난 별로 하고 싶지 않군."

"왜요?"

"너를……."

아름을 껴안은 채 한숨을 쉰 재준이 고개를 들었다. 그녀를 올려다본 재준이 걱정스러운 표정을 짓고 있었다. 아름은 어쩐지 기분이 묘했다. 평소 키가 작은 저에 비해 재준은 키도 크고 골격도 남자다웠기에, 뒷모습을 생각하면 고목나무와 매미가 아닐까, 하는 생각을 종종 가졌었다.

딱 봐도 언밸런스한 모습이라는 생각이 되었다.

그런데 지금은 자신이 재준을 내려다보고 있었다. 조금은 우월한 것도 같아서 미소가 지어졌다. 아름은 저도 모르게 손을 뻗어서 재준의 뺨을 슥슥 쓰다듬었다. 그러자 말을 하려던 재준이 움찔거리며 멈췄다.

"너……."

"에……?"

"……아니다."

재준은 아름을 옆에 내려 주었다. 영문을 모르는 아름은 가만히 재준을 바라보았다.

어쩐지, 차 안의 공기가 뜨거운 것도 같았다.

"아름아."

"네."

"어쨌든…… 아버지가 심하게 뭐라 한 건 아니지?"

"오히려 잘해 주셨어요."

아름의 마지막 말에 그제야 안심을 했는지 재준이 안도의 한숨을 쉬었다. 그러다 아름은 주먹을 쥐었다 폈다 하는 재준을 볼 수 있었다. 아름은 재준이 왜 그러나 싶었다. 그때, 재준이 고개를 들고 아름을 바라보았다.

"이제 가서 자야지."

재준이 먼저 일어나서 문을 열고 밖으로 나갔다. 곧 조수석 문을 열어 주었다. 그때 다가오는 재준의 하체를 무심코 바라본 순간, 아름은 할 말을 잃었다. 점점 얼굴이 빨개지는 것만 같았다.

"아름아?"

아름이 두 손으로 얼굴을 감쌌을 때, 재준은 뭔가 이상했는지 아름에게 가까이 다가갔다. 아름은 다가오는 재준을 느끼며 중얼거렸다.

"……아요?"

워낙 작은 소리여서 제대로 듣지 못했다. 항상 온 감각을 아름에게 세우고 있더라도 지금의 목소리는 너무나도 작아서 제대로 듣지 못했기에 재준이 다시 물었다.

"뭐라고?"

그러자 아름이 아까보다는 조금 더 큰 목소리로 물었다.

"그거…… 괜찮냐고…… 괘, 괜찮아요?"

여전히 얼굴에서 손을 떼지는 않고 있지만 아름의 목소리는 충분히 들렸고, 왜 물어봤는지 알 수 있었다. 아름도 알아차린 모양이다. 재준은 아름의 머리 위에 손을 올려서 슥슥 쓰다듬었다.

한 번 그녀를 맛보고 나니 정신없이 탐하고 싶어질 때가 있었다. 조금 전만 해도 그랬다. 그녀의 입술이 너무나도 달아서 좀 더 달콤한 곳을 맛보고 싶어서 참을 수가 없었다. 하지만 이런 제 욕망을 알게 되면 작고 소중한 아름이 겁을 먹고 도망갈 것만 같았다.

어느새 아름은 도재준의 숨이나 다름이 없었다. 숨을 쉬고 살아가고 있다 해도 아름이 없으면 숨을 쉬지 못하는 기분이 들었다. 숨이 팍 막히고 견딜 수 없었다. 그래서 그녀가 싫어하는 행동은 아무것도 하지 않고 오로지 그녀가 바라는 대로 하려고 했다.

'하지만 그녀를 원하는 마음만큼은 쉽게 무시를 할 수 없지.'

쓴웃음이 지어졌다.

"괜찮아."

"하지만……."

"자, 얼른 들어가. 자야지?"

착한 아이를 달래듯이 아름의 머리를 슥슥 쓰다듬었다. 아름은 어린아이 취급에 어쩐지 기분이 묘했지만 또 싫지가 않아서 그저 고개를 숙인 채 있다가 재준의 행동이 끝난 뒤에야 일어나서 조수석에서 나왔다.

"잘 자."

"오빠도…… 잘 자요."

아쉬움을 뒤로한 채, 아름은 재준이 갈 때까지 현관에 한참을 서 있었다.

△　▼　△

희선과 같이 집을 나서서 카페로 향할 때였다.

스토킹을 당한 이후, 아름은 시선에 민감해졌다. 누군가가 저를 바라보는 시선에, 주변을 휙 둘러보았다. 그러나 아름의 눈에는 아무것도 보이지 않았다.

"왜 그래?"

희선의 물음에 아름은 별거 아니라는 듯이 고개를 가로저었다.

"아니, 그냥."

"왜? 아는 사람이라도 있는 거야?"

"아니야, 아니야."

희선에게 아무것도 아니라고는 했지만 자꾸만 시선이 느껴지는 것만 같았다. 마치, 그날처럼. 그러나 그날과 같은 시선일 리는 없었다. 아니, 아니어야만 했다.

아무렇지도 않게 행동을 하며 카페에 도착했다. 이어서 은정이 들어왔고, 카페 문을 열 준비를 하였다. 콧노래를 부르며 화장실에서 대걸레를 빨고 난 뒤, 안으로 들어와서 바닥을 열심히 닦았다. 오늘도 떨어질 개털이지만 그래도 미리미리 치우는 편이 더 낫기에 아침 청소는 정말 열심히 하는 편이었다.

"참. 언니."

"응?"

"아침에…… 인터넷 뉴스 봤는데, 언니 사진이 뜬 것 같아서요."

"……뭐어?"

아름의 눈이 동그랗게 떠졌다. 부들이를 안고서 은정을 바라보고 있는 모습은, 영락없이 부들이와 같은 모습이었다. 은정은 저도 모르게 든 생각에 품 웃다가 핸드폰을 꺼내서 자신이 어제 찾은 사진과 기사를 보여 주었다.

얼마 전, 영화관에서 데이트를 할 때였다.

「도재준 전무! 일반 여성과 데이트?」

헤드라인은 아주 간단하면서도 자극적이었다. 댓글은 아름에게 모두 신데렐라라 칭하고 있었다. 맞는 말이어서 반박을 할 수가 없었다. 이런 걸 보니, 재준과 자신 사이에 격차가 있다는 것이 실감났다.

사실 말로만 사는 세계가 다르다고 했지, 직접적으로 느껴 본 적은 없었다. 하지만 이 기사를 보니 몸소 와 닿았다. 인터넷에 보잘것없는 자신의 옆모습 사진이 찍혀 있었다. 다른 기사들을 살펴보니 완전히 정면으로 나온 사진은 없었다. 그나마 다행이었다.

"휴⋯⋯. 연예인이 된 기분이네."

"언니는 뭐 들은 거 없어요?"

"오빠도 모를걸. 아침에 뜬 기사잖아?"

이런 걸 올리고 싶어서 오늘 아침까지 얼마나 참았을까. 이런 쓸데없는 생각도 들었다.

그때 마침 진동이 울렸다. 발신자를 보니, 재준이다.

"호랑이도 양반은 못 되는군."

희선의 중얼거림에 피식 웃고서 전화를 받았다.

"오빠."

─아름아.

"어⋯⋯ 혹시 기사 때문에 전화한 거예요?"

─그래. 네게 먼저 양해를 구해야 할 것 같아서.

이미 다 기사 뜨고 나서 뭘? 희선이 중얼거리기에 수화기 너머 건너편에 있는 재준에게 들릴까 싶어 냉큼 희선의 입을 틀어막았다.

─1개월 뒤, 비공개 약혼식 올릴 거라는 말도.

"⋯⋯에?"

방금, 뭔가를 잘못 들었겠지. 암. 그렇고말고.

희선과 은정의 방해로 인해 계단으로 나와서 통화를 하는데, 들려온 재준의 목소리에 입이 쩍 벌어졌다. 아마도 잘못 들었을 거야. 그렇게 애써 현실도피를 하는데 다시 재준의 목소리가 들려왔다.

─그리고 그건 사실이 될 거고.

"저…… 오빠. 저는 오늘 처음 듣는 건데……."

—어머니께서 약혼식이라도 먼저 하라더군. 네게 상의 못 한 건 미안하다. 하지만 기사가 출근하자마자 뜬 상태여서, 어정쩡하게 막는 것보다는 이게 낫다고 생각했다.

재준도 당황한 모양이다. 평소보다 말이 많아졌다.

재준의 아버지도 만나 뵌 상태여서 언젠간 이런 일이 있지 않을까 싶었는데 이렇게 금방 다가오다니. 아름은 뭐라고 해야 하면 좋을지 모르겠다. 그래서 아름이 쉽게 대답을 하지 못하고 있을 찰나, 재준이 낮게 한숨을 쉬는 소리가 들렸다. 아름은 그저 그의 목소리를 가만히 듣기만 했다.

—미안해. 너에게 모든 걸 맞춰 주고 싶었는데…….

"아, 아니에요. 어쩔 수 없는 일이니까요……."

—아름아.

"……네."

조금은 재준의 목소리가 무거워졌다. 덩달아 아름의 마음도 무거워졌다.

—네가 싫으면 미뤄도 좋아. 언제든지 말해 줘.

"싫다고 하기보다는…… 갑작스러워서 그래요. 어차피 언젠간 있어야 할 일 같았고요."

—미안해.

"너무 그러지 마요. 저, 괜찮으니까요!"

재준이 자꾸 미안하다는 말만 해서 얼른 갈무리한 뒤 통화를 끝냈다. 멍하니 액정을 바라보던 아름이 한숨을 푹 쉬었다. 졸지에 약혼식이라니. 하지만 정말, 언젠간 할 일이었으니 그만 생각하기로 하였다.

공식 입장 같은 게 뉴스에 뜨면, 아름을 알아보는 사람이 나타날지도 모른다. 누군가에게 집중을 받는 건 좋아하지 않았다. 그래도 재준의 옆에 선다는 건 그런 거라고 어느 정도 각오를 한 것이므로, 마음을 굳게 먹기로 하였다.

안으로 들어가자 은정과 희선이 궁금하다는 듯이 바라보고 있었다.

"일단, 약혼식을…… 할 거라고 말을 한대."

"뭐어? 약혼식!"

희선이 화들짝 놀랐다. 그러나 곧 흐흐 웃으며 아름의 어깨를 찰싹 때렸다.

"일단 공식적으로 도재준의 여자가 되었구나."

"어라…… 그러네?"

"지금 알았니?"

"언니, 축하해요!"

"으음. 응."

일단은 축하할 일이지. 아름은 그렇게, 좋게 생각을 하기로 하였다.

분명 주변에서는 신데렐라니 뭐니 하면서 시끄럽게 떠들 것을 안다. 재준을 노리던 여자들의 질투와 시기도 있을 것이다. 같은 상류층에 있는 여자들이 특히나 아름을 업신여길지도 모른다.

그걸 생각하지 못했던 것은 아니다. 조금씩, 각오를 다지고 있었다. 이제 약혼을 하게 되면 돌이킬 수 없는 일이고, 마음 단단히 먹어야만 한다. 아름은 주먹을 꽉 쥐었다.

"좋았어! 당당한 여자가 될 거야!"

"그렇지!"

"당당한 여자가 되는 거예요!"

여자 셋이서 의기투합해서 크게 외쳤다. 이내 서로를 바라보며 씩 웃었다.

정말이지, 무조건적으로 자신의 편이 되어 주는 사람이 있다는 게 얼마나 다행인지 모른다. 아름은 씩 웃었다.

△ ▼ △

"으음……."

"왜 그래?"

하루 종일 바빠서 오늘은 보지 못한다는 재준의 말에, 간만에 희선과 같이 퇴근을 하는 길이었다. 주변을 휙 둘러보던 아름이 다시 아무것도 아니라는 듯이 고개를 가로저었다. 그러나 이미 예리한 희선의 눈에, 아름의 모습은 전혀 아무것도 아닌 게 아니었다. 미간을 팍 찌푸리다 가던 걸음을 멈추고 물었다.

"뭔데 그래?"

"아니, 그게……."

"뭐."

"며칠 전부터…… 시선이 느껴져서."

"……시선?"

희선의 얼굴이 조금 더 찡그러졌다.

아름의 말에 따라 희선도 주변을 날카롭게 둘러보았다. 그러나 아무것도 눈에 띄지 않았다. 아름도 희선을 따라 다시 한 번 보았지만, 지금은 시선이 느껴지지 않았다.

아마 기사가 나가고 난 뒤여서 예민해진 것 같았다. 아름은 희선에게 그렇게 말을 한 뒤, 팔짱을 끼고서 집으로 가는 발걸음을 재촉

했다. 하지만 그렇기에는 뭔가, 조금 시선의 감정이 다른 것 같았다.

'그러니까, 전과 같은……'

흠칫 놀라서 아름은 고개를 팍 들었다. 덕분에 덩달아 놀란 희선이 아름의 팔을 찰싹 때렸다.

"놀랐잖아!"

"……언니."

"왜. 또 시선 느껴져?"

"그런 건 아닌데…… 느낌이……."

"느낌이?"

"……."

"왜. 뭐. 말해."

괜히 희선을 걱정시키고 싶지 않았다. 아름은 고개를 가로저었다.

"아무것도 아니야."

아무것도 아닐 것이다.

아니…… 그래야만 했다.

△　▼　△

약혼식 기사가 뜨고 난 지 일주일이 지났다. 애견 카페에 온 사람들 중, 몇 명은 아름을 알아보기도 했다. 그러면 아름은 활짝 웃어주며 '맞아요!' 하고 밝게 대답을 하곤 했다.

오늘은 재준이 아름이 직접 싼 도시락을 요청했다. 같이 먹고 싶은데 부탁해도 되냐고 해서, 안 될 건 없기에 간단히 오므라이스를 준비해서 도시락을 싸서 가게 되었다. 너무 간단한 거라 왠지 미안하기까지 했다.

가는 길, 재준에게 전화를 걸었다.

—그래, 아름아.

부드러운 목소리에 가슴까지 두근거리는 기분이다. 새삼, 또 이 남자에게 반하게 된다.

"으응. 지금 가고 있어요."

—방금 나왔니?

"네."

—그래. 천천히 와. 마중 갈 테니.

"에? 정말요?"

—그래.

후훗 웃는 소리가 들렸다. 귓속을 울리는 그 나직한 웃음에 아름도 조용히 웃어 버렸다.

곧 재준이 일을 하는 호텔이 눈에 보였다. 마중을 나온다더니, 정말이었다. 막 회전문을 열고 나오는 재준이 보였다. 아름은 재준에게 걸어가다가 문득 강렬하게 느껴지는 기분 나쁜 시선에 정색을 하며 주변을 휙 둘러보았다.

그러나 아무것도 없었다. 각자 바삐 걸어가는 사람들만 보였다. 그 사람들 사이에서 방금 느꼈던 그 시선을 보낸 사람은 없는 것 같았다. 또 괜한 걸 느꼈나 보다. 더 이상 생각하지 말자. 그 사이에 재준에게 도착했다.

"준비하느라 힘들었지? 옥상에 자리 있어. 가자."

"아니에요. 너무 간단해서…… 나중에 좀 더 좋은 거 해 주고 싶어요."

"기대되는군."

"너무 기대하지는 말고요."

기사가 나간 뒤여서 그런지 호텔에 있는 직원들도, 그리고 손님들도 아름을 알아보는 것 같았다. 재준이 있어서 그런지 안 좋은 시선은 그다지 없는 것 같았다. 다행일까, 아니면……

함께 엘리베이터에 탔다. 낮이어서 사람이 많지 않아서 금방 옥상에 도착했다. 옥상은 하늘정원이라고, 고객이 따로 쉴 수 있게 정말 하늘에 있는 정원처럼 잘 만들어 놓았다. 처음 보는 하늘정원에 아름의 입가가 저절로 올라갔다.

"와, 정말 좋네요!"

"도다온 생각이지."

"와, 정말요?"

"어릴 적, 다온이 녀석이 그랬어. 옥상에 예쁜 정원이 있으면 기분 좋겠다, 하고. 그걸 내가 쓴 거지만, 결국 다온이의 의견이지."

"다온 씨, 상상력이 참 좋네요."

구석진 곳에 있는 정자 위로 올라갔다. 두 사람은 나란히 앉아서 아름이 준비한 도시락을 펼쳤다. 방금 막 만들어 가져온 거여서 그런지 따끈따끈했다. 거기다 희선의 어머니가 손수 담근 김치까지 있어서 그런지 간단해 보여도 군침이 저절로 도는 것만 같았다.

"잘 먹을게, 아름아. 무리한 부탁 들어줘서 고맙다."

"무리한 거라니요. 오빠가 맛있게 먹었으면 좋겠다, 해서 만든 건데요."

재준은 손을 뻗어서 아름의 머리를 슥슥 쓰다듬었다. 곧 그 손은 내려가 그녀의 뺨을 살며시 쓰다듬고 내려갔다. 이제 스킨십은 그녀에게 문제가 되지 않았다. 조금씩 재준에게 익숙해져 가고 있었다.

조용히 점심이 이루어졌다. 서로를 바라보다 살짝 웃기도 하고, 갑자기 생각이 난 화제로 이야기를 나누기도 하였다. 그렇게 이야기를 나누다 보니 어느새 도시락을 깨끗이 다 비우게 되었다. 아름은 보온 병에 담아 온 시원한 냉커피를 따라서 재준에게 건넸다.

"이건 후식."

"고맙다."

"뭘요."

서로 마주 보고 빙긋 웃었다. 그리고 그 거리가 가까워지는 건 순식간이다. 먼저 거리를 좁힌 것은 재준이다. 서서히 다가가 아름의 입술을 삼켰다. 부드럽게 닿던 입술이 몇 번 그렇게 반복을 하다 떨어질 줄 모르고 찰싹 붙어 버렸다.

장소가 장소인 만큼 키스는 금방 끝났다. 이어서 호로록, 커피를 마시는 소리만이 들렸다.

"요즘, 힘든 건 없지?"

재준이 조용히 물었다. 아름은 시선에 대해서 말을 하려다가 고개를 가로저었다. 괜히 자신이 예민해진 거라고 판단을 하고서 말을 하지 않기로 하였다. 금방 걱정을 감춰 버린 아름으로 인해 재준은 알아차리지 못했다. 아주 순식간의 변화였다.

"오빠는 일 많은 것 같은데…… 괜찮아요?"

"난 괜찮아. 오히려 힘든 건 아름이 너일 것 같아."

그의 표정이 걱정스럽게 변했다. 천천히 쓰다듬는 손길에 마음이 사르르 녹았다. 불안했던 감정이 녹아 버려서 사라지는 것만 같았다. 수상한 시선 따위, 이제 더 이상 신경을 안 써도 될 것 같았다.

15화

　"아휴, 정말 부러워요. 어떻게 하면 부잣집 남자를 낚을 수 있어요?"

　신데렐라 타이틀을 받게 된 아름은 요즘 이런 질문을 흔하게 들을 수 있었다. 옆에서 듣던 희선의 눈썹이 꿈틀거렸다. 행주를 잡은 희선의 손이 부들부들 떨리는 것이 보였다. 이건 조금 뒤, 희선이 폭발할 거라는 증거였다. 아무래도 안 되겠다. 아름은 빙긋 웃으며 그 여자가 내민 카드를 받았다.

　"총 만 원이에요, 손님."

　그러자 여자 손님이 더욱더 웃긴 소리를 했다.

　"신데렐라가 되어서, 돈 많을 텐데 그냥 서비스로 해 주면 안 되나요?"

　뭐 이런……! 욕이 튀어나오려던 찰나였다. 희선이 들고 있던 행주를 싱크대 안으로 신경질적으로 탁 던졌다. 그 여자 손님이 움찔거리며 희선을 향해 고개를 돌렸다.

"거지 근성 있으세요?"

"뭐, 뭐라고요?"

"들어올 때부터 자꾸 우리 아름이한테 웃기지도 않은 말을 하던데, 그래서 혹시 몰라서 조금 전 말은 녹음했거든요? 그러니까 당신, 썩 꺼져! 인터넷에 어디 한 번 우리 카페 안 좋은 글 올려 봐! 난 이 녹음 글 퍼트려서 당신이 먼저 시비 건 거 알릴 테니까!"

"무, 뭐, 이런⋯⋯!"

흥 하며 아름의 손에서 카드를 낚아챈 여자가 쿵쾅거리며 밖으로 나갔다.

"아, 뭐 저런 거지 같은⋯⋯!"

저런 손님은 그저 아름이 궁금해서 처음 온 손님이다. 단골손님도 어느 정도 있는 카페가 되었기에, 아무리 희선이 성질대로 말을 해서 그 사실을 인터넷에 올려도 단골손님이 옹호를 해 줄 것이다. 지금도 단골손님이 몇 명 와 있기 때문에 희선은 그걸 알고, 하고 싶은 말을 다 꺼낸 것이었다.

'신데렐라 박아름'이란 타이틀을 획득한 후로부터는 저런 손님이 종종 오는 게 아름보다 희선에게 스트레스였다. 아름이 이런 타이틀을 받을 사람은 아닌데, 자꾸 비아냥거리면서 남자 꼬시는 방법 좀 알려 달라고 하는 몰상식한 여자들이 많았다. 또한 아름에게는 보지 말라고 하지만 댓글은 아주 가관이었다. 어쩜 그렇게 남을 시기하고 질투해서 속이 다 꼬여 버린 사람들이 많은지.

아름은 그저 신경 쓰지 말라고 하지만 희선은 그러지 못했다. 은정과 둘이 마음먹고 경찰서 가서 사이버 수사대에 신고를 하러 간 적이 있었다. 댓글에는 심지어 성희롱이 가득한 댓글도 있었다. 그러나 아름이 어떻게 알고 그걸 막았다. 그런 거에 신경 쓰면 상대해 주고 있는 거나 마찬가지라고. 애초 말 같지도 않은 걸 지껄이는 그 사람들을 대할 바에는 다른 일을 하는 게 유용하게 시간을 쓰는 거라고 했다.

어찌나 말도 잘 하는지.

"야. 아르몽."

"왜 또."

"도재준은 이런 거 모르지? 어? 모르지?"

"모르지. 오빠는 몰라도 돼. 안 그래도 바쁜 사람이……."

"요즘 자꾸 시선 느껴진다며? 그 새끼 아냐? 그 미친 새끼."

"어우. 그런 소리 하지 마. 끔찍해."

과거, 아름을 스토킹했던, 이름도 기억 안 나는 그놈을 말하는 것이다. 아름은 갑자기 소름이 돋았다. 비록 아니라고는 해도 왠지 그런 것 같은 느낌이 들었기 때문이다.

'왜, 이제 와서……? 아니야. 기자일 수도 있어. 어쨌든…….'

조심해야겠다. 조심해서 나쁠 건 없었다.

아름은 근처 동물 병원에 가서 강아지들 간식을 사 오기 위해 지갑을 챙겼다. 왠지 혼자 나가기가 조금 무서웠지만 한낮에 무슨 일이 있을까 싶어서 간식을 사 오는 건 혼자 하기로 하였다.

"개 껌은 필수로 사 와."

"다 떨어진 거 압니다!"

"오냐. 다녀와."

"응. 은정아! 뭐 사다 줄 거 있어? 나가는 김에 사 올게."

"언니, 저 그럼 편의점 구슬아이스크림!"

"네가 애냐! 아직도 그런 거 먹게!"

"아, 언니. 그게 얼마나 맛있는데요!"

두 사람의 말을 들으며 피식 웃었다. 은정의 말에 동의를 해 주고 싶었다. 지금도 그건 추억의 맛이랄까, 은근히 맛있기 때문이다. 은정에게 알겠다고 하고서 계단을 통해 건물을 나왔다.

이 근처에는 오피스텔밖에 없다고 하지만 그래도 걷다 보면 편의점도 나오고 은근슬쩍 숨겨진 맛집들도 나오고, 좋은 찻집도 나오고, 카페도 있고…… 있을 건 다 있다. 그리고 동물병원도 있었다. 동물병원을 향해 걸어가고 있을 때였다. 아름은 걷던 걸음을 멈췄다.

'또…… 시선.'

아름은 고개를 휙 돌렸다. 그리고 그때였다.

"아……?"

후드를 머리끝까지 푹 뒤집어쓴 한 남자가 고개를 천천히 들었다. 번뜩이는 눈동자와 마주치자마자 온몸에 소름이 돋았고, 몸이 그대로 굳어 버리는 것만 같았다.

저 시선. 그 끔찍한 시선……!

"아……."

아름은 저도 모르게 뒷걸음질을 쳤다. 그러나 다리는 이미 굳어 버려서 움직이지 못했다. 몸이 부들부들 떨렸다.

어딜 가든 느껴지던 그 시선. 무얼 하든 따라오던 시선. 이상하게 물건이 없어지는 것 같은 기분. 누군가가 나를 따라오는 것만 같은 발소리.

당장에라도 기절할 것만 같았다. 재준을 만나고, 그의 사랑을 받으면서 서서히 옅어져 가던 기억과 그때의 감정이 다시 살아났다. 온몸이 차가워졌다. 그러나 그와 동시에 이상하게 재준의 얼굴이 떠올랐다. 그러자 신기하게도 몸이 움직였다.

"……아……."

달아나야만 했다. 아니면, 그냥 맞설까? 별생각이 다 들었지만 아름은 모르는 척하기로 하였다. 아무렇지도 않게 가던 길이나 가자. 가서 개 껌이나 사야지. 그러나 그건 아주 안이한 생각이었다.

뒤에서 빠른 걸음 소리가 들렸다. 순간 심장이 덜컥 내려앉는 것만 같았다. 아름은 뒤를 돌아보면 안 된다는 것을 알면서도 천천히 뒤를 돌았다. 왜 그랬을까? 그 순간, 그대로 팔목이 잡혔다.

"흐……."

기분 나쁜 소리가 들렸다. 온몸에 소름이 쫙 돋는 기분이 들었다.

"오랜만이야, 아름아."

"……놔요."

있는 힘껏 벗어나려고 했다. 그러나 힘을 주면 줄수록 상대방도 더욱더 힘을 주었다. 잡힌 팔목이 너무 아팠다. 소름도 끼쳤다. 재준이 잡을 땐 아무렇지도 않았지만 이 남자가 손목을 잡자 너무 소름이 끼쳤다.

"요즘…… 좋아 보이더라?"

뉴스를 봤구나. 입을 꾹 다문 아름은 주변을 두리번거렸다. 그러나 다들 바쁘게 걸어가는 와중에 도와줄 사람은 아무도 없어 보였다.

'누가, 누가 좀…….'

재준의 얼굴을 계속해서 생각했기에 몸이 와들와들 떨리거나 기절할 것 같지는 않았다. 아름은 심호흡을 한 뒤 손을 빼내려고 했다. 그때 멀리서 누군가가 구세주처럼 아름을 부르는 목소리가 들려왔다.

"어라, 누님!"

키득거리며 웃는 소리가 들렸다. 이 반가운 소리는……!

"다, 다온 씨!"

마침 다온은 오랜만에 귀여운 강아지들을 보러 가던 길이었다. 형

서원의 가게를 거쳐서 애견 카페로 향하던 다온은 지나가다 아름을 발견한 것이다. 하지만 어쩐지 분위기가 이상했다. 미간을 찌푸리던 다온은 젊은 청년답게 빠른 속도로 달려와 아름을 붙잡고 있는 남자의 손목을 잡았다.

"뭐야, 넌!"

"이, 이놈은 또 뭐지? 정말, 남자를 잘도 홀리고 다니는군!"

"뭐라는 거야! 누님. 이 자식, 누구예요?"

딱 봐도 저보다 나이가 많아 보이지만 절대 존댓말을 쓰지 않는 다온이다. 뭐든 좋으니 잡힌 손목이 풀렸으면 좋겠다. 아름이 잡힌 손을 파닥거리자 그걸 알아차린 다온이 있는 힘을 다 줘서 겨우 손목을 놓게 하였다. 그러곤 달아나려고 하는 남자의 손목을 휙 소리가나게 뒤로 꺾어 버렸다.

"헹! 이건 형님들과 대련하면서 얻은 결과지! 누님, 이 새끼 누구예요?"

두 번째 물음이다. 아름은 입을 들썩이다 잡히지 않았던 손을 들어서 얼굴을 덮어 버렸다. 이내 중얼거리는 목소리로 대답을 했다.

"스토커요."

"……뭐, 뭐요? 스토커? 야, 이 새끼야! 가자!"

"에, 어디를요?"

"어디겠어요! 경찰서지!"

아름은 버둥거리는 남자를 질질 끌고 가는 다온의 옆에 붙어서 간략하게 설명을 해 주었다. 몇 년 전, 지하에서 세를 들어 살던 남자인데 저를 스토킹 했고, 인터넷 기사를 보고 저를 다시 찾아온 것 같다고.

인근 경찰서로 간 다온이 경찰들에게 재빠르게 설명을 한 뒤, 전화를 했다. 아름은 다온이 누구에게 전화를 하는지 묻지 않아도 알 수 있었다.

"어, 형님! 바빠?"

—용건.

말 참 딱딱하게 하네. 하지만 지금 일을 이야기하게 되면 목소리가 180도 달라진다는 건 알고 있기에 다온이 씩 웃었다. 다온이 간략하게 아름과 경찰서에 있다고 하자 그의 목소리가 금방 무섭도록 낮아졌다.

—용건.

전에 말한 용건과 지금 말한 용건의 차이가 있음을 알았다. 이거, 일이 커지는 거 아닐까. 하지만 그렇게 생각하기에 이미 늦은 것 같았다.

"그러니까……."

△　▼　△

재준은 벌써 한 시간이 넘도록 그저 아름을 품에 안고 있었다. 토닥여 주는 것도 아니고, 그렇다고 쓰다듬지도 않았다. 그저 가만히 품에 넣고 안고 있었다.

재준은 아름이 카페로 돌아가겠다는 걸 말렸다. 카페에 전화를 한 뒤, 회사에도 전화를 했다. 곧바로 데리고 간 곳은 재준의 집이었다. 가자마자 편한 옷으로 갈아입게 한 뒤부터 시작된 포옹이다.

아름은 살그머니 고개를 들어서 재준을 바라보았다. 그는 읽을 수 없는 무표정을 지은 채, 아름을 바라보기만 했다. 그것이 일종의 도재준식 배려라는 것을 느꼈기에 아름은 살포시 웃어 버리고 말았다.

"처음에는 무서웠는데……."

고요한 방 가운데 아름의 목소리가 울렸다. 재준은 눈썹 하나 꿈틀거리지 않고 눈 하나 깜빡이지 않은 채 여전히 아름을 바라보았다.

"그 순간 오빠의 얼굴이 떠올랐어요."

손을 뻗어서 재준의 뺨을 쓰다듬으려고 했다. 하지만 닿기도 전에 재준의 손에 잡혔다. 그는 손목을 이리저리 살폈다. 아까 전에는 빨갛게 자국이 남은 것 같았는데 시간이 좀 지나서인지 자국은 거의 남지 않았다.

그때 재준의 입술이 닿았다. 아름의 몸이 움찔 떨렸다. 아까 전의 일로 인해 겁을 먹은 것이 아니라, 갑자기 닿아 온 부드럽고 뜨거운 입술로 인해서였다. 눈을 깜빡이자 이번에는 눈꺼풀 위에 입술이 내려앉았다.

"착하군. 내 생각을 하다니."

"걱정했어요?"

"……아니라고는 못 하겠다."

"때마침 다온 씨가 와 줘서 아무 일도 없었어요."

"도다온이 간만에 제대로 된 일을 했군."

"그 남자는 트라우마를 남겼지만…… 오빠 덕분에 극복했는걸요."

저 말을 다행으로 여겨야 하나. 재준은 낮게 한숨을 쉬다가 손을 뻗어서 아름을 제 가슴팍에 푹 안기게 하였다. 숨 막혀요. 키득거리며 아름이 장난스럽게 팔을 때렸지만 재준은 놔줄 생각을 하지 않았다.

이대로, 데리고 살아야겠다. 너무 걱정이 되어서 미치겠다. 27살이나 먹었지만 그래도 아직도 박아름은 도재준에게 있어서 작고 여린 여자였다.

"아름아."

"네."

"약혼식 하고…… 결혼도 금방 하자."

"결혼……."

결혼이란 단어에 두 뺨이 물드는 걸 보니 입술이 저절로 짝을 찾았다.

정말이지, 안 되겠다. 두고두고 보지 않으면 안 되겠다.

아름을 꼭 안은 재준은 잠시 그녀의 어깨에 고개를 파묻고 있다가 천천히 고개를 들었다. 그의 눈빛이 차갑게 빛나고 있었다.

그 남자는 희선의 신고로 아름의 지하방에서 쫓겨났고, 벌금을 물었다고 했다. 그 후 다니던 학교에 소문이 나는 바람에 망신을 당해 결국 자퇴를 선택했고 자취를 감췄다고 했다. 그러다 아름이 세상이 떠들썩하게 신데렐라 타이틀을 달고 유명해지자, 그날 당한 일을 보복할 속셈으로 며칠 쫓아다니다 돈을 뜯어낼 생각이라고 했다.

아예 한국 땅을 못 밟게 해 줄 생각이다. 감히 도재준의 여자를 건드렸다. 이 착하고 여린 여자를 건드렸다. 그의 눈빛이 매섭게 변했다.

△　▼　△

약혼식의 날짜가 정해졌다. 7월 26일, 재준의 생일 파티 겸 약혼식을 올리면 어떻겠냐는 제안을 받았다. 딱히 상관은 없었기에 고개를 끄덕였지만 역시 긴장은 되었다. 도씨 일가에다가 무려 첫째인 장남의 약혼식이니 성대하게 치러야 한다는 성심그룹의 안주인인 지 여사의 말에 걱정도 되었다. 대체 얼마나 어마어마하게 약혼식이 치러지는 것일까.

일주일에 한 번, 쉬는 일요일에는 평소에 재준을 만났지만 언젠가와 마찬가지로 오늘은 재준이 아닌 지 여사를 만나기로 했었다. 그에 불만이 많은 재준은 저도 같이 만나자고 하여서, 결국 셋이서 보게 되었다. 이 사실을 지 여사에게 말하자 '걔는 왜 온다고 그러니?' 라는 소리를 들었다. 아름은 그저 웃어 넘겼다.

"그나저나……."

……생일이라는데, 선물은 뭐로 준비를 해야 할까.

불과 2주밖에 남지 않았다. 그건 약혼식까지 남은 기간도 2주일 남았다는 뜻이다.

"후, 후……."

아름은 거울을 한 번 들여다본 뒤, 다시 한 번 더 옷매무새를 정리한 뒤에야 집을 나설 수 있었다. 열 시쯤 약속을 잡았기에 비교적 여유가 있었다. 최대한 단정하면서도 예쁘게 보일 수 있는 원피스를 입고 화장도 진해 보이지 않게 했다.

"아, 긴장돼."

아름은 심호흡을 한 뒤, 약속 장소로 가기 위해 집을 나섰다. 1층으로 내려가 전철역으로 가기 위해 버스 정류장까지 걸어가려고 했을 때였다.

"아름아."

어디서 환청이 들리는 것 같았다. 아름이 뒤를 돌았을 때, 바로 코앞에 누군가가 있음을 알 수 있었다. 너무 놀라 흠칫 뒷걸음질을 쳤을 때, 햇살 같은 미소를 짓고 있는 재준이 보였다. 아름은 반가운 마음에 그대로 두 손을 쫙 벌려서 재준의 허리를 안았다.

"오빠! 연락도 없이……!"

"버스 타고 고생할 필요 없어."

"괜찮은데……."

그때였다. 재준의 너머에 있는 그의 차 뒷좌석의 창문 한쪽이 내려갔다.

"아주 닭살이구나."

재준의 어머니, 지 여사의 목소리가 들렸다.

얼마 전, 도 회장과 지 여사와 함께 식사를 했었다. 처음, 지 여사는 아름을 훑어보고 이것저것 깐깐하게 질문을 하다가 금방 아름이 마음에 들었는지 딸처럼 여기기까지 했다. 그 후 개인적으로 몇 번 연락하다가 시간이 맞으면 만나기도 했다.

아름은 그래도 환영을 받고 있었다. 세간에서 신데렐라라 떠들어도 그녀가 견딜 수 있는 건, 어쩌면 두 분이 저를 환영해 주어서 그런 걸지도 모른다는 생각이 들었다.

아름은 지 여사의 목소리에 후다닥 떨어졌다. 붉어진 얼굴은 이미 감출 수가 없었지만 고개를 푹 숙이고 난 뒤, 얼른 지 여사의 앞으로 다가갔다.

"어머님도 같이 오셨네요!"

"그래. 태워 달라고 했지."

"그렇구나……. 아, 오빠. 저는 뒷자리에 탈게요."

재준은 자연스럽게 조수석 문을 열어 주었다. 그러나 아름의 그 말로 인해 미간이 잠시 일그러졌다. 그걸 전부 다 지켜보고 있던 지 여사의 미간도 꿈틀거렸다. 지 여사는 재빨리 뒷좌석의 문을 열고 아름을 불렀다.

"얘. 아름아. 얼른 앉아라."

"아, 네."

아름은 대답을 한 뒤, 재준에게 속삭였다.

"미안해요. 오늘은 봐주세요."

재준은 마음에 들지 않았다. 저만의 아름을 빼앗긴 기분이 들었다. 이루 말로 할 수 없는 기분에 주먹을 몇 번 쥐었다 편 뒤, 운전석에 앉았다. 룸미러를 통해 지 여사가 아름과 다정하게 이야기를 하고 있는 것을 보니 운전대에 올라간 손에 저절로 힘이 들어갔다.

재준은 현재 자신의 어머니에게 질투를 하고 있는 중이었다. 물론, 그는 자신의 감정에 적당히 붙을 만한 이름을 모른 채였다. 그저 어머니를 얼른 집으로 돌려보내고 아름과 단둘만의 시간을 보내고 싶었다.

재준은 말도 없이 출발했다. 지 여사는 고개를 팩 돌려서 운전석에 앉은 아들을 보았지만 이내 다시 아름에게 말을 걸었다.

"틈틈이 관리받고. 물론 아름이 네 피부가 관리한다는 다른 집 아가씨들에 비해 탱탱하고 좋지만, 거기서도 더 좋아져야지."

"아, 아하하……."

"옷도 가장 예쁜 걸로 골라 주마."

"감사해요. 그래도……."

"괜찮아. 참. 부모님께 연락은 드렸니?"

"일단은, 두 분에게 답은 왔어요. 음. 같이 보지는 못할 것 같지만……요……."

결국 자신 없는 목소리로 뒷말을 흐린 아름이 고개를 숙였다.

며칠 전, 이혼을 하신 두 분에게 연락을 드렸었다. 물론 두 분 모두 아름의 약혼식을 축하한다고 하였다. 하지만 같이 나란히 앉아서 재준의 부모님께 인사를 드리기엔 둘 다 부모 자격이 없다는 답이 돌아왔다. 그것이 빈말이 아니라 진심임을 알기에 아름은 결국 알겠다는 대답을 할 수밖에 없었다. 그래서 나중에 각자 따로 보기로 한 것이다.

이혼을 한 후, 어느 쪽이라도 아름을 책임졌어야 했는데 그러지 못한 죄가 너무 무거워서, 그래서 지금 와서 제대로 된 부모 역할을 할 수가 없다고 하였다. 딱히 절실히 바란 것은 아니었지만 그래도 재준의 집안을 생각해서는 해 주기를 바랐다. 하지만 해 달라고 우길 수가 없어서 결국 알겠다는 대답으로 끝을 냈었다.

"아, 아버지는 지금 호주에 계셔서 어머니와 먼저 뵈어야 할 것 같아요."

"알겠다. 연락처 좀 줘 보겠니? 내가 연락을 해 보마."

"아, 네."

아름은 핸드백에서 수첩과 볼펜을 꺼냈다. 한 장을 찢어서 외국에서 살고 있는 아버지와, 그리고 현재 서울에 있는 어머니의 연락처를 적어서 드렸다. 가만히 두 개의 번호를 바라보던 지 여사는 지갑을 꺼내서 그 안에 넣었다.

조금 뒤, 차는 드레스 숍 앞에서 멈췄다.

처음, 재준은 드레스를 사 준다고 하였지만 아름이 말렸다. 그날 한 번 입고 말 드레스를 살 필요는 없다고 생각했다. 그래서 빌리기로 하였다. 나중에 입을 일이 있을 테니 사는 게 좋다고 했지만 그건 그때 일이 생기면 사겠다고 대답을 하였다.

"와아…… 이렇게 예쁜 드레스들은 처음 봐요."

아름이 감탄을 했다. 역시, 몰래 사 줘야겠다. 재준은 그런 생각을 하며 아름에게 어울리는 드레스를 찾았다. 곧 아름을 불러서 드레스 두 개를 보여 주었다.

"둘 중 하나. 제일 잘 어울릴 것 같아."

"아, 남자 친구분께서 보는 눈이 있으시네요!"

아름의 곁을 따라다니며 추천을 해 주던 직원이 말을 이었다.

"고객님 같은 경우는 키가 작고 아담하셔서 긴 드레스보다는 짧은 쪽이 어울리는데, 이쪽 라인이 날씬한 몸매도 살리고, 키도 좀 더 커 보이게 하고, 고객님 이미지와도 정말 잘 어울리세요."

"아, 그, 그런가요."

"어느 쪽이 더 마음이 가세요? 둘 다 비슷한 디자인이긴 한데, 고객님의 마음에 드는 걸로 하시는 게 좋아요."

"아, 저는 그럼 이쪽 걸로……."

드레스를 고르자, 몸에 맞는지 체크를 해야 한다며 피팅룸으로 안내를 해 주었다. 아름은 조심스럽게 드레스를 입었다.

"눈썰미가 대단하다고 해야 하나……."

다 입고 난 뒤, 한쪽 벽면에 붙어 있는 거울을 보았다. 전신 거울이 아니라 상반신 정도밖에 보이지 않았지만 그래도 보이는 걸로만 봐서는 잘 어울렸다. 허리 쪽이 약간 남았지만 그래도 예뻤다. 난생처음 입어 보는 예쁜 드레스에 아름의 입가가 저절로 벌어졌다.

아름은 조심스럽게 피팅룸에서 나왔다. 나오자마자 딱 재준과 눈이 마주쳤다. 아름에게로 다가오던 재준이 갑자기 멈췄다. 아름은 고개를 갸웃거리다 재준에게로 다가갔다.

"어…… 어때요?"

그렇게 물었지만 돌아오는 대답은 없었다. 왜 그러지? 그런 생각이 들었을 때, 갑자기 재준이 무언가를 주머니에서 꺼내기에 잠시 그를 바라보았다. 재준이 꺼낸 것은 핸드폰이다. 그리고 그는 아름의 사진을 찍었다.

"아……?"

상황파악이 안 된 아름의 미간이 잠시 일그러졌다. 뭐지, 이건? 그때였다. 지 여사가 킥킥거리며 웃는 소리가 들렸다. 우아하신 부인이 조금은 우아하지 못하게 웃어서 시선이 간 것이 아니라, 왜 웃는지 이유가 궁금해서였다.

"큰아들. 오늘 널 다시 보게 되는구나."

"……시끄럽습니다."

"어머. 이 엄마한테 시끄럽다니?"

"어머니. 그만 웃으시는 게 좋을 듯싶습니다."

"싫단다. 후후. 후."

아름만 상황파악을 못 한 모양이다. 대신 아름은 재준에게로 다가가 그의 손에 있는 핸드폰을 빼앗았다. 그러곤 핸드폰을 들고, 재준의 팔에 팔짱을 꼈다.

"오빠. 다리 좀 구부려 봐요."

"이렇게?"

아름이 시키자 그대로 한 재준이다. 그에 또 뭐가 웃긴지 지 여사는 박장대소했지만 아름만 또 이해를 못 했기에 하던 걸 계속 진행했다.

"자, 찍을게요."

"아."

"하나, 둘."

찰칵 소리와 함께 두 사람이 같이 찍은 사진이 액정에 비춰졌다. 가만히 그걸 바라보던 아름은 다시 원래 화면으로 돌아가서 다시 한 번 재준과 사진을 찍었다. 그 후 핸드폰을 돌려주면서 저에게도 사진을 보내 달라고 하고는, 이번에는 자신의 핸드폰을 꺼낸 뒤 지 여사에게로 다가갔다.

"어머님. 저하고도 찍어요."

"으, 으응? 그래. 그러자꾸나."

둘이서 찍으려는데 그 뒤에 재준이 나타났다. 둘이서 다정하게 찍는 꼴은 죽어도 못 보겠다는 표정이다. 덕분에 지 여사의 웃음이 크게 터졌다.

한참 뒤, 소동이 진정되고 나서 아름은 직원이 드레스에 옷핀으로 허리 쪽에 남는 부분을 집는 것을 보았다. 어리둥절해하면서도 일단 옷을 갈아입고 나왔다. 카드를 내밀던 재준은 아름이 나오자 아쉽다는 표정을 지었다.

"아, 아앗! 설마, 저 드레스 사는 거예요?"

"그래."

"아니, 왜……."

"나중에 분명 필요할 거란다. 받아 두렴."

지 여사의 목소리에 아름이 그쪽으로 고개를 돌렸다. 우아하게 빙긋 웃던 지 여사는 일어나서 아름에게로 다가갔다.

"너무 잘 어울려서 계산하게 됐단다. 아름아. 받아 줄 거지?"

다른 사람도 아닌 지 여사의 말에 결국 아름은 고개를 끄덕일 수밖에 없었다. 하지만 두려워서 드레스의 가격은 물어보지 못했다. 듣고 나면 충격을 받을 것 같았다.

드레스를 고른 뒤, 점심을 먹으러 갔다. 지 여사가 잘 알고 있는 샤브샤브 전문점이다. 크지도 작지도 않은, 적당한 크기의 가게는 맛집인지 사람이 많았다. 다행히 자리가 몇 자리 있어서 자리를 잡은 뒤, 먹을 수가 있었다. 재준이 저와 처음 만난 날부터 보통 사람들이 먹는 가게에서 밥을 먹을 수 있었던 것은 어쩌면 지 여사의 영향이 아닐까, 그런 생각이 들었다.

"그래. 결혼은 언제 할 거니?"

"어머니."

"에에, 결혼은요. 으음."

프러포즈도 안 받았는데! 그런 생각이 먼저 들었지만 내색하지 않았다. 약혼식도 전혀 예상하지 못했던 건데, 심지어 결혼이라니.

"어머. 아직 프러포즈도 안 했니?"

"……어머니. 적당히 하십시오."

"내가 뭘."

약혼식도 걱정인데 결혼식이라니.

이미 아름의 귀에는 아무것도 들리지 않았다. 2주 뒤에 있을 약혼식이, 너무 걱정이 되었다. 갑작스럽게 시작된 걱정은 긴장도 불러일으켰다.

△　▼　△

재준의 선물로 거창한 것은 준비하지 못했다. 그저 직접 만든 케이크, 그리고 넥타이와 넥타이핀 세트를 준비했다. 거기다 손수 적은 카드까지. 아, 플러스로 재준에게 어울릴 것 같은 향수도.

제일 먼저 생일을 축하해 주고 싶었기에 생일이 될 12시 전, 11시 50분에 만나기로 하였다. 희선은 처음, 야밤에 만난다며 놀리고 또 놀렸지만 단지 생일 축하를 위함이라고 몇 번이고 외쳤더니 겨우 희선의 놀림에서 벗어날 수 있었다.

"적당히 놀고 들어와. 너, 내일 약혼식이잖아?"

"그, 그러니까. 일찍 들어올게."

재준의 생일이라는 것은 약혼식도 몇 시간 뒤라는 것이었다. 그

전날까지는 그렇게 긴장이 되었는데 신기하게도 재준의 생일이라는 생각과 동시에 긴장은 사라졌다. 역시, 인생은 실전이지. 속으로 중얼거리고서 11시 50분이 되자 케이크와 선물을 들고 1층으로 천천히 내려갔다.

아름은 이미 와 있는 재준의 차를 보고 잠시 놀랐지만 얼른 숨었다. 1층으로 내려가기 전. 1층과 2층 사이에서 케이크를 꺼냈다. 직접 케이크를 만드는 곳에서 예쁘게 데코레이션을 한 후에 상자에 넣어 왔다. 처음 케이크를 만든 것 치고는 꽤 잘 만들어서 나름 마음에 들었다.

잠시 시계를 바라보았다. 아직 12시 전이었다. 정확히는 11시 57분. 서둘러야겠다. 초를 꽂은 뒤, 성냥을 꺼냈다. 불을 붙이기 전에 빼꼼히 고개를 들어서 창문으로 재준을 바라보았다. 그는 1층 입구를 바라보고 있었다.

"좋아해 줬으면 좋겠다."

빙긋 미소를 짓던 아름은 손목시계를 확인하고 이크 소리를 내며 성냥을 이용해 초에 불을 붙였다. 서른세 번째 생일이라 제일 긴 초 세 개와 짧은 초 세 개를 꽂았다. 곧 긴 초 위에 불을 붙이고서 성냥은 껐다. 긴 초를 이용해 나머지 초 위에도 불을 붙인 뒤, 심호흡을 했다.

"여기서 넘어지면 안 돼."

가끔 덜렁거릴 때가 있었다. 아름은 손수 돌아다니면서 고른 선물이 든 쇼핑백을 손목에 낀 뒤, 케이크를 들었다. 시계를 보니 딱 12시였다.

'아, 타이밍 봐.'

발로 문을 열고 나갔다. 문 앞만 뚫어져라 바라보던 재준의 눈이 크게 떠지는 것이 보였다. 아름은 놀란 표정을 한 재준을 보며 만족스러운 기분이 들었다.

"생일 축하해요."

재준은 아무런 말도 하지 못하고 있었다. 아름은 조금 더 가까이 다가가서 케이크를 든 손을 위로 올렸다.

"촛농 떨어지겠어요. 얼른 촛불 꺼요."

"아, 응."

재준은 멍한 표정으로 촛불을 한 번에 다 꺼 버렸다. 아름은 아직도 얼떨떨한 표정인 재준에게 말을 다시 걸었다.

"이거, 제가 만든 거예요."

"직접……?"

"아, 음. 빵은 아니고…… 둥근 빵 위에 크림 바르는 것부터 제가 했지만요."

덕분에 제빵 하는 사람들이 존경스러웠었다. 크림을 두르고 데코레이션을 하는 것만으로도 반나절이 갔었다. 어떻게 꾸미면 예쁠까 생각을 하다 보니 시간이 훌쩍 가 버렸던 것이다. 그래도 만들고 나서는 그럴싸하게 꾸몄다고 희선에게 칭찬을 받았었다.

"그리고…… 잠깐만요."

케이크는 다시 상자 안에 넣었다. 그 후, 선물을 내밀었다.

"이건 선물이에요."

"……"

"음, 집에 가서 혼자 봐요. 쑥스러우니까요."

"……"

"재준 오빠?"

그리고 그 순간이었다. 아름이 재준에게 다시 한 번 말을 걸려고 하던 순간, 재준이 아름을 꽉 안아 왔다. 그의 갑작스러운 포옹에 놀란 것도 잠시, 감동해서 그렇다는 걸 알아차리자 아름이 케이크를 들지 않은 왼쪽 팔을 뻗어서 재준의 허리를 안았다. 그리고 등을 토닥거렸다.

"누구보다도 먼저 축하해 주고 싶어서, 오빠 피곤할 거 아는데도 부른 거예요."

"……괜찮아."

"생일, 축하해요."

"……."

재준은 목이 막혀 오는 것만 같아서 더 이상 말을 할 수가 없었다.

왜 태어났을까. 사는 것이 힘들어서 죽는 게 차라리 나을 것 같다고 생각했던 때에 아름을 만났다. 딱 한 번 만났을 뿐인데, 그날부터 다시 숨을 쉬고 살 수가 있었다. 아직도 그 일을 생각하면 신기할 뿐이다. 단지 한 시간 정도의 만남이었을 뿐인데, 그 만남에 숨을 쉬고 살아갈 수 있게 되다니.

아름을 좋아하게 된, 무수히 많은 이유 중 하나였을 뿐이다. 하지만 그 짧은 만남 덕분에 지금껏 살아 있을 수 있었고, 미래를 걷는 길이 보였다.

"……고맙다."

"에이. 뭘요."

"아름아. 정말…… 고마워."

"별거 아닌데……."

아름은 쑥스러워서 괜히 재준을 좀 더 꼭 안았다. 비록 한쪽 팔이지만, 최대한 빈틈없이 안아 주었다.

"아름아."

"네, 네."

"이거, 지금 뜯어 보면 안 돼?"

아름이 준 선물을 가리켰다. 아름은 머뭇거리다 살며시 고개를 끄덕였다. 재준은 차 보닛 위에 케이크를 올려놓았다. 이내 차에 기댄 채 아름이 준 쇼핑백에서 잘 포장된 직사각형 선물을 꺼냈다. 포장지를 뜯자 안에서 상자가 나왔다. 그 상자를 열자, 넥타이와 넥타이핀이 나왔다. 넥타이는 검은 바탕에 물색 대각선이 같은 간격으로 얇게 늘어선 무늬가 있었다. 넥타이핀은 블루 사파이어가 박힌, 넥타이와 잘 어울리는 것이었다.

"내일, 아니다. 오늘…… 이따가 이거, 하고 왔으면 해서……."

"……정말……."

그가 다시 아름을 꽉 껴안았다. 그래서 아름은 하려던 말을 멈출 수밖에 없었다.

"사랑해."

그의 숨 막히는 고백이 귓가에 들려왔다. 섹시한 목소리였다. 기뻐서 어쩔 줄 몰라서, 마음이 벅차서 겨우 하는 고백처럼 들렸다. 아름은 천천히 눈을 감았다가 떴다. 이번에는 양손을 그의 허리에 감았다.

"사랑해요."

이런 남자라서, 곁에 있기로 한 것이다. 다른 건 없었다. 이 남자가 이렇게나 자신이 아니면 안 되니까, 그리고 이제 저 또한 이 남자가 아니면 안 되니까, 그렇게 함께 나아가기로 결정을 했다.

16화

약혼식 당일.

아름은 재준의 팔짱을 끼고 연회장 안으로 들어섰다. 이상하게도
전혀 긴장이 되지 않았다. 오히려 마음이 편안했다. 재준의 옆에 나
란히 선, 자신을 향한 질투 어린 시선도 견딜 만했다.

"괜찮아?"

조용히 미소를 지으며 미동도 없는 아름을 향해 재준이 넌지시 물
어왔다. 아름은 살며시 고개를 끄덕이다 고개를 들어 재준과 시선을
마주했다.

"괜찮아요. 이상하게 견딜 만해요."

"……."

"그러니 그런 미안한 표정은 짓지 말아요. 아, 그리고 제가 잘 선
택한 것 같아요."

"고마워."

"뭘요. 아, 역시 보는 눈이 있어."

스스로를 칭찬한 아름이 씩 웃었다. 그게 또 사랑스럽게 보여서 재준은 저도 모르게 빙긋 미소를 지었다. 재준은 아름의 부탁대로 그녀가 선물해 준 넥타이와 넥타이핀을 하고 왔다. 의상에 맞춰 미리 정해 둔 보타이가 있었지만 그녀의 선물을 착용한 것이다. 그래서 오늘 재준의 의상을 확인하던 지 여사가 물었다.

「이거, 못 보던 건데? 갑자기 바꿨니?」

「선물 받았습니다.」

지 여사는 누구에게 받았는지, 재준의 표정만으로도 알 것 같아서 따로 묻지 않았다. 저 팔불출. 어쩌다 우리 아들이 저렇게 팔불출이 되었느냐며 잠깐 한탄을 했었다. 잠깐 그 생각을 하던 재준은 곧 아름을 두고 따로 이동을 해야 할 시간이 되자 낮은 한숨을 쉬었다.

"미안해. 혼자 둬서."

"이런 것 가지고 뭘요. 그동안 저는 이 분위기에 익숙해지도록 할게요."

뭐든 씩씩하게 잘 해내는 아름이지만, 걱정이 되었다. 이런 곳과 아름은 어울리지 않았다. 꽉 막힌 공기 안에서 아름은 답답해 보였다. 하지만 아름의 말에 재준은 그저 고개를 끄덕여 주다 조심스럽게 그녀의 이마 위에 입을 맞춰 주었다. 그 순간, 주변이 술렁였지만 재준은 전혀 신경을 쓰지 않았다.

"10분이면 돼."

"더…… 걸릴 것 같은데요?"

"아니. 10분만 기다려."

단호하게 말을 한 재준은 아름의 손을 잡았다가 낮은 한숨과 함께 놓았다. 떨어지기 싫다는 재준의 눈빛에 가슴이 또 두근거렸다.

재준이 인사를 하러 간 사이, 아름은 혼자 남게 되었다. 주변을 천천히 훑어보다 기둥에 기대어 있으려던 찰나였다.

"저 여자인가 봐."

수군거리는 소리가 조금 크게 들렸다. 일부러 들으라는 듯이 이야기한다는 걸 알아차렸지만 아름은 일부러 모르는 척 분위기에 익숙해지려고 하였다.

"들었어? 무슨 카페를 한다나 봐."

"물론. 재준 씨하고 너무 안 어울려. 정말이지, 수준 떨어지게."

"어떻게 재준 씨를 유혹했지? 볼품없어 보이는데?"

못 들은 척하려고 해도, 한 귀로 흘리려고 해도 의외로 그런 건 쉽지 않았다. 질투 섞인 악의가 온몸에 고스란히 닿았다. 학창 시절에 반 친구들과 원만하게 잘 지내서 그런지, 이런 적대감은 처음이었다. 역시나, 익숙하지 않은 적대감에 그 이야기를 다 집중해서 들을 수밖에 없었다.

'정말…… 여자들의 질투란 무시무시하구나.'

아름은 속으로 한숨을 쉬었다.

"저 옷도 재준 씨가 사 준 거 아니야?"

맞는 말이기에 아름은 속으로 고개를 끄덕였다. 괜찮다고 해도 사 주던 재준이었다. 이런 옷은 입고 갈 데도 없었기에 평소 딱히 살 일도 없었다. 그래도 입고 나서, 역시 자신도 여자가 맞는지 기분은 좋았다. 지 여사가 부탁을 해 놨다던 메이크업숍에 가서 화장도 예쁘게 받았다. 오죽하면 너무 다른 사람 같아서, 전문가의 손길은 다르구나 싶어서 사진을 찍어서 희선에게 자랑하기까지 했었다.

'뭐, 저 사람들 눈에 비치는 나는 그저 아주 평범한 소시민이겠지.'

그런데 아까부터 신경에 거슬리는 일이 있었다. 재준의 성격상, 저 사람들과 그저 인사만 나눈 사이 같은데 왜 친한 척, 성을 떼고 재준 씨라 부르는 걸까. 아까부터 그게 너무 거슬렸다. 하지만 여기서 그걸 표현하기엔 저는 이곳의 이방인처럼 느껴졌다. 질투를 보여서는 안 될 것 같아서 아름은 꾹 참았다.

"아이, 진짜. 재준 씨가 여자는 거들떠도 안 봐서, 누구랑 약혼하나 진짜 궁금했는데, 고작 저런 하류층 여자라니! 속상해 죽겠어."

'어머. 누가 들으면 그쪽이 재준 오빠네 가족인 줄 알겠어.'

"그러게. 저 수수한 것 좀 봐. 저것도 재준 씨가 돈 대서 꾸며 준 거겠지? 그래 봤자 하류층 티가 확 난다니까."

'입 안 아플까? 난 내 얘기하느라 바쁜데.'

아름은 속으로 그렇게 생각하다가 저도 모르게 피식 웃어 버렸다. 저들이 뭐라 하든, 기가 죽지 않은 제가 신기했다. 이런, 드라마 같은 데에서 본 넓은 홀에 오면 왠지 주눅이 들 것만 같았다. 생각해 보면, 이곳과는 전혀 어울리지 않았으니까. 그래서 잠깐 저들 말이 다 맞다는 생각을 했었다.

"저기, 근데요."

아름이 씩 웃으며 입을 열었다. 조용히, 조심스럽게 반격을 해야겠다.

"제가 하류층인 건 알겠는데, 그래서 제가 재준 오빠랑 안 어울리면 그쪽은 잘 어울리세요? 상류층이라서요?"

당하고 못 사는 성격은 아니지만, 그래도 저쪽이 얼굴 붉히게 해 주고 싶었다. 자신이 업신여겨지면 괜히 재준까지 얕보이는 것 같았다. 저야 무슨 말을 듣든 상관은 없는데 저로 인해 재준이 괜히 한층 깎여지는 것이 마음에 들지 않았다.

"뭐, 뭐야?"

"처음 봤는데 반말이라니요. 혹시 몇 살이세요?"

"스, 스물넷이야!"

"저는 스물일곱인데, 언니한테 반말하면 못 쓰지."

아무리 동안이라지만, 스물넷 이하는 좀 너무한데. 아름이 본격적으로 입을 열기 시작하자 몰려 있던 무리들 중 한 여자가 튀어나왔다.

"하류층 냄새가 역겨우니까 입 다무시지!"

"그러는 상류층 냄새도 별로 좋지 않답니다."

아름은 그렇게 말을 하며 미소를 지었다. 그리고 덧붙였다.

"그리고 오늘은 재준 오빠 생일이니 좀 조용히 해 주세요. 이건, 재준 오빠…… 아니, 재준 씨 약혼녀로서 하는 말입니다."

"뭐, 뭐……!"

"아. 그리고 남의 약혼자를 너무 친한 것처럼 부르지 마세요. 정말 친한 거 아니라면요."

아름은 팩 돌아섰다. 뒤를 돌자마자 휘파람을 불며, 양손에는 와인 두 잔을 들고 나타난 다온을 만날 수 있었다.

"어라…… 다온 씨!"

"누님. 진짜 멋있는데요? 아, 호칭 고쳐야 하는데 습관이라."

한쪽 눈을 찡긋거리며 조금 더 가까이 다가온 다온이 글라스 하나를 아름에게 건넸다. 아름은 부끄러워하면서 고마워요, 대답을 했다.

"아직은 괜찮아요. 익숙한 대로 부르세요."

"고치려고 해야죠. 안 그러면 큰형에게 혼나요. 하하! 그나저나…… 누님들."

습관이 맞는지 아름의 뒤에서 씩씩거리는 여자들에게 다온이 성큼성큼 다가갔다.

"방금 하던 말, 난 다 들었는데. 그거, 우리 지 여사랑 도 회장님 모욕하는 건데, 아세요?"

"그, 그게…… 다온 씨."

"난 아름 누님이 마음에 들어. 그런데 우리 누님 모욕하면 별로 친해지고 싶지 않거든? 그러니 친한 척 이름으로 부르지 마세요. 어휴. 아무리 자유로운 영혼인 나라도 누님들하고는 놀고 싶지도 않네요."

다온의 말에 새빨개진 여자들은 부끄러움을 참지 못하고 연회장 밖으로 나갔다. 아름은 아하하 웃다가 다온의 옆으로 다가갔다.

"고마워요."

"뭘요. 나 진짜 누님이 마음에 들어서 그런 건데."

"아, 다온 씨 왔으면 서원 씨도 왔겠네요."

"형, 잠시 화장실에 갔어요."

아름은 고개를 끄덕이며 다온이 내민 와인을 마셨다. 무알콜 와인이라고 다온이 덧붙였다. 잠시 와인을 마시며 다온과 이야기를 이어 나갈 때였다. 인사를 끝낸 재준이 저 멀리서 다가오고 있었다. 아름은 손을 들어 인사를 해 주다가 문득 생각이 나서 다온에게 말을 걸었다.

"저…… 다온 씨. 아까 전 그 일은 오빠에게는 말하지 마세요."

그러자 아름보다 더 반갑게 손을 흔들며 재준에게 다가가려던 다온이 멈췄다. 고개를 돌려 아름을 바라보았다. 그 표정에는 불만족스럽다는 것이 고스란히 드러나고 있었다.

"왜요?"

나는 전혀 납득을 못 했다! 그런 표정을 한 다온은 불만이 많아 보였다. 그러나 아름은 그저 빙긋 웃으며 다온을 바라보다 고개를 돌렸다. 어느새 바로 코앞까지 다가온 재준이 보였다. 다온은 할 말이 많앉지만 결국 아름의 말을 들을 수밖에 없었다.

"인사는 다 끝났어요?"

"바쁜 건 다 끝났지. 도다온. 넌 볼일 봐."

재준은 돌아오자마자 바로 아름의 곁에 있는 다온에게 축객령을 내렸다. 다온은 아름과 좀 더 있고 싶었다. 친누나 같은 느낌을 가진 아름과 좀 더 친해지고 싶었지만, 다온에게 있어서 큰형은 아버지와 어머니보다 더 무서운 존재였다. 결국 어색하게 웃던 다온은 그대로 다른 사람들을 향해 발걸음을 돌렸다. 아름이 좀 더 있지, 하고 중얼 거리는 소리를 듣던 재준은 빙긋 웃었다.

"곧, 아버지의 인사 후 약혼식이 시작될 거야."

"아…… 네. 좀 떨리네요."

아름의 손을 잡은 재준은 정중앙으로 그녀를 이끌었다. 재준을 따라 자리를 잡았다. 약 2분 뒤, 도 회장이 모습을 드러냈다. 곧 인사 말을 시작한 도 회장의 말에 실내가 조용해졌다.

약혼식은 간단하면서도 정숙한 분위기에서 이어졌다. 조금이라도 말이 나오면 재준의 표정이 차갑게 굳어 버렸다. 결국 수군거리던 여 자들은 입을 꾹 다문 채, 어떠한 말도 하지 못했고 그대로 들어야만 했다. 마지막으로 도 회장의 약혼식 선언에 재준의 입가가 풀리자, 분위기도 조금 풀렸다.

아름은 모르는 사람들과 친절한 미소를 지으며 인사를 나누었다. 평소 손님들에게 짓던 영업용 미소였다.

"힘들지?"

아름이 힘들어 보여서 재준은 그녀를 데리고 테라스로 향했다. 아 름은 입가에 경련이 일어나서 입을 여러 번 열었다 닫았다 반복을 한 뒤 한숨을 푹 쉬었다. 곧, 어색하게 웃었다.

"이렇게 경련이 나도록 하루 동안 웃어 본 적은 처음이에요."

"미안해."

"재준 오빠가 왜 미안해해요?"

"……."

재준은 말없이 빙긋 웃었다.

그저 손을 잡고 나란히 붙어 있는 것만으로도 두 사람은 행복해 보였다. 두 사람이 말없이 시간을 보내고 있을 때였다. 그렇게 시간을 보낼 때, 재준을 찾는 비서의 목소리가 들렸다. 아름은 재준을 보내고는 난간에 기댄 채 멍하니 밖을 바라보았다.

'이런 게 상류층의 생활이구나.'

익숙해져야 하는 것을 알기에 억지로 경련이 날 정도로 친절한 미소를 지었다. 처음 겪는 이 상황이 앞으로도 이어질 것을 알기에 어떻게든 익혀 보려고 애를 썼다. 첫술에 배부를 수는 없기에 적응할 수 있을지가 걱정이 되었지만 분위기 정도는 익혔다.

"휴……."

상류층 사람들은 자신만의 프라이드가 있다. 그곳에 소시민인 아주 평범한 자신이 상류층의 꼭대기에 있는 재준의 옆에 들어선 것을 못마땅하게 여기는 존재들이 많았다. 특히나 재준의 옆을 노리던 여자들. 그 여자들은 노골적으로 아름을 못마땅하게 여겼다. 그런 시선은 따끔하고 아프게 느껴졌지만 아름은 견뎠다. 괜히 이것저것 신경도 많이 써서 그런지 온몸에 진이 다 빠질 정도였다.

"정말…… 한숨만 나오네."

낯선 상황에서 신경을 곤두세운 채, 어떻게든, 나는 어떤 말도 신경을 쓰지 않는다는 것을 보여 주기 위해서 애를 썼다.

지금, 당장에라도 폭신한 침대 위에서 잠을 자고 싶었다. 마음 편안하게 있고 싶어졌다. 아무래도 재준이 돌아오면, 민망함을 무릅쓰고 물어봐야 할 것 같았다. 언제 집에 돌아갈 수 있는지. 처음 입어 보는 옷도 참 불편했다.

"그래…… 박아름! 이 정도면, 처음 치고 잘한 거야!"

스스로를 위로할 때였다. 안에서 마이크 소리가 들렸다. 아무래도 무언가 또 있는 모양이다. 아름은 실내로 들어갔다.

"중대한 발표가 아직 하나 더 남았습니다."

서원의 부드러운 목소리가 들렸다. 아름은 재준을 찾았지만 서원의 옆에 서 있는 것을 보고 낮게 한숨을 쉬다 다온을 발견하고 그 옆으로 다가갔다. 다온이 반갑게 맞이해 주었다. 그나마 도씨 형제들과 얼굴을 익혀서 다행이라는 생각이 들었다.

"중대한 발표라기보다, 모든 분들 앞에서 꼭 할 말이 있습니다."

낮고 허스키한 목소리가 실내 안을 울렸다. 얼굴도, 키도, 목소리도 완벽한 저 남자가 제 남자라는 사실이 가끔 믿기지 않았다. 아름은 저도 모르게 입가가 풀렸음을 깨닫고 정신을 차리고서 재빨리 표정 관리에 들어갔다.

"그룹의 후계자로 자리매김하기 전, 제게도 괴로웠던 시간이 있었습니다."

천천히, 나직이 흐르는 그 목소리는 아름의 귓가에 달콤하게 들렸다.

"줄곧 어둠 속을 걷는 기분이 들었습니다. 그런데 그런 어둠 속에 빛이 되어 준 존재가 있습니다."

설마, 하는 생각이 아름의 머릿속을 강하게 스쳐 지나갔다.

"어느샌가 그 사람이 제 전부가 되었습니다. 그래서 그 사람을 누구보다도 행복하게 해 주고 싶었기에……."

"……."

"어느 누구도 그녀를 무시하지 못하게, 누구보다도 행복해지게. 나를 구원해 주었으니 그 고마움을 평생 표현하며 함께 살아가고자 다짐했습니다."

옆에서 닭살이라며 다온은 두 손을 쥐었다 펴고 있었다. 도재준답지 않은 말이란 생각을 했지만, 아름은 재준에게서 시선을 뗄 수 없었다.

재준은 아름과 눈을 마주했다. 곧, 단상에서 내려와 아름의 앞에 섰다. 그리고 재준은 반지를 꺼내 그녀의 작은 손을 쥐고 가느다란 손가락에, 세상에서 하나밖에 없는, 직접 주문을 한 반지를 껴 주었다.

"결혼하자, 아름아."

그의 청혼은, 지극히 도재준다웠다.

"앞으로도 함께하자."

약혼식 장소를, 그는 아예 프러포즈를 할 장소로 바꿨다.

분명 그녀를 탐탁지 않게 여기는 사람들이 많을 것이다. 숙덕이는 사람들도 많을 것이다. 그런 사람들 앞에, 당당히 청혼을 하여 그녀가 제 사람이라는 것을 알리고 싶었다. 약혼식을 가장한 프러포즈 장소로 자신의 생일 축하 장소를 골랐다. 이것도 역시 지극히 도재준다운 생각이었다.

이 모든 것을 들었던 도 회장과 지 여사는 기겁을 했다. 첫째 아들이 이런 사람이었나 싶었다. 하나 결국 고개를 끄덕였다. 헤어지게 할 수 없다면 차라리 행복할 수 있게 마음대로 놔두는 것이 정답이었고, 그리고…… 실제로 아름이 마음에 들었기에 허락을 하였다.

"……네."

아름의 눈가에 눈물이 어른거렸다.

"결혼해요, 우리."

이런 장소에서 이런 프러포즈를 거절할 수 있을 리가 없었다. 그가, 사랑을 속삭이는데 거절을 할 수 있을 리가 없었다.

"사랑해."

그리고 그는 그대로 입을 맞췄다. 두 사람의 키스에 여자들은 분한 표정을 지었다.

"저도…… 사랑해요."

이제는 내일이 아닌,

"내게 와 줘서…… 고맙다."

지금, 너에게 사랑을 속삭인다.

"사랑한다."

그리고 내일도 너에게 사랑을 속삭이겠지.

그렇게…… 매일 사랑을 속삭여야지.

"으익! 이제 그만 키스하라고!"

"하하! 왜. 보기 좋은데."

"나머지는 둘이 들어가서 해! 으익, 솔로 가슴에 불을 지르는 것도 정도가 있지!"

그렇게 재준은 난생처음으로 행복한 생일을 맞이하였다. 그녀를 사랑하게 되어서, 그녀가 저를 사랑해 주어서…… 다행이다.

너를 만날 수 있어서…… 다행이다.

△　▼　△

"오빠."

"……."

"재준 오빠."

"……."

아름이 두 번이나 불렀지만 재준은 끝내 대답을 하지 않았다. 누가 봐도 삐친 것 같은 표정을 짓고 있는 재준을 어떻게 달래야 할까. 아름은 고민에 빠졌다. 이런 재준은 처음이어서 어떻게 하면 좋을지 난감했지만, 결국 피식 웃고야 말았다. 삐친 도재준이라니. 귀여웠다.

재준이 삐친 이유는 단 하나였다. 재준의 생일날, 그는 아름에게 프러포즈를 했다. 아름은 그 프러포즈를 받아들였고, 곧바로 결혼을 할 줄 알았다.

그걸 아름이 조금 미루자고 하였다. 장차 성심그룹을 짊어질 재준의 아내가 되기 위해서 아름은 준비할 것이 많았다. 익혀야 할 것도 많았다. 곧바로 결혼을 하기엔 무리였기에 내년 4월 첫째 주로 하자고 했다. 이런 아름의 의견은 재준을 제외하고 모두 동의를 해 주었다.

그로부터 일주일. 재준은 내내 이 상태였다. 무표정이지만 아름은 알 수 있었다. 재준은 지금 삐쳤다!

"오빠아."

애교를 살짝 섞어서 부르자 겨우 돌아보는 걸 보면, 무언(無言)으로 시위를 하는 게 틀림없었다. 그게 또 귀여워서 눈이 마주치자 피식 웃어 버린 아름은 조금 더 가까이 다가갔다.

토요일 저녁에 만나서 같이 푹 잠을 잔 후에 일어나 아침을 먹은 후, 나른하게 앉아서 영화를 보고 있던 중이었다. 오늘은 아름이 쉬는 일요일, 편안하게 둘만의 시간을 가지고 있었다. 그러나 재준이 내내 조용히 시위를 하고 있는 중이었고, 아름은 조금이라도 재준의 마음을 풀어 주기 위해 일주일째 노력하고 있었다.

"오빠아아."

아름을 힐끔 바라보던 재준은 언제 바라봤냐는 듯이 고개를 앞으로 돌렸다. 하지만 아름은 여전히 무표정한 재준의 표정에서 입꼬리가 살짝 올라간 것을 분명 보았다. 조금만 더 하면 넘어갈 것 같았다. 일주일째 필요 이상으로 말을 아끼는 재준이 귀여우면서도 한편으로는 답답했다.

결혼을 늦게 한다고 삐치는 남자라니. 도재준이 이런 남자인지는 정말 몰랐다.

"나랑 연애하는 거, 싫어요?"

평소 안 하던 말투로 자주 안 하는 말을 꺼내 보았다. 재준의 몸이 눈에 띄게 움찔 떨렸다. 아름은 정확히 그걸 보았다. 조금만, 조금만 더 하면…….

"어떤 형태라도 같이 있는 건데…… 오빠는 결혼이 더 중요한가 봐요."

섭섭한 척도 해 보았다. 아름이 고개를 숙이며 머리카락으로 얼굴을 가렸다. 그래도 얼굴은 미소를 짓고 있었다. 과연 재준이 어떻게 나올까? 아름은 어깨를 조금 더 축 늘어뜨렸다. 이래도 안 풀 거야? 속으로는 그렇게 생각을 하고 있었다.

아름의 바람대로 재준은 연신 힐끔거리며 아름을 바라보았다. 귀여운 연인의 모습에 결국 재준의 입가가 풀어졌다. 입가는 부드럽게 풀어졌고 눈은 아름을 사랑스럽다는 듯이 바라보고 있었다. 그리고 결정적인 목소리가 재준의 귓가에 들렸다.

"난 그냥 오빠랑 있는 게 좋은데……."

이번에는 홀린 듯이 아름을 바라보았다. 꼬리를 살랑살랑 흔들며 저를 유혹하는 것만 같았다. 재준은 어느새 제 몸이 뜨거워지는 것을 느꼈다. 몸의 변화를 느낄 때, 아름이 고개를 천천히 들었다. 눈이 마주치자 아름은 순식간에 몸이 휘청거리더니 어느새 TV가 아닌 천장을 보게 되었다.

"아……?"

아름이 상황파악을 하기 전에 재준이 아름의 입을 막았다.

"읍……!"

반항을 할 수 없게 재준이 아름의 양손에 깍지를 낀 채 아름의 머리 옆에 고정시켰다. 그리고 뜨거운 몸으로 아름의 몸을 눌렀다.

입안으로 물컹한 무언가가 밀려왔다. 물컹한 혀는 도망가려는 그녀를 잡았다. 달콤하게 느껴지는 그녀를 놓을 수가 없었다. 강렬히 입을 맞추며 그의 손이 그녀의 몸 위를 돌아다녔다. 그러곤 어느새 얇은 티셔츠 안으로 들어가 맨몸을 어루만졌다. 배를 어루만지던 손은 슬금슬금 위로 올라갔고, 몸을 떨던 아름은 바르작거리며 움직이다 풀려난 손으로 재준을 꽉 끌어안았다.

"하아, 오빠……."

아침부터 하지 말라는 뜻으로 내뱉은 말이건만, 오히려 그게 더 자극이 되었는지 재준은 타액으로 번들거리는 그녀의 입술을 혀로 핥았다. 진득하게 아랫입술을 핥았다가 입술을 벌려서 다시 안으로 들어갔다. 입안을 훑고 혀를 살짝 이로 물었다가 다시 깊은 입맞춤을 했다.

그러던 재준이 그녀를 거칠게 안았다.

"못 참겠다."

유혹 아닌 유혹에 진 재준은 잔뜩 열기에 취한 낮은 목소리로 그녀의 귓가에 속삭였다. 이번에는 재준이 그녀를 유혹하고 있었다.

안게 해 줘. 사랑하게 해 줘.

이미 뜨거워져서 자신의 존재를 강렬히 드러내는 재준의 분신이 고스란히 느껴졌다. 배가 부글부글 끓어오르는 것 같았다. 하체에 맞닿아서 강렬히 느껴지는 재준의 것으로 인해 아름은 결국 거절의 말 대신 재준을 꽉 껴안았다.

"하아, 아름아……."

그가 아름의 귓불을 깨물며 안아 들고 일어났다. 그는 아주 순식간에 침실로 이동했다. 침대에 아름을 눕히자마자 그는 그녀의 몸을 눌렀다. 그리고 순식간에 아름의 상체를 탈의시킨 후, 보드라운 가슴을 손에 넣었다.

"아직 밝은 낮인데……."

아름이 얼굴을 붉히며 재준을 올려다보았다. 그녀와 눈을 마주하며 내려다보던 재준이 손등으로 아름의 뺨을 훑었다.

"사랑해."

"이제야 저랑 말해 주네요?"

아름이 씩 웃었다. 그 사랑스러운 얼굴에 졌다는 듯이 두 손을 들었다. 아름이 눈빛을 빛내며 벌떡 상체를 일으켰다. 그 순간 놀란 재준이 침대 위에 풀썩 앉았다. 상체는 아무것도 입지 않은 채 눈빛을 빛내는 모습이 꼬리 달린 구미호처럼 매혹적으로 느껴졌다. 그래서 사로잡힌 것처럼 넋을 놓고 바라보았다.

"제가 많이 봐줬어요."

"……."

"오빠가 적었던 혼인신고서, 제출하러 가요."

"……정말?"

아름은 싱긋 미소를 지으며 재준의 윗옷을 벗겼다. 사실은 부끄럽고 민망해 죽을 것 같지만 귀엽게 삐친 재준을 풀어 주기 위해서 그런 것들은 전부 감추었다.

"……아름아."

"왜요?"

"정말…… 미치겠다."

재준은 제 입술을 혀로 핥았다.

그 후에 이루어질 일은 뻔했다. 햇빛이 쏟아지는 아침, 두 사람의 달콤한 사랑이 한껏 피어났다.

△　▼　△

월요일 점심.

아름은 재준과 만났다. 카페 아르몽으로 온 재준은 여느 때처럼 강아지들과 조금 놀아 주고 난 뒤, 아름과 함께 혼인 신고서를 내러 동사무소로 향했다. 동사무소에서 나온 뒤, 두 사람은 손깍지를 낀 채 밥을 먹으러 향했다.

"이제 좀 풀렸어요?"

아름과 눈이 마주치자 빙긋 웃던 재준이 고개를 숙여 쪽 입을 맞췄다. 순식간에 일어났지만 부드러운 촉감과 달콤한 느낌은 지울 수 없었다. 아름은 여전히 익숙하지 않아서 그런지 살짝 얼굴이 붉어져 있었다.

"언제쯤 익숙해질까?"

재준이 짓궂게 웃으며 검지로 아름의 볼을 툭 쳤다.

"이제 익숙해져야지."

"네에…… 언젠간 익숙해지겠지요."

"……아름아."

갑자기 재준의 목소리가 진지하게 바뀌었다. 아름이 고개를 들자 재준의 표정도 진지하게 바뀌어져 있었다. 무슨 말을 하려는 걸까. 눈을 깜빡이다 재준을 바라보았지만 그는 잠시 말을 하지 않은 채, 바라보기만 했다. 아름은 그가 하려는 말을 어서 듣고 싶었지만 그가 말을 해 줄 때까지 기다리기로 했다.

재준은 한참 뒤, 아무것도 아니라는 듯이 고개를 가로저었다.

"배고프지? 밥 먹으러 가자."

그는 유명한 한정식 전문점인 '산채마을'에 예약을 해 놨다며 택시를 잡았다. 재준이 해 주지 못한 말이 무엇인지 궁금했지만 아름은 고개를 끄덕이며 택시에 탔다.

"오늘은 카페에만 있나?"

"아뇨. 여섯 시쯤, 어머니 만나기로 했어요."

"그렇군."

잠시 재준의 표정이 흔들렸지만 아름은 아주 찰나의 틈이어서 보지 못했다. 재준은 능숙하게 감정을 숨겼다.

아까부터 하고 싶었던 말.

힘들면 언제든지 말을 해 주었으면 좋겠다는 말을 끝내 하지 못했다. 힘들면, 언제든지 그만둬도 좋다고 말을 하고 싶었다. 결혼을 포기하지는 못 한다. 그녀를 놔주지는 못 한다. 그러니 힘들면 자신이 들고 있는 성심그룹을 다 놔 버리면 된다. 평범한 남자가 되어서 그녀를 힘들지 않게 하고 싶었다.

며칠 전, 다온에게서 전화가 왔다.

「─형. 내가 이거, 사실 아름이 누님이…… 그러니까, 형수님이 절대 말하지 말라고 했던 건데…….」

막내 동생이 말을 한 '형수님'이라는 단어에 만족스러운 미소를 짓는 것도 잠시, '절대 말을 하지 말라고 했다는 것'이란 단어에 재준은 어쩐지 안 좋은 느낌이 들었다. 저절로 미간을 찌푸리며 다온이 말을 하기를 기다렸었고, 다온은 몇 번이고 머뭇거렸다. 결국 재준은 한 마디를 했다.

「말해.」

명령조에 낮은 목소리에 다온이 드디어 대답을 해 왔다.

「─……형 생일날, 여러 여자들이 형수님 무시하면서 함부로 말을 했었거든.」

그에 재준의 미간이 꿈틀거렸다. 그는 묵묵히 다온이 해 주는 말을 들었다.

「─형도 알다시피 형수님이랑 우리가 자라 온 환경이 다르잖아. 그 여자들도 그런 식으로 말을 했어. 가만히 듣던 형수님이 제대로 쏘아 붙여서 통쾌하긴 했는데, 후…… 그 이후로 형수님이 눈에 불을 켜며 우리의 방식을 배우는 것 같아서.」

결혼식을 미룬 이유에는 그런 것도 있었다. 성심그룹의 안주인으로 살아가기 위해 지 여사와 함께 모르는 것들을 하나씩 배우고 있었다. 지 여사가 알려 주는 것을 어떻게든 소화하기 위해 카페도 오전만 하고 오후에는 여러 가지를 익히고 있었다. 몸가짐이나 말투 등도 배우고 있었다. 자신의 앞에서 티를 내지는 않지만 무척 힘들 것이다. 처음 겪는 것들이니까 당연히 힘들 텐데도 그녀는 내색 하나 하지 않았다.

그걸 알면서도 그는 그녀가 택한 것이니, 존중을 해 주려고 했다. 하지만 다온의 말에, 그녀가 왜 열심히 하는지 알 수 있었다.

「……알았다.」

다온의 통화는 그렇게 끊을 수밖에 없었다.

그로부터, 재준은 계속해서 생각에 잠겼다.

그녀도 저를 사랑하고, 저도 그녀를 사랑한다. 박아름 없이는 이제 살 수 없게 되었다. 아니, 처음 만난 그날부터 줄곧 그녀를 찾아 헤매며 겨우 살아왔고, 다시 만난 순간부터 겨우 숨을 쉬며 인간답게 살아가고 있었다.

그렇기에, 놓을 수 없기에 그녀를 누구에게도 줄 수 없기에 욕심을 부렸다. 순수하고 맑은 그녀를, 어느 누구도 믿을 수 없는 이곳으로 데리고 왔다. 그런 제 욕심이 그녀를 힘들게 하면 어떻게 할까.

'나는 과연 그녀를 놔줄 수 있을까.'

이제는 그녀를 놔주는 것이 정답이었을까, 하는 생각에 이르렀다. 모순된 마음이 공존하고 있었다. 놔주어야 한다는 마음과, 놓고 싶지 않은 욕심이 서로 부딪쳐 싸우고 있었다.

"오빠."

아름이 문득 저를 불러 왔다. 어느새 음식이 차려져 있었다. 아름이 걱정스럽게 재준을 바라보았다. 재준은 미소를 지으며 아름에게 대답을 해 주었다.

"그래."

"무슨 일…… 있어요?"

"왜?"

"표정이 안 좋아 보여요."

"아니, 없어. 미안. 걱정하게 했네."

이제 곧 자신의 아내가 될 여자다. 자신의 욕심만으로 될 일일까. 또 고민이 되었다. 재준은 젓가락을 들어서 나물 반찬 하나를 먹었다. 그리고 다시 입을 열었다.

"아름아. 요즘…… 어머니에게 배우는 거, 안 힘드니?"

조심스럽게 물었다. 그녀가 자신의 마음을 알아차리지 못하게 조심스럽게 질문했다. 아름은 미소를 지으며 고개를 저었다. 입에 든 음식을 삼킨 뒤, 목소리를 내어서 대답을 다시 했다.

"그런 거 없어요. 오히려 알지 못했던 것들을 배우니 신기한 걸요?"

정말일까. 그럴 리가 없다.

재준은 성심그룹을 잇기 위해, 자각을 하기 시작한 때부터 교육을 받아 왔다. 그런 저도 힘들 때가 있는데, 평범하게 살아온 아름이 과연 안 힘들까. 평범하게 27년간을 살아온 아름이 과연 안 힘들다는 말이 사실일까.

그녀가 힘들지 않다고 하니 그렇구나 할 수밖에 없었다. 계속해서 물어도 그는 자신이 듣고자 하는 말을 전혀 들을 수 없음을 알았다. 재준은 듣고 싶었다. 힘들다는 말을, 듣고 싶었다. 그렇다면 모든 걸 다 버리고, 그녀가 힘들지 않게 해 줄 텐데.

"정말인가."

"에이. 못 믿어요?"

"……그렇지 않아."

"정말 안 힘들어요. 오히려 제가 나중에 결혼한 뒤에 오빠를 잘 받쳐 줄 수 있을지 모르겠어요."

"그런 건 안 해도 돼."

재준은 진심으로 말했다.

"너는 그저 내가 주는 사랑만 받으면 돼."

"그래서 안 힘들어요."

그게 무슨 말일까. 재준이 눈을 깜빡였다. 그러자 아름이 씩 웃어 보였다.

"오빠가 사랑해 주는데, 뭐가 문제예요?"

이제는 저런 말도 날름 할 줄 안다. 재준은 그래서 알겠다며 말을 끝낼 수밖에 없었다. 저렇게 말을 하는데, 더 이상 자신이 할 수 있는 말은 없었다.

이제 와서 무서워졌다. 천하의 도재준에게 무서운 일이란, 이제는 아름이 힘들어지는 일뿐이다. 그녀가 힘들어서 괴로워지면 어떻게 하나 겁이 났다. 다른 것도 아닌 도재준, 자신으로 인해서 아름이 힘들어하면…… 그때는…….

'너를 놔주어야만 하겠지.'

잘 할 수 있다며 밝게 웃으며 언제나 힘든 것 하나 내색하지 않고 오히려 저에게 힘을 주려고 하는 아름에게 무엇을 해 주어야만 할까. 미련이 남은 재준은 밥을 먹다가 다시 말을 했다.

"그래도 힘들면, 언제든지 말해."

눈을 깜빡이던 아름이 씩 웃으며 고개를 끄덕였다. 그럼요. 그런데 아직까지는 안 힘들어요. 앞으로도 그럴 일 없고요. 그렇게 덧붙인 아름에게, 재준은 더 이상 말을 할 수 없었다. 아무래도 아름의 곁에 김 실장을 붙여야겠다. 비서 역할을 하게, 내일부터 같이 다니라고 붙여야겠다.

△ ▼ △

"후아……."

집으로 돌아오자마자 씻은 뒤, 행복하다는 표정으로 침대에 엎드렸다. 옆 침대 헤드에 기댄 채 핸드폰으로 인터넷을 살피던 희선이 미간을 찌푸리다 핸드폰을 내려놓았다. 침대가 가장 좋다는 듯이 누운 아름을 바라보던 희선은 결국 한숨을 쉬었다. 그 한숨에 아름의 눈이 떠졌다. 눈이 마주치자 이때다 싶었는지 희선이 말을 했다.

"너 말이야."

"앗, 언니. 스톱."

"내가 무슨 말을 할 줄 알고 벌써부터 막아?"

"안 힘들어. 버틸 만하니까 그만."

"야."

희선의 목소리가 한층 낮아졌다. 아름은 히익 소리를 내며 이불 속으로 들어갔다. 꿈틀거리며 한 마리 애벌레가 된 아름을 노려보던 희선은 눈가를 엄지와 검지로 문질렀다.

뭐라고 잔소리를 해야지 좋은 잔소리라고 소문이 날까. 고민을 하던 희선은 벌떡 일어나서 아름의 침대에 누웠다. 더해진 무게감에 아름이 슬금슬금 피했지만 희선이 이불을 확 벗겼다. 아름은 어색하게 웃으며 희선과 눈을 마주했다.

"너, 힘들지."

"으응. 아니."

"거짓말."

"으음……."

귀신을 속여도 최희선은 속이지 말라는 말을 만들고 싶을 정도로 눈치 빠른 희선이다. 희선을 속이기에는 아직 연기력이 부족한 아름은 낮게 한숨을 쉬었다.

그래. 누굴 속이겠어.

아름은 편안하게 침대 위에 누웠다. 희선은 그런 아름을 못마땅하게 바라보다 이마를 콩 소리가 나게 주먹으로 때렸다. 아픈지 미간이 찌푸려졌지만 아름은 결국 피식 웃어 버렸다.

"일단은, 내가 연기를 해야 하는 게 웃겨서…… 조금 힘들다고 해야 할까?"

"하긴. 그 사람들은 본인들 잘난 맛에 사는 거잖아."

"아닌 사람도 있어. 서원 씨는 그래."

"길거리 주인이라 했지?"

"길거리 주인이라니까 웃기다."

도씨 삼 형제는 상류층 사람들이면서 본인 잘난 맛에 사는 사람들이 아니어서 좋았다. 그래서 저는 재준을 사랑하게 된 것이겠지. 아름은 다시 재준을 떠올리며 빙긋 미소를 지었다. 아무래도 재준의 앞에서 연기를 능숙하게 좀 더 잘 해야만 할 것 같았다. 재준이 눈치를 챈 것 같았다. 그러니까 힘든 게 있으면 언제든지 말을 하라는 둥 이야기를 했겠지.

"나는 그냥 평범한데, 갑자기 상류층 삶을 익히려니…… 내 가치관에도 안 맞는 게 있고, 그렇긴 해. 하지만 그만두기엔……."

무엇보다, 재준이 걸렸다. 특히나 최근 저에게 힘들면 말을 하라는 재준을 보며 그런 생각을 했다. 더 이상 재준이 신경을 쓰지 못하게 좀 더 마음을 단련시켜야 할 것 같았다. 힘들어도 힘들지 않은 척하는 단련을…….

"내가 힘들다고 하면, 오빠는 소시민이 되려고 해."

"흐응. 그럴 수 있을까."

"언니가 도재준을 잘 몰라서 그래. 틀림없이 뭐든 다 내려놓고 평범한 사람이 될 거야."

틀림없었다. 그렇기에 아름은 재준이 저로 인해 모든 것을 놓으려고 하지 않도록 힘들지 않다고 자기 세뇌를 시키고 애써 아무렇지도 않은 척, 괜찮은 척을 하고 있었다. 재준의 성격상, 틀림없이 그럴 게 뻔했다.

틈틈이 지 여사와 함께 상류층 모임에도 나가서 분위기에 익숙해지도록 노력하고 있었다. 훗날 아름은 지 여사의 위치에 있게 될 것이다. 그러니 그 입장이 되어서 당당해질 수 있도록 해야만 했다. 다른 상류층 자제들은 어릴 적부터 익혀 왔지만 아름은 평생 평범한 소시민으로 살아갈 줄 알았다가 갑자기 위로 쑥 올라온 것이기 때문에 적응하는 데 시간이 많이 걸릴 거라며, 지 여사는 틈나는 대로 아름을 모임에 데리고 갔다.

물론, 모임이나 파티에 나가는 것은 재준 몰래 하고 있었다. 재준은 애초 자신의 생일 파티 겸 약혼식 겸 프러포즈를 한 날 이후로는 되도록 아름을 사람 많은 곳에 데리고 가지 않으려고 했다. 그걸 미리 알고서 지 여사가 몰래 아름을 데리고 다니는 것이다.

"너 요즘 살 좀 빠진 거 알지?"

"에…… 그래? 볼살 좀 빠졌나?"

"넌 볼살이 매력이야. 빼선 안 돼. 빼면 기아 체험 하고 온 애처럼 보여."

"그, 그 정도야?"

희선은 그만하기로 하였다. 그래서 장난을 걸었다. 아름은 희선의 마음을 알기에 얼른 장난을 받아 주었다.

조금 뒤, 각자 침대에 누웠다. 아름은 불이 꺼진 어두운 천장을 멍하니 바라보았다. 이내 피식 웃고 눈을 감았다. 조금씩이지만 익숙해지고 있었다. 적당히 하고 재준을 안심시키는 데 애써야겠다.

17화

"형수님. 안녕하세요."

형수님이란 호칭이 어색했다. 아름은 청소를 끝낸 뒤, 오픈을 하자마자 찾아온 서원에게 피식 웃어 버렸다. 다온도 얼마 전에 '형수님!' 하며 전화를 걸어 왔다. 친동생처럼 느껴지는 다온과 어느새 많이 친해졌다. 그 호칭이 맞긴 하지만 아직 쓸 만한 호칭이 아니라는 생각도 들었다. 그렇게 말을 하자 다온은 '어우. 그런 소리 하지 마세요! 안 그러면 큰형님한테 전 죽습니다!' 라는 소리를 들었다. 재준이 쓰라고 했던 모양이다.

"어서 와요."

큰 도련님, 작은 도련님 해야 하는데 어색했기에 아직은 하지 않고 있었다. 결혼을 한 뒤에 불러야지, 생각을 하고 있었다.

"왠지 형수님한테는 말을 해 드려야 할 것 같아서요."

"뭔데요? 아, 설마 그……!"

"와, 눈치도 빠르셔라. 맞아요."

서원의 표정이 전에 약혼식 날 만났을 때부터 좋다고 느꼈는데, 좋아하는 여자와 잘 된 모양이다. 아름은 손뼉을 치며 좋아했다.

전에 잠깐 서원을 스치듯이 봤을 때, 카페에서 한 시간 정도 이야기를 나눴던 적이 있다. 물론, 질투를 할 것 같아 재준에게는 살짝 비밀로 했다. 고민이 있는데 들어 주면 안 되냐고 하는 서원의 말을 거절할 수가 없었다. 바로 수락을 했었고, 고민을 들어 본 결과 좋아하는 여자에 대한 내용이었다.

아름이 보기에 서원은 좋은 사람이었다. 그렇기에 아직 연인이 없는 그가 좋은 사람을 만났으면 좋겠다, 했는데 좋아하는 사람이 생겼다고 한다. 하지만 그 상대가 너무 벽이 높아서 어쩌지 하는 걱정을 뒤로 한 채, 최대한 서원의 이야기를 들어 주고 고민에 대한 답을 해 주었다.

그 결과, 잘 된 것 같아 뿌듯하기도 하고 다행이라는 안도감이 들었다.

"다행이에요!"

"지난번 해 주신 조언 덕분입니다."

"와……. 정말 다행이에요. 언제 한번 보러 갈게요!"

"언제든지 오세요. 다온이 녀석은 이미 왔다 갔습니다."

"저도 얼른 가야겠네요."

아름은 잠깐 서원의 테이블에 앉아서 이야기를 한 뒤, 서원이 통화를 하는 동안 그 얼굴을 바라보았다. 아까보다 활짝 핀 얼굴이 보였다. 아마도, 그 여자분과 통화를 하는 모양이다. 통화를 끝낸 뒤, 서원은 미안하다는 표정으로 이만 가 봐야 할 것 같다는 말을 했다. 아름은 씩 웃으며 서원을 보냈다.

조금 뒤, 새로 일을 할 직원이 왔다. 강아지를 너무나도 사랑한다는 스물넷의 남자였다. 아름이 조만간 일을 못 하게 될지도 모르니까 미리 사람을 구해 놓기로 해서, 직원을 뽑는다고 사이트에 공고를 올렸는데, 올린 지 두 시간 만에 바로 연락이 왔다.

"동훈 씨. 어서 와요."

이름은 백동훈. 정말 강아지를 사랑하는지 면접을 보러 온 날부터 강아지에게서 눈을 못 떼고 있었다. 그리고 키우던 강아지를 데리고 와도 된다 했더니, 첫 출근 날 집에서 키우던 강아지, 시츄인 몰리를 데리고 왔다.

"어휴. 부들이는 정말 아무리 봐도 너무 귀엽다니까요."

"동훈 씨네 몰리도 귀여워요."

아름은 몰리를 품에 안았다. 수컷인 몰리는 아름의 품에 얌전히 안겼다. 동훈은 시츄 몰리가 여자만 좋아한다며 툴툴거렸다. 아름은 짧게 웃었다.

어느덧 손님이 하나둘씩 오기 시작했다.

백동훈은 나름 잘생긴 데다가 친절하고 강아지도 좋아해서 그런지 여자 손님들에게 인기가 있었다. 일을 한 지 일주일 정도 지났는데 저만의 단골손님이 두세 명 정도 생기기 시작했다. 오랫동안 카페에 있지 않아도 동훈을 볼 겸 강아지도 보기 위해 오는 단골손님을 보며 아름은 피식 웃었다.

"사람은 잘 뽑았단 말이지."

"천직 같다, 저건."

희선은 질렸다는 표정으로 동훈에게 재잘재잘 말을 거는 여자 손님들을 보았다. 겸사겸사 손님이 늘기 시작했지만 희선은 못마땅하다는 표정을 짓고 있었다.

"아아, 언니. 가지 마요. 네?"

은정이 아름의 팔에 매달리며 애원했다. 은정은 동훈에게 매달린 여자 손님들을 노려보다가 다시 애원하는 눈빛으로 아름을 바라보았다.

"저 꼴 보기 싫어요. 으허엉."

아름은 어깨를 으쓱였다. 싹싹하고 일도 잘하고 강아지를 잘 다루고 좋아하는 사람을 쉽게 뽑을 수 없으니 동훈을 내버려 두었다.

곧 점심시간이 되자, 정확히 12시 15분에 슈트를 입은 남자가 모습을 불쑥 드러냈다. 은정은 일을 하다가 재준을 보며 아름에게 달려갔다.

"언니. 형부 왔어요."

저 호칭도 여전히 익숙해지지 않았다. 형부라니. 그래도 듣기 싫은 단어는 아니었다.

"왔어요?"

손을 씻은 뒤, 앞치마를 잠깐 벗고서 재준에게 다가갔다. 재준은 강아지들에게 인사를 한 후, 동훈이 온 날부터 그랬듯이 그를 훑어본 뒤 저에게 다가온 아름을 품에 꼭 안았다.

"앗. 개털 묻는데……."

"이미 묻었어. 그리고 괜찮다."

"떼어 줄게요."

아름은 재준을 데리고 문 앞에 섰다. 슈트에 붙은 개털을 떼어 낸 뒤, 점심을 먹으러 나섰다. 오늘은 간단하게 국밥 한 그릇씩 먹기로 하였다. 국밥 가게로 들어가 자리를 잡고 앉은 두 사람은 국밥 한 그릇씩을 주문했다. 조금 뒤, 재준이 컵에 물을 따르며 아름을 향해 시선을 보냈다.

"왜요?"

"부탁이 있어서."

"뭔데요?"

아름은 재준이 부탁할 내용을 전혀 모른 채 미소를 짓고 있었다. 재준은 순수한 표정을 짓고 있는 아름을 바라보다 짧게 웃었다.

"들어줄 거지?"

들어 보고 정할게요, 라고 대답을 하려다 그간 재준이 삐쳐 있던 일이 생각났다. 안 들어줬다간 또 삐칠지도 모른다. 천하의 도재준이 삐칠 줄은 몰랐기에 결국 피식 웃으며 고개를 끄덕였다. 꼭 들어줄게요. 그러자 재준의 눈이 한순간 빛나는 것처럼 보였다. 뭘 잘못 봤나, 싶었다. 재준이 원하는 것을 말하길 기다리던 찰나, 국밥이 나왔다.

"맛있게 먹어."

"네. 오빠도 맛있게 먹어요. 아, 참. 부탁은요?"

"먹고 나서."

뭘 부탁할지 기대되면서도 참 궁금해졌다. 그래도 밥 먹고 나서 말을 해 준다니 잠시만은 참기로 하였다.

조용한 식사가 이루어졌다. 왠지 국밥 같은 건 전혀 먹지 않게 생긴 귀족적 이미지는, 단순히 이미지만이었나 보다. 재준은 돈가스도 먹으러 갔고, 패밀리 레스토랑의 저렴한 파스타나 스테이크도 곧잘 먹었다. 이런 국밥도 잘 먹었다. 억지로 먹는 척한다고 하기엔 맛있게 먹는 것 같아서, 아름은 그 점도 좋았다.

무리하게 자신에게 맞춰 주려고 하는 거면 그러지 말라고 하려고 했다. 하지만 재준의 표정을 보아하니 그런 건 아닌 듯싶어서 다행이라는 생각이 들었다. 정말, 다행이다.

"아, 오빠. 저번에 어머님이랑 갔던 전통 찻집으로 가요."

아름은 재준과 한번 꼭 가 보고 싶었던 그 찻집으로 향했다. 재준의 손을 잡고 먼저 앞서서 걷는 아름을 내려다보던 재준의 입가에 진한 미소가 걸려 있었다. 아름은 그런 재준을 전혀 알아차리지 못한 채, 그저 재준이 어떤 부탁을 할까 궁금했다. 어떤 부탁이 눈앞에 기다리고 있는지 전혀 모른 채였다.

"여기, 지난번에 어머님이 알려 주셨는데, 분위기도 좋고 이야기하기 딱 좋은 곳이어서 오빠랑 다음에 와야지, 했었어요."

"그랬구나."

"자, 이제 부탁이 뭔지 말해요."

아름의 목소리에 재준이 낮게 조용히 미소를 지었다.

"그렇게 궁금했어?"

"그럼요. 도재준 씨가 내게 할 부탁이 무엇일까. 궁금하잖아요."

역시, 나는 저 미소를 잃게 할 수가 없다.

재준은 그렇게 생각했다. 그렇기에 눈을 감았다가 천천히 떴다. 저 미소를 잃게 만들고 싶지 않으면서 그녀를 품에서 놓을 수가 없다. 다행인 것은, 부모님 두 분 다 아름을 좋아하고, 그렇게까지 성심그룹에 그녀를 마음대로 맞추려고 하지 않는다는 것이다. 그저 이곳이 어떤 곳인지, 재준이 어떤 곳에서 살아왔는지만 보여 주려고 하고 있었다.

아름은 재준과 눈을 마주했다. 천천히, 재준의 입술이 열렸다.

"결혼식 올리기 전까지, 집에 와서 살아."

"……에?"

설마 이런 부탁일 줄이야. 제대로 들었지만 자신이 잘못 들었다 생각해서 되물었다. 아름이 얼마나 놀랐는지 알 것 같았다. 눈을 최대한 크게 떠서 다시 한 번 말을 해 보라는 듯이 재준을 응시하는 그 모습에, 그는 결국 피식 웃었다.

"알아. 요즘 네가 얼마나 힘든지."

"그건……."

"같이 있고 싶어. 좀 더 오랫동안 같이 있고 싶어서, 내가, 아름이널…… 놓지 못해. 그래서 내가 해 줄 수 있는 일은 뭘까 생각했다."

아름은 뭐라고 입을 열려다가 입만 들썩일 뿐, 다른 말은 하지 못한 채 결국 입을 다물었다. 그저 고개만 살며시 끄덕였을 뿐이다. 재준은 아름이 조용히 저만 바라보자, 손을 뻗어서 테이블 위에 올라온 아름의 손 위에 자신의 손을 얹었다. 그녀의 손가락에는 약혼식 날, 껴 주었던 반지가 그대로 껴 있었다. 잠시 반지를 보며 입가에 미소가 저절로 지어졌다.

"아름아. 나는 네가 힘들면 언제든지 모든 걸 그만둘 수 있다."

"……그럴 것 같아서 말을 못 하겠어요."

"역시. 박아름은 나를 너무 잘 알아."

그는 어깨를 으쓱이고서 말을 이었다.

"그래서 아름아."

"……네."

"네가 힘들 때마다 바로 위로를 해 주고 싶다. 안아 주고 싶고, 네가 힘들지 않게 해 주고 싶어. 식만 안 올렸지, 이젠 부부나 마찬가지니까."

그의 눈빛은 진지했다. 또한 제발이란 단어가 보이는 것 같았다.

생각을 해 보니 혼인신고서도 냈고, 그의 프러포즈도 받아들였다. 이미 법적으론 부부나 다름이 없는데…….

그는 표현이 서툰 편이다. 그렇기에 속으로는 힘들어할 아름을 위해서 무엇을 해 주면 좋을까 생각을 한 결과, 이 말을 하게 된 것이겠지. 단지 본인을 위한 것이 아니라, 그녀를 따뜻하게 안아 주기 위한 마음이 느껴졌다.

그것이 바로 재준의 부탁이다.

"……그러게요. 생각해 보니, 나랑 오빠랑 이미 벌써 부부네요."

뺨이 불그스름하게 물든 것이 보였다. 그게 또 사랑스러워서 재준의 입가가 금방 풀어졌다.

"그래도 일은 그만두지 마세요. 원하지 않았더라도 오빠가 어릴 적부터 배워 온 거잖아요? 그런 건 쉽게 버려서는 안 되는 거예요."

"그래."

"으음. 우선 희선 언니한테 말하고, 짐 정리할게요."

부끄러운지 아까보다 얼굴이 더 붉어져 있었다. 아, 너무 귀엽고 사랑스럽다. 가슴 안에서 새삼스럽게 감정이 팍 터지고 있었다. 재준은 미소 짓는 얼굴로 손을 뻗어 검지로 그녀의 붉은 뺨을 툭 건드렸다.

"고맙다."

"……뭐가요?"

"그냥. 뭐든."

"저도 고마워요."

"뭐가?"

"그냥, 뭐든."

재준의 말을 따라하자 그가 하하 소리를 내서 웃었다. 그 모습이 근사했다. 또한 처음 봤을 때보다 지금 느낌이 많이 달랐다. 그가 많이 부드러워졌다는 것을 알았다. 이런 그의 모습을 많이 보고자, 그의 제안을 받아들인 것도 있다. 매일 아침마다 얼굴 보고 집에 와서 얼굴 보고 잠들고.

'그래서 사람들이 결혼을 하는 거겠지?'

아름은 손을 뻗어 재준의 손을 잡았다. 두 사람의 손이 겹쳐졌다.

"참. 서원 씨가 그 여자분과 잘 되어서, 한 번 놀러 가기로 했어요. 주말에 같이 가요."

"……도서원?"

"네. 아, 몰랐구나!"

"별로, 관심이 없어서."

"에이. 동생인데 관심 가져 주세요."

아름이 그 말을 시작으로 서원이 좋아하는 여자에 대해 입을 열었다. 재준은 한쪽 팔로 턱을 괸 채 아름이 하는 말을 한쪽 귀로 흘리며 가만히 그녀만 바라보았다. 재잘재잘 말을 하는 그녀는 귀여웠다. 한입에 꿀꺽 삼키고 싶을 정도로.

그 생각을 했을 무렵, 재준은 속으로 낮은 한숨을 쉬었다. 같이 살자고 한 이유 중 하나가, 결혼식을 바로 못 올린다면 하루빨리 같이 살기라도 하고 싶었기 때문이었다. 식이야 나중에 올리면 되니까.

식을 나중에 올리는 이유는 하나였다. 대대적으로 박아름이 도재준의 아내가 되었음을 알리는 게 바로 결혼식이 아니던가. 그건 성심그룹을 이끌어 갈 도재준의 아내란, 결국 성심그룹의 미래 안주인이라는 걸 알리는 거였다. 여러 기업 사람들도 올 테고 그녀의 얼굴을 확인할 것이다. 그 이후부터는 이제 아름도 명실공히 성심그룹 사람이 되는 것이다.

그렇기에 아직 자신이 성심그룹과 어울리지 않는다고 생각하는 아름은 여러 가지를 익히기 위해 결혼식을 미루는 거였다. 혹시나, 그러다 힘든 아름이 도망갈까 싶어서 혼인 신고서를 당장 써서 내자고 하였고, 내고 나니 이제 부부니까 같이 살고 싶다는 생각도 들었다.

'정말…… 맹목적인 욕심이지.'

저절로 쓴웃음이 지어졌다.

"그래도 힘든 건 없을 거야."

"뭐가요?"

"앞으로, 결혼식을 올리고 나서도. 카페는 계속해도 돼."

"……에. 하지만……."

"어머니도 너를 옭맬 생각은 없어."

만약 아름을 그렇게 만들면, 재준은 곧바로 모든 걸 놓고 아름과 함께 도망갈 생각이다. 그걸 훤히 알고 있는 부모님은 쉽게 아름을 힘들게 하지 않을 것이다.

"자, 아름아. 이제 슬슬 돌아가야지. 이사는, 주말에 하자."

"그럴게요."

오늘은 화요일.

집을 옮기기까지, 4일이 남았다.

△　▼　△

가져갈 짐은 재준이 불러 준 사람들 덕분에 쉽게 옮길 수가 있었다. 많은 것을 사다 놓고 지내는 편은 아니어서 굳이 일요일에 짐을 한 번에 옮기지 않아도 평일에 틈틈이 옮길 수 있었다. 토요일에 가서 정리를 한 뒤, 일요일부터 같이 살 수 있는 환경이 마련되었다. 덕분에 일요일인 오늘, 아름은 재준과 함께 서원의 그녀를 보러 갈 수 있게 되었다.

"오빠. 서원 씨네 가 보셨어요?"

"한 번."

"앗, 정말요? 자주 가 보지."

"별로. 관심 없어서."

"기대돼요! 이것저것 구경할 것도 많고."

가서 데이트하고 와요, 라는 말도 덧붙였다. 정말이지, 어디까지 귀여워질 생각일까. 문득 그런 생각도 들었다.

"서원 씨 말로는, 저보다 6살 어리대요. 귀엽겠다!"

귀여운 건 너야. 재준은 하려던 말을 삼켰다.

"아, 어떤 분일지 기대되네요."

"아름아."

"네."

재준이 말없이 웃었다. 가만히 재준을 바라보고 있을 무렵, 재준이 다가왔다. 안전벨트를 하려던 아름의 손 위에 재준의 손이 얹혔다. 조금 더 가까이 다가온 재준은 키스를 하기 직전, 코앞에서 멈췄다.

아름의 코끝으로 그의 시원한 향기가 맡아졌다. 재준의 생일선물로 줬던 향수는, 제가 고를 때는 이런 향기가 아니었던 것 같은데 재준의 체향과 섞여 더 매혹적인 향이 된 것 같다. 아름은 괜히 가슴이 두근거리며 떨려 왔다.

아름이 천천히 눈을 감았다. 부드럽게 닿은 입술은 곧 뜨거워졌다. 서로의 숨을 삼키며, 적극적으로 서로를 갈구하게 되었다. 안전벨트를 움켜잡던 아름은 재준의 등에 팔을 둘렀다. 조수석 쪽 창문을 손바닥으로 짚고서 아름의 숨을 앗아 간 재준은 다른 한 손으론 그녀의 원피스를 걷어내고 허벅지를 어루만졌다.

차 안이 점점 뜨거워질 때였다. 아름이 숨이 막힌다는 듯이 재준의 어깨를 툭 치자, 재준이 살며시 눈을 뜨며 그녀를 놓아주었다.

"이런. 엉망이 되었구나."

"오, 오빠도 참……."

"가만히 있어."

재준은 아름이 아무것도 못 하게 하였다. 흐트러진 머리카락을 정돈해 주었고, 그녀의 핸드백에서 파우치를 찾아내, 차 안에 두었던 휴지로 번진 립스틱을 닦아 준 뒤 다시 발라 주었다. 긴장을 해서 속 눈썹이 파르르 떨리는 아름을 보며 재준은 침을 꿀꺽 삼켰다.

뜨거워진 분위기, 흥분한 몸, 그리고…… 엉망이 된 아름을 보자, 당장 집으로 돌아가서 침대 위에서 그녀를 엉망으로 만들어 버리고 싶었다.

재준은 한숨을 쉬며 애써 그녀를 덮쳐 버리고 싶은 마음을 억눌렀다. 참자. 밤이 있으니까.

"자. 다 됐다."

거울까지 보여 주었다. 그러자 아름은 거울을 받아 이곳저곳 살피다 미소를 지었다. 열기로 두 뺨이 상기된 모습은 그야말로 그대로 안아 버리고 싶게 만드는 흥분제나 다름이 없었지만 재준은 천천히 고개를 돌려 그녀에게서 시선을 겨우 떼어 냈다.

"출발하자."

안전벨트를 해 준 뒤, 시동을 걸었다. 이러다가 차 안에서 일을 치르게 생겼다.

"으응…… 얼른 가요."

차를 출발시키자마자 창문을 열었다. 뜨거운 바람이 안으로 들어오자 재준은 창문을 닫은 뒤, 시원하게 에어컨을 틀어 주었다. 뜨거운 여름, 8월 중순은 안 그래도 뜨거운 두 사람에게 전혀 도움이 되지 않았다.

"부모님하고는 얘기 다 되었어?"

여기서 말하는 부모님이란 아름의 부모님이다. 한 분씩 만나서 얘기는 해 둔 상태였다. 두 분 다 축하해 주셨고, 많이 신경 못 써 줘서 미안하다고도 했다. 두 분 다 결혼식에 오신다고 대답을 해 주었다.

"그럼요."

얼마 후, 서원의 스트리트에 도착했다. 주차장에 차를 세운 뒤, 서원이 그분과 함께 있다는 카페로 향했다.

"어디 보자. 카페 이름이……."

서원이 예전에 주었던 명함을 지갑에서 꺼냈다. 한 번 보고 잊어버렸기에 카페 이름을 찾기 위해 명함을 꺼냈다. 아름의 옆에 선 재준은 가만히 그녀가 하는 것을 지켜보았다. 꼼지락거리며 지갑 안에서 명함을 찾는 그 모습에 저절로 미소가 지어졌다.

빨리 결혼하고 싶다, 라는 생각을 하던 찰나, 아름이 고개를 들었다.

"원…… 플러스…… 원……?"

명함에는 'One+One'이라고 되어 있었다. 사장, 도서원. 틀림없이 이 명함이 맞는데, 하필 카페 이름이…….

"아, 아하……."

헛웃음을 짓던 아름은 결국 크게 웃었다. 아름의 상쾌한 웃음소리에 재준은 팔짱을 낀 채 가만히 아름을 지켜보았다. 그러다 결국 그 사랑스러운 모습에 졌다는 듯이 한쪽 팔로는 그녀의 허리를 감싸고, 다른 한쪽으로는 그녀의 뒤통수를 감싼 채 자신의 품에 안기게 했다. 그 순간 아름의 웃음소리가 뚝 멈췄다. 그 품 안에서 꼼지락거리던 아름이 고개만 빼꼼히 들었다.

"뭐, 뭐예요."

"사랑스러워서."

"……오빠도 참."

이마로 그의 가슴팍을 쿵 박은 뒤, 다시 고개를 든 아름이 빙긋 미소를 지었다. 재준의 눈에 잠깐 불이 켜졌다 꺼졌다. 지금이라도 집으로 돌아가고 싶었다.

"아름아. 금방…… 돌아가자."

"에, 왜요? 일 있어요?"

일? 그렇지. 일이라고 하면 일이라고도 할 수 있지.

재준이 빙긋 미소를 지었다. 그가 천천히 고개를 숙여서 아름의 귓가에 속삭였다.

"널 안아야겠다."

그 순간 아름의 얼굴이 새빨개졌다. 그리고 고개를 든 순간, 아름은 재준의 눈동자에 숨겨진 그의 열망을 엿볼 수 있었다. 그가 느릿하게 자신의 입술을 혀로 핥았다. 자신의 입에서 '돌아가자'라는 소리를 듣기 위해 유혹 중이다.

도재준이 유혹이라니.

아름은 저도 모르게 침을 꿀꺽 삼켰다. 그가 원하는 대로, 어쩐지 이야기를 해 주고 싶었다. 천천히, 아름의 입이 열릴 무렵이다.

"그렇게 바란다는 듯이 보면 안 돼."

"……그……."

"얼른 돌아가자. 죽을 것 같다."

이미 열기로 인해 목소리가 짓눌린 상태였다. 낮고도 섹시한 목소리에 아름은 침을 꿀꺽 삼켰다. 이런 긴장감과 이런 분위기가 앞으로 매일 이어질 거라는 생각에, 문득 같이 사는 걸 결혼식을 하고 난 다음으로 미루자고 하고 싶은 생각이 들었다. 그렇지 않으면 매번 가슴이 터질 것 같은 심정을 느껴야만 할 것 같았다.

맞잡은 두 손이 뜨거웠다. 둘 다 서로를 원하는 마음이 고스란히 느껴졌다. 아름은 괜히 눈을 꽉 감았다가 떴다. 아, 정말…… 이 남자랑 사는 게 과연 잘한 걸까, 불쑥 그런 생각도 해 보았다. 이런 매력적인 남자랑…….

"아름아."

"……"

"박아름."

"……아, 저, 저기다!"

이러다가 정말 넘어갈 것 같아서 아름은 고개를 휙휙 돌리다 카페 〈One+One〉을 발견했다. 재빨리 카페를 향해 빠른 걸음으로 향하기 시작했다. 그런 아름을 향해 손을 뻗던 재준은 눈을 깜빡이다 피식 웃었다. 한 손으로 턱을 슥슥 문지르던 그는 긴 다리를 이용해 금방 아름을 따라잡았다.

"같이 가."

아름의 손을 잡으며, 고개를 숙여 그녀의 귓가에 속삭였다.

"마누라."

그 순간 아름의 모든 것이 정지했다. 기름을 칠하지 않은 로봇처럼 아주 천천히 고개를 돌렸다. 방금 들은 그 단어를 제대로 들은 게 맞는지 확인이라도 해 볼 생각으로 고개를 돌린 채였다. 재준은 그저 웃고 있었다. 시선을 마주하자마자 어깨를 으쓱였다.

"맞는 말, 아닌가?"

"……아, 아니, 그……."

"그?"

"······그, 그렇긴 하지만······."

이건 마치, 빨리 결혼식을 올리자고 하는 시위 같았다. 삐친 모습을 보여 주는 건 그만둔 모양이다. 아름은 입을 들썩이다 고개를 팩 돌려서 카페 문을 열었다. 그러나 안으로 들어서자마자 눈앞에 펼쳐지는 광경에 그대로 멈췄다.

"루미 양."

"······또 왜요. 그, 그만 부르세요."

"난 아메리카노."

"네, 네."

"계산은 이거."

서원이 빙긋 미소를 지으며 루미의 손을 잡았다. 손바닥에서 손등으로 돌린 뒤, 그녀의 손가락에 무언가를 껴 주었다. 곧 루미의 눈이 동그랗게 떠졌다.

"사, 사장님······!"

"나랑 결혼해요."

그 광경을 보던 아름의 입이 떡하니 벌어졌다.

이봐요! 당신, 한 달 전에 사귀기로 했다면서 벌써 프러포즈해요? 아름의 벌어진 입은 다물어지지 못했다.

"결혼해요, 루미 양."

"비, 비키세요. 어, 얼른요······!"

그러나 서원은 루미의 말을 듣지 못한 것처럼 그저 싱긋 웃으며 자신이 할 말을 계속 이었다.

"그러니까 결혼해요."

루미의 얼굴은 당장에라도 터질 것처럼 붉어졌다. 불안하다는 듯이 이리저리 주변을 살피던 루미는 손가락에서 반지를 빼려고 했다.

그러나 서원이 덥석 손을 잡아 오자 화들짝 놀라며 뒤로 물러나려고 했다. 그러나 서원의 힘이 워낙 세서 그런지 물러나지 못했다.

"이, 일단 비, 비켜요!"

"대답하면 비켜 줄게."

루미는 입술을 깨물었다. 곧, 서원의 앞에 손을 쫙 내밀었다.

"……다시."

"으응?"

"일단, 이 반지 좀…… 치워 주세요."

"싫은데."

"……프러포즈 다시 생각해 오라고요!"

루미는 결국 반지를 빼서 서원에게 반납을 했다. 새빨개진 얼굴로 루미가 반지를 내밀자, 서원은 어쩔 수 없다는 듯이 어깨를 으쓱이며 그 반지를 받았다. 그러나 루미의 손은 놔주지 않았다.

"사장님. 또 차였어요?"

"안 차였다. 못 들었어? 다시 생각해 오라잖아."

"다시 한다고 해서 루미 씨가 받아 준다고 한 것도 아니잖아요."

직원들 사이에서 웃음이 퍼졌다. 서원의 미간이 살짝 일그러졌다. 루미는 아예 몸을 팩 돌린 상태였다. 그러다 문 앞에서 굳어 버린 아름과, 별로 관심 없다는 듯이 표정을 짓고 있는 재준을 발견하고서 애써 웃었다.

"어, 어서 오세요."

서원은 반지를 주머니 속에 집어넣으며 루미에게로 다가가려다, 문 앞에서 굳어 버린 아름과, 그런 아름을 보며 귀엽다는 듯이 머리를 슥슥 쓰다듬어 주고 있는 재준을 발견했다.

"와아. 언제 왔어, 형? 형수님도, 언제 오셨어요?"

조금 전 프러포즈는 전혀 기억 못 한다는 듯이 해사한 표정이다.

△　▼　△

서원과 루미와 함께 점심을 먹고 난 뒤, 아름과 재준은 데이트를 하러 한강으로 향했다. 그곳에서 커플 자전거를 빌렸다. 재준은 커플 자전거를 신기하다는 듯이 바라보았다. 아름은 재준을 바라보다 물었다.

"자전거, 언제 마지막으로 탔어요?"

"……초등학교, 때인가."

"에엑! 정말요?"

아름은 재준의 대답에 눈을 크게 떴다. 재준은 그저 미소를 지으며 아름을 바라보았다.

날은 자전거를 타기에는 딱 좋았다. 밥도 먹고 와서 나른한데, 자전거 타면서 시원한 바람을 맞으면 좋겠다고 생각했다. 커플 자전거 제안은 아름이 먼저 하였다. 재준은 괜찮다며 고개를 끄덕였고, 그래서 빌려 왔다. 타 본 적이 그렇게나 오래전이었다니.

"난, 어디에 타면 되나?"

"재준 오빠는 뒤에 타세요. 제가 앞에 타는 거예요!"

오랜만에 자전거를 타면, 타는 법을 잊어버렸을 수도 있다. 그래서 아름은 앞에 앉았고 재준은 그녀의 말대로 뒤에 앉았다.

주말의 한강에는 커플들이 제법 많았다. 그 커플 대열에 두 사람도 끼게 되었다. 아름이 재준과 동시에 페달을 밟았다. 두 사람은 한강의 자전거 라인을 따라서 천천히 달리기 시작했다. 빠르지도 느리지도 않은, 적당한 속도였다.

"오랜만에 자전거 탄 소감은 어때요?"

"이런 것도 꽤…… 괜찮군."

"자주 와서 탈래요? 커플 자전거."

"그래. 둘이서 타는 것도 괜찮군."

뜨거운 여름 공기에 재준의 미소가 더해지자 공기가 좀 더 후끈해진 것 같았다. 바라보던 아름의 시선이 결국 다른 곳으로 돌아갔다. 저렇게 매력적인 사람과 같이 살게 되면, 심장마비에 걸리지 않을까 걱정이 되었다.

재준의 집에서 하루 자고 가던 것과는 달랐다. 오늘, 같이 일어나서 같이 나왔고, 이제 집에 갈 때도 같이 들어가고……. 그런 날들을 반복할 것이다. 사실 상상은 되지 않았다. 정말 심장마비가 걸리면 어떻게 될까. 문득 오늘 밤부터 걱정이 되었다.

"무슨 생각 해?"

그의 낮은 목소리가 귓가에 들려왔다. 흠칫 정신을 차리고 고개를 들자, 어느새 코앞에 있는 재준이 보였다. 화들짝 놀란 아름이 저도 모르게 뒤로 물러서다가 순간 몸이 휘청거렸다. 뒤로 무게가 쏠렸다.

"으앗!"

저도 모르게 두 손을 휘저으며 뒤로 넘어지려고 할 때였다. 크고 단단한 손이 허리에서 느껴졌다. 고개를 들자 재준의 얼굴이 보였다.

잠시 쉴 겸 해서 자전거만 세워 둔 채 대화를 나누고 있었다.

"무슨 생각을 했는데, 그렇게 놀라?"

재준이 한 번 더 물었다. 아까보다 조금 더 가까워져 있었다. 아름의 얼굴에 점점 그늘이 지더니, 곧 재준의 얼굴이 점점 더 다가왔다.

"응……?"

그가 속삭이며 유혹하듯이 미소를 지었다.

"아름아……."

당장에라도 침대로 가야 할 것 같은, 그런 목소리다. 아름은 저도 모르게 몸이 움찔 떨리는 것을 느꼈다. 아무래도 일어나야겠다. 하지만 그의 눈빛에 사로잡힌 것처럼 움직일 수가 없었다. 그대로 굳은 아름은 거꾸로 보이는 재준의 얼굴을 고정했다. 그는 아름이 대답을 하지 않자, 그녀의 윗입술을 덥석 물었다. 움찔거리며 고개를 들려고 한 순간이었다.

"안 돼."

아이 타이르듯이 말을 한 재준이 그녀의 뒤통수를 감쌌다. 순식간에 입술을 겹치고 입안에 물컹한 혀를 집어넣었다. 입천장과 이를 훑고 순식간에 빠져나온 재준은 다시 아름의 귓가에 속삭였다.

"돌아가자."

벌써? 그런 생각을 했지만 그의 눈빛이 심상치 않았다.

"아름아."

그의 목소리가 열기로 눌려서 섹시한 목소리가 되었다. 아름은 천천히 상체를 일으키고는 고개를 돌렸다. 그는 위험한 눈빛을 하고 있었다. 지금 당장 돌아가지 않으면 왠지 괴로워질 사람은 자신이라는 느낌이 강하게 들었다.

'아, 사랑스러워.'

아름은 재준을 보며 그런 생각이 들었다.

'나는 운도 좋지.'

저 하나만 바라보는 남자를 만날 수 있다는 것은 아무리 생각해도 행운인 것 같았다. 지극히 정상적이고, 그리고 너무나도 사랑스러운 남자.

아름은 다시 자전거를 탔다. 재준도 아름을 따라 자전거를 움직이기 시작했다. 아름은 바람을 느끼며 뒤에 앉아 저를 바라보는 재준에게 말을 걸었다. 재준이 자신을 바라본다는 것은 이미 뒤통수에 느껴지는 뜨거운 시선으로 쉽게 알 수 있었다.

"생각해 보니……."

아름을 잡아먹을 것처럼 뜨거운 시선으로 바라보던 재준이 고개를 들었다. 아름의 얼굴을 마주 보며 이야기를 할 수 없는 것이 아까웠다. 그래도 입가에 지어지는 미소는 지울 수가 없었다. 이제는 자동화가 되었다. 자연스럽게 아름만 보면 이런 미소가 지워지지 않았다.

그에게 감정도, 마음도, 미소도 찾아 준 것은 전부 아름이다. 그렇기에 아름에게만 반응을 하는 것 같았다. 마치 각인과도 같았다. 처음 알에서 깨어난 오리가 보이는 사람에게 각인을 하는 것처럼, 아름을 보자마자 각인을 해서 그녀만 따라다니게 되어 버렸다. 그녀가 아니면 안 되었다.

"살면서 오빠를 안 만났으면, 어떻게 되었을까."

"……."

"문득 그런 생각이 들었어요."

"내가 널 반드시 찾아냈을 거다."

낮고 다정한 목소리가 온몸을 감싸 왔다. 뒤에서 느껴지는 그 시선은 여전히 집으로 빨리 돌아가자는 재촉이 묻어 있었다. 그걸 모르는 척, 웃던 아름은 말을 이었다.

"이상하죠? 남자는 무서웠었는데…… 그날따라 오빠는 괜찮았으니까요."

"그건 고맙게 생각해. 나만 괜찮다는 거니까. 그게 아니었으면…… 너는 나를 돌아보지 않았을 테지."

어느덧 자전거를 빌린 장소에 도착했다. 재준은 잠시 의아하다는 듯이 아름을 바라보았다. 자전거에서 먼저 내린 아름이 재준의 손을 살며시 잡았다. 재준의 손에 아름의 손이 휘감아졌다.

"갈까요?"

"······괜찮겠어?"

벌써 가도 괜찮느냐는 말이 담겨 있었다. 그는 얽힌 손을 살며시 떼어 내려는 듯하다가 검지로 살며시 유혹이 짙은 움직임을 보였다. 그의 손가락이 아름의 손등을 살며시 스치고 지나갔다. 어처구니가 없어서 아름이 헛웃음을 짓다가 아예 깍지를 껴 버렸다.

"가요. 오늘만 날인가."

씩 웃으며 개구쟁이처럼 웃는 아름이 너무 귀여웠다. 또한 사랑스러웠다. 봐도, 아무리 봐도 질리지 않았다. 너무 좋아서 미쳐 버릴 것 같았다.

"······가자."

귓가에 그렇게 속삭인 재준은 자전거를 반납한 뒤, 아름의 팔목을 잡고 급하게 주차장으로 향했다. 급하게 출발시킨 차는 한계까지 속도를 올리며 전력질주를 했다. 점점 속도를 내는 바람에 아름이 놀라 눈을 크게 뜨다가 잡고 있던 왼손을 빼며 그의 팔뚝을 탁 소리 나게 쳤다.

"속도 줄여요. 사고 나겠어."

"사고 날 일 없어."

급하니까. 그가 하는 말에 아름은 결국 키득거리며 웃었다. 그렇게 급하냐며 이번에는 재준의 허벅지를 왼손으로 탁 치려고 했다. 그때 재준이 급커브를 도는 바람에 아름의 몸이 기울었다. 어어, 하는 사이 아름의 손이 삐끗하며 좀 더 앞으로 향했다.

물컹.

그 순간이다. 무언가 물컹한 것이 만져지고…….

"아…….."

그리고 일은 순식간에 벌어졌다. 잘만 질주하던 재준이 급속도로 갓길에 차를 멈춰 세웠다. 우뚝 선 재준에게 뭐라고 하기도 전에 그의 큰 손이 그녀의 작은 얼굴을 감쌌다. 그대로 붉은 입술을 삼켰다. 뭐라고 하기도 전에 삼켜진 입술에 숨을 쉬기 위해 애를 써야만 했다.

"자, 잠…… 하읍……!"

이미 그의 중심은 존재를 드러내고 있었다. 거기에 아름의 손이 닿은 순간, 그것이 화살이 되어 그의 이성을 마비시키기에 이르렀다.

입안을 강렬하게 훑고 지나가는 존재에 아름은 숨을 헐떡이면서도 그의 목에 저절로 팔을 감았다. 아름의 행동에 재준의 키스가 조금 가라앉았다. 각도를 틀어가며 연신 입을 맞추며 그녀를 밀어붙였다.

재준이 정신을 차리게 된 건, 아름이 재준을 잡아당겼을 때였다.

"하아, 하아…… 오빠……."

그 음성이 남자의 마음을 움직였다. 재준이 다시 한 번 입을 맞추며 이성을 아예 놔 버리려고 했을 때였다.

"집에…… 가서…….."

아, 정말…….

"집에 가서 해요…… 네?"

헤헤 웃는 모습에 다시 흥분해 버린 제 것을 느끼며 재준은 거칠게 앞머리를 쓸어 올렸다. 그 섹시한 모습에 넋을 잃던 아름은 재준의 팔을 잡아당겼다. 다시 한 번 입을 열었다.

"얼른 가요. 급하다면서."

"……후……."

낮게 한숨을 쉰 재준은 흐트러진 아름을 정돈해 주었다. 그리고 그대로 다시 액셀을 밟기 시작했다. 멍하니 있던 아름은 키득거리며 웃어 버렸다.

그러나 집으로 돌아가자마자 그 웃음은 다른 소리로 바뀌었다.

야릇한 소리가 침실을 가득 채웠다. 서로를 향한 뜨거운 손길이 아주 바삐 돌아다녔다.

—The end

에필로그

뜨거운 여름이 지나가고 가을이 다가왔을 때였다.

아름이 어느 정도 상류층에 대해서 이해를 하고 익숙해졌고, 그리고 성심그룹에 대해서 자세히 알게 되었을 때. 그때 폭탄이 하나 터졌다.

"우리 결혼합니다!"

애견 카페에서 일을 하고 있을 무렵, 서원과 루미가 다정하게 손을 잡고 찾아왔다. 서원은 빙글거리며 웃고 있었고, 루미는 그런 서원으로 인해 쑥스러운지 고개를 숙이다 아름과 눈이 마주치자 겨우 미소를 짓고 있었다.

강아지를 좋아하는지 루미는 곧 애견 카페의 강아지들에게 시선을 돌렸고, 아름도 루미에게 강아지들에 대해서 설명을 해 주고 난 뒤 서원의 건너편에 앉았다. 여전히 싱글거리며 웃던 서원이 그렇게 말을 했을 때, 루미가 재빨리 다가와 서원의 옆에서 '좀!' 이라는 소리를 했고, 아름은 눈을 깜빡이며 서원과 루미를 바라보았다.

결국, 아름의 입이 떡하니 벌어졌다.

"어, 정말요? 지난번에는 거절……을……."

아름이 루미를 바라보며 묻자, 쑥스럽게 웃던 루미가 고개를 끄덕였다.

"그랬는데…… 그 뒤에 제대로 된 프러포즈를……."

"결국 넘어가 버렸군요."

아름이 해사하게 웃었다.

"정말 축하드려요!"

"가, 감사합니다."

"루미 양, 귀여워서 서원 씨가 안달이 났나 봐요."

"그럼, 그럼. 우리 루미 양, 얼마나 귀여운데요. 누가 채 가기 전에 안달이 나서 그만……."

이제 보니 서원도 은근히 팔불출이었던 모양이다. 영락없이 팔불출인 모습에 아름은 저도 모르게 피식 웃음을 지어 버렸다. 그러다 문득 제일 중요한 걸 묻지 않았다는 걸 알고 질문을 했다.

"아, 날짜는요?"

아름의 질문에 서원이 입을 열었을 때였다. 딸랑 소리가 나고 손님이 찾아온 소리가 들렸다. 아름이 자연스럽게 고개를 들며 일어나며 손님을 확인하였을 때였다. 어딘가 화나 보이는 재준이 안으로 성큼성큼 들어왔다. 곧 다가온 재준이 서원의 앞에 섰다.

"여, 형님. 오셨어?"

그러나 재준은 대답 대신 서원의 멱살을 잡았다. 아름과 루미가 깜짝 놀라 벌떡 일어났다. 아름은 그렇게 재준이 화난 모습은 처음이어서, 얼른 재준에게 다가가 그의 팔을 붙잡았다. 잠깐 아름을 돌아보며 표정을 조금 풀던 재준이 고개를 팩 돌려서 서원을 죽일 것처럼 노려보았다. 이를 악물고, 한 글자씩 겨우 떼어 내며 말을 했다.

"감히…… 선수를 쳐?"

그게 무슨 말이지? 아름이 고개를 갸웃거렸다.

"진정해, 형님."

"왜…… 무슨 일인데 그래요?"

아름이 물으며 재준의 손 위에 자신의 손을 겹쳤다. 그러자 신기하게도 재준의 손이 천천히 풀어졌다. 곧 서원의 멱살을 아예 놔 버렸다. 루미가 안절부절못하며 서원의 옆에 있을 때, 서원이 루미의 머리를 슥슥 쓰다듬었다.

"괜찮아. 걱정하지 마."

"정말, 왜 그래요? 네?"

아름의 질문에 미간을 찌푸리던 재준은 한숨을 푹 쉬었다. 앞머리를 거칠게 쓸어 올리던 재준은 다시 서원을 향해 시선을 돌렸다. 무언가 마음에 안 든다는 듯이, 당장에라도 주먹을 날릴 것처럼.

"아름아."

시선은 서원에게 둔 채, 재준이 이를 악물고 입을 열었다.

"결혼, 다음 달에 하자."

"……에…… 네?"

"알 거 다 알았고, 배울 거 다 배웠으니, 당장에라도 하자."

"가, 갑자기 왜요?"

그러자 재준이 드디어 아름을 향해 고개를 들었다. 재준은 손가락으로 서원을 가리켰다.

"12월 말에 결혼한다고 한다."

"아하."

그렇구나. 아름의 반응은 그게 다였다. 재준은 가만히 아름을 바라보다 그녀의 손목을 잡고 잠깐 밖으로 이끌었다. 비상구 계단으로 들어간 재준은 그녀를 벽으로 밀었다. 그러곤 그대로 입을 맞췄다. 갑작스럽게 시작된 키스였지만, 사람이 지나갈지 모른다는 생각에 정신을 차린 아름이 재준을 겨우 밀어내고는 거칠게 호흡을 내뱉다가 고개를 팍 들었다.

"갑자기 왜 그래요?"

"결혼식, 먼저 하자."

"설마…… 서원 씨가 먼저 식 올리게 돼서 화난 거예요?"

"그래."

이미 혼인신고서도 냈고, 같이 살고 있었다. 결혼을 한 거나 다름이 없는데 그는 결혼식을 서두르고 싶어 했다. 물론 아름도 그런 마음이 없는 건 아니었다. 여자의 일생에서 한 번밖에 없을 결혼식이 아니던가.

'그래. 굳이 망설일 이유는 없잖아?'

아름은 고개를 끄덕였다. 의외로 그녀가 쉽게 고개를 끄덕여 주자 재준의 얼굴이 금방 펴졌다.

"정말?"

아이처럼 보이기까지 했다. 그게 그렇게 좋을까. 저럴 줄 알았으면 진작 고개를 끄덕여 줬을 텐데 말이다.

"그래요. 오빠 말대로 나, 배울 거 다 배우고 익숙해졌어요. 어머니 따라다니다 보니 뭐…… 여러 가지로 익히기도 했고요. 그래서 언제로 해요?"

"2주 뒤."

"너, 너무 빠르잖아요!"

그러나 재준은 더 이상 아름의 의견은 받지 않겠다는 듯이 그대로 비상구를 빠져나갔다. 그는 나가며 핸드폰을 꺼냈다. 아름은 재빨리 재준의 뒤를 따랐다.

"접니다. 결혼식장, 2주 뒤 토요일로 잡아 놓으세요."

—어머, 새아기도 동의한 거니?

목소리를 들어 보니 지 여사였다. 아름은 재준의 핸드폰을 가져가려고 손을 뻗었다. 하지만 그의 핸드폰에 손끝도 닿을 수가 없었다. 워낙 키 차이가 나는 데다가 아름이 핸드폰을 가져가지 못하게 재준이 허리를 꼿꼿이 피며 통화를 하고 있었기 때문이다.

재준은 통화를 하며 애견 카페 안으로 들어갔다. 웬일로 다른 사람들 앞에서 기분 좋다는 듯이 웃고 있었다. 덕분에 서원은 재준을 보자마자 그대로 굳어 버렸다.

"혀, 형이…… 형이…….."

"왜 그래요……?"

"혀, 형이 저런 얼굴로 계속 웃고 있…….."

그때 재준의 목소리가 서원의 귓가에 들렸다.

"네. 신혼집은 필요 없습니다."

"아으…… 핸드폰 내놔요!"

아름이 재준의 등에 대롱대롱 매달렸다. 그러나 여전히 재준은 아름을 돌아보다 피식 웃으며 여유롭게 통화를 끝냈다. 아름이 재준을 못마땅하다는 듯이 바라보았다. 그럼에도 그는 자신이 한 말을 절대로 회수할 생각이 없다는 듯이 아름을 향해 손을 뻗어서 머리를 쓰다듬었다. 그 손길이 매우 부드러웠다. 결국 아름의 어깨에 힘이 축 빠졌다.

"2주 뒤라니…….."

"뭐가요? 형수님."

"결혼······ 결혼······."

갑자기 다가온 결혼으로 인해 아름의 상태가 이상해졌다. 그래도 재준은 전혀 신경 쓰지 않고 기분 좋게 서원을 바라보았다. 서원은 설마, 하는 생각에 제 형을 올려다보았다. 곧, 재준의 표정이 바뀌었다. 언제 웃었느냐는 듯이 무표정한 도재준으로 바뀌었다.

"아직 멀었다."

넌 나를 따라잡을 수가 없어.

재준은 뒷말은 하지 않았다. 재준은 아름의 머리를 다시 한 번 쓰다듬다 정수리에 살짝 입을 맞추고서, 끝나고 온다는 말과 함께 카페를 나섰다. 중얼거리던 아름은 희선과 은정에게 다가가 이마를 짚은 채 카운터에 기대었다.

"축하한다, 유부녀!"

"이미······ 유부녀였어······."

"뭐······ 어때. 어차피 할 결혼식!"

서원과 루미는 서로를 바라보다 결국 동시에 웃어 버렸다. 서원은 제 형의 진짜 모습을 오늘 엿본 기분이 들었다.

"결혼이 2주 뒤······."

오직 아름만이 아직 정신을 못 차린 채, 그렇게 중얼거렸다.

"힘내요, 형수님!"

서원이 아름의 어깨를 툭 쳤다. 루미는 어쩔 줄 몰라 하다가 아름의 손을 살며시 잡았다. 호칭을 뭐라고 하지, 생각을 하던 루미는 서원이 알려 준 호칭에 밝게 웃으며 아름을 위로했다.

"자, 잘 부탁드려요, 혀, 형님!"

"······아아······ 네······."

두 사람은 카페를 나가며 각자 아름에게 한 마디를 건넸다. 아름은 한숨을 푹 쉰 채, 빙글 뒤를 돌았다. 그러다 곧 빙긋 웃었다.

"뭐…… 어때."

"그렇지? 뭐 어때."

"청첩장 나오면 꼭 주세요!"

"응. 당연히 줘야지."

밝은 성격의 박아름답게 금방 회복했다. 빙긋 웃던 아름은 서원과 루미가 앉아 있던 자리를 향했다. 은정과 함께 테이블을 치운 후, 터 벅터벅 걸어오는 황구를 향해 털썩 앉아서 손짓을 했다. 곧 황구가 아름의 허벅지 위에 앉았다. 편안한 자세로 드러누운 황구를 보며 아름이 푸핫 웃어 버렸다.

"뭐, 네 덕분일까?"

황구의 머리를 부드럽게 쓰다듬던 아름이 추억에 젖은 눈빛을 했다.

아주 작을 때부터 함께해 온 황구는, 다시 만나 멋진 남자로 변해 버린 재준을 한눈에 알아봤던 것 같다. 비 오던 날, 황구가 신경이 쓰여서 다시 우산을 가지고 집에서 나왔던 때가 아니었더라면, 재준 을 만났을 리도 없었을 것이다.

"전부 다 네 덕분이야. 이런 말 해 준 적 없지?"

"하긴."

희선의 목소리가 들려서 고개를 들었다.

"황구 아니었으면 도재준도 못 만났겠다."

"응."

아름이 피식 웃으며 황구를 꼭 안아 주었다.

"고마워, 황구야."

재준이 보고 싶어졌다. 아까 보고 갔는데, 그렇게 폭탄을 던지고 사라졌는데도 다시 보고 싶어졌다.

　사랑하나 보다. 확실히, 그 남자를 많이 사랑하나 보다.

　아무래도 이따가 사랑을 속삭여야겠다. 사랑한다고, 해 주어야겠다. 이제는 자신의 마음을 깨달아서 내일 사랑을 속삭여야지 했던 때와는 다르다. 매일, 매일 사랑한다고 속삭일 수 있다.

　"보고 싶다."

　"……어휴. 아까 봤으면서."

　희선이 어처구니가 없다는 표정을 지으며 한숨을 쉬어도 아름은 헤실거리며 웃기만 했다.

　그렇게 사랑이 가득한 어느 날의 시간이 흘러가고 있었다.

　행복해 보이는 표정이 아름에게서 떠날 줄 몰랐다. 그건, 아마도 이 자리에 없는 재준도 마찬가지일 것이다.

작가 후기

안녕하세요, 윤해조입니다. 처음 뵙는 분들, 그리고 또다시 뵙게 된 분들. 모두 너무 반갑습니다.

이 글은 저와 함께 운명을 하고 있는 두 작가님, 사란 님과 피니 님과 셋이서 삼 형제 이야기 써 보고 싶다! 하는 농담에서부터 시작되었습니다. 저희도 이렇게 책으로 나올 줄 몰랐……. 작년을 떠들썩하게 했던 삼둥이를 너무 좋아한 나머지, 애들이 나중에 크면 어떻게 될까? 라는 것에서부터 각자 좋아하는 삼둥이를 선택하여 어른이 된 삼둥이를 상상하며 쓴, 팬픽 같은 이야기입니다. 다만 어느샌가 각자 다른 노선을 타게 되었지만, 그래도 농담에서 시작된 이야기가 정말 이렇게 책으로까지 나올 줄 몰랐습니다.

각자 성격도 다른 도씨 삼 형제이야기에다가 이런 부족한 글을 흔쾌히 삼 형제 모두 계약해주신 뿔미디어 다향, 너무 감사합니다. 후기를 적는 지금도 사실 믿기지 않습니다. 흑흑.

제 뒤를 이어 서원의 이야기를 맡은 사란 님, 그리고 다온의 이야기를 맡은 피니 님, 수고해 주세요! 그리고 이런 부족한 글을 교정해 주신 안리라 팀장님 너무 감사합니다. 덕분에 한층 더 배웠습니다.

　재준과 아름의 이야기를 봐 주신 분들, 둘째와 셋째 이야기도 뒤이어 나오게 되면 잘 부탁드립니다-:) 또한 다음에 다시 뵙게 될 저의 다른 이야기들도 잘 부탁드릴게요. 아직 보이고 싶은 이야기가 많습니다. 감사합니다!

—윤해조 올림

내일, 너에게 ― 사랑을 속삭인다

초판 1쇄 찍음 2016년 2월 22일
초판 1쇄 펴냄 2016년 2월 26일

지은이 | 윤해조
펴낸이 | 정 필
펴낸곳 | (주)뿔미디어

기획 · 편집 | 안리라

출판등록 | 2002년 9월 11일 (제1081-1-132호)
주소 | 경기도 부천시 원미구 소향로 17, 303(두성프라자)
전화 | 032)651-6513 / 팩스 | 032)651-6094
E-mail | dahyangs@naver.com
블로그 | http://blog.naver.com/dahyangs
홈페이지 | http://bbulmedia.com

값 9,000원

ISBN 979-11-315-6961-0 03810